슬프지만 아프진 않다

국립중앙도서관 출판시도서목록(CIP)

슬프지만 아프진 않다
지은이: 차인숙
　　서울: 논형, 2014
　　　p. ;　　cm

ISBN 978-89-6357-155-3 03810 : ₩15000

한국 현대 소설[韓國現代小說]

813.7-KDC5
895.735-DDC21　　　CIP2014012349

슬프지만
아프진
않다

차인숙 다큐소설

슬프지만 아프진 않다

초판 1쇄 인쇄 2014년 4월 20일
초판 1쇄 발행 2014년 4월 30일

지은이 차인숙
펴낸곳 논형
펴낸이 소재두
등록번호 제2003-000019호
등록일자 2003년 3월 5일
주소 서울시 관악구 성현동 7-77 한림토이프라자 6층
전화 02-887-3561
팩스 02-887-6690
ISBN 978-89-6357-155-3 03810
값 15,000원

영예로운 제복을 입고 맡은 바 임무를 수행하다 고귀하게
순직하신 육군·해군·공군·해병대·경찰·해경·소방관
여러분들의 영전에 이 책을 바칩니다

조국을 지킨 용사들

박승춘 · 국가보훈처장

국가수호와 국민의 생명과 재산을 지키기 위해 하나밖에 없는 생명을 조국에 바친 16명 용사들의 삶을 재구성한 『슬프지만 아프진 않다』를 쓰신 차인숙 선생님께 깊은 감사의 말씀을 드립니다.

시간이 지나도 우리가 절대 잊지말아야 하는 것은 조국을 위해 헌신하고, 희생한 분들입니다. 그분들의 뜨거운 애국심과 충정어린 마음이 대한민국의 안보와 국민의 안위를 지켜냈기 때문입니다.

지구상의 유일한 분단국가로서 우리 대한민국이 처한 현실은 북한의 도발 위협 등 여러 위험을 항상 안고 있습니다. 이러한 상황에서 대의를 위해 희생하신 분들의 이야기는 우리 국민 모두가 귀감으로 삼고, 널리 알려야 할 소중한 가치입니다.

호국정신으로 무장하여 1968년 북한 남파부대로부터 청와대를 지킨 최규식 경무관으로부터 2010년 북한의 연평도 포격 도발에 맞서기 위해 휴가를 반납한 서정우 하사에 이르기까지 조국을 위해 목숨을 초개와 같이 바친 전사 · 순직자 16명의 이야기는 우리에게 가슴 뭉클한 감동을 전해주고 있습니다.

이 책에 등장하는 16명 호국영령의 삶이 많은 독자들에게 알려져 이분들의 희생과 공헌이 값진 귀감이 되기를 바랍니다.

바다를 지키는 용사

황기철 · 해군참모총장

대한민국은 많은 사람들의 희생과 헌신으로 오늘날 세계 속에 우뚝 섰습니다. 이 자랑스러움은 그분들의 희생이 결코 헛되지 않았음을 증명하고 있습니다. 하지만 대한민국은 끊임없는 안보위협 속에서 더 큰 발전을 저해받고 있습니다.

정전 이후 북한은 수많은 도발을 자행해왔고 90년대 이후 대부분의 도발은 바다에서 일어났습니다. 그리고 제2연평해전으로부터 천안함 피격사건, 연평도 포격도발을 겪으며 우리는 많은 전우들을 잃었습니다. 그러나 안타깝게도 과거 전우들의 고귀한 희생과 유족들의 아픔은 국민들에게 제대로 전달되지 못한 게 사실입니다.

이러한 시점에서 이 소설은 영웅들의 고귀한 희생을 기리는 것은 물론, 그날의 아픔과 평시 바다를 지키기 위해 해군 · 해병대 장병들이 겪는 어려움을 알기 위해 우리 국민 모두가, 특히 자라나는 청소년들이 반드시 읽어야 할 기록입니다.

이 책에 소개되는 주인공들의 살신성인의 삶을 통해 '하나된 국민이 최상의 안보'라는 것을 깨닫게 하는 좋은 기회가 되길 기대합니다.

하늘에 목숨 바친 전투조종사

성일환 · 공군참모총장

하늘에 살다 하늘에 목숨 바친 전투조종사의 인생은 가슴을 울립니다. '아빠가 왜 사진 속에 있어, 엄마는 왜 계속 울어?'라는 아이들의 물음에 꼭 안아주는 것으로 답을 대신합니다.

이 책은 군인과 경찰, 소방관들의 순직을 국가의 안위와 국민의 생명을 지키기 위해 살아가는 사람들의 이야기로 재현하여 평화로운 시대를 살아가는 많은 이들에게 경종을 울리고 있습니다.

16명의 희생정신이 대한민국에 태어난 것을 감사하게 생각하고 국가에 대한 충성과 서로를 배려하는 공동체 정신으로 발현되길 기대해봅니다.

불타는 의지의 해병용사

이영주 · 해병대사령관

지축을 흔들고 고막이 터질듯한 폭발음과 섬을 뒤덮은 화염. 북한군이 우리 연평도에 대해 기습적으로 포격도발을 자행한 그날의 모습이었습니다. 그러나 우리 해병대는 오히려 의연했습니다. K-9포병은 적지를 향해 단호하게 대응사격을 하였습니다. 다른 해병들은 화재를 진압하고 환자를 후송하였습니다. 어찌할줄 모르는 연평도 주민들을 부축하고 어린이들을 안고 대피소로 대피시켰습니다.

故 서정우 하사는 마지막 휴가를 뒤로하고 포연탄우 속에서도 주저함 없이 신속히 부대로 발길을 돌렸습니다. 자신의 안위보다는 해병으로서 부대와 임무만을 생각했던 것입니다. 그날 모든 해병들은 영웅이었습니다.

북한군은 우리 영토와 해병대를 공격할 수는 있어도 우리의 불타는 의지를 꺾을 수는 없었습니다. 그날 이후 해병대는 '소수정예 강한해병'으로 더욱 강하게 준비되어 있습니다.

조국을 위해 순국한 소중한 영웅들의 숭고한 모습이 담긴 이 책을 통해 그날의 영웅들은 우리 국민들의 가슴 속에 영원히 살아 함께 할 것입니다.

국민의 안위를 위해 몸 바친 경찰

이성한 · 경찰청장

먼저 이 책에 등장하는 故 최규식 경무관님과 故 전종민 경위님의 영전 앞에 머리 숙이며, 그 고귀한 정신과 높은 뜻에 깊은 경의를 표합니다.

우리 경찰은 광복과 함께 태어나 좌우 대립의 혼란 속에서 6 · 25 전쟁과 공비토벌 작전 중에 10,368명이 전사하였고, 전쟁 이후에도 2,992명이 국민의 안위를 지키기 위하여 순직하였습니다. 오늘날의 치안강국 대한민국은 이러한 고귀한 희생의 토대 위에서 이룩된 것입니다.

1968년 1월 21일 북한의 124특수부대 31명이 청와대를 기습하여 나라를 전복시키려던 의지를 몸으로 막아섰던 종로경찰서장 故 최규식 경무관님과 2007년 6월 17일 대구공항 부근에서 검문을 거부하고 달아나던 승용차에 매달린 채 400미터를 끌려가면서도 피의자를 끝까지 검거하려다 순직하신 故 전종민 경위님 두 분의 숭고한 희생정신을 생생히 담은 이 책은 365일 위험을 무릅쓰고 직무를 수행해야 하는 후배 경찰관들에게 귀감이 될 것입니다.

대한민국 경찰로 자랑스러웠던 故 최규식 경무관님과 故 전종민 경위님을 결코 잊지 않겠으며 예우하는 데 더욱 만전을 기하겠습니다. 또한 슬픔 속에서 눈물로 살아오신 유가족 여러분들께도 깊은 위로의 말씀을 드립니다.

지면을 통하여 이 책의 발간을 다시 한번 진심으로 축하드리며, 앞으로도 우리 경찰에 많은 관심을 가져주시고 지켜봐 주시길 바랍니다.

해양 영토를 사수한 포세이돈

김석균 · 해양경찰청장

2008년 9월 12일! 이 날은 우리 해양경찰 동료들이 절대 잊을 수 없는 날입니다. 그날 전남 신안군 가거도 앞바다에서는 성난 파도 속에서 불법조업 중국어선의 무자비한 폭력에 맞서 끝까지 사투를 벌이는 가운데에서도 포기하지 않고 후배들보다 먼저 불법조업 중국어선에 올라타려 했던 故 박경조 경위가 있었습니다. 그러나 故 박경조 경위는 중국선원이 휘두른 삽자루에 맞아 차디찬 바다로 추락, 영원히 돌아올 수 없게 되었습니다.

오직! '우리의 바다를 지켜야 한다'는 충정 하나로만 살아온 그가 어둡고 깊은 바다 속에서 감내해야 했을 그 고통이 어땠을지 감히 상상조차 되지 않습니다. 사랑하는 아내와 아들을 두고 짧은 이별의 말도 없이 그는 갑자기 떠났습니다.

이제 우리는 당신을 보낸 그 자리에서 고귀한 희생이 헛되지 않도록 하기 위해 바다에 몸을 맡기는 굳은 투지로 해양영토를 지키겠습니다.

이 책에 나오는 故 박경조 경위의 솔선수범과 살신성인의 정신은 1만 해양경찰 동료들이 영원히 잊지 않을 것입니다. 당신은 대한민국 바다를 수호한 진정한 영웅입니다.

『슬프지만 아프진 않다』를 쓰는 내내 나는 . . .

2012년 6월 25일. 공군사관학교 성무문화관에서 호국보훈 음악회가 열렸다. 음악회 프로그램에는 내가 쓴 다큐소설『리턴 투 베이스』의 한 부분을 낭독하는 순서가 있었다. 무대에 서서『리턴 투 베이스』의 212쪽을 낭독하는 데 나도 모르게 목소리가 떨렸다. 관중석 분위기 역시 낮게 가라앉았으며 더러 눈물을 훔치는 관중도 있었다.

호국보훈 음악회가 끝났을 때 몇몇 유족들이 내 손을 잡아주셨다. 그분들의 손은 참 따뜻했다.

"얼굴도 모르는 우리를 위해서 이렇게 울어주다니 참 고맙구려."

내 손을 쓰다듬으며 진실로 고맙다 하셨지만 그럴수록 나는 미안한 마음뿐이었다. 과연 그분들에게 고맙다는 인사를 들을 만큼 내가 한 일이 있었던가?라는 생각 때문이었다.

그 생각은 밤늦도록 나를 괴롭혔다. 내 손을 어루만져주던 여든 넘은 할머니의 선한 얼굴이 떠올라 잠을 이룰 수 없었다. 결국 나는 컴퓨터 앞에 앉고 말았다. 그리고 순직자를 검색하기 시작했다. 육군, 해군, 공군 그리고 해병대와 경찰과 해경, 소방관에 이르기까지 수많은 순직자 이름이 끝없이 이어져 나왔다. 6 · 25 전쟁 이후부터 지금까지 너무나 많은 순직자가 있다는 사실에 놀라기도 했지만 그들의 순직사연을 알수록 안타깝고 애석한 마음이 점점 커져갔다. 어느새 희붐한 어둑새벽이 창문 가까이 다가와 있었다. 어스름 새벽달이 빛을 잃어가고 있는 시각에 나는 결심을 굳힐 수밖에 없었다.

'제복 입은 숭고한 희생자를 한 권의 책에 최대한 모셔야겠다'라고.

순직주인공을 선정한 다음 각 군별로 정훈실의 협조를 먼저 구했다. 경찰과 해경은 복지과와 대변인실에 의뢰를 했는데 흔쾌히 내 취지를 이해하고 응해 주었다. 그래서 어렵지 않게 유족 한 분 한 분을 만날 수 있었고 그들의 진솔한 내면 이야기를 들을 수 있었다.

"유족분들 만나는 거 쉽지 않은 일인데 만나주시던가요?"

어느 기자분이 인터뷰에서 내게 던진 질문이었다.

"그게 작가와 기자의 차이지요."

내 대답처럼 유족들은 내가 글을 쓰는 작가이기 때문에 기꺼이 마음의 빗장을 풀고 무거웠던 속내를 털어놓기 시작했다. 유족을 만나고 돌아올 때마다 내 마음의 무게는 날씨처럼 각각 달랐다. 어떤 땐 촉촉한 봄비처럼 가슴이 흠뻑 젖기도 했다. 때론 습하고 텁

텁한 공기를 마신 듯 답답한 적도 있었다. 깊은 한숨을 같이 쉬거나 오랜 침묵의 시간도 함께 했다.

"어릴 때는 외로웠습니다. 그러나 이제는 아버지가 자랑스럽습니다. 아버지 한 분의 희생으로 나라가 굳건히 지켜졌다는 생각을 하면 얼마나 다행스러운 일인지요. 그것은 곧 우리나라의 국운이 살아 있기 때문이지요. 꼭 필요한 시기에 아버지를 그 자리에 있게 하신 것이겠지요."

유족들이 길게 말하지 않아도 나는 느낄 수 있었다. 장황한 설명이 없어도 그들의 슬픔을 공유할 수 있었다. 아버지를 잃었고, 아들 혹은 딸을 나라에 바쳤으며, 남편과 영영 이별했는데 어찌 말로 다 나타낼 수 있을 것인가.

"작가님, 자식 잃은 부모는 하고 싶은 말도 안으로 삭입니다. 슬프면 눈물을 보일 수는 있어요. 그런데 몸이 아프면 내 몸 어디가 아프다고 감히 말을 할 수가 없어요. 정말 죄인 같아서…"

"여기 이 자리가 제 아이와 마지막으로 헤어진 자리입니다. 그래서 작가님이 기차를 타고 떠나는 것을 끝까지 지켜보지 못합니다. 이해해 주세요."

미처 꿈을 피워보지 못한 알토란 같은 자식을 나라에 바친 부모의 솔직한 심경은 그대로 아픔이 되어 내 폐부 깊숙한 곳을 파고들었다. 내가 이럴진대 부모의 슬픔과 아픔을 어찌 말과 글로 표현할 수 있으랴.

책 제목을 '슬프지만 아프진 않다'고 했지만 사실은 말로 형언할 수 없을 만큼 가족들은 슬프고 아프다는 뜻을 담고 있다. 더구나 내 피붙이를 잃은 것은 슬픔을 넘어 머리부터 발끝까지 바늘로 찔린 듯 가슴 아픈 일이다.

이 글을 쓴 작가로서 감히 독자 모두에게 부탁드리고 싶다. 이 책을 읽은 여러분들만이라도 이 땅의 숭고한 순직자를 기억해줬으면 좋겠다. 가슴속에는 언제나 하얀 국화 한 송이를 품고 순직자의 영면을 위해 기도해주었으면 한다.

대한민국의 독자 한 분 한 분이 슬픔을 나누어 가진다면 유족들의 아픔을 조금이나마 덜어드릴 수 있지 않을까?

주인공을 선정하고 글을 완성하기까지 1년 8개월이 흘렀다.

고백하건대 『슬프지만 아프진 않다』를 쓰는 내내 나는 참 많이 아. 팠. 다.

2014년 4월에
日新齋에서 차인숙

| 차례 |

청와대를 사수하라!

경찰관 故 최규식 경무관

故 최규식 경무관 / 이은상

그는 용감한 정의인으로

종로경찰서에 재직 중

1968년 1월 21일

청와대를 습격하여 오는

공산 유격대와 싸우다가

장렬하게도 전사하므로

정부는 경무관의 계급과

태극무공훈장을 내렸다

비록 한 때의 비극 속에서

육신의 생명은 짧았으나

의를 위하는 그의 정신은

영원히 살아남으리라

대한민국의 경찰관이며 종로경찰서 서장을 역임했다. 1968년 북한 무장공비 김신조 일당이 청와대를 기습하자 이들을 막아내다 순직하였다.

故 최규식 경무관

1932년 9월 9일 강원도 춘천 출생이며 동아대학교를 졸업하고 부산대학교에서 정치학 석사 학위를 받았다. 1961년 경찰관이 되었으며, 1967년 10월 서울 종로경찰서 서장으로 부임하였다.

1968년 1월 21일 북한의 특수부대인 124군 부대 소속 무장공비인 김신조 일당 31명이 박정희 등 정부요인을 암살하기 위해 청와대를 기습하였다. 사건 당일 무장공비 일당이 국군으로 위장하여 세검정 자하문을 지나다가 검문에서 발각되었고 이 과정에서 총격전이 벌어졌다. 무장공비는 수류탄과 기관총을 난사했고 보고를 받고 현장으로 달려간 최규식 서장은 총격전에서 총탄을 맞고 순직하였다.

사후 경무관으로 특진되었으며 태극무공훈장이 추서되었다. 서울시 종로구 청운동 자하문(창의문) 앞에 그를 기념하는 동상이 세워져 있다.

〈두산백과〉

청운동 주변 도로는 조용했고 깨끗했다. 가끔 차량과 사람들이 지나다녔으나 여느 도로처럼 붐비거나 시끄럽지 않았다. 도로 주변 담장으로 푸른 손을 뻗은 담쟁이 잎사귀가 유난히 햇빛에 반들거릴 뿐이었다.

종로구 청운동 89-12에서 종로구 운강길 27로 도로명이 바뀐 청운 실버센터 앞 도로 주변 역시 깨끗했다. 청운 실버센터는 그리 높지 않은 붉은 벽돌 건물이었다. 건물 옆에 바짝 붙은 인도로 작은 화단이 하나 있었다. 키 작은 회양목이 그리 크지 않은 화단과 인도를 경계짓는 울타리 역할을 톡톡히 했다. 화단에는 키 큰 나무 몇 그루가 밋밋하게 서 있었다.

딸 현정보다 한 걸음 먼저 화단 앞에 도착한 민석은 눈으로 표석을 찾았다. 네모반듯한 화강암 표석 하나가 나무 그늘 아래 놓여 있었다. 관심을 갖고 눈여겨보지 않으면 지나쳐 버릴 만큼 평범해 보이는 표석이었다. 표석 옆에 짙은 초콜릿색 입석 안내판이 있는 것이 그나마 다행이었다. 어느새 뒤따라온 딸 현정은 민석 옆에 섰다. 화단 앞에 선 두 사람은 일체 말이 없었다. 두 사람의 시선은 똑같이 표석을 보고 있었다.

〈북한 무장공비 침투 저지한 곳〉

이곳은 1968년 1월 21일 22시 10분경 북한 124군부대 소속 무장
공비 31명이 청와대를 기습 공격하기 위해 침투했을 때 종로경찰서
장 최규식 경무관과 정종수 경사가 육탄으로 저지하여 순국한 곳

한참 표석을 응시하던 민석은 가볍게 강기침을 했다.
"현정아, 여기서부터 시작해야겠구나. 네 할아버지가 온몸으로 나라를 지켰단다. 바로 이 자리에서 말이다."
표석을 등지고 선 아버지의 얼굴에 깊고 진한 그리움이 배어나왔다. 현정은 몸을 반쯤 돌린 채 아버지를 보았다.
"지금 표석이 있는 이 위치까지 무장공비가 내려왔더란다."
아버지는 잠시 말을 끊고 도로 한가운데를 뚫어지게 쳐다보았다. 현정도 아버지를 따라 길 한가운데를 눈으로 더듬었다.
"여기서 조그만 더 아래로 꺾어 내려가면 왼쪽으로 청와대가 나오지. 그런데 여기 이 자리까지 공비들이 단숨에 넘어왔더란다. 바로 45년 전에 말이지. 그 날이 1월 21일이었고 밤 10시가 조금 넘은 시각이었어."
아버지의 말은 느렸고 잠긴 듯 가라앉아 있었다. 현정은 고개를 돌려 주변을 살폈다. 자하문을 지나 아래로 내려오는 길은 마치 시냇물처럼 흘러내리면서 그대로 청와대 앞까지 이어져 있었다.

"그날, 1월 21일은 한겨울이었어. 게다가 밤이었으니 더 추웠겠지. 그 밤에 청와대습격의 임무를 띠고 남파한 무장공비 31명을 막아 선 분이 바로 네 할아버지셨단다."

민석은 다시 기침을 했다. 매번 표석이 있는 곳을 찾을 때마다 민석은 목이 메었다. 울분이 치솟을 때마다 그리고 그리움이 사무칠 때마다 헛기침을 하는 것은 이제 일상이 돼버렸다. 그러나 현정은 느낄 수 있었다. 아버지가 얼마나 큰 슬픔을 안고 있는지를. 바다와 하늘을 합친 것보다 더 큰 그리움을 삭이며 살아왔는지를.

현정은 아버지 손을 꼭 잡았다. 그리고 자신이 올라왔던 길을 내려다보았다. 눈에 보이는 길 위로 따스한 햇살이 환하게 퍼졌다. 길 양옆의 담쟁이와 군데군데 핀 능소화가 아늑하고 평화로워 보이기까지 했다. 밝고 따뜻한 기운이 퍼지는 길 위에 할아버지가 서 있었다. 두 발을 벌린 채 허리에 손을 얹은 할아버지는 무척 당당해보였다. 평화로운 길과 그 길 위에 서 있는 할아버지를 보는 현정의 두 눈이 별처럼 빛났다. 가슴 속으로 뿌듯한 기운이 뻗쳐들었다.

'할아버지가 청와대를 지켜내신 거야. 바로 내 할아버지가.'

❋

1968년 1월 16일 밤 10시. 북한 민족보위성 무력부 정찰총국 소속 124군 부대원 31명은 특수 임무를 띠고 황해도 연산을 출발했다. 영하 25도의 강추위 속을 뚫고 부대원을 태운 버스는 개성 남동부에 위치한 남파공작원 초대소에 멈췄다. 민족보위성 124군 부대원은 정찰총국 소속의 무장 게릴라로서 청와대 습격과 정부요인 암살 등의 목적으로 그동안 특수훈련을 받았다. 부대원 규모는 처음에는 25명이었으나 31명으로 증원되었으며, 전원 함경도 출신의 장교들로 충원되었다.

124군 부대원 31명은 얼음처럼 얼어붙은 채 초대소에서 대기했다. 모두 20대 초중반의 청년 부대원들은 남파되기 전에 한국군 26사단 마크가 부착된 국군 복장으로 위장했다. 등에는 24킬로그램의 배낭을 멨는데 그 속에는 바바리코트에 신사복 한 벌, 운동화, 손목시계, 트랜지스터라디오, 지도, 아스피린, 소화제, 페니실린, 각성제 등의 비상약품과 엿, 오징어 등의 비상식품이 들어 있었다. 각 개인마다 지급된 무기는 개머리판을 접을 수 있는 AK 소총과 30발이 한꺼번에 쏟아지는 소련제 기관단총과 8발이 장전되는 소련제 TT 권총까지 총의 종류만 해도 세 가지였다. 그리고 방어용 수류탄 10발 및 대전차 수류탄 2발과 실탄 300발 그 외 단도까지 갖췄다. 그야말로 중무장이었다.

남파공작원 초대소에서 부대원들은 인삼차를 마시며 휴식을 취했다. 그들의 머리와 가슴에는 '남조선 해방을 위해 남조선 수괴를 처단하는 막중 임무'를 강조하던 124군 부대장의 말이 비수처럼 파고들었다.

이들은 자정 무렵 개성을 지나 17일 새벽 비무장지대 연천군 매현리에 도착해서 밤이 되기를 기다렸다. 막상 북방분계선 초소에 도착했을 때 부대원들 얼굴에는 초조와 긴장의 빛이 역력했다. 최종적으로 부대원들의 자세를 다잡기 위해 부대장이 손가락을 치켜

들었다. 부대장은 손가락을 찔러 혈서를 썼다.

'수령 동지의 명령대로 임무 수행할 것을 맹세함.'

혈서를 보며 부대장은 마지막 지시를 내렸다.

"임무를 확인한다. 1조는 청와대 본청사 2층, 2조는 1층, 3조 경호실, 4조 비서실 공격, 5조는 정문 보초 제거 및 청와대 차량 탈취 후 탈주 준비!"

부대장은 전 부대원을 향해 나지막하면서도 힘있게 한 마디 더 던졌다.

"돌아올 때 초소와의 문답 암호는 611이다!"

문답암호 611를 되새기는 부대원들 얼굴에는 비장감마저 서렸다. 지금까지 받았던 훈련대로 한다면 북한으로 다시 돌아오는 건 틀림없을 것이라는 확신도 눈빛에 가득 담겨 있었다. 지난 1월 9일 황해도 도당인민위원회 건물을 공격하여 12명을 사살했다. 훈련의 연장선이었지만 공격은 성공이었다. 남한에서도 그대로만 한다면 임무완수는 차질 없을 것이다. 그리고 혁명을 성공한 후 돌아오면 영웅이 되리라. 도당인민위원회 건물은 2층 건물이었고 청와대와 구조가 비슷했다. 정찰총국 지시로 실지 상황과 똑같은 훈련을 했던 부대원들은 임무 수행 후 반드시 돌아오리라는 각오에 차 있었다. 문답암호 611만 잊지 않으면 되리라.

그날 밤 9시. 부대장의 한 마디를 뒤로 하고 부대원들은 북방한계선을 넘었다. 부대원들은 미 2사단 지역의 정면을 향해 포복으로 접근하여 10시 정각에 철조망이 가설된 철책선을 절단기로 제거하고 휴전선을 넘었다. 그들이 미군 지역 철책선을 택한 이유는 다음 아닌 구형 철조망이기 때문이었다.

철책선을 무사통과한 그들은 임진강 상류 고랑포 쪽에서 얼어붙은 임진강을 걸어서 건넜다. 임진강을 넘을 때까지 특수무장 부대원들은 약 10킬로미터 구간을 엎드리기도 하고 기거나 달리기도 했다. 가끔 얼음이 쩍쩍 갈라지는 소리에 긴장하기도 했지만 전원 무사히 통과했다.

1월 18일 오전 5시. 어려운 관문을 통과한 공비들은 5미터 간격을 유지하며 인적 없는 밤을 이용해 들판을 냅다 달렸다. 먼동이 틀 무렵 특수무장 부대원들은 임진강을 건너 경기도 파주군과 법원리 사이의 작은 산기슭에 도착했다. 추운 겨울에 이틀을 내리 행군이 아닌 질주를 탓에 그들은 몹시 지쳐 있었다. 부대원들은 일단 휴식을 취하면서 날이 어두워지기를 기다리기로 했다. 교대로 휴식을 취할 동안 5명씩 돌아가면서 경계를 섰다.

오후 2시경이었다. 파주군 삼봉산 아래 초리골은 우 씨 집성촌 친척들이 함께 살고 있었다. 땔감나무를 해서 시장에 내다파는 것이 유일한 생존 수단이었기에 우 씨 형제 4명은 평소처럼 나무를 하러 산에 올랐다. 그때 벼랑 아래에 숨어있던 공비들의 경계병과 마주쳤다. 그러나 경계병은 침착하고 태연했다. 우 씨 형제를 불러 세운 경계병은 평소 훈련 받았던 대로 서울말을 썼다. 국군 군복을 입었으니 국군으로 알 것이라는 자신감도 작용했다.

"모두 거기 서! 겁내지 말고 여기 와서 담배나 한 대 피우며 쉬었다 가시지?"

우 씨 형제는 겁먹은 눈으로 서로를 쳐다보기만 했다. 국군 군복을 입고 있는 그들은 대위 한 명과 소위 한 명 그리고 사병 계급장을 단 세 명까지 모두 다섯 명이었다. 우 씨 형제는 개머리판 AK소총을 든 그들을 보았을 때 한 눈에도 공비임을 알 수 있었다. 그들이 신은 검은 농구화와 어색한 말투에서 직감적으로 느꼈다. 그러나 도망가기에는 그들과 거리가 너무 가까웠다.

서로 눈치만 살피며 우물쭈물 하고 있는 우 씨 형제에게 경계병이 스스럼없는 동작으로 다가왔다. 그러나 가까이 다가오자마자 경계병 다섯 명은 갑자기 돌변했다. 그들은 기관단총으로 우 씨 형제를 순식간에 포위하듯 둘러쌌다. 그리고 벼랑 쪽으로 몰았다. 벼랑 아래쪽 덤불 속에는 일개 소대병력이 날카로운 눈으로 우 씨 형제를 노려보고 있었다. 우 씨 형제는 심장이 얼어붙을 만큼 겁에 질려버렸다. 말로만 듣던 무장공비가 틀림없었다. 마을회관에 모여 반공방첩 교육을 받을 때마다 귀 따갑도록 들었던 무장공비가 바로 눈앞에 있었다. 그것도 한두 명이 아닌 일개 소대병력이었다. 잔뜩 겁을 먹은 채 떨고 있는 우 씨 형제 한 명을 지목하며 누군가 말을 걸었다.

"너, 우리가 어떤 사람들 같어?"

"구, 군, 인 같은데요?"

말을 건 공비가 풋~ 웃음을 흘렸다.

"우린 혁명당이야. 알겠어?"

우 씨 형제는 공비가 던진 말뜻을 얼른 알아채지 못하고 서로를 쳐다보기만 했다. 겁에 질린 모두의 눈에 불안이 가득했다.

"남한 동무들 죄 굶주리고 있다는 말 사실인가 보네."

공비들은 누더기 옷을 입은 우 씨 형제가 불쌍해 보였던지 참깨 섞인 엿을 건넸다. 또 갖고 있던 알코올램프로 마른 오징어를 구워주기도 했다. 우 씨 형제의 남루한 옷차림을 보고 동정심이 일었던 것이다. 그들은 자신들이 교육 받았던 대로 남조선 인민들이 굶주리고 헐벗었다는 것이 사실이라고 믿게 되었다. 겁에 질린 우 씨 형제는 차마 거절하지 못하고 그들이 주는 것을 받을 수밖에 없었다.

"너, 일 년에 쌀밥 얼마나 먹어봤어?"

"바, 밥은 하루에 세 번 먹잖아요."

"그걸 몰라? 이 자식들이."

우 씨 형제들은 동시에 움찔 몸을 사렸다. 공비들은 상대가 동네 나무꾼이라는 사실에 마음을 놓은 듯 연이어 질문을 해대기 시작했다. 지서의 위치를 물었으며, 문산과 동두천 그리고 의정부로 가는 길을 묻기도 했다.

"동무들, 잘 들어. 일주일 후면 적화통일이 돼. 그때 북한에 와서 날 찾으라우. 대학도 보내줄 테니."

대위 계급장을 단 공비가 으스댔다. 어느덧 벼랑 주변으로 어둠이 깃들기 시작했다. 어둠이 벼랑을 파고들자 공비들은 다시 움직일 채비를 했다. 그러나 우 씨 형제가 문제였다. 어둠이 완전히 내려앉은 뒤 공비들 사이에 우 씨 형제를 두고 이견이 일어났다.

"원칙적으로 하자면 작전 도중에 군인이건 민간인이건 만나게 되면 무조건 죽이게 돼 있잖습니까? 즉시 처단해 후환을 없애야지요."

공비 한 명이 강력하게 죽여야 한다는 주장을 폈다. 그 말에 우 씨 형제는 정신이 퍼뜩 들었다. 그들은 무조건 죽는 시늉을 했다.

"우리 꼴을 보세요. 하루하루 나무를 해서 팔아 먹고 사는 사람들입니다. 우리가 죽으면 우리 부모 형제들은 모두 굶어죽습니다."

우 씨 형제는 같은 동족 같은 인민이니 살려달라며 인정에 호소했다. 체면이고 뭐고 눈에 보이지 않았다. 일단 여기서 살아남아야 했다.

"이 사람들도 소작농이고 우리 닌민입네다. 함부로 죽일 수는 없디요."

"동무들은 경험이 없어 기러는긴데 안됐지만 죽여야 하오. 내려가서 신고 않는다는 보장이 어드메 있음둥. 혁명의 성공을 위해선 죽여야만 하오."

"죽이면 오히려 문제가 되지 않겠소? 마을에서 네 명이 한꺼번에 돌아오지 않으면 비상이 걸릴 거 뻔하잖소. 괜히 지서에 신고가 들어가면 시끄러워질 거요."

"숨길라문 땅을 파묻어야 되는데 기걸 어캅니까? 번거롭고 불필요한 시간 낭비할 필요가 어드메 있소?"

"내 생각도 같소. 우리가 야간이동을 시작하는 시간에 맞춰 풀어주는 게 좋겠소."

우 씨 형제를 살려두자는 의견이 더 많았다. 우 씨 형제에게 총조장격으로 보이는 공비가 호주머니 속에 든 세이코 시계를 꺼내 선물로 주었다. 그러면서 당부를 잊지 않았다.

"동무들, 조용히 집으로 가시오. 만약 비밀을 지키지 않고 경찰에 신고하면 우리 후속부대가 내려와서 동무들 마을과 가족을 몰살시킬 것이오. 명심하시오."

우 씨 형제를 풀어주자는 방침이 최종으로 결정되었을 때 조장 격인 공비가 눈을 빛내며 재차 위협했다. 공비에게 붙들린 네 시간 여 만에 우 씨 형제는 빈 지게를 지고 풀려났다. 우 씨 형제는 덤불 속을 빠져나오면서도 미심쩍었다. 서둘러 걷는 발걸음이 꼬이고 자꾸만 뒷머리가 켕겼다. 공비들의 총알이 언제 날아올지 몰라 머리칼이 쭈뼛 섰다. 밤바람이 볼을 때렸지만 춥지 않았다. 등에는 어느새 식은땀이 흘렀다. 얼마를 걸었을까? 우 씨 형제는 누가 먼저랄 것도 없이 뒤를 돌아보았다. 저 멀리 깜깜한 곳에서 움직이는 검은 물체가 눈에 들어왔다. 무언가의 움직임을 확인한 순간 그들은 무조건 앞만 보고 내달렸다. 이가 덜덜 떨렸고 눈앞은 캄캄했지만 달리는 것밖엔 달리 길이 없었다.

마을 입구 가로등이 마치 구세주처럼 보였다. 우 씨 형제는 가로등 밑에서 한참이나 가쁜 숨을 몰아쉬었다. 그러면서도 눈은 연신 주위를 살폈다. 혹시나 공비들이 뒤쫓아 온 건 아닐까, 어둠 속 어딘가에 숨어서 그들의 일거수일투족을 감시하는 건 아닐까 하는 불안감에 마음을 놓을 수 없었다.

"우릴 미행한 건 아닌 것 같아. 그렇지?"

모두들 고개를 끄덕였다. 아직 벌렁벌렁 뛰는 가슴은 여전했다. 그러나 언제까지 가로등 밑에서 떨고 있을 수는 없었다.

"신고해야겠지?"

"당연하지. 그런데 언제 신고하냐가 문제라구. 만약 그 놈들이 가까이 있다면 신고하는 우릴 가만 두겠냐? 아까 공비들이 눈을 빛내며 협박하는 거 봤지?"

"여기서 우리끼리 이럴 게 아녀. 일단 집으로 가서 의논 하자구."

우 씨 형제는 집으로 달려갔다. 가족들이 빈 지게로 돌아온 형제를 이상하게 여겼다. 그러나 너구리를 쫓아 너구리굴에 들어갔다가 허탕만 쳤다는 거짓말을 그대로 믿었다. 저녁을 먹을 때 아버지는 수저를 든 형제의 손이 떠는 걸 보고 야단을 쳤다. 그제야 형제는 간첩을 봤다고 털어놓았다. 우 씨 형제들로부터 자초지종을 들은 아버지는 청천벽력 같은 사실에 놀랐지만 일사불란하게 서둘렀다. 아버지는 우 씨 형제들을 앞세우고 마을에서 유일하게 전화가 있는 집으로 들어가 파주군 법원리 창현파출소로 신고를 했다. 그때가 1월 19일 밤 9시경이었다.

우 씨 형제가 파출소에 공비 침투 사실을 신고한 시각은 밤 9시경이었지만 인근 군부대에 전달된 것은 9시 30분경이었다. 대간첩작전 대책본부가 설치될 합동참모본부에 정보가 전달된 것은 거의 자정 무렵이었다. 통신 체계가 아직도 전근대적인 상황이었기에 전달이 늦을 수밖에 없었다. 그 시각 이미 공비들은 시간당 평균 10킬로미터씩 주파하면서 법원리-미타산-앵무봉-노고산-진관사-북한산으로 이어지는 능선을 향해 달리고 있었다.

＊

124군 부대원은 법원리 뒷산 덤불 속에서 출발하여 서울을 향해 행군을 시작했다. 인민군 1개 소대병력 부대원 31명은 자만심에 가득 차 있었다. 휴전선을 넘어 임진강을 건널 때까지 국군 초계병에게 발각되는 일도 일어나지 않았다. 우 씨 형제를 빼고는 전방 부근의 주민들에게 거동 수상한 자로 몰려 신고된 적도 없었다. 마을 들판을 달릴 때도 들은 것이라곤 개 짖는 소리뿐이었다.

"동무들은 세계 최고의 용사다! 국방군들이 동무들을 비행기로도 못 쫓아오게 만들어주겠다!"

훈련을 받을 때마다 교관은 소리쳤다. 모래주머니를 차고 매일 산악구보를 하는 혹독한 훈련이 계속 되면서 부대원들의 자만심도 덩달아 커져갔다. 가혹한 훈련에 단련된 124군 부대원들이었다. 그들은 오로지 서울을 향해 급속 야간 산악행군을 시작했다. 중무장한 30킬로그램의 짐을 지고 시간당 10킬로미터를 구보로 주파했다. 그 모든 것을 너끈히 할 수 있었던 것은 애초에 선택된 자들이었기에 가능했다. 각 부대에서 성분과 사상과 체격이 검증된 자들만 차출했다. 태권도와 격술 그리고 유도는 기본으로 갖춰져 있는 자들이었다. 20킬로그램을 무장한 채 1시간에 11킬로미터를 능히 주파한 특수부대원들이었다. 영하 25도의 추위를 행군하면서 엿과 오징어만으로 배고픔을 견디며 부대원 31명은 오로지 서울을 향해 달렸다.

중무장한 공비들이 서울로 향하는 능선을 달리고 있는 비슷한 시각인 1월 20일 새벽 2시에 중앙정보부 강인덕 과장은 전화벨 소리에 화들짝 놀랐다. 창현파출소의 최초 신고에서 거의 5시간 가까이 지난 뒤였다.

"과장님, 놈들이 새까맣게 내려왔습니다!"

"뭐? 대체 몇 명이나 돼?"

"잘 모르겠지만 대략 30명은 되는 것 같습니다."

"으음."

강 과장 이마에 깊은 주름이 만들어졌다. 전화기를 내려놓으며 강 과장은 출근 준비를 서둘렀다.

'게릴라전이 시작됐군. 이젠 정치가 아니라 군사력으로 대응해야 할 때인가?'

그러나 새벽 2시경 124군 부대원 일동은 이미 경기도 구파발 부근의 노고산 능선을 타고 있었다. 새벽 4시경엔 노고산을 주파했고, 서울의 경계선이자 북한산으로 접어드는 길목인 진관사를 통과하여 1월 20일 오전 6시경엔 북한산 비봉에 도착했다. 10시간 동안 거의 휴식도 없이 행군이 아닌 전력질주를 한 것이다.

1월 20일 토요일 오전 9시. 김성은 국방부 장관은 청사로 출근한 다음에야 공비침투 사실을 보고받았다. 김 장관은 부랴부랴 오전 9시 30분경 청와대로 들어갔다. 박정희 대통령에게 직접 보고를 올린 다음 서둘러 조치에 들어갔다. 제일 먼저 6군단장 이세호에게 전화를 걸었다.

"놈들이 떼로 몰려 내려왔다 하니 군에서 철통같은 경비와 수색이 절대적으로 필요하오. 그러니 예비사단까지 동원해서 서울 외곽에 집중 배치하시오. 신속하게 움직이시오."

오후 2시경에는 6군단 예하 3개 사단과 김재규 중장의 6관구 병력이 동원되었다. 동원된 병력은 전방에서부터 수도인 서울까지 수십 겹으로 방어선을 구축했다. 그러나 김 장관의 조치는 한 발 늦은 뒤였다. 무장공비들은 그보다 앞서 방어선을 통과한 후 이미 북한산으로 들어와 있었다.

김성은 국방부 장관은 계속 대통령 집무실에 머물렀다. 병력을 동원해서 방어선을 구축했다지만 마음 한 구석은 찜찜했다. 오랜 군생활의 직감도 작용했다. 김 장관은 대통령 집무실 전화로 곧장 채원식 치안국장을 찾았다.

"채 국장, 김 국방이오. 아무래도 서울 지역에 갑종 비상을 걸도록 해야겠소. 그리고 세검정에서 정릉과 창동에 이르는 축선에 경찰부대를 배치해줬으면 하오."

"알겠습니다. 곧 시행하겠습니다!"

채원식 치안국장은 서울 전역에 갑종 경계령을 내렸다. 모든 경찰들은 비상근무에 들어갔다. 겨울 날씨 만큼이나 서울 거리는 을씨년스러웠다. 자연히 사람들의 발길도 뜸해졌다.

북한산 승가사 주변은 온통 하얀 눈으로 덮여 있었다. 쌓인 눈은 녹지 않고 무릎까지 차올랐다. 북한산으로 잠입한 무장공비들은 승가사 아래 기슭에 모여 휴식을 취했다. 지척에 청와대 뒷산인 북악산이 보였다. 눈구덩이만 아니라면 단번에 닿을 수 있는 거리였다. 공비 한 명이 눈 위에 침을 뱉었다. 그의 표정은 몹시 못마땅했다.

"계획된 루트대로 따른다면 지금쯤 우리는 북악산에 있어야 하는 거 아닌가?"

"북악산에서 바로 뒤통수 치고 내려가 청와대를 까고 박정희 목을 따야 하는 건데 말이야. 정찰국장이 그러지 않았소? 박정희가 있으면 남한 경제가 살아나니 반드시 처치하라고 말이오."

"그걸 누가 모르는가? 제대로 챙겨먹지도 못하고 강행군 했지만 차질이 있는 걸 어쩌겠나."

"4일간 꼬박 급속 야간 산행하며 달려왔는데 여기서 늦춘다고? 어이없구만."

"지금 우리가 여기서 계속 불만을 터뜨리고 왈가왈부 할 땐가? 허리까지 차오른 저 눈구덩이가 안 보이는가?"

공비들은 어처구니 없었다. 밤새 눈 덮인 산의 바위를 타는 것은 말 그대로 악전고투였다. 추위에 얼어붙은 바윗길을 달렸는데 막상 새벽녘이 됐을 때 눈에 들어온 자리는 북악산이 아니라 승가사를 바라보는 북한산 자락이었다. 체력이 소모된 상태에서 눈길에 수없이 미끄러지면서 방향 착오를 일으켜 다람쥐 쳇바퀴 돌기에 그친 것이었다. 무장공비들은 서로 간에 내색은 안했지만 슬슬 지쳐가고 있었다. 아무리 가혹한 훈련으로 단련된 특공대원이라 해도 며칠씩 제대로 챙겨먹지 못하면 무리가 따르는 법이었다.

"여기서 루트를 수정하겠네. 북악산은 허리까지 눈이 쌓여 있어서 방향을 바꿔야겠네. 쌓인 눈에 빠지고 눈길이라 발밑이 미끄러우면 10시 30분인 공격시간을 맞출 수 없어서 바로 북악산을 타는 것은 무리라고 판단하네."

무장공비들이 술렁거렸다. 시간이 없으니 버스를 탈취해 청와대 정문으로 바로 돌진하자는 측과 도보로 걸어가자는 측의 의견이 맞섰다. 결국 최종안으로 채택된 건 비봉에서 세검정 쪽을 도보로 걸어가자였다. 그들은 서울 북한산 기슭에서 밤하늘의 별을 올려다보았다. 추위에 꽁꽁 얼어버린 별이 여기저기 흩어져 있었다. 별은 북한에서 보던 것과 별반 다르지 않았다. 공격시간에 맞춰 부대원들은 동시에 움직일 것이다. 그러나 임무 완수 후 복귀는 각자의 몫이었다. 누가 어느 루트를 통해 북으로 돌아갈지 부대원들끼리도 알지 못했다. 단 하나 분명한 건 혁명이 실패로 끝나거나 잡힐 경우 자폭한다는 각오였다.

'암호가 611였던가? 살아 돌아갈 때나 써먹을 수 있는 암호일 뿐.'

1968년 1월 21일 밤 8시경. 북한산 전체가 어둠에 잠겼다. 북한산 비봉 밑 사모바위 옆 암굴에서 124군 부대원 31명은 마지막 공격 캠프를 차렸다. 드디어 마지막 행동을 개시할 순간이 다가온 것이다. 그들은 조용히 그러면서도 민첩하게 움직였다. 배낭은 산에 묻고 사복으로 갈아입었다. 각자 자신의 기관단총과 수류탄 등등 무기류를 몸에 차고 소련식 장외투인 바바리를 덧입었다. 모든 준비를 마친 그들은 눈 덮인 산을 내려오기 시작했다.

밤 9시 30분경 무장공비 일행은 산길을 내려와 내리막길인 일반 도로로 접어들었다. 갑종 비상이 걸린 서울 거리는 사람들의 발길이 뜸했다. 이들은 마치 행군하는 군인들처럼 2열 종대를 갖추고 말없이 걷기만 했다. 이들이 걸을 때마다 AK소총과 수류탄을 숨긴 소련군식 장외투가 불룩불룩 튀어나왔다. 방한모에 사복과 검은 농구화를 갖춘 그들의 모습은 어딘지 어색했다. 그러나 어둠이 그 모든 것을 가려주었다.

"모두 세부 작전 계획을 새겨두어라. 침투, 습격, 탈출조 등 3개 조는 3~4분 안에 임무를 끝내야 한다. 침투조가 청와대 보초를 제거하고 경계에 들어가는 동안 습격조는 청와대 내부를 공격한 후 바로 철수한다. 그동안 탈출조는 청와대 경내의 차량을 탈취해 시동을 걸어놓고 대기하고 있다가 임무를 마친 동료들을 싣고 문산 쪽으로 도주한다!"

습격조는 목표에 따라 다시 4개조로 세분되었다. 제1조는 청와대 2층을 습격하여 박 대통령을 살해하고, 제2조는 청와대 1층, 제3조는 경호실, 제4조는 비서실에 침입하여 기관단총과 수류탄으로 전원 살해한 다음 도피 및 탈출한다는 계획이었다.

일행은 행군을 하면서 각자에게 주어진 임무를 다시 한 번 되새겼다. 그들은 무서울 게 없었다. 우이령길을 지나 서울 한복판에 들어오기까지 거침없이 달려온 그들이었다. 남한 군인이나 경찰을 겁낸 적 한번 없이 걷고 또 걸었다. 만일 군인이나 경찰을 만난다면 해치워버리면 그만이라는 자신감에 젖은 그들이었다. 어둠을 타고 도로를 따라 걷는 그들의 눈동자만 승냥이처럼 빛나고 있었다.

무장공비들을 처음 확인한 사람은 이각현 서대문 경찰서장이었다. 이각현 서장은 정체불명의 괴한들이 나타났다는 무전 보고를 받고 현장으로 출동했다. 구평동 버스정류장 부근에서 세검정 길을 따라 걸어 내려가는 괴한들을 목격한 이각현 서장은 먼저 세검정 파출소에서 서울시경에 보고를 했다. 그런 다음 즉시 스리쿼터에 형사 6명을 태우고 괴한들을 쫓아갔다. 이각현 서장은 대열 선두에 차를 세우고 내렸다. 그리고 일행을 향해 물었다.

"당신들 뭡니까?"

"우리? 우리는 CIC 방첩대다. 훈련 끝내고 돌아가는 길이니까 참견 하지마!"

그들은 당당하게 대답했다. CIC라면 8.15 광복 이후 남한에 주둔한 미군의 전투부대인 24군단에 소속되어 첩보활동 등을 담당한 정보기관이었다. 그들의 고압적인 자세에 이각현 서장은 일단 한 발 물러섰다. 그러나 아무래도 미심쩍어 그냥 보낼 수는 없었다. 차에 올라탄 이각현 서장은 천천히 그들을 뒤따라갔다.

밤 10시경 자하문 고갯길로 방향을 돌린 괴한들은 누각이 있는 언덕까지 올라와 청와대 쪽으로 방향을 돌렸다. 고개 바로 아래 담을 끼고 종로경찰서 관할의 자하문 임시 검문소가 설치되어 있었다. 검문소에는 종로경찰서 수사과 박태안, 정종수, 정낙철, 김치선, 김경수, 박대병, 박재천까지 7명이 있었다. 그때까지 임시검문소에서는 괴한들에 대한 아무런 연락을 받지 못한 터였다. 대신 시경 지령실에서 모든 차량을 엄중히 검색하라는 무전을 받은 상태였다. 고개 위에서 괴한을 발견한 김경수 순경이 얼른 권총을 빼들었다.

"야, 총 치우라우!"

어느 곳 사투리인지 분간하기 어려운 말투가 괴한들 무리에서 들려왔다. 이때 정종수 형사가 소리를 질렀다.

"암호!"

"방첩 CIC다!"

한 치의 망설임도 없는 대답이 바로 날아들었다. 정낙철 순경이 큰 소리로 다시 물었다.

"방첩대면 방첩대고 CIC면 CIC지, 방첩 CIC가 뭐냐? 너희들 신분증 내놔!"

"우리는 두 달 동안 유격훈련을 받고 오는 길이다. 그래서 신분증은 부대본부에 보관하고 있기 때문에 소지하지 않고 있다! 서장에게 알렸는데 아직 아무 얘기도 못들었나?"

일행은 시종 반말이었다. 그리고 안하무인격으로 대답을 던졌다.

"의심 되면 본부로 가보면 알 것 아냐?"

전혀 검문에 응하지 않을 뿐만 아니라 무조건 경찰들을 밀치고 내려가려고만 했다. 정낙철 순경이 몸으로 막고 섰다. 그러자 일행 중 한 명이 정낙철 순경의 어깨를 툭 쳤다. 다소 건방진 몸짓이었다.

"다 알면서 왜 이래?"

검문소 순경들은 괴한들의 고자세와 반말을 듣고 있자니 속이 부글부글 끓었다. 그러나 신분을 확인할 수 없으니 답답한 노릇이었다. 일행의 대열이 검문소 옆으로 지나갈 때 정 형사가 종로경찰서 최규식 서장에게 무전 보고를 올렸다. 불심 검문에 응하지 않는 괴한들이 나타났다는 보고였다.

"이곳은 특수지역이라 통과할 수 없다! 통과하고 싶으면 대표자를 보내서 신분을 밝힐 수 있는 근거를 대라!"

"우리 신분을 알려면 너희들이 계속 따라오면 될 것 아니냐."

경찰은 괴한들을 막으면서도 확신이 서지 않았다. 끝까지 괴한들이 당당하게 나왔기 때문이다. 자하문을 내려가 효자동에 이르면 육군 방첩대 본부가 자리하고 있어서 딱히 그들의 말을 거짓이라고 단정짓기도 어려웠다. 그들은 이미 주변 지리를 훤히 꿰고 있었다. 그러나 공비들은 긴장한 탓에 말끝에 함경도 억양이 묻어 나오는 실수를 하고 말았다. 그뿐만 아니라 과장된 행동을 하는 바람에 외투 속에 감춰둔 총구가 얼핏 드러나기도 했다. 박태안 형사는 살짝 드러난 총구를 보고 괴한들이 신고된 공비라는 것을 직감했다.

박 형사의 눈짓에 정종수 형사 역시 눈치를 챘지만 중과부적이라 맞대응 할 수 없는 처지였다.

다시 대열을 갖춘 괴한들이 움직이기 시작했다. 두 형사는 다급했다. 지원군이 올 때까지 조금이라도 시간을 끌어야 했다.

"우리나 당신들이나 비슷한 수사기관에 있는데 피차 고생하는 처지에 서로 신분을 밝히는 게 좋지 않습니까?"

"신분증 같은 거 없대도!"

밤 10시 5분쯤 청와대가 지척인 자하문 내리막길에서 두 형사는 무장공비의 대열 맨 뒤에 걸어가던 부대장 격인 김춘식과 이야기를 나누었다.

"당신, 경상도 말씬데 고향이 어디요?"

김춘식이 박 형사에게 물었다.

"대구인데요."

"우리 친척집도 대구에 있는데…"

김춘식이 말끝을 흐렸다. 박 형사는 실없이 농담도 건네며 시간을 끌었으나 여전히 증원군은 오지 않았다. 입안이 바싹 타들어갈 정도로 긴장했지만 박 형사가 끈질기게 말을 붙이는 바람에 김춘식은 일행들과 8미터 정도 떨어지게 되었다. 박 형사는 길이 꺾어지는 쪽으로 공비들이 빠지면 연락을 받고 달려올 증원부대가 자신을 발견하지 못할지도 모른다는 생각이 들었다.

'이놈 한 놈만이라도 내 손으로 잡아야겠다.'

속으로 생각을 다져먹은 다음 정 형사와 함께 일부러 김춘식에게 시비를 걸며 실랑이를 벌였다. 바로 그때 헤드라이트 불빛이 길 아래에서부터 올라오기 시작했다. 지프차 한 대였다. 지프차는 일행들 앞에 멈춰 섰다. 무작정 아래로 전진하던 괴한들 대열도 멈춰 섰다. 지프차의 강렬한 불빛이 일행에게 쏟아졌다. 외투 차림이었으나 헤드라이트 불빛에 드러난 일행들의 몰골은 기괴했고 초췌했다.

헤드라이트 불빛이 일행을 비추고 있는 동안 지프에서 당당한 체구의 사나이가 내렸다. 최규식 종로경찰서 서장이었다. 최규식 서장은 일행을 향해 물었다.

"나는 종로경찰서장 최규식이오. 어디 소속인지 정확히 소속을 밝히시오!"

최규식 서장의 목소리는 단호하면서도 위엄이 서려 있었다.

"우리는 CIC 사령부가 있는 효자동으로 가는 길이오."

잠시 일행의 행태를 눈으로 훑은 최규식 서장이 다시 물었다.

"외투 안에는 뭐가 들었소?"

"아무 것도 아니오."

"여기는 내 담당구역이오. 확실한 신분을 밝히지 않고는 아무도 못 지나가오!"

지프차의 헤드라이트 불빛이 비추는 한가운데 서서 최규식 서장은 호령했다. 만일을 대비해 최규식 서장은 권총까지 뽑아들었다. 그리고 당당히 저지하는 모습으로 일행을 막아섰다. 일순 대열해 있던 일행들은 적잖이 당황했다. 궁정동과 청와대를 지척에 두고 있는데 막강한 저지자가 나타난 것이다. 극도로 긴장해 있던 순간에 맞닥뜨린 강력한 저지에 일행들의 신경은 칼날처럼 날카로워졌다.

"CIC에 연락해서 확인해! 서둘러!"

일행들의 거만한 태도에 최규식 서장은 화가 치밀었다. 그는 단호한 목소리로 부하에게 명령을 내렸다. 공비들도 신경이 곤두서 있기는 마찬가지였다. 황해도 연산을 출발하여 서울을 향해 험난하고 위험한 길을 달려오는 동안 그들을 막거나 방해한 군인 혹은 경찰을 만난 적 없었던 그들이었다. 만일 만난다 해도 처치하면 그뿐이라는 교육을 단단히 받은 그들이었다. 그랬기에 공비 일행은 여전히 당당하고 거칠게 대응했던 것이다.

최규식 서장은 괴한들의 신분을 확인하는 데 시간이 필요하다고 판단했다. 만일을 대비해서라도 일단 그들을 연행하는 것이 우선이라는 생각이 들었다.

"모두 종로서로 연행하라!"

최규식 서장이 전원 종로경찰서로 연행하라는 명령을 내렸다. 바로 앞에서 응대하던 공비 한 명이 외투 속 기관단총을 만지작거렸다. 그때였다. 최규식 서장 뒤로 시내버스 한 대가 올라왔다. 버스는 길을 가로막은 지프 때문에 멈출 수밖에 없었다. 버스의 헤드라이트 불빛에 눈을 제대로 뜨지 못한 공비들은 상황을 알 수 없어 내심 당황했다. 국군 지원병이 온 것으로 착각한 순간, 공비들은 연이어 또 한 대의 버스가 올라오는 것을 목격하고는 체념에 가까운 눈으로 서로를 쳐다보았다. 일행들 대부분은 누가 먼저랄 것도 없이 두 번째 버스가 올라오는 순간 외투 속의 수류탄과 총을 더듬고 있었다. 공비들은 버스를 국군지원병으로 단정지었던 것이다.

두 번째 버스가 커브를 돌아 나오다 차량이 멈춰 서 있는 것을 보고 급정거를 했다. 그 순간이었다. 최규식 서장과 옥신각신 시비가 붙었던 공비가 외투 속에서 총을 꺼내들었다. 공비는 총을 들어 가차 없이 최규식 서장을 향해 연발 사격을 가했다. 어둠을 뚫고 기관단총 소리가 하늘로 퍼졌다.

"드륵 드르륵!"

"국방군이닷!"

총소리와 비명소리로 길 위는 순식간에 아수라장이 되었다.

"타격대를 불러라! 청. 와. 대. 를 사수하라!"

최규식 서장의 피맺힌 절규가 길 위로 흩어졌다. 차가운 겨울바람은 그 위를 무심히 지나쳤다. 달과 별이 말없이 땅 위를 비춰줄 뿐이었다.

✳

"현정아."

딸을 부르는 민석의 목소리가 잠겨 들었다.

"할아버지 시신을 영안실에 안치한 후 모두가 눈시울을 붉혔다는 이야기가 있었단다. 네 할아버지 제복 주머니에서 아빠 사진이 나왔다는구나. 오랫동안 간직하고 다닌 탓에 낡고 헤진 사진 한 장이었는데 그 사진 때문에 모두가 울었다고 하더라. 현정아, 그때 아빠 나이 여섯 살이었단다."

그 때 46년 전이었던 1968년 1월 20일 자정이 넘은 한밤에 최규식은 집으로 돌아왔다. 갑종 비상이 걸린 상태였으므로 완전 무장 차림이었던 최규식은 아내 유 여사가 건네준 물수건으로 얼굴을 닦고 그대로 작은 탁상에 앉았다. 스페인어 공부를 하기 위해서였다. 부산대학교 대학원에서 '압력정치와 정당제도의 변용에 관한 연구—미국을 중심하여'라는 제목으로 석사 학위 논문이 통과된 뒤라 내처 박사과정까지 밟을 결심을 한 것이었다.

"새벽 일찍 나가셔야 할 분이 안 주무시고 뭐 하세요? 피곤하실 텐데. 참, 여보. 어제 백합유치원에 가서 원장수녀님을 만났어요. 민석이를 유치원에 보내기로 하고 원서도 받아왔고 증명사진도 찍었어요."

"그랬어? 민석이 사진은 멋지게 잘 찍었나? 어디 원서 좀 봅시다."

"지금 새벽 2시예요. 밤도 깊었는데 그만 주무세요."

"아니야. 우리 장남이 유치원에 들어가는데 원서는 내가 직접 써야지."

최규식의 고집을 아는 유 여사는 원서를 건네줄 수밖에 없었다. 최규식은 민석의 생일을 적고 집 약도까지 꼼꼼히 그려나갔다.

"민석이 단점이 뭐더라? 뭐라고 쓸까?"

유치원 입학원서를 한 칸씩 채우다가 최규식은 잠든 민석을 보며 가끔 미소를 짓기도 했다. 새벽 5시경 어둠 속에 초인종이 울렸을 때 유 여사는 마음에 걸렸다. 새벽이 다 되어 잠이 든 남편을 생각하면 차마 깨울 수가 없었다. 그러나 밖에는 이미 서장차를 운전하는 김 순경이 대기 중이었다. 와이셔츠와 바지를 갈아입고 다시 무장을 갖춘 최규식은 바쁘게 집을 나섰다. 그것이 유 여사가 본 남편 최규식의 마지막 모습이었다.

밤이 깊어갈수록 유 여사는 막연한 불안감에 잠을 이룰 수 없었다. 이리 뒤척 저리 뒤척하다가 새벽녘에 겨우 잠이 들었다가 화들짝 놀라 일어났다. 마음이 걷잡을 수 없이 불안했고 손까지 덜덜 떨렸다.

"그 밤에 네 할머니 뿐 아니라 증조할머니까지 불안에 떨면서 걱정을 많이 하셨지. 경찰서로 전화를 하려고 몇 번이나 전화기를 들었다 놓았다 하셨던 네 할머니 모습이 지금도 눈에 선하구나."

꼭 다문 현정의 입술이 약하게 떨렸다.

"할아버지가 정말 아빠를 사랑하고 아끼셨네요."

"유일한 아들이라고 나를 귀히 여기셨나봐. 지금까지 살아계셨더라면…"

민석은 말끝을 흐렸다. 현정은 아버지가 무슨 말을 하려는지 알 것 같았다.

"지금까지 살아계셨더라면 우리 현정일 얼마나 사랑하셨을까?"

"그 대신 아빠가 절 많이 사랑하시잖아요."

민석은 현정을 보며 큰 소리로 말해주고 싶었다. 사랑하다 뿐이겠냐고.

"현정아, 아빠는 네가 무척 자랑스럽기도 하단다. 너는 기억하니? 영어웅변 대회에서 당당하게 발표하던 네 모습을 떠올리면 나는 아직도 가슴이 벅차오른단다. 외국에 어학연수 한번 안 나가본 네가, 비싼 어학학원을 다니지도 않은 네가 말이다. 유창한 발음과 자연스러운 몸짓으로 발표하는 너를 보고 모두들 깜짝 놀랐던 그날, 그 때 나는 네 모습에서 희망을 보았단다."

"그건 모두 아빠 덕분이잖아요. 제가 다섯 살 때부터 전화로 하는 영어 공부를 하도록 신청해주셨으니까요. 처음 강남으로 전학 갔을 때 걱정이 들긴 했어요. 그래도 자신 있게 손들고 발표하면서 조금도 주눅 들지 않았어요. 왜냐하면 저는 자랑스러운 할아버지를 둔 최현정이니까요."

"맞다. 네가 할아버지를 얼마나 자랑스러워하는지 지난 호국문예 백일장에서 일등으로 뽑힌 네 글을 보고 알 수 있었지. 할아버지도 비록 널 쓰다듬어 줄 수는 없지만 항상 지켜보고 계실 거야."

아버지 없이 자랐던 빈자리가 다시 크게 다가왔다. 민석은 자라면서 외로움도 함께 자랐다. 어느 친구집을 가더라도 마루 한 벽을 차지하고 있는 것은 가족사진이었다. 그러나 민석의 집에는 가족사진이 없었다. 민석의 막내 여동생 돌잔치 때 가족사진을 찍기로 했는데 아버지는 돌잔치를 며칠 앞두고 순직했다.

민석은 결혼하면 자식을 많이 낳고 싶었지만 그것도 마음대로 되지 않았다. 유일하게 현정이뿐이었다. 그런데 현정은 자신과 달랐다. 형제가 없어서 외로움을 타는 법도 없었고 외동아이답지 않게 씩씩하고 매사 적극적이면서 능동적이었다. 민석은 현정을 볼 때마다 든든했다.

아버지 민석의 손을 꼭 잡은 현정은 보폭을 맞추려고 크게 걸었다. 현정과 민석은 표석이 있는 곳에서 경복고등학교를 지나 자하문으로 통하는 길로 올라가기 시작했다. 곧 네 갈래 길로 나누어지는 넓은 길이 나타났다. 그곳에 커다란 동상이 현정과 아버지를 반기듯 서 있었다. 故 최규식 경무관 동상 뒤로 푸른 나무가 층층이 받쳐주고 있었다. 나무 사이로 훈훈한 바람이 지나가면서 잎사귀가 하늘거렸다.

성곽 북쪽길로 나무 계단이 층층으로 연결돼 있었다. 여름 중반의 더운 날이지만 드문드문 등산객이 올라가고 내려왔다.

현정은 아버지와 함께 하늘마루를 지나 쉼터 전망대에 섰다. 바람 한 점 없는 전망대 위로 따가운 햇볕만 마구 쏟아졌다. 바로 앞에 북한산이 보였다. 아버지가 들려주었던 비봉은 어느 봉우리일까? 비봉 아래에 사모관대를 닮은 사모바위가 있다고 했다. 공비들은 사모바위 옆 암굴에서 밤을 지내고 다음 날 우이령길을 넘었다고 했다.

"오늘은 여기까지만 걷자. 하루 만에 비봉까지 돌아보기엔 무리야."

아버지 이마에 연신 땀방울이 맺혔다. 힘들기는 현정도 마찬가지였다. 아름다운 성곽길에 비해 오르내림이 심한 등산로였다. 할아버지 동상이 있는 곳에서 서북쪽으로 오르는 길을 택했지만 결코 녹록치 않은 탐방길이었다.

숙정문 검문소를 오르기 전에 탐방코스가 그려진 입석 안내도가 눈에 띄었다. 전체적으로 안내도는 나무 질감이었다. 그 위에 파랑과 보라 그리고 밝은 회색과 노랑 등으로 주변을 자세하게 안내해 놓았다. 안내도를 들여다보던 아버지 얼굴이 일순 일그러졌다. 현정은 굳이 묻지 않았다. 아버지 마음을 알기 때문이었다. 안내도의 유독 붉은 줄이 한눈에 들어왔다. 붉은 줄은 마치 길고 긴 한 마리 구렁이처럼 그어져 있었다. 붉은 줄 옆에는 '일명: 김신조루트'라고 표기 돼 있었다.

"조금 전 우리가 저기 정상 북악마루에서 숙정문 쪽으로 내려갔던 거란다. 성벽과 성벽의 경사진 곳 아래 마을이 보이는 곳에 서 있던 소나무를 본 곳이기도 하지. 수령이 200년이라는 소나무는 그 당시 15개의 총탄을 맞았었지. 페인트로 동그라미 표시를 해놓은 것을 확인하는 네 눈이 안쓰러움으로 가득 하더라. 도망가던공비 대신 소나무가 대신 총을 맞았는데 그런데도 용케 지금까지 버티고 있구나. 여기저기 온몸이 탄흔 투성이인데 말이다. 사람이라면 온전했을 리 없지. 거기에서 오르고 내리는 길을 600미터 쯤 걸어가다가 커다란 바위를 봤을 때 현정이 네 눈이 무척 커졌어. 50여 발의 무수한 총탄 자국이 무섭다고, 슬프다고 네게 말을 하고 있다고 했었지? 그 당시 쫓고 쫓기는 전투가 얼마나 치열했는지 소나무와 호경암 바위의 탄흔이 들려주고 있는 외침이겠지. 현정아, 네가 두 눈으로 똑똑히 본 거기가 어디겠니? 바로 청와대 뒷길이란다. 청운동 길에서 네 할아버지를 향해 기관총을 쏘고 버스에 타고 있는 무고한 서울시민을 향해 수류탄을 터트린 그놈들이 어디로 도망갔겠니? 북악산과 북한산 그리고 인왕산 등으로 뿔뿔이 흩어져 도망갔더란다. 46년 전 그놈들이 이곳을 공포 속으로 몰아넣었단다. 수많은 사람들의 소중한 생명을 앗아가 버렸지. 소시민이 누렸던 소소한 행복도 동시에 짓밟았단다."

현정은 독백처럼 토해내는 아버지 말 속에 오롯이 깃들어 있는 외로움을 느꼈다.

"도망간 31명을 잡는 추격전은 전쟁 그 자체였어. 온 산을 밝히는 조명탄이 쉴 새 없이 터졌지. 도주로를 차단하고 이 잡듯 수색을 한 끝에 결국 유일하게 한 명을 생포한 건 불행 중 다행이었단다. 한 명이라도 생포를 했으니 북한의 소행이 만천하에 드러난 것이고 어디서 훈련을 받고 무슨 임무를 띠고 남파됐는지를 분명히 알 수 있었으니까 말이다. 그런데 아버지는 한편으론 슬프다. 무척 슬프구나."

이를 앙다문 아버지 관자놀이의 핏줄이 꿈틀거렸다.

"무심한 사람들 때문에 무척 서운하단다. 난 아버지가 그리울 때면 혼자 터벅터벅 걸어서 여기를 찾았단다. 그립고 보고픈 아버지 때문에 내 가슴은 허허로운데 사람들은 그렇질 않았어. 그 당시 이곳이 얼마나 긴박했는지 모르는 사람들은 단지 즐기기 위한 장소로 찾더구나. 총알 박힌 소나무와 호경암을 배경으로 킥킥 웃고 떠들며 단순히 기념사진을 찍는 게 전부였어. 이 주변 어느 커피집이 유명한가를 묻거나 맛있는 만두집이 어디냐를 물으며 지나다닐 뿐이었어. 그리고 사람들은 그러더구나. 여기가 김신조 루트라고 말할 뿐이었어. 사람들은 국가 존립의 위기를 막아낸 내 아버지 최규식보다 생포된 김신조를 더 기억하는 현실이 슬펐단다."

그 점은 현정도 같이 느끼고 있었다. 안내도에 '김신조루트'로 표시된 붉은 글씨가 거슬리는 것도 아버지와 같았다. 사람들의 호기심이 김신조로 커질수록 할아버지 최규식은 작아지는 것 같았다. 희생정신과 책임감으로 공비와 맞섰던 할아버지 최. 규. 식을.

"아빠, 저는 역사의 물이 흐르고 흘러 할아버지를 이곳에 보내셨다고 생각해요. 할아버지는 더 큰 것을 보시고 지켜내신 분이에요. 아버지가 들려주신 말씀 중에 할아버지가 6·25 때 포로로 잡혀 총살 직전에도 살아나셨다고 했잖아요? 그때 하늘에서 할아버지를 데려가지 않은 건 정작 할아버지에게 필요했던 시기가 따로 있었기 때문이에요. 왜냐하면 역사적인 일을 하는 사람은 반드시 따로 정해져 있거든요. 저는 할아버지가 그런 분이셨다고 생각해요. 역사적인 일을 해야 할 사람으로 선택되신 분이 바로 할아버지이신 걸요. 청와대 앞길을 지나 청운동에서 여기까지 오르는 동안 저는 할아버지 숨결을 고스란히 느꼈어요. 아빠, 할아버지가 총을 맞고 쓰러지신 바로 그 아랫길에 궁정동 공원과 청와대 입구가 있었잖아요. 할아버지가 온몸으로 청와대를 막아내신 거잖아요. 아빠, 그래서 저는 할아버지를 생각할 때마다 이순신을 함께 떠올려요. 임진왜란 때 우리나라를 지키신 분이 이순신이라면 현재 대한민국 청와대와 국토를 지키신 분은 최규식, 바로 제 할아버지예요. 아빠, 할아버지는 시대가 필요해서 선택되신 분이에요. 저는 반드시 할아버지의 명예가 잊혀지지 않도록 제가 노력할 거예요. 그러니 아빠, 슬퍼 마세요.”

현정의 말은 다부졌다. 한 점 흐트러짐 없이 말하는 현정의 얼굴 위로 낯익은 얼굴이 겹쳐졌다. 희미한 기억 속 얼굴이지만 언제나 그리운 얼굴이었다. 사는 동안 힘들고 지쳤을 때 크게 소리쳐 부르며 달려가 안기고 싶었던 얼굴이었다. 아아, 아. 버. 지.

“현정아, 아빠는 너를 볼 때마다 내 아버지를 떠올린단다. 너무 일찍 아버지가 내 곁을 떠나버려서 기억 속에 남은 건 별로 없지만 말이다. 그러나 나는 내 아버지가 어떤 가치관과 철학을 갖추고 사셨는지 또 그것을 몸소 행동으로 보여주셨는지 알고 있단다. 가장 가까이는 할머니와 어머니가 들려주신 말씀을 통해 아버지를 알 수 있었지. 또 아버지가 돌아가신 날을 잊지 않고 추모식 때마다 찾아주신 분들이 한결같이 그러셨어. 정말 아까운 분을 잃었다며 진정으로 슬퍼하시더구나. 나는 그분들 표정에서 내 아버지를 분명히 그려낼 수 있었단다. 비록 37세의 짧은 생을 마감했지만 아버지는 진정 경찰의 귀감이 되셨구나 하고 말이다. 너도 나중에 어엿한 사회인이 되면 알게 될 거야. 남의 귀감이 되는 삶을 사는 게 얼마나 어려운지 말이야. 현정아, 새해 첫 날 혹은 경찰의 날이면 내 아버지 동상 앞은 어느 때보다도 깨끗이 정돈돼 있고 주변에는 꽃들이 놓여 있단다. 그건 내 아버지를 추억하는 많은 분들의 발걸음이 여전히 이어지고 있음을 보여주는 게 아니겠니? 현정아, 비록 동상이지만 네 할아버지가 얼마나 당당하게 서 있더냐. 공비 앞에서도 그렇게 당당하셨단다. 내 딸 현정이 너를 볼 때마다 떠올리게 되는구나. 항상 당당하고 학구적이었다는 내 아버지를."

※

어린 민석은 아버지가 일찍 퇴근해서 집에 들어오는 것을 거의 보지 못했다. 가끔 어머니 손을 잡고 경찰서로 아버지를 만나러 갔던 기억이 희미하게 떠올랐다. 어머니는 아버지가 갈아입을 속옷과 손수건 등을 챙겨 민석을 앞세웠다. 경찰서 건물 한 켠 작은방에 아버지 숙소가 있었다. 작은 방인데도 냉기가 돌았다. 어머니가 걱정할까봐 아버지는 미리 선수를 쳤다.

"춥지 않으니 걱정마시오. 물을 데워 탕파에 넣고 발치에 대고 자면 따뜻하오. 행여 집에 가서 어머니께 쓸데없는 말 하지 마시오. 가뜩이나 고혈압으로 편치 않으신데 내 걱정까지 하게 해선 안 되오."

최규식은 어릴 때부터 효자였다. 춘천 우두동의 천전초등학교를 다니던 최규식의 꿈은 의사가 되는 것이었다. 하얀 가운을 입고 목에는 청진기를 걸고 이마에 반사경을 쓴 의사 모습을 최규식은 우러러 보았다. 의사가 되어 돈 없는 사람과 불치의 병을 완치해주고 싶었다. 그러나 의사가 되려면 논 수십 마지기는 있어야 한다는 말에 꿈을 접고 말았다. 그는 아버지가 안 계신 집안의 장남이었다. 아버지가 빨갱이에게 잡혀 목숨을 잃은 뒤 어머니 혼자 행상과 삯바느질 등으로 생계를 꾸려 나갔기에 중학교 진학도 어려운 처지였다. 그러나 담임은 배움에도 때가 있다며 공부를 하는 길이 결국 어머니 고생을 덜 시켜드리는 길이라고 간곡하게 설득했다. 최규식은 무리가 따랐지만 춘천중학교로 진학했다.

1950년 6·25전쟁이 발발했을 때 서울에 있던 최규식은 춘천에 있는 어머니와 동생을 만나 피난길에 올랐다. 마석 근처에서 마침 트럭을 빌려 서울로 오는 교인을 만난 최규식은 가족과 함께 동승할 수 있는 자리를 얻었다. 드디어 트럭이 서울에 도착했다. 사람들은 하나 둘 차에서 내리기 시작했다. 최규식은 동생을 먼저 안아 내린 다음 어머니를 잡으려고 양팔을 벌렸다. 그때 한 여인이 먼저 손을 내밀어 최규식 손을 붙잡았다. 그 여인은 어머니가 내리려고 하는 것을 못 본 모양이었다. 다른 사람을 배려하는 어머니는 그렇게 하라는 손짓을 하셨고 최규식은 먼저 그 여인을 내려놓았다.

바로 그때 트럭이 갑자기 움직였다. 차가 앞으로 움직이는 바람에 내리기 위해 서 있던 어머니 몸이 공중에 붕 떴다가 아스팔트 위에 머리를 부딪치며 떨어진 것이다. 동생의 비명소리에 놀란 최규식은 달려가서 미친 듯이 어머니를 끌어안았다.

병원에 어머니를 입원시킨 다음 최규식은 가까스로 육군본부 임시 군속으로 취직했다. 비록 월급은 많지 않았으나 일자리가 생겼다는 것만으로도 감사한 일이었다. 효성과 정성 덕에 어머니 병은 호전되었고 한시름 놓게 되었을 때 최규식은 입대를 결심했다. 학도병 모집을 보고 정규 군인이 돼야겠다고 결심한 이면에는 빨갱이에게 목숨을 잃은 아버지가 있었다. 그리고 6·25 전쟁을 통해 전쟁의 참상을 익히 겪은 영향도 컸다. 어쩌면 당연한 결정이었는지도 모른다.

"내가 미처 어머니를 챙겨드리지 못했기에 자주 아프신 거라고 나는 생각하오. 그러니 어머니가 조금이라도 걱정하실 일은 말해선 안되오. 일찍이 아버지를 여의었지만 나는 지혜로운 어머니 덕에 청렴 결백과 충효를 배웠소. 그러니 어머니를 성심을 다해 모셔야 하오."

남편 최규식의 말에 아내 유 여사도 순순히 따랐다. 약사 유정화를 포병부대 장교였던 최규식에게 은근히 연결시켜준 분이 바로 시어머니였기 때문이다. 최규식의 어머니는 자주 두통을 호소했고 고혈압에 시달렸다. 최규식은 고혈압으로 고생하는 어머니를 위해 유명하다는 의사는 거의 다 찾아갔을 정도였다. 최규식 앞에서 고혈압 병세나 이름난 의사를 들먹이는 자체가 부질없었다. 그만큼 최규식은 어머니 병에 대해 극성스러울 정도로 지극정성을 기울였다. 자식으로서의 효(孝)를 몸으로 보여준 최규식이었다.

전쟁의 포성은 멎었지만 나라는 여전히 가난했다. 4·19와 5·16을 거치면서 최규식은 새로운 길을 향해 과감히 군복을 벗었다. 1963년 육군 중령으로 예편한 최규식은 그 해 12월 17일 총경으로 경찰에 특채되어 충청북도 경찰국 정보과장으로 부임했다. 며칠 후 정보과장 최규식은 퇴근 후 아내가 내민 상자를 보고 불같이 화를 냈다. 신분을 밝히지 않은 남자가 막무가내로 맡기고 간 상자 안에는 고급 양복지가 들어 있었던 것이다. 보낸 사람이 누군지 알 수 없으니 돌려보낼 수도 없었다. 그렇다고 어머니와 아내에게 무작정 화를 내는 것도 지나친 노릇이었다. 결국 최규식은 양복지를 팔아 청주 양로원에 필요한 물건을 사 보내도록 아내에게 지시하고 마무리 지었다.

최규식의 강직하고 고집불통인 성격 때문에 때로는 융통성 없고 독선적이지 않느냐는 충고를 듣기도 했다. 그러나 최규식은 불의와 타협하지 않았으며 흔들리지 않는 정의감과 굳은 신념으로 임무에 충실했다. 항상 직선적이고 원리원칙에 충실했지만 가슴 밑바닥에는 누구보다도 인정 넘치는 인간 최규식이기도 했다.

부산시경의 정보과장을 거쳐 1966년 용산경찰서장으로 부임한 최규식은 우범 청소년에 대해 관심이 많았다. 특히 공부하고 싶은 아이들이나 굶는 아이들에 대한 관심은 특별했다. 용산구는 용산역을 중심으로 청소년 범죄가 많았으며 우범지대를 배회하는 불량 청소년도 많았다. 그런 청소년을 방치하는 것은 나중에 큰 사회문제가 될 수밖에 없었다.

최규식은 '정화대'라는 이름의 천막촌을 세우기로 하고 나이 어린 부랑아와 신문팔이, 구두닦이 등등 다양한 직업을 가진 청소년들을 불러들였다. 그러나 아이들이 늘어날수록 거주할 집과 먹을 음식이 필요했다. 최규식은 구청장과 함께 서울 철도청 지국장을 찾아가 한강2가 2번지 내 철도대지 105평을 정화대 대지로 확보하고 그 터에 집을 지었다.

60여 명 아이들의 쉼터가 마련되자 최 서장은 '자활원'으로 이름을 바꿨다. 그리고 아이들이 새로 출발할 수 있도록 모든 것을 무료로 제공했다. 무엇보다도 아이들이 스스로 자립할 수 있게 각자가 번 돈은 통장을 만들어 예금하게 했다. 따뜻한 잠자리가 생기고 배불리 먹을 수 있게 되고 통장에 돈이 조금씩 불어나자 아이들은 조금씩 미래에 대한 꿈을 키워갔다. 최 서장은 야간에는 경찰관을 보내 아이들에게 공부도 시켰다. 육영수 여사의 도움이 컸던 청소년 도서관은 큰 성과를 올렸다. 책을 읽기 시작한 아이들이 늘어나면서 점점 독서광이 되어갔다.

아내 유 여사는 남편 최규식이 하는 일을 묵묵히 지키며 내조했다. 유 여사는 남편을 잘 알았다. 불우한 어린 시절을 보낸 남편이었다. 아버지의 사랑과 따뜻한 밥 한 그릇과 마음 놓고 공부하고 싶었던 남편은 그 모든 것에 굶주려 있었던 것이다. 남편은 자활원을 지을 때 돈이 부족하다고 했다. 그럴 때마다 유 여사는 집을 옮겼다. 이사를 다닐 때마다 집이 조금씩 줄어들었다. 자활원이 완성될 때까지 7번이나 집을 옮겼다. 집이 조금씩 줄어드는 것은 괜찮았다. 그보다 유 여사를 짓누른 건 시어머니께 쌀밥을 양껏 드리지 못할 때였다. 마치 며느리인 자신의 잘못 같아 마음이 무거웠다. 그러나 남편에게 불평 한 마디 할 수 없었다.

"내가 10살 무렵이었다오. 배가 너무 고파서 울다 지쳐 쓰러졌는데 고모가 치마 밑에 뭘 숨겨오지 않았겠소. 만두 2개였다오. 배고픈 조카를 보다 못해 고모가 만두 2개를 훔쳐 온 거요. 그래서 나는 배고픈 것이 얼마나 무서운지 알고 있소. 저 아이들이 배고프면 남의 걸 훔칠 것 아니오? 저 아이들이 갈 데가 없으면 나쁜 짓을 하지 않으리라고 누가 보장하겠소?"

유 여사는 시어머니와 마주 보며 묵묵히 듣기만 했다. 1964년 부산시경 정보과장으로 재직할 때도 남편은 매번 월급봉투가 얇았다. 시국이 어수선하니 집에 들어오는 시간도 불규칙했다. 최규식의 어머니는 언제 집에 들어올지 모르는 아들을 위해 항상 쌀밥 한 그릇을 이불 속에 묻어두었다. 다른 식구들은 겨우 보리밥으로 끼니를 이어갔다. 그런데 아들에게 먹일 쌀을 사야 하는데 돈이 다 떨어져 버렸다. 최규식의 어머니는 곱게 빗어 비녀를 꽂던 머리카락을 잘라 팔았다. 행여 아들이 볼까봐 그 이후론 항상 머리에 하얀 수건을 두르고 다녔다.

"민석에미야, 행여 애비가 눈치 채지 않게 조심하거라. 애비는 우리 모두가 쌀밥 먹는 줄 알 텐데 실상을 알면 놀라지 않겠느냐."

그런 형편을 지켜보던 최규식의 운전기사가 보너스로 나온 쌀을 직접 집으로 싣고 와버렸다. 그때서야 아내와 어머니는 보너스로 쌀이 지급된다는 사실을 알았다. 최규식은 보너스로 나오는 쌀을 자신보다 어려운 부하에게 나눠주거나 고스란히 불우시설로 보낸 것이었다. 용산경찰서장으로 오기 전 2년 여 동안 최규식은 보너스로 나오는 쌀을 집으로 가져오지 않았다. 최규식의 어머니와 아내 유 여사는 보너스로 지급되는 쌀에 대해 한 마디도 묻지 않았다. 그런 남편 최규식에게 집이 좁다고 불평할 수 없었다. '좁아도 내가 쉴 집이 있으니 고맙지 아니하오.' 남편은 그렇게 대답할 것이다. 사회복지 시설이 전무하던 시절이었다. 그러나 최규식은 이미 사람을 사랑하는 마음을 몸소 실천으로 보여주었다. 그의 삶 자체가 고스란히 사람다운 모습이었다.

1967년 3월 12일 자 신문을 보던 최규식 서장은 큰 충격을 받았다.

"3월 10일 밤 10시 45분경 서대문구 합동에 위치한 마곡상의 종업원 두 사람이 호남선 밤 열차 편으로 쌀 30가마를 사기 위해 내려 보내려던 현금 2백2십만 원을 강도당했다. 범인은 위협발사를 하면서 현금을 갖고 도주했지만 이들 두 사람의 추격으로 결국 잡혔다. 그런데 범인은 바로 경찰이었다."

범인은 최 서장의 관내인 서빙고 파출소의 김 순경이었다. 최 서장은 즉시 김 순경의 환경을 조사했다. 김 순경은 12년 차 만년 순경이었다. 1964년 12월 28일에 택시에 치어 오른쪽 다리와 팔에 중상을 입어 8개월이나 휴직했다. 그러던 중 동료경찰이 집을 짓는 데 필요하다고 간곡히 부탁하는 말에 넘어가 현금 35만 원과 집문서까지 내주는 실수를 하고 말았다. 이 일이 화근이 되어 1966년 집달리가 들이닥쳤고 급기야 단돈 4만 원의 셋방살이로 내몰리게 되었다. 김 순경은 서빙고 파출소로 복직하여 근근이 생계유지는 했지만 자녀들 학비로 전전긍긍했다. 그러던 3월 5일 또다시 교통사고를 당해 몸에 심한 타박상을 입으면서 살림은 더욱 곤궁해졌다. 좌절감과 실의에 빠졌던 김 순경은 결국 충동범죄를 저지르고 말았다.

최 서장은 착잡했다. 자신의 어려웠던 시절이 떠올랐다. 마음은 찢어지듯 아팠다. 그러나 지은 죄를 덮을 수는 없었다. 더군다나 자신은 법을 집행하는 입장이니 부하라고 해서 정황을 참작할 상황이 전혀 아니었다.

최 서장은 자신의 관내에서 일어난 일에 자신이 책임을 져야한다고 생각했다. 주변 사람들을 일일이 찾아다니며 진심어린 사과를 했다. 그 다음 김 순경의 집을 찾아간 최 서장은 눈앞에 펼쳐진 광경에 눈물이 핑 돌았다. 단칸 셋방에서 아무 것도 모르는 어린 자식 넷을 바라보는 부인은 병들어 있었다. 최 서장의 마음에 안타까움과 자책이 교차되었다.

경찰서로 돌아오기 전에 최 서장은 천주님 앞에 서서 각오를 새롭게 했다.

'천주여! 앞으로는 더욱 성실하고 완전하게 살 것을 다짐하옵니다.'

거울을 보고 선 최 서장은 곱게 빗은 머리를 보며 주먹을 움켜쥐었다.

'모든 잘못은 바로 내게 있다. 내가 부족했기 때문이다. 나는 감독자로서의 자세에 반성을 하고 내 부족함에 가차 없이 매를 들어야 한다!'

최 서장은 망설임 없이 머리를 싹둑 깎아버렸다. 모든 감독자와 부하들에게 자신의 부족함에 대해 채찍질 하는 자세를 보여주었다. 그리고 그는 김 순경이 복역할 동안 남은 가족에게 방을 얻어주고 생계를 돌봐 주었다. 최 서장의 태도는 곧 부하들에게 믿음을 심어준 것과 같았다.

'기회는 기다리는 것이 아니라 자기 스스로 마련하는 것이다'라는 것은 최규식의 지론이었다.

'성공은 99%의 노력과 1%의 영감으로 이루어진다'는 에디슨의
좌우명을 자신의 좌우명으로 삼으며 최규식은 어려운 환경을 헤쳐
나왔다.

최규식은 자신이 공부하고 싶은 만큼 할 수 없었던 데 대한 미련이
컸다. 그래서 항상 향학열에 집념을 불태웠다. 부산시경에 근무할
때는 동아대학교 야간학부를 다녔으며 서울 용산경찰서의 막중한 임
무 중에도 공부를 놓지 않았다. 그는 언제나 배움에 목말라 있었다.

최규식은 부족했던 환경을 탓하거나 주저앉는 법이 없었다. 시간
을 쪼개고 잠을 줄이면서 자신 앞에 산적해 있는 문제와 싸우며 자
신을 이겨나갔다. 어린 시절에 겪었던 어려운 환경은 남을 배려하
는 크고 넓은 혜안이 되었고 부족한 것을 채우려는 열정으로 지칠
줄 몰랐다.

최규식은 용산경찰서에서 1년 만에 종로경찰서로 전임되었다.
서울 중심지역을 관내로 둔 종로경찰서는 청와대와 모든 중앙관서
가 위치하고 있었다. 청와대가 종로경찰서 관내에 있었기 때문에
관내 치안과 함께 청와대 경비임무도 맡았다. 이런 막중한 자리를
36세의 청년 서장이 맡았으니 파격적 인사임에 틀림없었다.

최 서장은 부임 후 일종의 타격대를 조직했다. 무술유단자와 미
혼 경찰관을 대상으로 유사시를 대비하기 위한 기동타격대 성격의
부대였다. 무장공비의 침투가 날로 증가하자 최 서장이 안을 만들
어 실현시킨 것이었다. 비상이 걸리면 집에 못 들어가는 날이 비일
비재했지만 그래도 타격대원들은 최 서장을 믿고 따랐다.

1968년 1월 20일. 갑종 경계령이 종로경찰서에 하달되었다. 갑종 경계령이 발령되자 최 서장은 모든 업무를 비상근무체제로 전환시켰다. 또한 그가 심혈을 기울여 조직한 타격대도 비상 대기시켰다.

그러나 다음날 최규식 서장은 무장공비의 총에 쓰러지고 말았다. 타격대를 불러라, 청와대를 지켜라를 부르짖으며 장렬한 최후를 맞이한 것이다. 최규식 서장의 희생은 청와대를 적으로부터 막아냈을 뿐 아니라 수도 서울을 지켜낸 것이다. 그리고 무장공비를 섬멸했고 국민들 모두에게 다시 한 번 반공정신을 일깨워준 계기도 되었다.

1 · 21사태 후 북한의 도발에 대비한 여러 방책이 마련되었다. 우선 예비군 창설을 들 수 있다. 그리고 학교 교육에 교련이 추가되었으며 학생군사훈련도 실시되었다. 전투경찰이 탄생된 것도 같은 맥락이었다. 이 모든 조치는 단기간에 병력을 늘리지 못하기 때문에 우선으로 이뤄진 것이었다. 그러나 그런 조치보다는 전 국민의 머릿속에 나라를 지켜야 한다는 안보의식이 크게 번졌다는 점을 가장 중요하게 꼽을 수 있었다.

✳

청와대 앞을 사람들이 자유로이 지나다녔다. 현정은 청와대 정문을 바라보고 섰다. 가끔 텔레비전에서 보던 낯익은 곳이었다.

"아빠 제 꿈이 뭔지 알지요?"

"그럼 알다마다. 우리나라 최초 여성 대통령이 되는 거였지."

"그런데 저보다 먼저 되신 분이 지금 저 안에 계시네요."

"그래서 속상하니?"

현정은 얼른 대답을 하지 않았다. 잠시 틈을 둔 현정이 아버지를 보고 웃었다.

"꿈은 자란다고 하셨잖아요? 그래서 제 꿈을 바꿨어요. 이젠 세계 최초 여성 UN 사무총장이 될래요. 유엔사무총장이 되어 우리나라 대통령이 초청하면 아빠 손 꼭잡고 청와대로 들어갈게요."

현정을 따라 웃던 아버지는 놀란 눈이 돼 버렸다. 도대체 저 아이의 담대한 꿈은 어디서부터 나오는 것인가.

"아빠, 저는 텔레비전으로만 봤어요. 각국 정상들이나 UN사무총장님이 경호를 받으면서 검은 세단을 타고 청와대 안으로 미끄러지듯 올라가면 대통령이 환한 얼굴로 영접하잖아요. 이제 여성 대통령이 저보다 먼저 탄생했으니 저는 더 큰 꿈을 가져야 해요."

"현정아, 아빤 현정이가 그 꿈을 이룰 거라고 믿는다. 꼭 이룰 거야."

아버지는 현정이가 그랬던 것처럼 청와대를 바라보았다. 언젠가는 현정이가 내 손을 잡고 저 안으로 들어갈 날이 올 것이다. 그 날이 오면 현정에게 들려줘야겠다. 그 옛날 아빠가 청와대에 들어갔을 때 백합 닮은 여사님이 환하게 웃으며 반겨주셨던 때가 있었다고.

어린 민석은 어머니 손을 꼭 잡았다. 얼굴은 할머니 치마 뒤로 반쯤 숨긴 채 어머니가 걷는 걸음에 맞춰 걸었다. 처음 들어가 보는 낯선 곳이었다. 입구에서 제복 입은 청년이 꼿꼿하게 서서 거수경례를 올렸다. 파란 기와집 안은 밖에서 볼 때와는 달랐다. 어린 민석의 키에 비해 천정이 너무 높았다. 바닥은 온통 빨간색 이불이 깔려 있었다. 밟을 때마다 운동화 바닥이 이불 위를 걷는 것처럼 푹신하고 부드러웠다. 발자국 소리조차 빨간 이불이 빨아들인 듯 조용했다. 빨간색 이불은 복도와 식당까지 민석의 발 닿는 곳마다 깔려 있었다.

"아이 이름이 민석이라고 했던가요?"

식사를 마치고 담소를 나누던 육 여사가 어머니를 보며 물었다. 어머니가 나직한 목소리로 그렇다고 대답했다. 육 여사가 민석을 불렀다. 그때까지 민석은 후식으로 나온 귤을 까고 있었다. 하얀 속껍질을 하나하나 떼고 있던 민석은 귤을 손에 든 채 육 여사에게 다가갔다. 육 여사는 민석을 번쩍 안아든 다음 무릎에다 앉혔다. 민석의 코끝으로 은은한 향이 스며들었다. 처음 맡아보는 달콤한 향이었다.

"민석인 참하게 잘 생겼구나."

육 여사는 귤을 집어들었다. 그리고 직접 귤껍질을 까기 시작했다.

"민석아, 귤은 말이야 이렇게 겉껍질만 벗기고 먹는 게 건강에 좋단다. 여기 붙은 하얀 속껍질에 영양이 많대요."

민석은 육 여사가 까준 귤을 받아먹었다. 귤은 달콤하고 부드러웠다.

"민석이 건강은 이제 괜찮지요?"

"네. 여사님 덕분에 건강합니다. 지난 여름 민석이를 위해 약을 구해주셔서 다시 한 번 감사드립니다. 정말 고맙습니다."

"별 말씀을요. 응당 도와드려야지요. 어려운 일 있으실 땐 주저말고 연락하세요."

어머니는 어린 민석이 무보균 뇌수막염으로 입원했을 때를 생각하면 식은땀이 흘렀다. 명동 성모병원에 입원시켰을 때 병원에서는 우리나라에 치료약이 없다고 했다. 그 사실을 안 박정희 대통령이 지시를 내렸다. 민석의 치료약은 급히 미국에서 구해왔고 덕분에 목숨을 구할 수 있었다.

"아이들 할아버지와 아버지가 젊은 나이에 북한에 의해 희생되신 건 저희로서도 너무 마음이 아픕니다. 그래서 큰 도움은 못드리지만 4남매가 공부하는 데 지장없도록 조치를 해두었습니다. 대통령께서 직접 친서를 쓰셨어요. 그러니 아이들 학비는 걱정마시고 건강하고 튼튼하게 잘 키우세요. 참, 민석어머니, 약국은 잘 되고 있습니까?"

약사였던 민석 어머니는 육영수 여사의 배려로 정부종합청사 내에서 약국을 운영할 수 있었다. 큰 수익이 나는 건 아니지만 6식구가 살아가는 데 경제적으로 힘이 되었다.

"사는 데 어려움 없을 정도로 꾸려가고 있습니다. 여사님 배려가 얼마나 큰 힘이 되는지 모르겠습니다. 이렇게 기일도 잊지 않고 챙겨주시고."

어른들은 이런저런 이야기를 나누었다. 민석은 육 여사 무릎에서 내려왔다. 그리고 살금살금 걸어 복도로 나왔다. 긴 복도는 빨간 길로 이어져 있었다. 민석은 빨간 길 위를 걸었다. 어느 쪽으로 걸어도 발자국 소리가 나지 않았다. 참 신기한 길이었다. 그때 어느 방에서 피아노 소리가 들렸다. 민석은 귀를 쫑긋 세웠다. 피아노 소리가 나는 방으로 발걸음을 옮겼다. 그때 피아노를 치던 단발머리 여학생이 뒤를 돌아보았다.

"어머, 넌 누구니?"

갑작스런 질문에 민석은 당황했다. 날랜 고양이처럼 민석은 뒤돌아 나와 뛰었다. 빨간 길은 뛰는 소리조차 나지 않는데 민석의 가슴에선 쿵쿵 북치는 소리가 났다. 괜히 얼굴이 달아올랐다.

✳

"현정아!"

"네, 아빠."

"오늘 현정이랑 같이 다니니까 참 좋다."

"저도 좋아요."

"아까 하늘마루 쉼터에서 현정이가 했던 말을 듣고 청와대 앞까지 오는 동안 생각 많이 했어. 그래서 그동안 아빠가 가졌던 서운함을 모두 털어버려야겠다고 마음먹었단다."

예까지 살아오는 동안 뼛속 깊이 박힌 서운함과 외로움을 어찌 말로 다 할 수 있으랴. 졸지에 아버지를 잃은 4남매는 그나마 육영사의 배려로 정부종합청사에서 어머니가 약국을 운영하면서 기본 생활은 영위할 수 있었다. 그러나 그것도 박정희 대통령 서거 후 일순간에 모든 것이 달라져 버렸다. 어머니는 아무런 대책 없이 정부종합청사 약국에서 쫓겨나다시피 나왔고 그 이후 가족들은 흩어져 살 수밖에 없었다.

경제적 어려움보다 더 견디기 어려웠던 것은 아버지 최규식 경무관이 점점 잊혀지고 있다는 사실이었다. 해마다 1월 21일이 되면 세간의 관심은 최규식 경무관보다 생포된 김신조에게 쏠려 있었다. 그 뒤에서 최민석의 외로움은 더욱 커져갔고 아버지에 대한 그리움은 상처가 되었다. 그러나 이제 모든 상처와 그리움을 초월해야겠다는 생각이 들었다. 왜냐하면 현정이가 새로운 희망으로 자라고 있음을 확신했기 때문이다.

현정이 활짝 웃었다. 현정의 웃는 얼굴이 민석의 가슴에 따뜻한 햇살로 안겨 들었다.

"현정아, 네 할아버지는 분명히 하늘이 선택해서 보내신 분이 맞아. 우리나라는 어려울 때마다 나라를 구한 사람들이 있었어. 그건 국운이 살아있으니 지금까지 지켜진 것이라고 나는 생각한단다. 개인과 가족으로 보면 슬프고 애통하지만 더 크게 보면 자랑스러운 일이 맞아."

"아빠, 아빠랑 제가 못다 이룬 할아버지의 뒤를 이어 열심히 살아가면 되잖아요. 지금 대통령님도 그런 것 같아요. 아버지 대통령의 뒤를 이어 나라를 이끄는 일에 최선을 다하시잖아요. 저도 최선을 다할래요."

"그렇지? 우리는 항상 역사가 말해주고 있다는 걸 잊지 말아야 한단다. 그들의 도발이 얼마나 무모한 짓이었는지 역사가 보여주고 있잖니. 1968년 그 당시엔 북한이 우리보다 경제력과 군사면에서 앞서 있었지. 그때 우리나라 국민소득은 채 100불도 되지 않았어. 북한은 우리나라보다 두 배 이상 앞서 있었다고 들었어. 그런데 지금은 오히려 우리가 월등히 앞서고 있잖니. 북한의 위협에 대응해 나온 과정이 우리에겐 자주국방과 경제 부흥을 가져 왔으니 말이다. 중화학공업 육성으로 이젠 국산무기를 만들게 되었고 새마을 운동은 결국 국민들의 높은 소득으로 이어졌단다. 비행기까지 수출한 나라가 된 걸 보면 참 대단한 대한민국이야. 북한은 오판을 했다는 걸 역사가 보여주고 있어. 우리를 죽게 만들려다가 지금 그들이 어려운 경제 상황에 직면해있다는 걸 똑똑히 보거라."

민석은 현정의 어깨를 두 손으로 감쌌다. 무한한 꿈을 품은 딸 현정의 눈은 깊고도 맑았다.

이 세상을 향해 나아갈 꿈을 펼칠 현정에게 민석은 두고두고 들려줄 이야기가 많았다. 비록 37세의 짧은 생을 살다 갔지만 아버지 최규식 경무관은 대한민국의 전 경찰에게 나를 희생하여 주위를 밝히라는 강한 메시지를 남겨놓았다. 아버지가 남긴 메시지는 강물이 되어 현정에게도 흘러들 것이다.

나라를 위해 일했으니 충(忠)을 행했고, 홀어머니를 정성으로 모셨으니 효(孝)를 실천 했으며, 어렵고 힘든 사람들 편에 선 그에게서 사람다운 향기가 넘쳤으니 분명 어진이(仁)였다. 그리고 막중한 임무를 수행하면서도 공부에 정진한 자세는 지혜(智)를 갖춘 이의 덕목이라 할 수 있었다. 수많은 부하들이 그를 흠모하고 따랐으니 그건 믿음(信)을 가진 리더였음을 보여주고도 남았다.

청와대 주위로 노을이 퍼지고 있었다. 파란 지붕 위로 노을을 닮은 웃음소리가 퍼져나갔다. 민석을 보고 웃는 현정의 얼굴도 노을처럼 고왔다.

소방관은 나의 직업이다

6인의 순직 소방관

어느 소방관의 기도 / A. W. 스모키 림 · 캔자스 위치타 소방관

신이시여
제가 부름을 받을 때는
아무리 강력한 화염 속에서도
한 생명을 구할 수 있는 힘을 저에게 주소서

너무 늦기 전에
어린아이를 감싸 안을 수 있게 하시고
공포에 떠는 노인을 구하게 하소서

저에게는 언제나 안전을 기할 수 있게 하시어
가냘픈 외침까지도 들을 수 있게 하시고
신속하고 효과적으로 화재를 진압하게 하소서

저희 업무를 충실히 수행케 하시고
제가 최선을 다할 수 있게 하시어
저희 모든 이웃의 생명과 재산을
보호하고 지키게 하여 주소서

그리고 신의 뜻에 따라 저의 목숨을 잃게 되면
신의 은총으로 저의 아내와 가족을 돌보아 주소서

2001년 9월 11일 뉴욕 세계무역센터 테러 당시에 있었던 일이다. 건물에서 탈출하려는 수많은 사람들과 반대로 거슬러 올라가는 소방관들이 있었다. 탈출하던 사람 중 한 명이 물었다.

"왜 당신들은 자꾸 올라갑니까?"

소방관들 중 누군가 대답했다.

"This is my job!(이것이 나의 직업이다!)"

그리고 343명의 소방관들은 화염 속으로 사라졌다.

2001년 3월 4일 서울 홍제동 다세대 주택에 화재가 났다. 건물 내에 사람이 있다는 말에 소방관 9명이 들어갔다. 한 사람의 인명을 구하기 위해서였다. 인명구조가 우선인 소방관들은 조금의 망설임도 없이

6인의 순직소방관 추모동판

건물 안으로 진입했다. 서울 서부소방서 소속 화재진압대와 구조대원들이 인명 수색 중 건물이 무너져 내렸다. 무너져 내린 건물 안에서 6명이 순직했고 3명이 부상을 입었다.

순직한 어느 소방관의 책상에 고이 간직돼 있던 한 편의 시, 그것은 〈어느 소방관의 기도〉였다.

밤이 깊었지만 서부소방서 대기실은 항상 불이 켜져 있었다. 비상벨이 울리면 총알처럼 일어나서 달려 나가야 하기 때문이었다. 소방대원들은 언제든지 출동할 수 있는 복장으로 잠자리에 들었지만 대부분 깊은 잠을 이루지 못했다.

"형, 안 자?"

마치 친형을 부르듯 다정한 목소리가 박동규 소방장을 찾았다. 김기석 소방교는 고향 선배이면서 직장 상사이기도 한 박동규 소방장을 친형처럼 따랐다.

"눈 좀 붙여야 하는데 잠이 안 오네."

"내일 아침에 교대하면 바로 고향 내려간다며?"

"그래. 지난 번 아버지 생신 때 못 내려가서 마음이 편치 않아. 그래서 내일 찾아가 뵈려구."

"우리 일이라는 게 우리 마음대로 시간 낼 수도 없고, 필요할 때 바꿀 수 있는 것도 아니잖어. 그러니 부모님도 이해해 주시겠지."

"알아주시니까 묵묵히 지켜보고 계시는 거 아니겠어? 그런데 어떤 땐 그게 더 미안해."

"형이 고향 간다니 나도 고향 가고 싶다."

"……"

"형은 천직인가봐. 소방관 일이."

"그런 건지 잘 모르겠지만 내 동생이나 6촌 동생까지 이 길을 택한 걸 보면 그렇게 보였기 때문이겠지? 솔직히 이 길을 택한 거, 후회는 안 해. 그런데 기석이 너도 생각할수록 참 대단해. 힘든 소방관 일을 하면서 꾸준히 공부하는 거 보면 말이야."

"공부야말로 제가 하고 싶어서 하는 건데요 뭐."

"암만 하고 싶어 한다고 해도 의지가 없으면 힘들지. 하여튼 대단해. 존경스럽다. 아우!"

박동규의 칭찬에 김기석은 괜히 머쓱해졌다. 비상대기실에서 대기 중일 때도 김기석은 손에서 책을 놓지 않았다. 김기석은 홀어머니 밑에서 어렵게 중학교를 졸업했다. 상급학교에 진학하고 싶은 마음은 간절했지만 어려운 가정 형편이 그의 발목을 잡았다. 그 대신 해병대 장기하사를 택했고 7년 복무 끝에 제대했다. 그리고 검정고시를 거쳐 원광대 행정학과를 졸업한 후 진로를 모색하다가 6년 전에 119 구조대에 지원했다. 그는 119 구조대에 근무하면서도 계속 공부하고 싶은 열망에 방송통신대학 국문학과 석사 과정을 밟았고 드디어 학위 취득까지 마친 상태였다.

"앞으로 박사과정도 밟을 거야?"

"때가 되면 도전할 겁니다. 저기 장석찬처럼 제대로 몸을 만든 다음 할까 하는 생각도 있구요."

"설마 산악 로프 타기까지 하려는 건 아니겠지?"

"그거 아무나 하나요. 장석찬이니까 해내지."

장석찬 소방사는 특전사 출신이었다. 제대한 후 소방관이 적성에 맞다며 구조대에 자원했다. 그동안 4,500여 회 구조 활동에 나선 장석찬은 산악 로프타기에 있어서는 가히 베테랑급이었다. 그의 균형 잡힌 몸을 보면 전문가다운 기운이 흘러넘쳤다.

벽에 걸린 시계가 어느새 열두 시를 넘어섰다. 바닥에 누워 있었지만 잠을 이루지 못하고 있는 건 박준우 소방사 역시 마찬가지였다. 맨 끝 자리의 박준우는 옆으로 돌아누운 채 사진 한 장을 뚫어지게 보고 있었다. 약혼녀 신애 사진이었다. 수줍은 미소를 띤 신애를 보노라면 가슴 한 가운데서 쿵쾅쿵쾅 요란한 소리가 났다. 소방관 아내가 되어달라던 프러포즈를 받아주던 날 박준우는 신애를 으스러지게 껴안았다. 신애에게서 상큼한 아카시아 꽃망울이 터지는 향이 풍겼다. 돌아오는 비번일 때 만날 생각만 해도 벌써 심장이 두근거렸다.

"박준우, 약혼녀 생각에 심장이 터질 것 같지? 그럴 때가 정말 좋을 때다."

갑자기 날아든 박상옥 소방교의 한 마디에 박준우는 움찔 했다. 설마 내가 신애 사진을 보고 있는 걸 알아 챈 건가?

"다 알면서 왜 그런 걸 물어? 샘 내는 것도 아니고 말야."

김철홍 소방교가 참견했다. 박상옥이 푸훗훗 웃었다. 박상옥은 요즘 들어 부쩍 웃음을 달고 살았다.

"자네는 요새 아이한테 푹 빠져 있잖은가. 아마 마눌님보다 아기

한테 더 **빠져** 있을 걸?"

"허허, 그러잖아도 집사람 눈치 깨나 보고 있다네. 글쎄 자기 자식한테도 질투를 하더라구."

"그래도 자넨 효도 제대로 한 거라네. 홀어머니에게 요정 같은 손녀를 떠억 안겨 드렸으니 제일 큰 효도 아닌가?"

"그 말은 확실히 맞아. 지혜 때문에 우리 집이 아주 웃음바다야. 잘 웃지 않으시던 어머니까지 아주 대놓고 웃으신다구."

박상옥의 얼굴에 생기가 돌았다. 돌을 넘긴 지혜는 윗니와 아랫니가 벌써 여섯 개나 삐죽 솟았다. 지혜가 생글생글 웃을 때마다 어른들은 더 크게 웃었다. 복덩이가 따로 없었다. 지혜와 자주 어울려 놀아주고 싶지만 그렇게 하지 못 할 때가 더 많았다. 비번일에도 地, 水利 검사를 비롯하여 경방조사 등 화재 예방검사를 실시하는 일이 잦기 때문이었다.

"박준우, 잘 들었지? 지금은 약혼녀가 좋아도 곧 아기가 생기면 그리로 정이 간다는 사실을 명심해. 그러니 지금이 좋은 때라구."

김철홍 소방교의 말에 박준우는 자신도 모르게 귓불이 달아올랐다. 한편으로는 김철홍 소방교에게 미안한 마음도 들었다. 김철홍은 소방서 내의 노총각이었다. 서른여섯이 훌쩍 넘도록 아직 짝을 찾지 못한 그였다. 그래서 김철홍 앞에서는 결혼이니 애인이니 하는 말은 조심하는 터였다.

"철홍이, 곧 새신랑 될 사람 기죽이지 말고 이제 자네 실속 차려야지. 언제까지 노모 애태울 텐가? 응?"

"난들 이러고 싶겠냐구. 짝이 안 나타나는 걸 어떡해!"

"신경 바짝 서라구. 막내아들 장가간다면 모친이 얼마나 좋아하시겠어?"

"그러지 마슈. 나는 울 엄니뿐이여."

"허긴 자네가 모친에게 쏟는 정성을 우리가 모르는 바 아니지. 아주 지극한 효자지 효자!"

"아이고, 모르겠다. 잠이나 자 두자. 오늘은 몇 시간이나 눈 붙일 수 있을라나."

김철홍은 바닥에 벌렁 누워버렸다.

밤이 깊어갈수록 비상대기실은 정적 속에 잠겨들었다. 눈을 감고 누웠지만 박준우 입가에 옅은 웃음이 번졌다. '걱정하지 말고 잘 자! 준우가 밤새 꿈에서 지켜줄게!' 조금 전에 보낸 메시지를 믿고 신애는 지금쯤 편하게 잠들어 있을 것이다. 자신을 믿고 기다려주는 여자가 있다는 것만으로도 박준우는 행복했다. 옆자리의 장석찬 소방사가 가볍게 코를 골았다. 코 고는 소리가 간간이 흩어질 뿐 실내는 조용했다.

얼마나 시간이 흘렀을까? 정적을 깨고 갑자기 요란한 벨이 울렸다. 벽에 달린 경광등이 붉은 빛을 연신 쏟아내며 어지러이 돌았다. 비상대기실에 있던 소방대원들은 마치 벌에 쏘인 것처럼 화들짝 일어났다. 벽에 걸린 시계는 새벽 3시를 훨씬 지나 있었다. 일시에 비상계단을 내려가는 소방대원들의 발자국 소리가 마치 말발굽 소리처럼 울려 퍼졌다. 화재 현장으로 달려가는 그들은 금세 전쟁터를 향해 달려가는 군인과 같은 심정이었다.

"어디야?"

"불광동!"

소방대원들이 불광동을 향해 달리는데 무전을 통해 다시 연락이 왔다.

"홍제동으로 차 돌려! 불광동은 도난신고래!"

지휘책임을 맡은 소방장이 다급하게 지시를 내렸다. 소방차는 홍제동 화재현장으로 다시 방향을 잡았다. 그러나 홍제동 골목으로 진입한 소방차는 난관에 부닥쳤다. 화재 현장에 접근하기 전에 이면도로를 가득 메운 불법주차 차량이 도로를 점용한 것이 문제였다. 급히 소방차를 돌려 5분 만에 화재 현장 근처까지 달려왔지만 현장 30미터 앞까지만 진입한 것이었다. 인구 밀집지역과 이면도로에는 소방도로가 확보되지 않은 경우가 많아 화재진압에 가장 큰 애로였다.

골목 안쪽으로 소방펌프차가 진입하지 못해 수관을 연결하느라 시간이 지체되었다. 통상 화재가 발생하면 5분 이내에 대응하는 것이 중요했다. 불이 난 후 5분을 넘기면 불타는 속도와 피해면적이 급격히 늘어나게 되기 때문에 5분 이내 진화가 원칙이었다.

2인1조의 소방대원들은 호스를 잡고 골목길을 냅다 달렸다. 지휘진압 대장의 지시가 스피커를 통해 떨어졌다.

"현장 출동대는 상황 속보하고, 현장 안전 확인하고, 개인 안전장비 반드시 착용하여 안전에 주의하며 진압 진화하기 바란다!"

벌건 불길이 좁은 골목길을 환하게 밝혔다. 창문을 통해 위로 솟구치는 불길이 마치 뱀 혓바닥처럼 날름거렸다. 호스를 통해 뿜어져 나온 강한 물줄기가 그대로 소낙비처럼 건물 위로 쏟아졌다. 그럴 때마다 날름대던 불길은 수그러들었다. 그러나 그때뿐이었다. 이내 불길은 다시 붉은 혓바닥을 더 크고 넓게 내밀었다.

　다닥다닥 이웃과 맞붙은 동네였다. 다세대 주택과 연립주택이 밀집한 지역이라서 불길이 옆 건물에 옮겨 붙는 것부터 차단해야 했다. 급한 불길은 잡혔지만 여전히 잔불과 연기가 자욱했다. 그때 다급한 목소리가 들렸다.

　"아이구, 집안에 사람이 있어요! 제발 우리 아들 좀 살려주세요!"

　할머니가 발을 동동 구르며 숨넘어가는 소리로 애원했다. 소방대원들은 서로 눈짓으로 신호를 주고받았다. 불을 끄는 게 기본이라면 인명 구조는 항상 최우선이었다. 소방대원들은 3인1조가 되어 모두 9명이 건물 안으로 들어갔다.

　"건물 안으로 들어갈 때는 경험이 말을 한다! 라이트 라인을 확인해서 들어가고 나올 때도 그렇다! 공기호흡기가 울리면 즉시 나와 교체하는 것을 명심한다!"

　고참 소방관인 지휘대장은 건물 안으로 들어가는 소방대원들에게 주의를 환기시켰다. 화재가 나면 안에서는 아무것도 보이지 않는다. 그렇기 때문에 잔불 진압 때와 인명구조를 위해 건물 안으로 들어갈 때는 반드시 들어가고 나오는 길을 꼭 확인해야 한다. 소방호스를 잡고 거꾸로 나오는 것도 그 때문이다. 건물 내에 연기가 많으면 가쁜 숨을 쉬기 때문에 공기호흡기는 30분 정도만 사용하면 다시 교체해야 된다. 공기호흡기 교체 벨이 울리기 전에 수색과 잔불 정리를 해야 한다. 그래서 신속한 행동이 요구되기도 한다.

　건물 안에는 매캐한 냄새와 자욱한 연기로 아무 것도 보이지 않았다.

"거기 사람 있어요?"

앞선 소방대원이 외쳤다. 대답이 없었다.

"거기 사람 있어요?"

역시 대답이 없었다. 소방대원들은 어둠 속에서 바닥을 더듬었다. 대답이 없다고 금방 수색을 멈출 수 없었다. 혹시 바닥에 사람이 쓰러져 있을지도 몰랐다. 만약 집안에 한 사람이라도 남아 있다면 반드시 구해야 한다.

건물 안에서는 옆 사람 얼굴도 보이지 않는다. 화재를 다룬 몇몇 영화는 순 엉터리였다는 것을 박준우는 소방관이 되고 나서 알았다. 화재진압 후 건물 안으로 들어오면 바로 앞의 동료 소방관도 보이지 않았다. 그가 인식할 수 있는 것은 라이트 라인 아니면 벽을 더듬으면서 들고나가는 것이거나 호스를 잡고 반대로 나오는 경우였다. 영화 장면처럼 불난 건물에서도 앞이 보이면 얼마나 좋을까. 그렇게 된다면 신속하게 사람을 구할 수 있을 텐데.

그때였다. 건물이 흔들리는 것 같았다. 그러나 건물 안에 있던 소방대원들은 그런 진동을 미처 느낄 새도 없었다. 삽시간에 건물 천정이 우르르 소리와 함께 무너져 내렸기 때문이었다. 물먹은 건물은 거대한 바위덩어리처럼 그대로 폭삭 내려 앉아버리고 말았다.

"우린 항상 전쟁터 속에 살고 있지."

"창살 없는 감옥에 사는 것과 같아."

비상대기실에서 소방대원들이 주고받았던 말 그대로 불난 전쟁터 속에 갇힌 그들은 창살 없는 감옥인데도 그 속에서 영영 빠져 나오질 못했다.

＊

　홍제동 6인 순직소방관 추모 동판이 있다는 은평소방서 녹번 119 안전센터로 들어갔다. 유족들이 십시일반 돈을 내어 건립했다는 6인의 추모동판은 1층 한쪽 벽면에 마련되어 있었다. 동판 앞에 놓인 꽃을 보니 그들을 잊지 않고 찾는 사람들이 있다는 사실에 잠시나마 위안을 받았다.

　조심스럽게 다가가 동판 앞에 섰다. 그 앞에 서니 저절로 숙연해졌다. 잠시 고개 숙여 눈을 감았다. 고마운 마음과 위로의 마음이 동시에 일어났다. 그러나 정작 어떤 말로 고마움을 표하고 어떻게 위로를 해야 할지 한 마디도 떠오르지 않았다. 눈을 감고 서 있는 내 머릿속으로 떠오르는 건 영화 속에서나 보았던 벌건 불길과 검댕이 투성이인 소방관 얼굴뿐이었다. 순간 내 몸이 조여드는 듯 아팠고 온몸에 소름이 돋는 느낌을 받았다.

　나는 얼른 눈을 떴다. 그리고 눈을 들어 동판에 새겨진 한 명 한 명의 얼굴을 응시했다. 왼쪽부터 한 명씩 얼굴을 볼 때마다 그 아래 새겨진 이름을 불러 보았다.

　'고 김기석 소방장님, 고 장석찬 소방교님, 고 박동규 소방위님, 고 김철홍 소방장님, 고 박준우 소방교님, 고 박상옥 소방장님.'

　한 명 씩 얼굴을 보고 이름을 확인하다보니 어느새 코끝이 찡했다. 진실로 인간다운 삶을 살다간 그들의 면면을 들었기에 가슴 한

쪽은 아렸다. 두터운 동료애로 서로가 서로를 한솥밥 가족으로 여겼던 그들이었다. 성난 화마를 두려워하지 않고 달려갔던 그들이었기에 함께 이승을 달리한 사실도 무척 슬펐다.

"현장은 참혹했어요. 그날 일어났던 일을 어찌 말로 다 합니까."

나이든 이 소방장의 얼굴에는 짙은 고뇌가 가득 어려 있었다. 한 순간에 동료와 후배를 눈앞에서 잃을 수밖에 없었기에 이 소방장이 받은 충격은 크고 깊었다.

화재가 난 건물 앞은 항상 전쟁터였다. 화재가 난 현장으로 달려갈 때부터 모든 소방관들은 전쟁터를 향해 돌진하는 군인과 다를 바 없었다. 활활 불타고 있는 건물과 그 주위에서 울부짖는 사람들과 연신 사이렌과 호루라기가 뒤섞여 그야말로 처절한 현장이 되는 것이다.

홍제동 화재 현장도 별반 다르지 않았다. 센 불길이 거의 잡혔을 때 집주인의 말을 믿고 소방관들은 인명구조를 위해 건물 안으로 들어갔다. 그러나 물먹은 건물은 오래 버티지 못하고 무너졌다. 9명의 구조대원 중 간신히 3명만 구조되었고 나머지는 순직했다.

"참 기가 막혔어요. 무너진 건물을 들어 올릴 중장비차가 오면 뭐합니까? 긴급 출동한 구조용 중장비가 아예 골목으로 들어오질 못하는데요. 신속하게 대응해서 구해야 할 우리 동료가 저 불난 건물 밑에 깔려 있는데도 말입니다. 이면 도로를 가득 메운 불법차량 때문에 진입도 못하니 구조 작업을 할 엄두도 낼 수 없었어요. 그걸 보고 서 있는 우리들 속은 불탄 잿더미보다 더 시커멓게 타들어갔지요. 구조작업이 신속히 이뤄졌더라면 살릴 수 있었던 그들을 죽이고 만 것밖에 안 되니 우리는 죄인입니다."

어느새 이 소방장 눈가에 눈물이 맺혔다. 무너진 건물을 망연자실 바라보는 지휘대장을 붙들며 울부짖던 그날을 어찌 잊을 수 있을까. 이 소방장은 선배대원을 붙잡고 오열했다. 우리 동기를, 우리 후배를 살려내 달라고, 다른 사람도 살리면서 왜 이러고 있냐고.

처참한 현장에서 질식 직전의 소방관 3명을 구조했지만 결국 6명은 산화하고 말았다. 더욱 기막힌 일은 건물 안에 있다던 집주인 아들은 화재 직전에 이미 피신했다는 사실이었다. 자신의 집에 불을 냈던 집주인 아들은 피신했고 그 불을 끄러 갔던 소방관은 6명이나 순직한 것이다. 정말 어처구니없는 일이었다. 나는 물어보고 싶었다. 집주인은 장례식에 참석했나요? 그 아들은 참회의 눈물을 흘렸나요? 그러나 나는 입을 꾹 다물어 버렸다. 부질없는 질문이지 않은가.

"그날을 기억하시나요? 2001년 3월 6일에 우리는 6명의 동료와 후배를 보냈지요. 서울시민이 지켜보는 서울시청 앞에서 영결식을 거행했고 대전현충원에 그들을 안장했지요."

이 소방장은 입술을 지그시 깨물었다. 순직소방관 영결식장에서 마지막 가는 길을 지켜보던 동료 소방관들은 통곡했다. 6인의 관을 쓰다듬으며 '저 세상에 가서는 아무리 배가 고파도 다시는 이런 일을 하지 말자'고 오열하는 동료소방관의 모습을 보던 시민들은 같이 울고 탄식했다.

"그들은 마지막까지 몸만 떠난 게 아니었어요. 남아 있는 우리들을 위해 모두에게 베풀고 떠났지요."

우리 모두를 숙연하게 만든 감동적인 사연은 박준우 소방관이었다. 유족들이 박준우 소방관의 시신 기증의사를 밝혀 또 한 번 사람들의 가슴을 찡하게 울리고 말았다. '119 구조대원으로 국민의 생명과 재산 보호를 위해 숨진 아들의 시신이 마지막으로 한번 더 남을 위해 쓰일 수 있도록 신촌세브란스 병원에 기증한다'는 것이 유족들 뜻이었다. 박준우 소방관이 누구였던가. 바로 결혼을 앞두고 가슴 부풀어 있던 예비신랑이 아니었던가. 그의 숭고한 희생에 절로 머리가 숙여질 뿐이었다.

소방관들의 열악한 환경이 적나라하게 국민들에게 알려지면서 국가와 국민들의 관심이 커지게 된 것은 고무적이었다. 그때까지 소방관들이 화재현장에 출동할 때 입었던 옷이 방화복이 아닌 방수복이라는 사실이 밝혀진 것이다. 그것이 지적되어 방화복으로 지급된 계기가 되었다. 그리고 또 하나는 한 달에 받는 위험수당이었다. 목숨을 걸고 화재현장에 뛰어드는 소방관들에게 지급된 위험수당이 2만 원이었는데 그것이 5만 원으로 상향된 것이었다.

"연이은 소방관 순직사건으로 관심이 커진 건 사실이지만 그래도 총체적인 혁신이 있어야 합니다. 순직을 계기로 의무소방대 설치 계기가 됐지만 아직도 노후장비인 88년식 내폭차가 있는 현실이거든요."

119 구조대의 활동은 긴급 출동이 우선이다. 그러나 119 구조대 활동은 곳곳에서 문제점을 만나 난관에 부닥치고 있다.

"소방관이 가장 화 날 때가 언제인지 아세요? 화재 의심 신고를 받고 출동할 때 빠르고 원활하게 이동하는 게 우선이지요. 그런데 사이렌과 경광등을 울리며 급히 달려 나가도 막상 도로에서는 일반 차량들이 양보를 안 해 줍니다. 양보를 요청하는 방송을 해도 상당수 차량이 나 몰라라 멋대로입니다. 그들 중 누군가의 집이 불났을 수 있고 목숨이 위급한 상황에 놓인 환자가 있을 수 있는데도 말입니다."

119 구조대는 촌각을 다투는 위급 상황에 최우선으로 달려가야 한다. 그것이 응급환자가 있는 곳일 수도 있고, 수몰현장 혹은 화재 현장 등등 119를 찾는 손길은 다양하고 그만큼 급박하다. 그런데도 양보운전은커녕 오히려 구조대 차 앞으로 끼어들기까지 하는 얌체족이 있다는 것이다.

"화재 진압은 5분 이내 진화를 시작하는 것이 원칙입니다. 또 응급환자 중 심정지 환자는 4~6분 이내에 응급처치를 받지 못하면 뇌손상이 진행되지요. 그래서 긴급차량이 지나갈 때는 좌우측으로 즉시 정지하라는 명확하고 구체적인 양보 규정을 명기하고 운전면허시험 칠 때부터 안전교육에 넣어야 합니다. 반드시 필요한 교육입니다."

소방방재청이 2007년부터 '소방차 길 터주기' 캠페인을 벌이고 있지만 거리가 점점 복잡해지면서 협조가 되지 않고 있는 것이 현실이었다. 캠페인의 실효성이 없는 만큼 미국이나 캐나다처럼 엄격한 벌금을 부과하는 방법도 고려해보아야 하지 않을까? 소방차량을 막는 일반차량에 대해서는 벌금을 부과할 필요가 있다고 본다. 또 방해 정도에 따라 벌점에 자격정지까지 부과해서 일반차량 운전자들의 의식을 개선시킬 확고한 조치가 있어야 한다.

미국이나 캐나다 같은 선진국에서는 소방 차량을 가로 막는 일반 차량에 대해서는 엄격하게 처벌하고 있다고 한다. 캐나다는 긴급 차량을 150미터 안에서 뒤따라가면 벌금을 1,000달러에서 2,000달러까지 내게 된다. 거기에 벌점 3점에 자격정지 2년이 부과된다고 하니 실로 엄격하게 규제하고 있는 현실이다. 그만큼 소방차가 신속하게 출동할 수밖에 없는 중요성을 대두시키고 있는 것이다. 미국 오리건 주에서는 긴급차량에 대해 양보를 하지 않으면 벌금만 해도 720달러를 내야 한다.

　소방관들이 출동할 때 문제점은 또 있다. 촌각을 다투기 때문에 빠른 길을 찾아 달려가야 하는데 현실은 그렇지가 않다. 소방관들은 출동을 나갈 때 가려는 쪽은 막혀 있고 반대쪽은 원활하면 중앙선 침범을 생각해보게 된다. 그런데 현재 긴급차량이 긴급 출동할 때 신호위반, 속도위반, 중앙선 침범 등으로 교통사고를 내면 일반차량 운전자와 동일하게 처벌 받는다. 대개의 경우 사고가 나면 소방관 책임인 탓에 운전하는 소방관은 망설이는 경우도 있다. 이런 동일 기준의 처벌은 소방관들의 적극적 업무 수행에 상당히 장애가 될 뿐만 아니라 결국 국민들에게 불이익이 되는 것이다. 일선 현장에서 뛰는 소방관의 의견을 반영해서 긴급 출동차량은 최대한의 혜택을 주는 법안이 따라야 할 것이다.

　"전력질주로 화재현장까지 달려가도 여러 문제점이 있습니다. 갈수록 늘어나는 불법 주정차 차량이 진입을 막고 있는 경우가 허다하지요. 골목안쪽으로 소방 펌프차가 진입 못해서 수관 연결이 신속히 이뤄지지 못 하는 것도 그렇고, 더욱 기가 막힌 건 차량이 맨

홀 뚜껑 위에 주차해 있는 경웁니다. 맨홀 위에 주차해 있으면 지하 소화전에 호스를 꽂지 못하니 무용지물이나 마찬가지라는 사실입니다."

길거리 혹은 골목길에 맨홀 둘레가 노란색 페인트로 칠해져 있는 것은 지하에 매립형 소화전이 있는 곳이다. 그렇기 때문에 그 주변에는 주차를 하면 안 된다. 주차를 하면 안 되지만 부득이 주차를 하는 경우 반드시 연락처를 남겨둬야 한다. 그것이 소방차가 조금이라도 더 빨리 화재현장을 진압하는 데 도움이 되기 때문이다.

"불법주차 차량이 없었더라면 구조차가 더 빨리 와서 우리 동료들을 구했을 텐데 지금 생각해도 안타깝기만 합니다. 거기에 결코 간과할 수 없는 또 다른 문제점은 바로 불법 건축물에 대해 짚고 넘어가야 한다는 사실입니다."

불법건축물로 인한 사고를 꼽으라면 단연 삼풍백화점 붕괴사고를 떠올리게 된다. 삼풍백화점 붕괴사고의 피해는 6. 25 전쟁 이후 최대 규모라고 하니 그 피해와 참상을 짐작할 수 있을 것이다. 겉으로는 아무 이상도 없이 멀쩡해 보이던 건물이 설계에서부터 나중에 구조변경으로 이어지면서 부실시공을 감행했다고 한다. 그후 불법으로 건물 확장공사와 안전을 무시한 공사로 균열이 가기 시작하면서 결국 건물은 붕괴되고 말았다. 꼭대기층부터 지하 4층까지 불과 20여 초 만에 굉음을 내며 완전히 붕괴된 삼풍백화점 사고는 1995년 6월 29일 오후 5시 57분에 일어났다. 사망자만 502명에 실종 6명이었고 부상자는 937명이었다.

"삼풍백화점 붕괴 후에 불법건축물에 대한 문제점이 대두됐지만 이미 지어진 수많은 집들이 부실덩어리입니다. 홍제동 건물도 그렇다고 볼 수 있습니다. 철근을 설계대로 넣어 공사를 했다면 그리 쉽게 무너져 내렸을까요? 우리가 불을 끄기 위해 또 번지는 걸 막기 위해 물을 끼얹었지만 제대로 지어진 건물이라면 그렇게 순식간에 내려앉지 않습니다. 천정이 그렇게 힘없이 내려앉는다면 누가 인명구조 하러 들어가겠습니까? 불을 끄고 난 후 화재감식을 하러 어떻게 들어갈 수 있겠습니까? 다 타버린 뼈대만 남은 집에 들어가 보신 적 있나요? 매캐한 냄새와 시커먼 상처만 남은 현장에 들어서면 어떤 생각이 들까요?"

이 소방장의 입술이 바르르 떨렸다. 시간이 흘렀지만 생각할수록 어처구니없는 사건이기에 화가 치밀었다. 순직한 6인을 생각하면 심장이 폭발할 것처럼 답답하고 억울하기까지 했다.

삼풍백화점 붕괴 사고는 여러 문제점을 드러냈지만 그 중의 하나로 긴급 구조구난 체계의 문제점이 지적되었다. 그것이 계기가 되어 119 중앙구조대가 서울과 부산 그리고 광주에 설치되었다.

"요즘 화재 진압은 소방인력에만 의존해서도 안 됩니다. 현대화되어가는 건물과 환경에 맞춰 소방장비도 갖춰져야 합니다. 그런데 지방자치단체의 자립도에 따라 차이가 많습니다. 대부분 소방장비가 열악한 실정입니다."

소방장비는 통합지휘차와 펌프차 그리고 내폭화학차, 조명차, 소방헬기, 소방정, 굴절차, 고성능화학차, 물탱크차, 구조공작차, 장비운반차, 고가사다리차, 구급차 등 종류도 다양하다. 종류도 다양한 만큼 주어진 임무도 각각 다르다.

통합지휘차는 모든 재난 사고 현장에 출동한 소방대의 활동을 전체적으로 지휘하는 사령탑격인 소방차를 말한다. 급히 출동해야만 하는 소방대를 선두에서 이끌며 교통혼잡지역에서는 길을 터주기도 하고, 사고 현장에서는 소방차와 소방대원을 지휘하는 역할을 한다.

펌프차는 각 소방서마다 한두 대씩 보유하고 있는 진화작업 전문차량이다. 소방펌프차 한 대에는 물과 소화약품, 사다리, 절단기, 조명기기, 구조구명장비, 방화복, 공기호흡기까지 거의 200여 점 가량의 장비가 실려 있다. 사고 현장에 빨리 도착하는 것이 중요하기 때문에 언제라도 출동할 수 있도록 모든 소방장비를 실어 놓은 채 24시간 365일 비상 출동 대기 상태에 있는 차가 펌프차량이다.

내폭화학차는 화학공장이나 폭발물 취급업소 등의 화재 및 폭발에 유효하게 사용할 수 있는 포말과 분말을 갖추고 있고 9,000리터의 물탱크가 설치되어 있는 차량이다. 대형화재를 초기에 진압할 수 있는 역할을 한다.

조명차는 야간에 화재진압과 구조활동을 할 때 주변을 밝히기 위한 차량으로 발전기와 조명 시설을 갖추고 있다. 특히 재난 현장 주변에 조명 시설이 없을 때 반드시 필요한 차량이다.

소방헬기는 산악실족 사고 시 혹은 외딴 섬 같은 고립지역에서의 인명구조와 응급환자 이송에 동원된다. 그 외 산불 진화와 업무지원을 위해서도 필요하다.

소방정은 배 안에 완벽한 해상 인명 구조활동을 위한 구조 장비가 갖춰져 있다. 소방정은 선박해상 구조와 연안시설물 화재 진압 및 해상 인명구조와 응급환자 이송과 응급처치를 위해 활동한다. 그리고 해상 방화 순찰과 화재 예방 홍보 방송도 한다.

굴절차는 고층건물과 같이 일반적인 소방차로 화재진압이나 인명구조가 어려운 장소에 사용하는 소방차다. 굴절소방차는 24미터, 27미터, 35미터 등 여러 종류가 있는데 바스켓에 화재진압용 방수포가 설치되어 있어 소방대원이 탑승하여 높은 곳 화재에도 용이하게 진압을 할 수 있게 되어 있다.

고성능화학차는 주유소 혹은 유조선과 비행기 화재 시에 사용하게 된다. 기름종류나 화학약품 등의 화재는 화학차로 포분말을 사용하거나 소화약제를 써서 불을 끈다. 그러나 그만큼 문제점도 많다. 소화작업에 엄청난 비용이 들고 소화 후 환경오염을 유발하기도 한다. 그러나 인명 안전을 위해 어쩔 수 없이 사용하는 실정이다.

물탱크차는 펌프차나 사다리차에 필요한 물을 공급해주는 차량이다. 요즘은 도로 곳곳 혹은 건물마다 소방용수가 설치되어 있기 때문에 소방차가 물을 싣고 다니는 경우가 거의 없다. 우리나라도 100미터마다 소화전 설치가 규정되어 있어서 물탱크차는 차츰 현역에서 물러나고 있다고 한다.

구조공작차는 구조대나 화학기동대가 출동할 때 현장 활동을 위한 장비가 설치되어 있는 차량이다. 차량에는 유압 스프레다 등 약 20종 50점 정도의 장비가 설치되어 있다.

그 외에도 장비운반차와 고가사다리차가 있다. 고가사다리차는 대형 고층건물이 즐비한 요즘 특히 필요한 장비다. 고가사다리는 대연각 화재를 계기로 도입된 장비였다. 요즘 대형건물이나 아파트에는 전면에 '소방차 부서 위치'라는 표시를 그어 놓은 자리가 있다. 그것은 사다리차가 덩치도 크고 사다리를 펴고 접기 위해 넓은 공간이 필요하기 때문에 건물을 짓기 전에 설계를 해놓은 것이다.

구급차는 출동하는 소방차의 맨 뒤에 따라간다. 환자에 대한 이송과 응급처치를 위해 소방공무원인 간호사 구조사가 직접 활동하고 있다.

화재가 났을 때 현장으로 빨리 구조구급 차량과 소방관이 달려가는 것도 중요하다. 그러나 용도에 맞는 소방장비가 갖춰져 있다면 보다 신속하고 안전하게 진압활동이 이뤄지지 않을까?

"소방관들 대부분은 소방관이 좋아서 지원합니다. 근무환경과 후생 복지가 만족스럽지 못하지만 소방관들은 책임감과 투철한 희생 정신으로 현장에 달려갑니다. 그런데 때로는 불의의 사고로 동료 잃은 비통한 심경에 빠져 들기도 하고 부상한 동료 앞에서는 가슴이 찢어지기도 합니다."

크고 작은 화재와 구조구급 업무로 일 년에 평균 7~8명의 소방관 순직자가 생긴다고 한다. 119 구조대의 활동업무가 다양해지면서 순직하거나 다치는 경우가 늘어나는 추세다. 화재 진압 중 순직한 대표적 사례가 홍제동 6인과 대조동 화재의 3인 순직자 그리고 가구전시장 화재로 두 명이 한꺼번에 순직한 경우와 샌드위치 패널로 만든 공장벽이 무너져 순직한 소방관도 있다.

그 외에도 안타까운 순직자들의 사연은 이루 헤아릴 수 없이 많다. 故 박재석 소방관은 1996년 구조자에게 자신의 산소호흡기를 씌워주다 유독가스를 많이 마셔 세상을 떠났다. 하수처리장에 추락한 인부를 구조하다 가스에 질식된 박용복 소방관도 있고, 산속에 고립된 야영객을 구조하다 순직한 서명갑 소방관도 있다.

화재 진압장비와 방화복이 개선됐다고는 하나 여전히 문제는 많다. 폭염에도 화재가 발생하면 진압장비와 방화복을 입고 현장으로 달려야 한다. 소방관 한 사람이 화재 현장에 들어갈 때 갖춰야 할 장비는 방화복과 헬멧, 방화 장화, 공기호흡기, 개인로프, 랜턴, 방화 장갑 등등 기본장비만 해도 7가지다. 등에 멘 공기호흡기는 11킬로그램이고 방화복은 3.8킬로그램이며 2.9킬로그램의 방화신발도 신는다. 20킬로그램을 훌쩍 넘는 기본장비를 착용하고 화재 현장에 들어가면 방화복 내부 온도가 순식간에 40도 이상으로 올라간다고 한다.

게다가 화재 현장의 복사열을 막기 위해 방화재를 몇 겹으로 겹쳐놨기 때문에 방화복은 통풍 자체가 안 된다고 한다. 통풍도 안 되는 방화복을 입고 거의 완전 군장차림에 가까운 장비를 멘 채 생존자 수색을 위해 포복자세로 현장에 접근하는 경우도 많다고 한다. 왜냐하면 연기가 위로 몰리기 때문이다.

소방관들은 평소 화재진압이라는 극한 임무를 수행하기 위해 체력단련을 하지만 체력의 한계에 이르러서는 탈진이나 과로로 쓰러지기도 한다. 소방관은 무더운 여름에도 40도 이상 올라간 방화복을 벗을 수 없다. 지난 여름 김윤섭 소방관이 폭염에 시달리면서도 두꺼운 방화복을 입고 5시간 넘게 진화작업을 하다 순직했다. 그의 순직은 과로와 복사열에 의한 탈진이었다.

 "소방 당국에서 내린 지침은 화재 현장에 한 소방관이 50분 이상 계속 화재 진압을 할 수 없도록 돼 있습니다. 그러나 현장의 급박한 상황에서는 제대로 지키기 어려운 게 현실입니다."

 전쟁터와 다름없는 화재 현장에서 대부분의 소방관들은 체력의 한계에 다다를 때까지 진압작전을 펼치고 있다. 충분한 휴식을 취하지 못하고 화마와 싸우다가 결국 희생되는 것이다. 왜 그들은 쉬지 못하는 것일까? 20킬로그램 넘는 장비를 멘 채 40도가 넘는 방화복을 입고 화재 진압에 투입됐을 때 1시간이면 땀에 흠뻑 젖어 체력의 한계를 느낄 텐데 말이다.

 문제는 휴식을 취할 수 있는 여건이 조성돼 있지 않은 데 있었다. 화재 현장에서는 방화복을 벗을 수 없으니 교대를 할 수 있는 소방 인력이 있어야 하는데 현실은 그게 아니었다. 현재 3만 명인 현장 소방 인력을 5만5천 명으로 늘려야 원활한 소방 활동이 가능하다고 한다. 소방 인력이 확충돼야만 휴식 여건이 생기고 소방관의 탈진과 과로를 막을 수 있는 것이다.

 순직소방관들의 사연도 애틋하게 눈시울을 적시게 만들지만 부상 소방관들도 예외는 아니다. 한 해에 평균 200명 이상의 공상자가 속출하는 형편이다.

 순직과 부상이 속출하는 소방관에 대해 조사한 바에 따르면 소방관 중 40%가 우울증을 앓고 있다고 한다. 그럴 수밖에 더 있을까? 불타는 아비규환 현장에서 울부짖는 사람들과 인명 피해와 재산상의 손실을 바로 눈앞에서 맞닥뜨리는 그들 아니던가. 낮이나 밤이나 화마와 싸우다가 순직한 동료를 떠나보내는 슬픔도 감내해야만 하는 그들 아니던가. 당연히 우울증을 겪을 것이고 누적된 스트레스로 수명에도 영향을 받을 수밖에 없다. 2009년도에 발표된 조사에 따르면 소방관의 평균 수명이 58.8세였다. 한국 남성 평균 수명인 77.3세보다 훨씬 짧았다.

직업 만족도에서도 소방관은 최하위였다. 그리고 임용 5년 이내에 이직률도 20%나 되었다. 남의 목숨을 구하는 소방관에 대한 근무환경과 처우를 개선하자는 목소리는 큰 사고가 날 때마다 되풀이 되지만 아직도 요원하다. 중앙정부와 지방자치단체는 서로 책임을 떠넘기고 있다. 재정자립도가 낮은 지방자치단체일수록 지방재원으로는 한계가 있다고 팔짱을 끼고 있다.

순직소방관은 몸 바쳐 사람을 구하고 재산을 지키는 데 앞장섰지만 그들을 보호하고 지원하는 대책은 실로 미미하다. 순직소방관을 위한 추모행사조차 유가족들이 중심이 되어 열고 있었다. 2004년부터 10년째 비공식 추모식을 가졌는데 사정이 어려워져 2013년 4월 14일을 마지막으로 더 이상 가질 수 없게 됐다고 한다.

1994년 12월 6일 순직소방관 중 처음으로 고 허귀범 소방관이 대전현충원에 안장되었다. 그 이후 순직소방관 묘역이 생긴 것은 2012년인데 현재 안장된 순직소방관은 80여 명이다. 1994년 이전에 순직하여 국립현충원에 안장되지 못한 소방관은 22명인데 유가족들은 그들도 현충원에 안장되기를 간절히 바라고 있다.

"국가적으로도 예우를 못받으니 여러 불이익이 따른답니다. 순직만 해도 현장에서 숨졌을 때와 병원에 입원해서 치료받다가 숨졌을 때 보상이 다릅니다. 이게 말이 됩니까? 연기를 마시면 폐에 이상이 옵니다. 또 화상을 입고 위험에서 가까스로 목숨을 건져 치료를 받는데 불행히 다시 깨어나지 못하는 경우도 있지요. 그런데 보상 기준이 다르니 어이가 없습니다. 그리고 웬만한 사람들은 다 가입되는 상해보험 가입조차 어렵습니다. 직업이 소방관이라고 하면 이런저런 이유를 대면서 가입이 거절되기 십상이지요. 그리고 무엇보다도 시급한 건 소방전문 병원의 설립입니다. 소방관들이 크고 작은 부상에 시달리는 건 당연합니다. 그 중에서도 화상을 입었을 때가 큰 문젭니다. 화상은 전문적인 치료를 받아야 하는데 소방관을 위한 전문병원 자체가 아예 없습니다."

위험을 감수하고 화마에 뛰어드는데 막상 다쳤을 때 입는 피해는 대부분 부상 소방관이 져야 하는 경우가 대부분이었다. 지난 삼풍백화점 붕괴 사고 때 구조활동을 펼쳤던 소방관은 혼자서 무려 24명의 사람을 구해냈다고 한다. 그 당시에는 한 사람이라도 더 구해야 한다는 절박감에 무작정 사람을 끌어안거나 업은 채 구조활동을 했는데 시간이 지나면서부터 팔과 허리에 이상이 생겼다는 것이다. 그때의 부상을 고스란히 소방관이 자체 부담으로 치료하는 실정이었다.

"소방관이 구조 활동 하면서 몸만 다쳤겠습니까? 정신적인 충격은 말로 다 할 수가 없습니다. 팔과 다리가 하나씩 떨어져 나간 걸 보고 마네킹이 부서진 줄 알았습니다. 그런데 알고 보니 그게 사람 몸에서 떨어져 나온 거였어요. 그런 게 수없이 널려 있었으니 구조를 하면서도 얼마나 전율을 일으켰겠습니까? 당연히 트라우마에 시달렸지요. 그런데 그런 정신적 충격과 심리적인 것에 대한 치료는 전무한 실정이었습니다."

소방관들의 열악한 근무환경은 제쳐 두고 순직률을 놓고 의견이 분분했다. 소방관 1만 명 당 순직소방관 수가 일본보다 2.6배 높고 미국보다는 1.8배에 달한다는 보고였다. 이렇게 순직률이 높은 원인으로 지적된 것이 현장에서 안전 규정을 지키지 않는다는 것이었다.

"현장에서 진화작업에 들어가기 전에 현장의 위험요소를 파악하는 게 기본절차입니다. 그런데 우리는 현장에 도착하면 곧바로 호스를 들고 불부터 끄러갑니다. 왜 그런지 아십니까? 일반 시민들은 우리의 기본 절차를 모릅니다. 상황 파악을 하고 지휘를 받아야 하는데 그걸 보고선 지체한다며 항변하고 숫제 야유를 퍼붓기도 합니다. 위험하니 물러나 있어달라는 우리의 통제도 무시하면서 아예 팔짱을 낀 채 지켜보고 있기도 합니다."

소방관들의 인명 사고가 잇따르자 안전규정을 준수하자는 취지로 최근 소방방재청에서 '안전 수칙 위반자 벌점제'를 만들었다. 안전 수칙 준수율을 올리겠다는 취지로 훈령을 만들었지만 안전 수칙 자체가 논란이 됐다. 10여 개 항목으로 구성된 수칙은 내용 자체가 모호하여 자칫 자의적 징계로 이어질 수 있다는 지적이 쏟아졌다. 거기에다 각 지역 소방본부가 벌점제를 시행하면서 논란은 더 커졌다. 안전수칙 대신 부상 정도를 가지고 징계수위를 정하거나 사고 횟수로 중징계 혹은 정직을 받는 사례도 있었다.

결과적으로 안전수칙 항목에 위배되거나 얼마나 다쳤는지가 기준이 되어 징계를 내린다면 가뜩이나 위축돼 있는 소방관 활동을 더욱 옥죄는 것이었다. 징계 대상이 되지 않으려면 소방관들은 구조 활동을 할 때 적극적으로 나서기를 꺼려 할 수밖에 없다. 결국 소방방재청은 논란이 된 '안전수칙 위반자 벌점제'를 폐지했다. 소방방재청의 소방관에 대한 벌점제와 각 지역 소방본부의 부상 정도를 기준으로 성과에 반영하는 제도는 소방관의 손발을 묶어두는 것과 같다.

그보다는 소방관들이 좀 더 안전하게 구조활동을 펼 수 있도록 최신 소방장비를 갖추는 게 우선 아닐까 싶다. 그리고 소방 구조 인력을 확충하여 휴식을 취할 수 있는 여건을 마련하는 것이 징계보다 우선이라고 본다.

전 세계 소방관들의 머릿속에 저장돼 있는 '소방관의 기도'는 미국인 소방관이 쓴 시였다. 그래서인지 미국에서는 소방관을 곧잘 영웅시 하고 있다.

우리나라에서도 소방관은 영웅이 돼야 한다. 소방관은 단순히 불을 끄는 사람이 아니다. 화재만 막는 것이 아니라 환경 변화에 따라 일어나는 수많은 재난도 수습한다. 그리고 언제 어디서든 부르면 달려가서 구조를 하고 구급업무도 마다하지 않는다.

1894년 7월 14일(음력) 제정된 '순검(巡檢) 직무장정'은 행정경찰인 순검에게 소방의 책임을 지웠다.

'실화가 발생하면 순검이 출동해 이재민을 도와 화재를 진압하고 인민의 난입을 막아 절취를 막는다. 사람을 구한 다음 서류와 금화를 꺼내며 관청의 경우 공문서를 먼저 꺼낸다'

그때의 화재진압 지침은 오늘에 비춰 보아도 손색이 없다. 그때 그 정신이 지금까지 이어져 오고 있는 우리의 소방관들이 진정한 영웅이 아닐까.

✳

천안 중앙소방학교 내 119미터 고지에는 소방충혼탑이 있다. 홍제동 6인의 소방관들이 희생된 후 논의 끝에 세워진 충혼탑은 우리나라 소방의 메카라고 할 수 있는 소방학교에 교육을 받으러 온 모든 소방관들의 참배 코스가 되었다.

충혼탑의 전면에는 추모시*가 새겨져 있고 뒷면에는 해방 이후 현재까지 재난현장에서 순직한 소방관들의 위패가 새겨져 있다.

여기 샛별이 고이 빛날 때처럼
님들의 희생정신 빛나고 있나니
그대들의 숭고한 사랑
소방의 표상으로 남아
우리들 가슴마다에 펄럭이고 있습니다
오로지 나라사랑 겨레사랑 한 마음으로
소중한 인명재산 지키다 산화해 가신
님들의 거룩한 뜻 우러러 따르리이다

---

* 한정찬, 중앙소방학교 소방교관.

2003년 7월 30일에 의미 있는 행사가 열렸다. '119 사랑' 동호회에서 12월 6일을 '대한민국 순직소방관 추모일'로 선포한 것이다. 순직소방관 추모일을 12월 6일로 정한 데는 나름의 이유가 있었다.

1994년 12월 6일에 서울 영등포 소방서에 근무했던 고 허귀범 소방관이 현장 순직 소방관 발생 이래 최초로 대전현충원에 안장된 날이었다. 소방관 최초의 현충원 안장일인 12월 6일을 소방분야 전체를 망라해서 뜻깊은 의미를 가졌다고 보는 것이다.

그 당시 대구매일신문에 실린 기사를 발췌했다.

6일은 순직소방관 추모의 날*

'6일 오전 10시. 순직소방관을 위해 30초만 묵념해 주세요.' 대구참사를 비롯, 크고 작은 각종 재난현장의 최일선에는 언제나 소방관들이 있다. 자신의 안위는 뒷전으로 제쳐두고 시민 안전을 위해 생사의 기로에 뛰어들어 사투를 벌이다 숭고한 희생까지 치르는 소방관들.

이들을 위해 자발적으로 모인 한 인터넷 모임이 6일을 '대한민국 순직소방관 추모일'로 정하고 고귀한 희생을 잠시나마 잊지 말자는 운동을 벌여 화제다.

인터넷 사이트 모임인 '119사랑' 동호회(cafe.daum.net/mylove119)는 순직소방관 중 처음으로 지난 1994년 12월 6일 대전현충원

---

* 문현구, 『대구매일신문』, 2003. 12. 1.

에 안장된 고 허귀범 소방관(당시 서울 영등포소방서 근무)을 기려 6일을 추모일로 정하고 이날 오전 10시에 묵념식을 갖기로 한 것.

이 모임은 경북 문경소방서 점촌파출소에 근무하는 박현중(31) 소방교가 지난 2000년 7월 18일 인터넷 카페로 처음 문을 연 것(개설 당시 영주소방서 구조대 근무)이 계기가 돼 현재는 회원수 3천 명 이상에 이르고 있다.

박 소방교는 "시민들에게 소방에 대한 정보가 너무 없어 이를 알리려고 대구, 경북지역에서 시작했는데 이젠 전국적인 모임이 됐고 회원 구성도 10대에서 60대까지 다양하다"고 말했다.

일반 시민이 회원의 절반 정도나 되는데 이들이 정기 모임을 통해 직접 만나 소방서를 견학하고 등반 등 각종행사를 하면서 서로 간의 우의를 다지고 있다는 것.

회원들은 또 재난현장에서 숨지거나 부상을 당한 소방관들에게는 자신들이 모은 성금과 위로편지를 전달하기도 한다. 한 회원은 "대구만 해도 지난 1998년 10월 1일 대구 동부소방서 구조대원 3명이 폭우로 금호강에서 실종된 여중생 수색작업을 하다 급류에 구조보트가 뒤집혀 순직하는 등 해마다 많은 소방관들이 보이지 않는 곳에서 애쓰다 다치거나 숨지는 일이 끊이지 않는다"며 이번 행사의 의미를 되새겨 달라고 부탁했다.

이 모임의 고문인 구미소방서 권순경 서장은 "짧은 시간이나마 순직소방관들의 숭고한 희생을 잊지 말았으면 하는 바람"이라며 "6일의 묵념 시간 때 많은 시민들이 참여해줬으면 좋겠다"고 말했다.

NLL에는 오늘도 해가 뜬다

해군 故 윤영하 소령

님이시여⋯ / 류미화

님이시여
그대 떠난 서해 연평해
그대들의 희생으로
더욱 평화스러운 바다
서해에 뿌려진 핏빛보다
더 진한 사랑으로
조국의 산하를 지키신 님이시여

월드컵 환호소리 지키려
님은 생과 사를 오가는 전쟁 속에 있었나이까?
총포에 구멍 숭숭 뚫린 참수리 사이로
하나뿐인 목숨
나라 위해 전우 위해 바치신 님이시여

죽음의 두려운 순간까지도
그대들의 손가락은 방아쇠를 잡고 있었으며
죽음의 마지막 순간까지도
그대들의 손가락은 방향키를 잡고 있었지요
사랑하는 가족들의 모습보다는
피눈물 흘리며
조국의 안위를 택하신 님이시여
그 어린 아이 눈에 밟혀
어찌 가셨나이까?
사랑하는 부모형제 눈에 밟혀
어찌 가셨나이까?

용서하소서
그대들을 외롭게 한 점

용서하소서
그대들을 잠시 잊어버렸던 점

그러나 이제라도
그대들의 피가 뿌려진 바다를 잊지 않겠나이다
이제라도
그대들의 고귀한 산화를 잊지 않겠나이다
이제라도
그대들의 뜨거운 조국애 잊지 않겠나이다

세상 사람들이 그대들 다 잊어버려도
여기 모인 우리들은 그대들을 잊지 않겠나이다
님은 가시고 아니 계시지만
오늘 여기 한 자리에 모여
님의 사랑을 느끼며
님을 그리워 하니 이제 서러워 마세요

님의 고귀한 사랑으로 우리들이 누리는 이 평화를
더욱 소중하게 생각하겠나이다
이젠 평안히 쉬소서
님이 지킨 바다는 후배들에게 맡기고
이젠 편히 잠드소서

그 이름도 자랑스러운
그 모습도 늠름한
고 윤영하 소령님
고 한상국 중사님
고 조천형 중사님
고 황도현 중사님
고 서후원 중사님
고 박동혁 병장님
사랑합니다
그리고 존경합니다
님이시여

제2연평해전

故 윤영하 소령

북한의 북방한계선(NLL) 침범으로 발생한 전투로, '서해교전'으로 불리다가 2008년 4월 '제1연평해전'에 이은 '제2연평해전'으로 명칭이 변경되었다. 1999년 6월 7일에 발생한 제1연평해전 이후에도 북한 경비정의 NLL 침범은 간헐적으로 발생했으며, 2002년 6월 29일 오전 9시 54분에도 북한 경비정이 연평도 서쪽 7마일 해상에서 다시 NLL을 침범했다. 이에 남한 해군은 참수리 357, 358의 고속정 2대를 출동시켜 대응 기동과 경고방송을 하며 접근했다. 오전 10시 25분, 북한 경비정은 갑자기 아무런 징후도 없이 참수리 357호에 85mm포를 비롯한 모든 포를 동원하여 선제 기습포격을 하였다. 양측 함정 사이에는 즉각적인 교전이 시작되었고 남한 해군의 고속정과 경비 중이던 초계함 등이 교전에 가담하여 북한 경비정에 대응사격을 함으로써 10시 43분 북한 경비정은 퇴각했다. 교전 결과 북한 경비정은 외부 갑판이 대부분 파괴되어 반파되었고 전사 13명, 부상 25명 이상의 피해를 입은 것으로 추정되고 있다. 남한 해군도 윤영하 대위를 포함한 6명이 전사하고 19명이 부상했으며 참수리 357 고속정은 침몰했다.

이 사건을 계기로 해군 교전규칙이 기존의 '경고방송–시위기동–차단기동(밀어내기 작전)–경고사격–조준격파사격'의 5단계 소극적 대응에서 '시위기동–경고사격–조준격파'의 3단계 적극적 응전 개념으로 변경되었다.

〈브리태니커〉

여름은 항상 뜨거웠다. 붉은 칸나처럼 강하고 뜨거운 여름이 6월과 함께 차츰차츰 본 모습을 드러내기 시작했다. 여름은 육지보다 바다가 더 빨리 그리고 열정적으로 뜨거워졌다. 특히 2002년 6월은 붉은 칸나보다 더 뜨겁게 불타올랐다. 월드컵 축구 경기 때문에 거리는 온통 붉은 물결로 넘쳐났다. 텔레비전은 경쟁하듯 사람들의 함성과 열기를 온전히 전해주느라 밤낮이 없었다. 온 국민을 하나로 뭉치게 했던 '2002 한 · 일 월드컵'은 이제 폐막 하루를 남겨놓고 있었다.

한 · 일 월드컵 3, 4위전인 한국 대 터키전이 열리는 2002년 6월 29일 아침 역시 후끈 달아오른 열기로 시작되었다. 온 국민의 관심은 대구에서 열리는 월드컵 경기에 쏠려 있었다.

그러나 바다는 달랐다. 바다 위 태양은 월드컵 열기만큼 이글거렸지만 출항을 앞둔 참수리 고속정 357호는 조용한 가운데서도 분주했다. 연평도 기지에 배속된 해군 고속정 3개 편대 6척은 어선 보호를 위해 연평어장으로 출항하는 시각은 정확히 오전 6시 30분이었다.

"출항 5분 전이다! 각자 위치로!"

232편대의 참수리 고속정 357호 정장 윤영하 대위의 절도 있는 명령이 떨어졌다. 그와 동시에 고속정에 흩어져 있던 27명 대원들이 재빨리 움직였다. 말뚝 같이 서 있던 수병과 갑판요원들이 일렬로 서서 출항 준비를 마쳤다. 사수는 M60 거치대 앞에 섰고 기관실로 뛰어가는 대원들도 있었다. 드디어 갑판장이 출항을 알리는 깃발을 올렸다. 매캐한 연기가 바다 위로 퍼졌다. 힘 좋은 엔진이 돌아가는 소리와 함께 참수리 선체가 강한 소용돌이를 일으켰다. 묶였던 홋줄이 완전히 걷어지자 전 승조원은 주황색 방탄부력복을 착용했다. 조타실 지붕 위 태극기가 선명하게 빛나는 아침이었다.

오늘따라 바다는 고요하면서 평화로운 기운까지 풍겼다. 파고는 0.5mm에 시정거리도 양호했다. 윤영하 대위의 지휘석은 갑판 위에 따로 마련돼 있었다. 참수리 고속정 자체가 작기 때문에 지휘석인 함교는 외부에 그대로 노출된 상태였다. 가끔 파도가 함교 위를 덮칠 때는 바닷물을 고스란히 맞을 수밖에 없었다. 파도뿐만 아니라 비가 오거나 눈이 내려도 온몸으로 맞으며 지휘를 해야만 하는 자리였다. 지휘석에는 정장 윤영하 대위와 부정장 이희완 중위가 함께 서 있었다. 지휘석에서 윤영하 대위는 대원들의 움직임을 두 눈으로 점검했다. 모든 대원들이 평소처럼 제 위치에 선 채 바다를 응시하고 있었다. 윤영하 대위는 바다를 향해 돌아섰다. 주황색 방탄부력조끼를 입은 그의 등 뒤에 숫자 '1'이 뚜렷하게 보였다. 참수리 고속정 357호의 '넘버원'인 정장을 뜻하는 숫자였다.

참수리 358호와 편대를 이룬 참수리 고속정 357호가 기지를 떠났다. 경쾌한 엔진소리와 함께 바다 위를 전진하는 고속정 양측으로 하얀 파도가 날개처럼 퍼져 올랐다. 선체가 작은 대신 속도감이 빠른 것이 참수리 고속정의 장점이었다. 윤 대위 얼굴 위로 연신 바닷바람이 지나쳤다. 그러나 바다 위 고속정에서 맞는 바람은 그리 시원하지 않았다. 특히 여름 바다 바람은 윤 대위가 느끼기엔 항상 무겁고 탁했다. 어릴 적 영국에서 해변을 달리며 맞던 바람과는 무게가 달랐다. 미국 제7함대 시험에 선발되어 이지스함 함정 실습을 나갔을 때 느꼈던 바람과는 또 달랐다. 똑같이 짠내가 묻은 바닷바람일 텐데 왜 느낌이 다를까? 그런 의문을 품은 채 윤영하 대위는 지휘석에 서서 바다를 응시했다.

육지보다 일찍 솟아오른 붉은 해가 바다 위로 새하얀 은가루를 쏟아 붓고 있었다. 각자 맡은 위치에 서 있는 대원들의 얼굴과 어깨 위로 뜨거운 햇살이 그대로 쏟아졌다. 까맣게 탄 얼굴이 오히려 자랑스러운 대원들이었다. 윤 대위는 항상 대원들이 고맙고 소중했다. 특히 열악한 환경을 묵묵히 견디며 생활하는 수병들에 대한 고마움은 더욱 컸다.

수병들은 기지에 정박해도 식사는 기지에서 하고 잠은 고속정의 매달린 침대에서 자야 했다. 참수리 고속정은 모든 것이 좁았다. 좁은 만큼 고속정에서 각자 맡은 일을 해야 하는 대원들의 일상도 고되고 불편했다. 좁은 조타실에서 키를 잡고 조함하는 대원들, 작은 파도에도 흔들리는 배 안에서 마치 해먹처럼 칸칸이 매달아놓은 사슬침대에 잠을 자야 하는 수병들, 기름 냄새가 진동하는 기관실 내부 역시 좁은 공간이었다. 그런 악조건에서도 대원들은 제 위치에서 맡은 몫을 해내고 있었다.

윤 대위는 참수리 357호 고속정장의 리더로서 대원들과 신뢰를 쌓는 일을 우선으로 했다. 대원들과 친해지는 일은 단연 축구경기를 하는 것이었다. 공을 차면서 살을 맞대고 서로 응원하다 보면 인간적인 친밀감을 형성하게 된다. 그것이 곧 대원들 전체의 팀워크가 되어 고속정 생활의 활력소로 이어지는 것이다. 고속정은 공간이 좁은데다 업무는 고되기 때문에 정장과 대원들이 얼마나 서로를 믿느냐가 가장 중요하다는 사실을 윤 대위는 간파하고 있었다. 한바탕 땀을 흠뻑 흘린 대원들이 샤워를 마치고 나면 티타임으로 이어진다. 서로의 속내를 털어놓거나 애로사항을 들을 수 있는 티타임은 인간적인 정을 나누기에 더없이 좋은 시간이기도 했다.

'함대로 돌아가면 축구시합부터 해야겠다. 오늘 월드컵 경기를 못 보는 한을 실컷 풀어줘야지.'

지휘석인 지붕에 서면 함수에 있는 40mm 보포스 포가 보였다. 보포스 포는 최대사정거리 8.7km에 유효사거리는 4km이고 분당 발사속도는 300발의 성능을 자랑한다. 함미에는 20mm 시-벌컨이 있는데 분당 750발에서 1,500발까지 사격이 가능한 속사포이다. 우리 고속정과 초계함은 모든 포가 컴퓨터 사격 통제장치에 의해 정밀 조준되고, 자동 연발 사격장치가 되어 있기 때문에 같은 시간에 단위 발사속도가 북한 경비정에 비해 월등히 빠르다. 이런 무장을 갖추고 있는 고속정이기에 윤 대위는 출항할 때마다 자부심을 느꼈다.

참수리 고속정의 자랑은 가장 선두에서 적함과 가시거리에서 직접 교전하는 전투함이라는 사실이다. 비록 선체는 작지만 그 대신 빠른 기동력을 자랑한다. 참수리 고속정이 바다 위를 달릴 때면 언제나 배의 양 측면으로 바닷물이 튀었다. 하얗고 강한 파도가 선체를 삼킬 듯 튕겨 오르는 그 사이로 고속정이 빠르게 지나가는 것이다. 마치 작은 고추가 맵다는 것을 증명이라도 하듯 참수리는 앞으로 나아갔다.

오전 9시를 지났을 뿐인데 등에서는 벌써 땀이 흘러내렸다. 해군 항해병과 장교는 바다로 나갈 때 입는 제복이 원피스 형태의 감청색이었다. 거기에 구명조끼를 입고 두꺼운 장갑에다 무전기와 마이크까지 둘러썼기 때문에 땀범벅이 될 수밖에 없었다. 그러나 어떠한 환경에서도 NLL을 지키고 꽃게잡이에 나선 우리 어선들의 조업을 보호하는 지휘관의 임무를 소홀히 할 수는 없었다. 윤 대위 눈앞으로 서해 바다가 펼쳐졌다. 파도가 없는 편이지만 고속정은 요동이 심했다. 물결은 잔잔하게 일렁거렸지만 참수리 고속정은 바다가 잔잔할 때 오히려 크게 흔들렸다.

오전 9시 37분경, 연평도 해군기지 레이더에 점 두 개가 움직이는 것이 포착되었다. 연평도 서쪽 14마일 북방한계선 이북의 해상에서 북한 경비정은 북측 꽃게잡이 어선을 보호경계하고 있었다. 그런데 갑자기 북한 육도 경비정 두 척이 남하기동을 시작한 것이었다. 시속 20노트였다. 북한 경비정의 움직임을 감지한 해군 레이더 기지에서는 만일의 상황을 대비해 예의 주시하기 시작했다.

오전 9시 46분경, 서쪽으로 7마일 떨어진 등산곶 부근에서 또 하나의 점이 시속 17노트로 남하했다. 레이더에 잡힌 점의 이동을 보고 받은 해군은 즉각 대북 경계 강화 태세에 돌입했다. 연평도 해군 레이더 기지는 참수리 고속정 232편대로 무전을 송신했다. 그와 동시에 초계 근무 중인 고속정 편대에 조업어선 통제 및 대응 태세를 철저히 유지할 것을 지시했다. 참수리 고속정 358호에 있던 232편대장은 조타실에서 올라온 정보를 접수했다. 232편대장과 참수리 357호의 윤영하 대위는 동시에 경계강화 태세에 들어갔다. 윤영하 대위는 지휘석에 서서 남하하는 북한 경비정의 움직임을 면밀히 감시했다.

오전 10시 1분, 등산곶에서 출발한 북한 경비정이 NLL을 침범했다. 일시에 참수리 고속정 357호에 긴장감이 팽배했다.

"적정(敵艇) NLL 침범! 전 승조원 전투 배치! 전투 배치! 전투 배치!"

232편대에 비상 신호가 울렸다. 참수리 고속정 357호는 전투배치를 하고 긴급 발진했다. 대원들 모두 긴장했지만 침착성을 잃지 않고 40mm와 20mm포를 연발사격 모드로 전환했다. 그리고 고속정은 30노트로 속력을 높여 전진했다. 스크류가 바닷물을 강하게 차고 나가는 힘 때문에 함미에는 연이어 하얀 물기둥이 솟아올랐다.

참수리 358호와 편대를 이룬 참수리 357호는 등산곶에서 출발한 경비정 쪽으로 접근했다. 북한 경비정은 이미 NLL을 3마일이나 침범해 들어와 있었다. 232편대는 북한 경비정을 향해 경고방송, 시위기동과 차단기동을 위해 1,000야드 내로 접근을 시도했다. 선두의 358호에 탑승한 편대장과 뒤따라오던 357호의 윤영하 대위는 그때서야 북한 경비정의 함 번호 '684'호를 확인할 수 있었다.

북한 경비정 684호는 배 전체가 검은 색이었다. 지금까지 보지 못했던 탱크 포신 같이 육중한 포를 함수 부분에 매단 채 움직이고 있었다. 북한 경비정은 화력면에서 비교가 되지 않기 때문에 우리 고속정이 근접 조우하거나 차단기동에 들어가면 포신을 하늘로 올려 적대 행위가 없다는 표시를 하는 것이 일반적이었다. 그러나 요즘 들어 북한 경비정들은 월선할 때 모든 포를 정조준한 채 공격적인 성향을 드러내곤 했다.

참수리 358호에 승선한 편대장은 북한 경비정 684호의 전방까지 접근하여 경고방송을 보냈다.

"귀측은 북방한계선을 월선했다. 즉각 북쪽으로 방향을 돌려주기 바란다!"

연이어 경고방송을 하면서 점멸등을 통해 경고메시지도 보냈다. 그러나 북한 경비정 684호는 12노트로 남하를 계속 했다.

참수리 357호 정장 윤영하 대위는 지휘석에 선 채 북한 경비정 684호의 동태를 예의 주시했다. 불법 월선 북한 경비정을 그대로 응징하지 못하고 돌아가달라는 경고방송을 하고 있는 현실이 안타까웠다. 그 동안 바다에서 숱하게 실전 같은 훈련을 했던 해군의 참수리였다. 적 함정이 NLL을 침범했을 때를 가정해 해상 사격훈련은 또 얼마나 많이 했던가.

시커먼 북한 경비정은 육중한 무게로 다가왔다. 북한 경비정의 배 전체에서 풍기는 검은 색의 느낌은 불쾌하고 불길했다. 오만하게 다가오는 북한 경비정을 보면서 윤 대위는 '일전불사(一戰不辭)'

를 떠올렸다. 오래 전부터 2함대 구호가 무엇이었던가. '일전(一戰)을 불사(不辭)하라!'였지 않은가. 그런데 지금 이 상황에서 적극적인 작전을 감행하기는커녕 경고방송에 차단기동으로만 대응해야 하는 현실이 안타까웠다. 윤 대위는 새삼 전설적 인물로 회자되는 선배 해군참모총장이 그리웠다. 북한 경비정의 NLL 월선 보고를 받았을 때 선배 해군참모총장의 지시는 단 한 마디였다.

"뭘 망설이나? 즉각 쏴 버렷!"

편대장이 연이어 경고 방송을 하며 접근했으나 북한 경비정에서는 아무런 답변도 없이 남하를 멈추지 않았다. 윤 정장은 북한 경비정에 대해 퇴거 경고방송을 하는 한편 교전 대비 태세 준비를 지시했다. 거듭된 경고방송에도 북한 경비정이 아랑곳 하지 않자 참수리 357호는 교전 규칙에 따라 차단기동에 나섰다. 차단기동은 북한 경비정을 근접거리에서 밀어내는 작전이었다.

오전 10시 25분경, 윤영하 대위는 북한 경비정의 뱃머리에 달린 육중한 85mm포와 조타실 뒤편의 14.5mm 기관포 그리고 후갑판에 위치한 37mm포가 자신이 탄 참수리 357호를 노려보고 있다는 생각이 들었다.

'저들이 뭔가 작심을 하고 내려온 건 아닐까? 뭘 어쩌려고 저러는 거지?'

점점 의심이 커져갔다. 윤 대위는 잠시도 눈을 떼지 않고 북한 경비정의 움직임을 살폈다. 거무칙칙한 북한 경비정이 내뿜는 불쾌한 기운이 온몸으로 스멀스멀 스며들었다. 그러는 사이 편대장이 지휘하는 358호 고속정은 시속 12노트로 남하하는 북한 경비정

684호의 배 앞을 가로지른 후 커브를 그리며 돌아나갔다. 그 뒤편에서 항해하던 참수리 357호는 25노트 속력으로 북한 경비정의 선수 부분에 왼쪽 측면을 노출시킨 채 지나가고 있었다.

그 순간이었다. 마치 그 순간을 기다리고 있었던 것처럼 북한군 함포가 불을 뿜었다. 북한 경비정 등산곶 684호에서 번쩍 하는 섬광과 함께 고막을 찢는 포성이 들렸다. 아무런 징후도 없이 85mm 함포와 35mm 함포로 지근거리 기습 공격을 감행한 것이었다. 모든 포를 동시에 동원한 북한 등산곶 684호에서 날아온 포탄은 그대로 조타실에 명중했다. 참수리 357호 조타실은 금세 불길에 휩싸였고 조타실 대원들의 몸에 불이 붙어 아수라장이 되고 말았다.

참수리 357호 대원들은 피격 직후 조건반사적으로 반격에 나섰다. 40mm함포와 20mm포, M-60 기관총, K-2 소총사수들은 미친 듯이 방아쇠를 당겼다. 조타실과 기관실이 피격 당해 전원이 끊기자 포 요원들은 수동모드로 전환하여 사격을 했다. 조타장비가 고장난 357호는 오른쪽으로 빙빙 돌았다. 적함은 계속 쫓아오며 사격을 해댔다. 적함은 오로지 참수리 357호만 대상으로 한 듯 연이어 포를 쏘아댔다.

31분간의 장렬한 전투

다음은 여야(與野)의 6.29 서해 사건 진상조사위원장인 천용택 의원, 강창희 의원 그리고 232편대장을 비롯해 232편대 승조원들의 증언을 정리한 것이다.

병기장 황찬규 중사는 탱크 포신 같은 함포에서 불이 뿜어져 나옴과 동시에 온갖 총포탄이 눈앞으로 날아오는 모습을 보았다. 적이 발사한 포탄이 조타실을 때린 후 몇 발이 좌현 근처 수면에 탄착을 이루며 날아오는 것으로 보아 적들은 정확히 조준한 상태에서 기다렸다가 기습을 감행한 것으로 판단했다. 거듭 날아온 포탄이 기관실과 선미의 후타실을 강타하면서 통신체계가 마비됐고 전원이 나가자 황 중사는 40mm포를 수동 모드로 전환하여 적을 향해 쏘았다.

윤영하 대위가 쓰러지면서 부정장 이희완 중위가 지휘권을 행사했다. 이 중위는 자신도 포탄 파편에 맞아 한쪽 다리뼈가 으스러졌고 다른 쪽 다리는 파편이 관통당하는 중상을 입고도 고통을 참아가며 "침착하라! 흥분하지마라! 계속 쏴라!" 하면서 대원들을 지휘 독려했다. 선미 부분에 포탄이 명중하여 조타기가 고장나자 "조타키를 수동으로 조적하라"고 명령했다.

조타실에 명중한 포탄의 충격으로 잠시 기절했던 전탐장 한정길 중사는 함교로 올라갔으나 화약 냄새와 연기로 앞을 제대로 볼 수가 없었다. 한 중사는 갑판으로 내려오다 병기장 황찬규 중사가 쓰러지는 모습을 보았다. 한 중사는 그를 가슴에 끌어안은 채 우박처럼 쏟아지는 포화 속에서 적진을 향해 응사했다.

권지형 상병은 포탄 파편에 맞아 왼쪽 손가락 다섯 개가 너덜거렸으나 통증도 느끼지 못한 채 방탄조끼 끈으로 팔목을 묶어 지혈을 한 다음 왼쪽 팔뚝에 K-2 소총을 얹고 한 손으로 탄창을 갈아끼우며 결사적으로 응사했다. 오른손으로 갈아 끼운 탄창이 네 개나 됐다. 통신장 이철규 중사는 바닥에 엎드려 있는 김용태 상병에게 총알이 날아오는 것을 보고 즉시 몸을 덮쳐 김 상병 대신 자신이 등에 총상을 입었다.

보수장 박경수 하사는 M-60 기관총 사수 박진성 하사가 쓰러지자 그곳으로 달려가 대신 M-60 기관총을 잡고 정신없이 갈겨댔다. 사격이 끝났을 때 자신의 옆에 있던 서후원 하사는 이미 숨이 끊겨 있었고, 자신의 양팔에는 파편이 박혀 선혈이 낭자했다.

갑판 아래 기관실에도 포탄이 명중해 구멍이 크게 뚫렸고 총알이 우박처럼 날아와 박혔다. 기관사 김현 중사는 머리에 포탄 파편을 맞고 그 자리에 쓰러졌다. 20mm포 사수 조천형 하사는 포탑에서 끝까지 응사하다 포탑이 불길에 휩싸였다. 조 하사와 함께 포를 쏘던 황도현 하사는 포탄 파편을 맞아 숨졌다.

매캐한 연기와 화염 속에서 이희완 중위가 외쳤다.

"정장이 위험하다!"

그 소리에 누군가 함교로 뛰어 올라갔다. 운영하 대위는 희미하게나마 숨이 붙어있었다. 얼른 엎드려 운영하 대위에게 인공호흡을 시도했다. 그러나 잠시 후 맥박이 끊긴 운영하 대위의 손이 힘없이 아래로 처졌다.

＊

"내 아들 영하는, 그렇게 갔소."

노신사 윤두호 씨 얼굴은 창백했다. 그러나 그의 눈은 또렷했고 자세도 반듯했다. 해군사관학교 출신의 장교다운 면모가 여전히 남아 있었다. 짧은 침묵을 깨고 윤두호 씨가 다시 입을 열었다.

"평소에 내가 그랬소. 군인으로서 가장 훌륭한 죽음은 국가를 위해 죽는 것이라고. 그런데 영하가 그 말대로 그렇게 가 버렸다오."

윤두호 씨는 탁자 위에 놓인 물잔을 들고 한 모금 마셨다. 비록 사진으로만 봤을 뿐이지만 첫인상에서 고 윤영하 소령은 아버지 윤두호 씨를 많이 닮았다는 느낌을 받았다.

"국가를 위해 죽었으니 명예로운 죽음이지만 아비로서 못내 애석한 마음도 크다오. 그게 뭔지 알겠소?"

갑자기 던져진 질문에 나는 선뜻 대답을 하지 못했다.

"차 작가, 참수리 고속정 타보셨지요? 그렇다면 고속정장의 지휘석이 어디 있는지 알지 않소?"

"아, 네에."

나는 대답과 동시에 머리를 끄덕였다. 남해 앞바다에서 참수리 고속정에 승선했을 때는 한창 6월의 해가 이글거리고 있었다. 물결이 잔잔해서 파도는 없었지만 후텁지근한 열기와 소금기가 그대로 지휘석에 서 있는 내 온몸을 덮쳤다. 시간이 갈수록 반사되는 햇빛에 눈이 따가웠고 소금기를 머금은 바람 때문에 머리카락은 뻣뻣해졌다. 엔진에서 연소되며 내뿜는 매캐한 기름 냄새 때문에 머리도 아팠다. 그러나 참수리 고속정 체험을 자원한 터에 애써 참아야 했다.

"참수리 선체가 작다보니 지휘석이 그대로 노출돼 있을 수밖에 없다오. 들이치는 파도와 몰아치는 바람을 그대로 맞는 자리가 거기요. 그렇게 지휘석이 드러나 있으니 적이 마음먹고 정조준 한다면 꼼짝없이 총을 맞을 수밖에 없지 않겠소."

나는 윤두호 씨가 뱉는 작고 긴 한숨을 들었다. 나도 모르게 작고 긴 한숨이 이어 나왔다.

"영하가 해군사관학교를 택했을 때 나는 반대 같은 거 안 했소. 차 작가가 아실지 모르겠지만 나도 해군사관학교를 나왔으니까 말이오. 그래서 은연중 바다와 해군에 대한 자부심도 컸소. 어쩌면 영하에게는 처음부터 나와 같은 피가 흐르고 있었는지도 모르겠소."

나는 묵묵히 듣는 자세로 있어야만 했다. 유족을 만날 때는 겸손하게 들어주는 자세가 중요하다는 것을 알기 때문이었다. 그것은 유족에 대한 예의이기도 했다.

"오히려 주변에서 의아해 했소. 왜 허구많은 직업을 두고 군인의 길, 그것도 해군을 택하느냐고 물었다오. 그런데 그건 무얼 모르는 사람들이 하는 말이오. 영국에서는 귀족 집안일수록 거의 해군장교 출신이오. 미 해군사관학교는 어느 정도 수준급 이상의 유지가 추천서를 써줄 때 입학할 수 있는 거 아시오?"

나는 이번에도 가만히 있었다. 내가 모르는 사실이기 때문이었다.

"예로부터 바다를 지배한 자가 곧 세계를 지배한 것 아니겠소. 그것은 곧 해군이 세계를 지배한다는 것과 통하는 것이오. 차 작가는 군에 안 갔으니 잘 모르겠소만 군은 육, 해, 공군 그리고 해병대로 군별이 나눠져 있는 건 알 거요. 전쟁이 난다면 군별로 긴밀한 협조를 해서 전투를 해야 하오만 해군은 단독전투가 가능하다는 강점이 있다오. 배로 접안해서 육지로 상륙하면 육지전을 펼칠 수 있고, 배 위에서 전투기를 띄워 공중전도 치를 수 있소. 그러니 바다에서야 말할 것도 없지요."

윤두호 씨는 역시 군인이었다. 바다와 군 이야기를 하는 그의 얼굴은 어느새 젊은 시절 해군 지휘관의 열정으로 돌아간 듯 했다. 그의 말에 차츰차츰 힘이 실리고 있었다.

"차 작가, 내 지난 시절 얘기 하나 하리다. 1970년에 인천 앞바다에 간첩선이 침투했었소. 그때 나는 내 아들 영하와 같은 해군 대위였소. 오래된 사건이라 침투한 날짜까지는 기억이 가물가물 하오만 어느 기자가 말하기를 그날이 6월 29일이라 했소. 우연의 일치치곤 너무 이상하지 않소? 제2연평해전이 일어났던 날 하고 같다고 하기엔 말이오. 하여튼 밤 12시경 오이도로 들어온 북한 간첩선이 육군 초병에게 걸렸소. 아군 초병이 던진 암호를 대지 못한 간첩선은 급히 방향을 돌렸소. 그걸 해군레이더가 추적했고 공군과 합동작전을 개시해서 교전이 벌어졌다오. 나는 그놈들을 끝까지 잡고 싶었소. 해군 경비정 3척 중에 FB10호정에 승선한 나는 공군 수송기와 교신 하면서 조명탄 쏘는 위치를 정확하게 알려주었소. 육, 해, 공군과 경찰의 합동작전으로 팔미도와 영흥도까지 샅샅이 훑으며 패잔병을 수색했다오. 결국 궁지에 몰린 놈들이 영흥도에서 자폭했고 그것으로 소탕작전은 마무리 되었소. 우리 군은 생포를 목적으로 추격했지만 한 놈도 잡지 못했소. 그들이 타고 온 배만 남았을 뿐이오. 그때 함께 작전했던 공군에서 그동안 펼쳤던 작전 중 최고였다고 칭찬을 아끼지 않았을 만큼 나는 간첩선 소탕에 앞장섰다오. 그 일로 인헌무공훈장을 받았소만, 그런 나는 이렇게 살아있는데 충무무공훈장을 받은 내 아들 영하는, 영하는 이제 여기 없소."

비록 왜소해보이는 노신사지만 윤두호 씨에게는 아직도 해군장교의 뜨거운 피가 여실히 흐르고 있었다.

"이승만 대통령이 그랬었소. 공산주의자들 하고는 협상이 없다고."

나는 여전히 묵묵히 듣고만 있었다. 질문을 하거나 맞장구라도 쳐야 하는데 그럴 수가 없었다. 대신 윤두호 씨는 주먹을 불끈 쥐었다.

"그런데 지금 서해 NLL을 두고 벌어지고 있는 일련의 일들을 보면 울화가 치밀어 오른다오."

윤두호 씨의 목울대가 움찔거렸다. 하얀 목 위에 드러나는 파란 핏줄이 왠지 슬퍼보였다.

"NLL이 언제 설정됐는지 차 작가는 아시오? 바로 차 작가가 태어나기 전 해인 1953년 정전협정 때 해상경계선으로 설정된 거요. 정전협정 체결 때, 유엔군 측과 공산군 측이 육상경계선만 설정하고 해상경계선을 합의하지 못했었소. 그 이후에 클라크 유엔군 사령관이 한반도 해역에서 우발적 무력 충돌 가능성을 예방한다는 목적에서 우리 측 해군 및 공군의 초계활동을 한정하기 위해 NLL을 설정한 거요. 동해는 지상의 군사분계선(MDL) 연장선을 기준으로, 서해 NLL은 서해 5개 도서와 북한지역과의 중간선을 기준으로 한강하구로부터 서북쪽으로 12개 좌표를 연결하여 설정한 거요. 처음 설정했을 땐 아무 말 없던 북한이 1973년 이후부터 본격적으로 이의를 제기하면서 문제화 하고 있는 형국이오."

잠시 틈을 둔 윤두호 씨는 생각에 잠겼다.

'NLL에 대해 굳이 장황한 설명이 필요할까? 새삼 세상이 NLL 때문에 시끄러운데.'

윤두호 씨는 의자에 허리를 바짝 대고 앉아 있었지만 수술했던 허리가 편치 않은 모양이었다. 그는 잠시 허리를 곧추세우며 자세를 다잡았다. 몸의 중심인 허리가 아프니 여러 가지 불편이 따랐다. 국가도 마찬가지였다. 정치를 하는 정치인이 나라와 국민을 지키겠다는 확고한 신념이 없으면 피해를 보는 건 결국 국민이고 군인이다.

윤두호 씨는 2013년 7월 4일 자 조선일보에 보도된 기사를 기억해냈다. 그것은 서해 NLL에 대한 아주 중요한 자료를 다룬 기사였다. '밥퍼목사'로 알려진 최일도 목사의 아버지 최희화 씨는 황해도에서 태어난 반공투사였다. 1950년 10월 유엔군이 38선을 넘어 평양까지 진격하자 장연 지역 반공 청년들은 자체 치안대를 조직해 북한군 토벌작전을 펼쳤다고 했다. 1951년 1월 중공군이 개입해 유엔군이 서울 이남까지 후퇴하자 장연치안대는 백령도로 철수했고 그해 3월 8240부대 소속 동키부대가 됐다고 한다. 동키 4부대는 공식 군번 없는 군인이었지만 황해도 지역 월내도, 육도, 마함도, 초도 등에 기지를 두고 활동했다. 동키부대는 심야 유격전과 첩보작전을 수행했으며 영국군 조종사를 구출하기도 하는 등 북한의 내륙 코앞에서 적진교란 활동을 인정받아 미국에서 휘장을 달아주기까지 했다. 그 당시 동키부대가 있었던 섬이 서해 북방한계선 아래 있는 5개 섬이라는 사실을 오작도 사진과 함께 밝혀낸 기사였다.

오작도 사진 한 장의 의미는 뭘까? NLL은 우리와 유엔군이 북한에 양보한 것이라는 사실을 명백히 보여준 사진이지 않은가. 8240 부대는 정전협정에 즈음해 유엔군 지시에 따라 현재의 서해 5도를 제외한 나머지 섬에서 모두 철수했다. 북한은 NLL 설정에 따라 NLL 이북의 섬들과 해역을 얻을 수 있었다. 당시 해군력이 궤멸돼 거의 전무한 상태에 있었던 북한으로서는 고마워했던 해상경계선이었다. NLL 덕분에 유엔군 측의 해상봉쇄 위협으로부터 벗어날 수 있었던 것이다. 그리고 해군 함정과 민간 선박의 자유로운 항해 및 어로활동을 보장받게 된 것도 북한이 얻은 실리였다.

1959년 북한조선통신사가 공식 발간한 '조선중앙연감'은 NLL을 군사분계선으로 표기해 이를 인정하기까지 했다.

그리고 1963년 5월 개최된 군사정전위 회담에서 북한 간첩선의 침투 및 격퇴 위치에 대한 논란이 벌어졌을 때 북한 측은 '북한 함정이 북방한계선을 넘어간 적이 없다'고 언급해 사실상 NLL을 인정했다.

1984년 여름에 발생한 우리의 홍수 피해에 북측이 수해 복구 물자를 지원해줄 때도 양측 호송단이 백령도 및 연평도 인근 NLL 선상에서 상봉해 수송 선박을 각각 인계, 인수하였으며, 2002년과 2003년에 나포, 좌초된 북한 선박을 NLL 상에서 인계하기도 했다. 그것은 곧 NLL을 실질적인 해상경계선으로 인정하는 모습을 보인 것 아니겠는가.

또한 1992년 체결, 발효된 남북 기본합의서 불가침 부속합의서에서도 '남과 북의 해상불가침 구역은 해상불가침 경계선이 확정될 때까지 쌍방이 관할해온 구역으로 한다'고 규정해 NLL이 해상 불가침 경계선임을 확인한 적도 있다.

북한은 NLL이 설정된 뒤 20년 동안 아무런 이의도 제기하지 않다가 1973년부터 NLL을 부정하기 시작했다. 1973년 10월부터 11월까지 43차례에 걸쳐 의도적으로 NLL을 침범하는 '서해사태'를 일으킨 뒤 NLL 무력화 공세를 계속하고 있다.

NLL 설정 당시에 고마워했던 북한이 20년이 지난 시점부터 왜 인정하지 않는 것일까? NLL을 미국이 일방적으로 설정한 것이기 때문에 재설정해야 한다는 주장을 하고 있는 북한 내면의 이유는 무엇일까? 그 이유를 '통일교육원의 북한 이해' 편을 통해 알아보았다.

첫째, 북한이 정전협정을 평화협정으로 대체하자는 주장을 뒷받침하려는 한편 NLL 수역을 분쟁화하여 북한에 유리한 해상경계선을 새로 설정하려는 것이다.

둘째, 북한이 서해 꽃게잡이 등 해산물 채취를 통한 외화 확보라는 경제적 이익을 위해 NLL에 대한 위기를 고조시키는 것이다.

셋째, 북한이 정치적 부수효과를 얻는 수단으로서의 가치가 있기 때문에 문제를 삼는 것이다.

북한이 1973년부터 문제 삼았다고 했지만 그 이전부터 속내를 조금씩 보이고 있었다. 실제로 북한의 첫 NLL 도발은 1967년 대한민국 해군의 당포함 격침사건이었다. 그 당시 당포함은 동해 NLL 근해에서 명태잡이 하던 우리 어선을 보호하기 위해 해상에 대기하고 있었다. 그런데 북한이 사전 통보나 경고사격 없이 해안 포로 무차별 사격하여 격침시킨 것이다.

"우리 해군의 치욕적인 사건이오만 그 역시 사전 통보 없이 당했으니 기가 막힐 일이잖소. 그 당시 나라가 가난했고 힘이 없었으니 순직한 승조원에 대한 예우는 꿈도 꿀 수 없었소. 그러나 그렇더라도 당포함 승조원 39명을 잃었을 그때부터 북한을 바로 다잡아야 했소. 강한 해군력으로 북한을 응징했다면 그 이후 연이은 도발은 없었을 거요. 해양을 봉쇄하면 비행기도 배도 뜰 수 없소. 그러니 해군이 강해야만 하는 이유가 거기 있소."

잠시 사이를 두었던 윤두호 씨가 강한 어조로 다시 입을 열었다.

"북한은 NLL에 대해 점점 강도를 더해갔소. 1999년 6월 15일에 제1연평해전을 일으킨 것을 시작으로 2002년 6월 29일에 제2연평해전 그리고 2009년 11월 10일 대청해전이 그것이오. 북한이 노린 건 이런 국지적 분쟁을 일으켜 긴장을 조성하면서 자기들이 노리는 이득을 취하려는 것 아니겠소?"

서해에서 일어난 구체적인 사건을 들으면서 나는 다시 확인할 수 있었다. 서해 북방 한계선에서의 교전은 남북 사이의 화약고임이 분명하다는 사실이었다.

"한때는 내가 지켰던 서해였고, 내 아들은 서해를 지키다가 산화했소. 대한민국 통수권자가 NLL을 넘어서는 북한 함정에 먼저 쏘지 말라고 했다면 그에 따라야 하는 게 군인일 수밖에 없지 않소. 그래서 지휘관이었던 내 아들 영하는 밀어내기 작전만 할 수밖에 없었소. 그런데 북한군 함포에서는 붉은 불을 뿜어냈소. 그 붉은 불에 내 아들이 쓰러졌소. 적의 정조준 사격을 몸으로 막아내고 전사했소. 함포 방아쇠를 당기다가 포탄을 맞고 숨진 조천형 중사는 그 당시 딸이 겨우 백일이었소. 황도현 중사는 포탄이 관통했지만 그래도 방아쇠를 꼭 쥐고 있었다고 했소. 엔지니어 출신인 서후원 중사는 내연사이지만 기관총을 잡고 응사하다 숨을 거뒀소. 의무병이었던 박동혁 병장은 부상자들을 돌보다 몸속에 3킬로그램 넘는 파편을 안고 고통스럽게 떠났소. 한상국 중사에 대해서는 잘 알 것이오. 신혼 6개월이었던 한 중사는, 침몰한 배와 함께 41일 후에 발견된 한상국 중사는 그 당시 어떤 모습이었는지 아시오? 아시오?"

윤두호 씨의 목소리가 떨렸다. 터져 나오려는 울분과 울음을 간신히 삼키는 그의 얼굴 근육이 실룩거렸다.

"한상국 중사는 발견된 그 순간까지도 키를 붙잡고 있었다오. 숨이 넘어가기 전까지도 배를 지키고 서해를 지키려 했던 장한 해군의 모습 그대로를 보여줬소. 그날 참수리 357호에 있었던 모든 승조원들의 모습이 바로 그러했음을 전 국민에게 똑똑히 보여준 거요."

나는 윤두호 씨를 정면으로 볼 수가 없었다. 그날 월드컵의 열기와 붉은 티셔츠 열풍에 내 마음과 눈길도 쏠려 있지 않았던가. 미안한 죄인이 되어 눈을 마주하기 민망했다. 그런데 내 눈앞에 참수리 357호가 선연히 나타났다. 회색의 참수리 357호는 전신이 총탄 자국으로 뻥뻥 뚫려 있었다. 각자의 위치에서 끝까지 사수했던 윤영하 소령과 한상국 중사와 조천형 중사 그리고 황도현 중사와 서

후원 중사에 이어 박동혁 병장이 쓰러져 있던 자리가 뚜렷하게 다가왔다. 주홍색 페인트가 마치 그날 흘린 핏자국처럼 보였다. 나는 그 자리에서 그들을 위로할 말이 한 마디도 떠오르지 않았다. 단지 부끄럽고 미안했다. 그래서 그들을 위로할 말 한 마디가 나오지 않았던 것이다. 그 자리에서 내가 한 것이라고는 오로지 묵념뿐이었다. 짧은 묵념만 올렸던 내가 심히 부끄러웠다.

"나는 지금도 안타깝소. NLL을 침범한 북한 경비정을 우리 함정으로 접근해 밀어내라는 비상식적 교전 수칙만 없었어도 불필요한 희생은 없었을 것이오."

가장 훌륭한 죽음은 국가를 위해 죽는 것이라고 가르쳤지만 그것이 불필요한 희생이었다는 사실 앞에 서면 윤두호 씨 가슴은 미어졌다.

"영하는 어릴 적부터 착했소."

앞에 놓인 물잔을 만지는 윤두호 씨 목소리가 낮아졌다.

"내 자식이라고 착하다 한 건 결코 아니오. 영하를 아는 친구들과 담임을 맡았던 선생님들 모두가 그렇게 말했소."

윤두호 씨의 머릿속은 벌써 오래전 과거로 돌아가 있었다. 윤두호 씨는 해군 대위로 전역 후 32살이 되던 해 결혼했다. 그리고 아들 둘을 낳았는데 그 중 장남이 윤영하였다. 아들 둘을 반듯하고 예의바르게 키우기 위해 윤두호 씨는 우선 존댓말부터 가르쳤다. 아버지로서의 권위와 근엄함을 내세우기보다 제 부모를 존경해야만 남에게도 존경심을 가질 수 있다는 판단에서였다.

"전역 후 해운공사에 근무할 때 영국과 네덜란드 주재원으로 가게 됐소. 그때 영하가 초등학교 3학년 때였소."

누구나 그렇겠지만 외국생활 적응은 언어가 장벽이었다. 영하 역시 예외가 아니었다. 언어 때문에 걱정하던 차에 교사와 부모의 상담시간이 있었다. 직장일로 바쁜 부모도 있기 때문에 교사는 늦은 시간에도 부모를 기다려 주었다. 영하의 담임을 맡은 영국 선생님은 윤두호 씨에게 당부했다. '영하가 영어로 말을 배우게 하려면 6개월만 기다려 봐라, 사전 찾는 법도 가르쳐 주지 마라'였다. 윤두호 씨는 내심 걱정이 됐지만 선생님이 부탁한 대로 지켜보기만 했다. 그런데 신기한 일이 일어났다. 3개월이 지났을 뿐인데 영하는 친구들과 의사소통을 하기 시작한 것이었다. 친구들을 사귀기 시작하더니 2, 3, 4학년이 똑같이 본 시험에서 드디어 1등을 하기까지 했다.

"그때 그런 생각이 들었소. 영하는 영어교수 하면 되겠다고 말이오. 물론 나중에 해군사관학교를 가고 전투병과 장교가 됐을 때는 달라졌지만 말이오. 전투병과를 택했을 땐 영어를 잘 하니 국제관계학과를 전공해도 되겠다고 생각했소."

다시 돌아갈 수 없는 시절이었다. 그러나 한편으론 그 당시 그런 시간을 두 아들과 가질 수 있었다는 게 다행이었다.

"6학년 때 일이 생각나오. 영하가 여학생들에게 꽤 인기가 있었오. 여학생들의 편지 세례를 받은 영하가 감당하기 벅차 궁리 끝에 선생님께 상담을 한 모양이오. 그때 선생님이 그러셨다 했소. 부모님께서 올바르시니 자식도 올바른 것이라고. 지금 돌이켜 생각해보니 영하는 선생님 복도 참 많았던 것 같소. 영국에 있을 땐 스토

그 선생님이 아껴주셨소. 네덜란드에서는 미국계 선생님이신데 영하가 그림을 잘 그린다고 나중에 화가가 되면 꼭 연락하라고 하셨다오."

윤두호 씨는 런던에서 생활할 때는 어린 아들을 앞세우고 미술관과 박물관을 찾아다니며 문화와 예술에 대한 감각을 깨워주기도 했다. 틈만 나면 많이 보여주고 싶은 게 부모였다. 주말이면 차를 몰고 해안가를 달리며 넓고 푸른 바다를 가슴에 품게 했다. 고즈넉한 해를 등지고 오래된 성 앞에 서서 상념의 시간을 갖기도 했다. 드넓은 잔디가 깔린 언덕에서 뉘엿뉘엿 지는 해를 바라보고 서 있으면 가끔씩 여우 울음소리가 들렸다. 눈앞에 펼쳐진 모든 것이 평화 그 자체였다.

"그런데 그 당시 나는 영하에게 조금 섭섭했었소. 상담할 일이 있을 때 부모를 먼저 찾지 않고 선생님을 찾았다는 게 섭섭했던 거요. 그래서 기차여행을 하던 어느 날 내가 작심하고 말했소. 이 세상에서 무슨 일이 있어도 네 편은 오직 부모다, 네가 답답한 게 있을 때에도 마지막으로 의논할 상대는 결국 부모라는 사실을 잊지 말아라, 부모는 네 말을 진지하게 들어줄 것이며 무슨 일이 있어도 네 편이라는 사실을 알아줬으면 한다고 말이오. 그때 영하 표정이 무척 진지했던 게 기억나오."

준수한 외모에 사려 깊었던 아들 생각 때문인지 윤두호 씨 눈동자가 흐려졌다. 그러나 그는 이내 냉정을 되찾았다.

"탈이라면 영하는 너무 깔끔하다는 데 있었소. 허튼 모습을 보이지 않고 자기 관리가 철저한 아이였소. 한국에 돌아와서 인천 송도

교를 다닐 때도 테니스, 수영, 피아노 등등 다방면으로 능력을 펼쳤다오. 물론 영어는 항상 잘했소. 복장도 허술한 적이 없었소. 해군사관학교 생도시절에도 용모복장 단정치 못하다고 영하에게 지적받은 후배들이 꽤 있었을 거요. 내 아들 성격은 그랬소. 1학년 때 수영 잘한다고 빨간 모자 쓴 조교로 뽑히기도 했던 영하였다오. 댄스와 볼링도 잘 하니 대인관계도 원만했던 모양이오. 그러나 자신에게만은 아주 엄격했소. 배를 탔을 때 제 방에서는 슬리퍼를 신었을망정 방 밖을 벗어나면 반드시 정장과 제복을 갖춘 원리원칙을 고수한 아이였다오."

나는 사진으로만 봤던 윤영하 소령을 떠올렸다. 그리고 앞에 앉은 윤두호 씨 얼굴을 찬찬히 보았다. 젊었을 적 윤두호 씨 얼굴이 윤영하 소령이었을 것 같았다. 아니면 윤영하 소령이 살아서 지금 나이의 윤두호 씨가 된다면 저리 닮아갔으리라는 생각도 들었다. 자신을 빼닮은 아들을 잃은 윤두호 씨 심경을 어찌 헤아릴 수 있으랴. 지금 내가 윤두호 씨 앞에 앉아 연평해전과 윤영하 소령 이야기를 나누는 것 자체가 죄스러운 일이 아닐까?

"아들을 잃은 몇 년간은 단지 밥을 먹고 잠을 자고 숨을 쉰다는 것뿐이지 사는 것 같지 않았소."

침을 삼키는 윤두호 씨의 자잘한 목주름에 세월의 연륜이 묻어났다. 그 속에 아픔도 함께 녹아 있었다.

"그날 30여 분간 이어진 교전으로 우리 해군 6명이 전사했소. 부상은 18명이나 되었다오. 북한군은 정확한 확인은 아니지만 사상자가 30여 명 된다고 들었소. 그런데 차 작가, 기가 막힌 게 뭔지 아시오?"

윤두호 씨가 말을 끊고 나를 빤히 쳐다보았다. 나는 여전히 시원한 대답을 할 수 없었다. 왜냐하면 부끄러웠기 때문이다. 실로 미안했기에 입을 열 수 없었다.

"그들은 군인이니까 충실히 명령을 받들었을 뿐이오. 그리고 온몸으로 NLL을 사수했소. 그런데 우리 아들들의 장례식 때 국군 최고통수권자였던 대통령은 어디에 있었소? 일본으로 월드컵 결승 구경 가셨다구요?"

순간 윤두호 씨 입가에 씁쓸한 웃음이 번졌다. 그러나 눈가에 번득이는 눈물을 나는 놓치지 않았다.

"김 전 대통령은 2000년 남북정상회담에서 6.15 공동선언을 발표한 뒤 그랬었소. 앞으로 전쟁은 없을 것이라고 호언했다오. 그런데 우리는 2년 뒤에 바다에서 전쟁을 치렀고 6명의 자식을 잃었소. 전쟁이 없을 거라고 호언했던 대통령은 남북화해 무드 조성으로 노벨평화상까지 받았소. 자식을 잃은 우리 속은 새까만 숯덩이가 되었는데 말이오."

나는 윤두호 씨의 속 깊은 곳에서 터지는 허허로운 탄식을 들을 수 있었다.

"그때 나라 전체는 마치 축제장 같았소. 월드컵 열기로 나라 전체가 빨갛게 물들었을 때 우리는 피울음을 안으로 삼켰소. 조각조각 찢어지는 심장을 안고 우리는 마치 죄인처럼 장례를 치렀소. 외롭고 허무하기 짝이 없었소. 속에서는 분노와 울분이 치밀었지만 하소연 할 데도 없었소. 차 작가, 자식을 앞세운 우리가 무슨 말이라도 할까봐 항상 감시 받았다고 하면 믿겠소? 수사기관에서는 수시로 찾아와 근황을 묻고 갔소. 그들이 우리 건강이 걱정돼서 찾아왔겠소? 우리 살림살이가 걱정돼서 찾아온 것이겠소? 그것도 모자라 미행도 하고 심지어 도청도 마다하지 않았소. 도대체 이게 뭐요? 이것이 나라를 위해 자식 잃은 가족에게 할 짓이란 말이오?"

내 가슴 속에서도 서서히 분노가 차오르기 시작했다. 냉정하게 윤두호 씨 이야기만 들으려던 내 자세가 흐트러진 것이다. 그러나 여전히 적절한 응대가 생각나지 않았다. 끓어오르는 분노를 표출해야 하는데 그러지 못하고 있는 내 자신이 그저 답답했다.

"우리가 요구한 건 아무 것도 없소. 그런데 해전 직후 교과서에 실어서 숭고한 희생을 기리겠다고 했소. 훈장도 격을 높이겠다는 말도 들었소. 그런데 달콤한 말에 지나지 않았음을 우리는 지나간 뒤에 알았다오. 단지 우리는 조국을 위해 목숨을 바친 아들들의 명예를 지켜달라는 것뿐인데 말이오. 차 작가, 사람들은 걸핏하면 촛불을 들고 시위를 하고 있소. 선교활동 하러 갔다가 죽은 사람을 위해서도 촛불을 들고, 미군 장갑차에 치어 죽었다고 촛불을 들지 않았소? 그런데 그 누구도 서해를 지키다가 전사한 우리 아들들을 위해 촛불을 든 사람이 없소. 그 수많은 촛불 중에 단 한 개도 없었단 말이오. 우리 아들들을 위해서는 말이오."

윤두호 씨가 입술을 지그시 눌렀다. 감정을 다스리려는 표정이 역력했다. 국가와 국민에게 느낀 심한 배신감이 뼛속 깊이 서러웠음을 나는 분명히 읽을 수 있었다.

"2002년 6월 29일 그날, 북한은 북방 한계선인 NLL을 침범했소. 명백한 남침을 감행했소. 그걸 막아낸 것이 우리 해군과 참수리 고속정 승조원들 아니겠소? 국군 통수권자는 북한과의 친선관계를 위해 선제공격을 허가하지 않았소. 북한이 먼저 공격할 때만 반격하라는 말도 안 되는 교전수칙은 우리 아들들의 손발을 묶어놓은 것과 다를 게 뭐 있소? 그러나 우리 아들들은 지켜냈소. 계획적으로 밀고 내려온 북한을 상대로 'NLL사수'라는 최상의 임무를 목숨 바쳐 지켜냈으니 제2연평해전은 분명한 승전이오. 그런데 우리 아들들은 홀대 받았소. 영결식 때 대통령, 국무총리, 국방부장관, 합참의장 중 정부 측에서는 그 누구도 참석하지 않았단 말이오."

다소 격앙된 윤두호 씨의 목소리가 빨라졌다. 섭섭하고 서운했던 기색도 숨기지 않은 그의 얼굴엔 노기마저 서려 있었다.

"나는 마음이 아프오. 영하가 1992년에 임관했는데 면회 한번 못 갔소. 내가 다니던 회사가 부도났고 연대보증 선 관계로 가정형편이 어려웠다오. 가뜩이나 속이 깊은 내 아들 영하는 면회오지 않은 부모에게 불만 한번 털어놓지 않았소. 오히려 인사성 밝고 건장한 아들로 우리 옆을 지켜주었소. 시간이 흐를수록 그게 왜 이리 마음에 걸리는지, 납덩이처럼 무겁게 걸려 있는지…"

울음을 안으로 삼키는 윤두호 씨 눈자위가 촉촉해졌다. 마주 앉은 내 가슴도 젖어버렸다. 윤두호 씨가 길게 숨을 쉬었다. 그는 가끔 그렇게 긴 숨을 쉬는 듯 보였다. 나는 긴 숨의 깊이를 알고 있었다. 가끔 나도 답답하거나 속이 상할 때는 길고 긴 숨을 뱉어내기 때문이었다.

"정부 측 고위인사로는 처음으로 박근혜 한나라당 대표가 참석했소. 그것이 2004년 6월 29일, 평택 제2함대에서 열린 2주년 추모 기념회 때였다오. 그 당시 추념식은 2함대 사령관이 주관했었고 기념식 명칭도 '서해교전'이었소. 한 해 두 해 시간이 갈수록 우리 유가족들은 점점 말을 잃어갔소. 아들들의 비석 앞에서 비통한 심정의 가슴만 쓸어내릴 뿐 달리 힘이 없었다오. 그런데 하나님도 무심치 않았소. 우리를 완전히 외면하지 않았다오."

정부의 무관심에 묻히는 듯 했던 서해교전이었지만 그와 반대로 참전 영웅들을 잊지 못하는 사람들도 있었다. 서해교전 참전 사상자에 대한 관심을 가진 사람들이 서로 뜻을 모아 후원회 결성에 들어간 것이었다.

"2005년 4월에 신기남 의원이 해군과 해양관련 단체 그리고 해군 출신 국회의원에게 후원회 결성 제안서를 배포했소. 그 해 6월 29일에 후원회 결성 준비위원회가 발족됐고 2007년 6월 20일에 '서해교전 전사상자 후원의 밤'이 개최되기에 이르렀다오. 그 후 고무적인 일이 연이어 일어났소. 그때까지 2함대 사령관 주관으로 하던 추념행사를 보훈처에서 국가행사로 승격시켜 결정한 것이 2008년 3월이었고, 이어서 '서해교전'을 명백한 승리로 규정하여 '제2연평해전'으로 격상시켜 명칭을 개정했다오. 그 해 2008년은 참 바쁘게 돌아갔소. 그리고 의미도 컸다오. 적어도 우리 유족에겐 말이오."

후원회 결성에 많은 단체가 뜻을 같이 했다. 해양연맹, 해성회,

OCS장교동우회, 해군사관학교 총동창회, 해군동지회, 옥포회 등이 동참했다.

"2008년 4월에 '제2연평해전'으로 명칭을 개정한 것을 비롯하여 해군에서 전사자 흉상 제막식을 가졌소. 6월에는 박진 의원이 공동대표로 취임했고, 드디어 2008년 6월 29일에 제2연평해전 추념식이 첫 정부행사로 거행됐다오. 그 이후로 해마다 6월 29일엔 '제2연평해전 전사상자를 위한 후원의 밤'이 개최되고 있소. 그런데 차작가, 2012년은 더욱 의미 있는 한 해였다오."

2012년은 윤두호 씨 뿐만 아니라 제2연평해전에 관계된 모든 이들에겐 의미 있는 한 해였다. 나는 윤두호 씨의 다음 말이 기다려졌다.

"2012년 6월 29일은 제2연평해전 10주년이었소. 차 작가, 그날 누가 왔는지 아시오? 바로 우리의 대통령, 현직 대통령이 참석하신 거였소. 평택 제2함대 사령부의 서해수호관 광장에 마련된 추념식에 현직 대통령이 오는 것이 10년 걸렸소. 내 아들 아니, 우리 아들들이 전사한지 10년이 흐른 뒤에 처음으로 대통령이 왔었소."

나는 기억을 더듬었다. 제2연평해전 추념식에 참석한 이명박 대통령이 서해수호관 광장의 전적비 앞에 헌화하고 분향하는 모습이 나타났다. TV 혹은 신문을 통해 대통령의 제2연평해전 추념식 참석 모습을 본 국민들은 어떤 느낌을 받았을까? 가슴이 뭉클했을까? 나는 그 당시 그 장면을 보면서 어떠했던가? 부끄러운 고백이지만 솔직히 말해야겠다. 우리 대통령의 추념식 장면보다 내 가슴을 뭉클하게 했던 다른 나라 대통령의 사진을 먼저 떠올렸노라고.

입술을 굳게 다문 오바마 대통령은 반듯한 자세로 거수경례를 하고 있었다. 아프가니스탄에서 전사한 미군 유해 18구가 도착했다는 보고를 받은 오바마 대통령은 전용헬기로 새벽 4시에 델라웨어 주 도버 공군기지에 도착했다. 오바마 대통령은 방금 착륙한 C-17 미군 수송기 앞으로 걸어갔다. 수송기에서 전사자 장병들의 유해가 하나씩 운구되기 시작하자 오바마 대통령은 18구의 유해 운구가 끝날 때까지 침통한 표정으로 거수경례를 했다. 최고의 애도를 표한 오바마 대통령의 모습을 보면서 미국 국민들은 무슨 생각을 가졌을까? 내가 받은 가슴 뭉클한 감동보다 더 큰 울림이 있었으리라.

"늦었지만 그래도 다행이라는 생각이 들었소. 추념식에 오신 대통령의 애도에 깊이 감사했소만 그보다 더 고마운 건 전사한 6명의 이름을 단 해군 고속정을 순시했다는 사실이오. 대통령의 말 한 마디, 행동 하나하나가 바로 군대에 그리고 군인에게 힘을 실어주는 것이잖소. 알다시피 우리의 해양과 주권 수호를 위해 해군이 강해져야 하는 건 당연지사요. 해군에서 최신예 고속정을 취역할 때 고속함 이름을 윤영하 함, 한상국 함, 조천형 함, 황도현 함, 서후원 함, 박동혁 함 이렇게 명명했다오. 말하자면 우리 아들들이 최신예 고속정으로 다시 태어난 거요. 우리 아들들은 여전히 우리의 NLL을 지키고 있소. 지금 이 시간에도 말이오."

내 가슴이 뜨거워졌다. 뜨거워진 만큼 훈훈한 소식은 계속 이어졌다.

"제2연평해전 10주년이었던 그날 밤, 역시 후원의 밤 행사가 열렸소. 그런데 그날 처음으로 'NLL-연평해전' 영화제작 보고회가 함께 있었다는 사실을 말해야겠소. 지금은 일반 국민들도 알게 된 사실이지만 작년에만 해도 의문을 가졌다오. 정말 영화가 만들어질 수 있을까 하고 말이오. 그런데 1년이 지난 지금 이제는 확신을 갖게 됐소. 틀림없이 영화가 만들어질 것이오. 그것도 국민이 함께 만든 영화로 말이오."

　그 점은 나도 인정하는 터였다. 고속정 체험을 위해 6월의 남해를 찾았을 때 바다 위에서는 한창 영화 촬영 중이었다. 2030 나눔 서포터즈 150명이 나서서 제작비를 모금했고 홍보활동을 했다. 영화제작비 모금에서 젊은층의 역할이 컸다. 바다는 더웠지만 덕분에 좁은 고속정은 열기로 가득 했다. 그러나 영화촬영에 필요한 제작비는 바닥난 상태였다. 메가폰을 잡은 김학순 감독은 이렇게 이야기 했다.

　　NLL은 우리의 가족과 똑같은 사람들의 이야기입니다. 그들의 아픔을 공유하고 그들의 고귀한 희생을 기억하는 일은 어쩌면 같은 대한민국 사람으로서 당연히 지녀야 할 일입니다. 그러한 생각을 영화라는 매체를 통해서 많은 사람들과 공유하고 싶었습니다. (중략) 대국민 크라우딩펀딩을 시작한 첫 날, 어느 고등학생이 보내온 5천 원 상품권을 접하며 온종일 먹먹했습니다. 그리고 그때의 감동과 책임감으로 진해에서 촬영하고 있습니다. 100여 명의 스텝들과 배우들은 모두 재능기부로 참여하는 중입니다. 반드시 만들어져야 하는 영화지만 대규모 투자는 여전히 요원합니다. 그래서 다시 3차 펀딩을 시작했습니다. 2차 펀딩까지 2,500여 명의 후원자들이 보여준 응원으로 이곳 진해에서 촬영을 시작할 수 있었습니다. 3차 펀딩을 통해 영화가 잘 촬영되어 마무리 짓고 상영에 이를 수 있도록 기원합니다.

거기에다 극적으로 힘을 불어넣어준 것이 조선일보 5월 29일자에 실린 박정훈 칼럼의 〈눈물로 만드는 영화 '연평해전'을 아십니까〉였다. 칼럼 한 편이 가져온 바람은 실로 컸다. 여기저기서 후원의 손길이 펼쳐졌다. 해군은 네 차례 바자회와 천안함재단 성금을 모아 전달했으며, 연평해전에서 생존한 용사들이 촬영장을 찾아 성금을 내놓기도 했다. 김관진 국방부 장관을 비롯해 국방부, 합동참모본부, 육, 공군본부와 해병대 사령부 장병들의 자율적 모금도 이어졌다. 그리고 재향군인회와 한국국방안보포럼과 해수부와 해경, 각 ROTC 교우회, 국회의원, 사업가, 학생, 주부 등등 전 국민의 관심과 참가로 김학순 감독은 기운이 펄펄 난다고 했다.

"참수리호 인양 장면을 찍던 날, 제작진 모두 목이 메어 무거운 침묵만 감돌았다 들었소. 김학순 감독은 이데올로기는 달라도 자신이 태어나서 살고 있는 이 땅을 부정할 수는 없는 법이라고 했소. 제2연평해전 6용사의 희생과 상처 그리고 유가족들의 아픔을 통해 이 땅에 살고 있는 우리의 현실에 대해 생각해볼 수 있는 기회를 만들고 싶다 했으니 영화를 기대해 봐야겠소."

영화를 기대하는 건 나도 마찬가지였다. 나라 위해 목숨 바친 젊은이들에 대한 영화를 보면서 긍지와 자부심을 가질 때 애국심이 함께 솟는 것임을 알기 때문이었다.

"박근혜 대통령 취임식을 앞두고 국립현충원 참배할 때 함께 했었소. 참 많은 생각이 떠올랐다오. 내가 해군사관학교 다닐 때 박정희 대통령과 악수했던 적이 엊그제 같았는데 말이오. 내가 생도 시절에는 육, 해, 공군사관학교에서 매년 국군의 날 행사 직전에 체육대회를 열었소. 각 사관학교의 응원열기도 대단했고 시합도 뜨거웠다오. 체육행사가 끝나고 4학년 생도들만 비원으로 초대되었는데 그때 박정희 대통령이 일일이 악수하면서 격려해줬던 기억이 아직도 새롭소."

인연의 끈은 그렇게 이어지고 있었다. 대를 이은 뜨거운 인연이었다.

"박근혜 대통령이 내 손을 잡아주었을 때 나는 감히 부탁을 드렸소. 해군을 키워 달라고 했소. 그리고 한미동맹은 끝까지 유지해야 나라가 지켜진다고도 했소. 그뿐만 아니라 군인과 경찰의 사기진작이 필요하다고도 강조했소. 나는 소신을 가지고 말씀드렸소. 왜냐하면 나는 대한민국의 해군 장교 출신이었고, 내 아들은 온몸으로 바다를 지켰기 때문이오. 그보다 더 중요한 건 안보를 강화해서 굳건하게 나라를 지켜야 하기 때문이었소. 차 작가, 이 나라가 어떤 나라요? 바로 피로 지켜낸 나라 아니오?"

결연한 의지를 강조하듯 또박또박 힘주어 말하는 윤두호 씨 얼굴이 굳어졌다.

"목숨으로 지킨 우리의 NLL인데 공동어로수역이니 평화수역 운운은 말도 안 되는 소리요. 내 생각엔 NLL을 허물자는 수작으로 보인단 말이오. 북한의 최종 목적은 NLL을 무력화 하는 데 있소. 그러나 NLL은 단 한 치도 양보할 수 없소. NLL은 우리의 영토선이며 생명선이오. 나는 그동안 NLL 발언을 두고 마치 나라가 두 편으로 갈라진 것처럼 보여서 답답했다오. 국민의 한 사람으로서 바라는 건 이제 그런 논란에서 벗어났으면 하는 거요. 우리 국민들도 분명히 알았을 것 아니요? 이번 NLL 논란을 통해서 한 나라를 이끌고 가는 대통령의 말 한 마디가 얼마나 중요한지를 말이오. 비록 그것이 비공개 정상회담에서 했던 말이라 해도 해서 될 말과 해서는 안 될 말이 있다오. 지금의 청소년들 그리고 나아가 이 나라의 지도자가 되겠다는 사람들 모두가 가슴에 새겼을 것이오."

1년을 끌어왔던가? 문제의 NLL 발언을 두고 지루한 공방전과 입씨름이 계속 됐고 그걸 지켜보는 국민들의 정신 건강은 피폐해졌다.

"차 작가, 바다는 말이 없지만 기억하고 있을 거요. 죽어서도 키를 놓지 않았던 해군이 있었다는 사실을 말이오. 2009년 6월에 실전 배치된 유도탄 고속함(PKG)인 윤영하 함의 사관실에는 내 아들 영하의 초상화가 걸려 있다 하오. 윤영하 함 승조원들은 6월이 되면 피가 끓는다고 했소. 출항 직전에는 2함대 내에 전시돼 있는 참수리호를 찾아 묵념한다 들었소. 그들은 '출동 신고' 대신 '출전 신고'를 하고 바다로 향한다고 하오. NLL에서 두 번 다시 당하지 않겠다는 각오와 제3, 제4의 연평해전을 치를 수 있다는 위기감으로 무장한 채 우리 해군은 오늘도 바다로 나가고 있소. 차 작가, 서해에는 오늘도 우리의 해가 뜰 것이오."

갑자기 내 가슴 속으로 시원한 파도가 밀려들어왔다. 넘실대는 파도 위에 늠름한 배 한 척이 물살을 갈랐다. 유도탄 고속함 '검독수리 제1번함인 PKG-711 윤영하 함이었다.

　윤두호 씨와 헤어지기 전에 나는 그의 손을 꼭 잡았다. 따스한 기운이 내 손으로 전해졌다. 아마도 그의 마음 속 응어리가 녹은 온기였으리라.

'연평해전' 촬영 현장에서 뜨거운 희망을 보다[*]

여름을 껴안은 남해는 그보다 한발 앞서 뜨거웠다. 쏟아지는 태양도 뜨거웠지만 바다 위 고속정이 뿜고 있는 열기에 비할 바 아니었다. 내가 찾았던 6월의 남해 앞바다 고속정 위에서는 이글거리는 햇살을 고스란히 안은 채 한창 해상 전투 장면을 촬영 중이었다. 11년 전 '제2연평해전'을 재현하는 현장에서 나는 신선한 충격을 받았다.

무엇보다 많은 국민이 제2연평해전을 잊지 않고 있다는 사실이다. 참수리호 6용사의 희생을 잊지 않은 젊은이가 많다는 사실도 고무적이었다. 어디 그뿐인가? 배우와 스태프 모든 분이 거의 무보수로 촬영에 임하고 있다는 설명에 그만 가슴이 먹먹해졌다. 제작비가 바닥난 상태에서도 한결같이 꼭 완성해야 할 영화로 마음이 모여 있었다. 감독, 배우, 스태프의 한마음 '재능기부' 소식은 조선일보 박정훈 칼럼의 〈눈물로 만드는 영화 '연평해전'을 아십니까〉(5월 29일자 A30면)로 수많은 사람들의 관심을 불러일으켰다. 그동안 연평해전에 무심했던 미안함이 컸기 때문일까? 각지에서 다양한 사연이 담긴 성금이 모이고 있었다. 덕분에 촬영 현장에는 생기가 돌았고 그만큼 반드시 완성하겠다는 의지가 불타오르고 있었다.

김학순 감독께 온 국민에게 감동으로 다가가는 영화로 만들어주

* 차인숙, 『조선일보』, 「아침편지」, 2013. 6. 28.

십사 부탁하고 촬영 현장을 떠나는 내 발걸음은 한없이 무겁기만 했다. 시간이 지날수록 가슴이 답답했다. 나는 그 이유를 알고 있었지만 선뜻 행동에 나서지 못했다. 그런데 뜻밖에 구원투수가 나타났다. '공군을 사랑하는 문인'으로 함께 활동하고 있는 이윤식 작가가 연평해전 제작에 기부하겠다는 뜻을 내비친 것이었다. 곧 들어올 인세를 그대로 나눔기부하겠다는 말씀을 듣자마자 내 속이 뻥 뚫렸다. 바로 그것이었다. 기부금액이 크고 작은 것은 하등 문제가 되지 않는데도 나는 쓸데없이 망설였던 것이다. "우리는 공군을 사랑하는 작가로 활동하고 있지만 군을 사랑하는 데 굳이 경계가 필요한가요? 만일 전쟁이 난다면 우리는 종군작가로 나서야 하는 게 당연한 것 아닌가요?" 하고 힘주어 말하는 이 작가의 말은 6월의 열정을 고스란히 담고 있었다.

참수리호 인양 장면을 찍던 날 제작진 모두가 목이 메었다는 보도에 충분히 공감했다. 실전 같은 훈련을 하는 것이 일상화 된 윤영하 함 승조원들은 "6월이 되면 피가 끓는다"고 했다. 온 국민의 성원 속에 연평해전 촬영이 박차를 가하고 있다는 반가운 소식을 11년 전 6월 29일 그날의 6용사에게도 들려주고 싶다. 지금 이 땅의 우리 모습에서 6월 만큼 뜨거운 희망을 보고 있다고.

위국헌신 김범수

육군 故 김범수 대위

그대는 별이 되다 / 양병호

엎드려!

쾅

그리고 이승의 훈련은 끝났다

그러나 그대 살신성인의 충혼은

저승의 하늘 물 머금은 별이 되어

바람 드센 오늘 아니 내일까지

방방곡곡을 밝히고 있다

꽃이 피고 또 지고

폭설이 내리고 그치는 동안

이 땅 위의 모든 살이는

그대 넋의 거름으로 인한 것임을

결코 잊지 않으리니

산그림자 더욱 깊어진 오늘

푸르른 창공 훨훨 날으소서

故 김범수 대위

　故 김범수 대위는 1979년 12월 26일 서울에서 출생하여, 동국대 경영학과를 졸업한 뒤 2002년 학군 40기로 임관하였다.

　35사단 신병교육대 소대장으로 보직을 받아, 훈련병 교육 임무를 수행하던 중 2004년 2월 한 신병이 수류탄 투척 훈련과정에서 수류탄을 손에 쥔 채 던지지 못하자 자신의 몸으로 감싸안아 주위의 많은 부하들을 구하고 순직했다. 2004년 2월 25일 육군 대위 추서함께 보국훈장 광복장을 수여하였다.

　국방홍보원에서는 고인의 뜻을 기리기 위해 그의 일화를 '그대 꽃잎처럼'이라는 기록영화로 제작해 2004년 11월 제15회 이탈리아 국제군사영화제에서 최우수 작품상을 수상하기도 했다. 또 육군 35사단은 수류탄 교육장에 추모비를 건립하고, 매년 추모행사를 열고 있으며, 국립대전현충원은 숭고한 희생정신을 기리고 나라사랑 정신을 고취하기 위해 순직 10주기를 맞이하여 김범수 육군대위를 그 해 2월의 현충인물로 추모하였다.

겨울의 끝자락인 2월 마지막 날은 무척 추웠다. 미련을 버리지 못한 겨울이 예상보다 매서운 바람을 곳곳에 싣고 다녔다. 찬바람은 넓은 연병장 주위를 마음대로 훑고 다니며 심술을 부렸다. 뿌연 흙먼지 바람이 일기도 했지만 연병장에 선 청년 장교들은 열중 쉬어 자세에서 한 치 흐트러짐 없었다.

학군단 임관식은 성남 중앙군사학교 문무대에서 거행되었다. 임관식이 치러지는 날은 추위가 마지막 심술을 부리는 날이었다. 그러나 행사는 리허설 할 때와 같이 차질 없이 진행되었다. 단상에는 대통령을 비롯하여 국방부 장관과 합참의장 그리고 육, 해, 공군 참모총장이 배석했다. 또한 각 대학교의 총장과 ROTC(Reserve Officers Training Corps) 중앙회장과 임원진, 예비역 장군 등도 자리를 함께 했다. 새로 임관되는 학군단 신임장교를 축하하기 위해 가족과 친지들이 연병장 주위로 빼곡히 모여들었다.

식순에 따라 대통령의 축사가 소개될 때 모든 사람들의 시선이 단상으로 쏠렸다.

"ROTC 제도는 1961년에 도입됐습니다. 그 당시 불안했던 국내 안보 상황과 부족한 군 초급 지휘자 문제를 해결하기 위해 정부가 마련한 초급장교 양성제도입니다. 여러분들은 2년 동안 학문과 군사학이라는 2개의 과정을 무사히 마쳤으며, 힘든 조건하에서도 낙오하지 않고 오늘 이 영광된 자리에 섰습니다. 오늘 신임장교 여러분들은 학군단 선배들이 그동안 군과 사회발전에 크게 공헌했다는 사실을 잊지 말아야 합니다. 여러분들의 선배는 헌신적으로 봉사하면서 자신을 드러내지 않고 공동체의 안녕을 추구했습니다. 이런 ROTC 전통에 자부심을 가져도 좋습니다."

대통령의 축사는 간결했지만 신임장교들에게 던지는 메시지는 컸다. 연병장 주위로 박수소리가 퍼져나갔다. 4,000여 명의 장교가 동시에 경례를 올리며 충, 성!을 외칠 때는 바람이 꼬리를 내렸으며 구름도 움직이지 않았다. 분위기는 시종 엄숙하면서도 장엄했다. 국방색 임관복과 하얀 장갑이 절도 있는 분위기를 연출했다. 곧 이어 육, 해, 공군과 해병대 신임장교를 대표한 선서가 있었다. 훌륭한 장교가 되겠다고 다짐하는 신임장교들의 목소리에는 비장함이 담겨 있었다. 드디어 관중석의 가족들이 기다리고 기다리던 순서가 다가왔다. 바로 계급장을 다는 시간이었다.

추위에 오들오들 떨면서도 범수 어머니와 두 누나는 마지막 순서를 기다렸다. 신임장교 소위 김범수의 계급장을 달아줄 날만 손꼽아 기다렸던 어머니는 아들을 찾느라 연신 고개를 뺀 채 주위를 살폈다. 국방색 임관복을 입은 신임장교들은 하나 같이 똑같았다. 그러나 연병장에 줄지어 선 4,000여 명의 장교 사이를 헤치고 어머니와 누나들은 곧장 범수에게 달려갔다.

"아휴 고생했다. 범수!"

큰 누나가 얼른 꽃목걸이를 범수 목에 걸었다. 범수 어머니는 말없이 아들의 손부터 잡았다. 툭툭한 손등이 얼음덩어리처럼 차가웠다. 정장 차림의 임관복만으로 세 시간 가까이 서 있었으니 몸도 얼었을 것이다. 어머니 눈에는 어느새 눈물이 고였다. 뒤이어 따라온 아버지가 범수 앞에 섰다. 아버지를 본 범수는 다시 자세를 반듯하게 고쳐 잡았다.

"신고합니다. 2002년 3월 1일부로 육군 소위 김범수 명, 받았습니다. 충, 성!"

부모님과 두 누나 앞에서 범수는 신고식을 올렸다. 거수경례와 함께 충성을 목청껏 외쳤지만 얼었던 목소리는 약하게 떨렸다. 어머니가 말없이 범수를 껴안았다. 아버지는 대견한 아들을 보며 흡족한 미소를 지었다.

"우리 막내, 멋있다. 장교 폼 제대로 나는데?"

작은 누나가 범수를 추켜세웠다. 임관사령장을 받고 진정한 장교로 거듭난 아들 앞에 선 어머니는 가슴이 벅차올랐다. 어머니는 손으로 범수 어깨에 달린 계급장을 매만졌다. 가운데가 도드라진 다이아몬드 형의 은색 계급장이 반들반들 윤이 났다.

"계급장에 어울리는 멋진 장교가 되어야지?"

"알겠습니다. 어머니. 참, 두 분께 드릴 게 있습니다."

범수가 얼른 호주머니를 뒤졌다. 반지 두 개가 범수 호주머니에서 나왔다.

"이건 임관반지입니다. 원래는 피앙세반지를 제 것보다 작은 크기로 만듭니다만 저는 똑같은 걸로 두 분 걸 만들었습니다."

"에그, 여자친구 없으니까 엄마 아빠 걸로 대신 했구나. 그러게 내가 뭐랬니? 진작 여자친구 만들라고 했잖아. 주위를 둘러보니 죄다 있구만."

큰 누나가 툴툴거렸다. 어머니가 가볍게 눈을 흘겼다. 범수는 못 들은 척 어머니 손을 잡았다. 무명지손가락에 반지를 끼우면서 범수는 어머니를 향해 멋쩍게 웃었다. 그러나 어머니는 흐뭇했다. 곧 봄이 오지 않은가. 따뜻한 바람과 환한 꽃이 필쯤에는 범수에게도 좋은 일이 생길 것임을 어머니는 믿고 있었다.

✳

탁자 위로 뻗쳐 들어온 햇살이 훨씬 길게 파고들었다.

"임관식 하던 날엔 그렇게 춥더니 그래도 계절 앞에는 맥없이 물러가네요."

커피잔을 탁자에 내려놓은 어머니는 차창으로 잠깐 시선을 돌렸다가 이내 철쭉을 매만졌다. 며칠 전에 사온 철쭉의 꽃망울이 탱탱했다.

"날씨도 서서히 풀리고 있으니 큰 걱정은 안 되지만 그래도 군사훈련인데 힘들겠죠? 아니면 장교된 후에 받는 교육이니 조금은 수월하려나?"

아버지는 묵묵히 커피를 마셨다. 아직도 아버지는 범수의 임관식

하던 날을 떠올리면 전율이 일었다. 잘 훈련된 20대 초반 청년들의 젊음이 부러웠다. 조금의 흐트러짐 없이 동시에 움직이던 날렵함이 그리웠다. 그동안 철없고 어리다고만 여겼던 아들 범수였다. 그랬던 범수가 의젓하게 거수경례를 하며 단결!을 외칠 때 얼마나 가슴이 벌렁거렸던가.

"십 년이면 강산이 변한다는 말은 우리 범수를 두고 하는 말 같아요. 당신도 그렇게 생각하죠?"

범수를 두고 본다면 부인할 수 없었다.

"지금도 범수에게 걸리는 건 한창 자랄 때 제가 옆에 없었다는 거예요. 엄마의 사랑을 듬뿍 쏟지 못해서 무척 걸려요."

아버지 역시 마음이 걸리기는 마찬가지였다. 공무원 박봉에 아이는 셋이었다. 아내가 가정 경제에 도움이 될까 하고 작은 가게를 차렸으나 생각만큼 풀리지 않았다.

"그때 집에도 못 들어오고 할 때 범수가 제일 걸렸죠. 어머님이 챙겨주시긴 했지만 규칙적이지도 못하고 혼자 마음대로 먹어댔으니 나중엔 살만 쪘잖아요."

간섭하는 어머니가 없으니 통제가 제대로 되지 않았다. 할머니는 무조건 범수를 예뻐만 했으니 버릇이 없어졌다. 자기 통제가 되지 않으니 밤참을 즐겨 먹었고 운동은 도통 하지 않았다. 점점 살은 찌고 기운만 세졌다. 게다가 PC방을 들락거렸다. 밤늦도록 집에 들어오지 않는 범수를 기다리다가 아버지는 동네 PC방을 모두 찾아다녔다. 범수를 앞세우고 집으로 들어오는 길목에서 아버지가 멈췄다.

"10분 내로 회초리를 만들어 오너라. 너한테 어울릴 회초리로!"

아버지의 지시에 범수는 허둥댔다. 어두운 밤에 골목을 헤매며 겨우 회초리를 만들었다. 굵고 짧은 회초리였다. 그날 범수는 오랜 시간 아버지에게 회초리를 맞았다. 웬만해선 매를 들지 않은 아버지였다. 별로 꾸중도 하지 않던 아버지였는데 그날은 달랐다. 그 이후 범수는 마음을 다잡았다. 늦었지만 공부에 정진하자고.

마음을 잡고 공부를 하기 시작하니 범수의 성격도 바뀌기 시작했다. 붙임성 있는 아들로 변한 것이었다. 덩치가 커다란 아들놈이 엄마 아빠 사이에 끼어들어 자는 걸 좋아했다. 어떤 때는 누나들보다 더 싹싹하고 살갑게 굴었다.

그러나 동국대학교 경영학과를 다니던 범수는 2학년이 되면서 군 문제로 고민에 빠졌다. 아버지 역시 범수와 같은 고민을 했다. 범수는 집안의 장손이었다. 위로 딸 둘을 낳고 얻은 아들이었다. 아버지는 학벌보다 리더십의 중요성을 익히 알고 있었다. 나중에 사회에 나가 제 몫을 하려면 리더십을 갖춘 덕목이 필요했다.

"범수 넌 군 문제를 어떻게 할 거냐?"

아버지의 뜬금없는 질문에 범수가 선뜻 대답을 하지 못하고 우물쭈물 했다.

"내가 보기엔 이왕 가는 군대인데 장교로 가는 게 어떻겠느냐? ROTC로 가는 것에 대해 진지하게 생각해봤으면 한다."

범수 본인도 요즘 군 입대에 대한 생각으로 심경이 복잡했다. 강의실 옆 게시판에 붙은 학군단 모집 전단이 유난히 눈에 들어왔다. '1%의 가능성만 있어도 도전한다. 내 꿈을 가능하게 하는 것은 내

안에 흐르는 불굴의 DNA 동국의 도전정신!'

모집 광고 전단에 눈길은 갔지만 망설일 수밖에 없었다.

"저도 생각은 해봤어요. 그런데 전 살이 쪄서 안 돼요. 아시다시피 제 별명이 뚱보잖아요."

"그런 문제는 네 뚝심으로 해결할 수 있지 않나? 다른 데 이상이 있는 건 아니고 단지 살이 쪄 있다는 것뿐인데 말이다. 목표를 세우고 계획을 짠다면 몸무게 줄이는 건 가능하다고 본다. 어때? 사나이답게 한번 도전해 보지 않겠나?"

범수는 선뜻 대답하지 않았다. 그러나 다음 날 범수는 이미 실천에 옮겼다. 헬스클럽에 등록하고 달리기로 살빼기에 들어갔다. 부단한 노력으로 6개월 후 70킬로그램 이하로 몸을 만든 범수는 당당하게 학군단에 신청서를 제출했다. 키 175센티미터의 김범수는 어느새 보기 좋은 몸매를 갖춘 청년으로 변모해 있었다.

학군단 신청은 우선 학점이 B 이상이어야 했다. 학군단에 합격한 후에는 학문과 군사교육 두 가지를 동시에 이행해야 한다. 군사훈련은 동계와 하계로 나누어 실시하는데 2학년 겨울방학 때 처음 2주간을 시작으로 군사교육이 시작된다. 3학년이 되면 여름방학 때 4주와 겨울방학 때 2주간의 군사훈련을 받아야 한다. 그리고 4학년이 되면 여름방학 때 4주간으로 공식적인 군사교육은 마무리 된다. 거기에 교내 교육도 있다. 한 학기에 44시간 즉 주 2회에 4시간씩의 교육을 받도록 되어 있다.

학군단은 방학기간을 이용하여 군사훈련을 받아야 하기 때문에 친구들처럼 방학을 이용한 해외여행은 꿈도 꿀 수 없다. 빡빡하고 고된 훈련 때문에 변변한 소개팅 나가기도 벅찼다. 유일하게 4학년 겨울방학 시작부터 임관식까지 약 45일 간 시간이 남는다. 그 기간에도 남은 공부를 열심히 해야 되기 때문에 자유롭지 못했다. 그렇기 때문에 뚜렷한 목적과 확고한 결심이 없으면 택할 수 없는 길이었다.

동국대학교 학군단은 오랜 명성을 가지고 있었다. 동국대 112 학군단은 지금까지 4,000여 명에 가까운 장교를 배출했다. 1961년 ROTC 제도가 처음 도입됐을 때 참가한 학교가 전국에서 16개 대학이었다. 건국대, 경북대, 경희대, 고려대, 동국대, 동아대, 부산대, 서울대, 성균관대, 연세대, 전남대, 전북대, 조선대, 중앙대, 충남대, 한양대였다.

동국대 112 학군단은 학생들이 리더와 관리자로서 솔선수범하는 자질과 기량을 갖출 수 있는 교육을 실시했다. 매일 아침 학군단장과 훈육관들 지휘 아래 학교를 감싸는 남산 순환로를 구보하고 교내에서 군사훈련을 받았다. 동국대 112 학군단은 특히 희생정신과 조직에 헌신하는 인성을 갖춘 장교를 배출하는 학군단으로 유명했다.

남산 순환로를 달릴 때마다 훈육관은 외쳤다.

"우리는 국가적으로 가장 어려운 시기에 155마일 휴전선을 지켰다! 우리는 해외파병에 적극적으로 참여함으로써 자유민주주의 수호자로서의 역할을 수행했다! 우리는 대한민국의 하늘과 땅, 바다를 지키는 주역이었다!"

훈련을 받고 교육이 깊어질수록 범수는 ROTC를 선택한 것에 스스로 만족했다. 훈련을 받을수록 그의 결심은 확고해졌다. 기필코

책임을 다 하는 지휘관이 되겠다는 결심을 할 때마다 그의 어깨가 넓어졌다.

매년 3~4,000명 정도가 교육과 훈련을 받은 후 소위로 임관 하면 실무부대에 배치가 된다. 육군 초급장교의 80%, 소대장급 지휘관의 80%, GOP 및 해안 경계 담당 사단 소대장의 약 85%를 ROTC 장교가 담당한다고 하니 국토방위의 핵심적 역할을 수행하고 있음이 틀림없었다.

범수는 임관식이 끝난 후 집에 와서 이틀을 쉬었다. 그러나 제대로 쉴 수 없었다. 초등군사과정인 OBC(Officer's Basic Course) 교육에 앞서서 챙겨 가야 할 것이 많았기 때문이다. 신임장교는 각자가 부여받은 군사특기별 군사학교에 입교하여 소정의 교육을 받아야 했다. 그것을 OBC 교육이라 하며 대개 16주 과정이었다. 김범수 소위는 장성 상무대 보병학교에서 OBC 교육을 이수했다.

OBC 교육은 자대의 소대장으로 갔을 때 임무 수행을 위해 필요한 교육이었다. 중, 소대 전술과 대침투 작전, 북한군 전술, 교육훈련관리, 지휘 및 참모 업무, 장애물과 유격, 통신, 정신교육 등등이었다.

유격훈련은 언제나 힘들었고 받을 때마다 지옥을 갔다온 듯 했다. 지겹도록 하는 PT 체조와 온몸비틀기는 근육 전체가 터지는 것 같은 고통이 따랐다. 그 외에도 수중담력훈련과 공포의 수직낙하훈련, 참호격투 등 훈련의 강도는 갈수록 거세기만 했다. 그러나 그것도 시간이 지나면 마침내 해냈다는 사실에 스스로 뿌듯해지기도 했다.

행군도 예외는 아니었다. 소대장 테스트를 체력으로 하는 것쯤으로 아는 모양이었다. 저녁을 든든히 먹었지만 걷다보면 한계에 봉착하게 된다. 40킬로그램이 족히 넘는 군장을 메고 10시간 동안 40킬로미터를 행군할 때는 군장도 계급장도 떼고 싶은 생각이 간절해진다. 그러나 그런 유혹이 치밀 때마다 학군단장이 강조하던 말을 떠올렸다.

"ROTC 출신은 복무 중에는 국가방위의 핵심전력이다. 전역 후에는 우리 사회 경제 발전의 주춧돌이다. 이 두 가지 사실을 잊지 말고 한 명도 낙오하지 말기 바란다. 알겠는가!"

범수는 네옙! 목청 터져라 대답했다. 악을 쓰며 대답하다 보면 의지가 점점 굳어지고 커졌다.

"우리 ROTC는 학연, 지연, 혈연을 배제하고 선후배의 끈끈한 관계만 존재한다는 3무(無)1존(存)의 정신만 있다! 이것이야말로 우리 ROTC를 묶어주는 끈이다!"

ROTC 40기수까지 15만여 명 가까이 배출됐다고 했다. ROTC 출신들은 전역 후 기업 및 조직에서 중추적 역할을 맡고 있다고도 했다. 대학 전공분야 지식과 군 시절 소대장으로 조직을 관리한 체험은 고스란히 지휘 관리 능력으로 나타날 수밖에 없다. 그런 능력이 우리 사회 곳곳에 리더로서의 자리매김을 하는 힘이 되는 것이다. 그것은 기업에서 필요로 하는 리더십뿐만 아니라 위기극복 능력과 자기 관리 등에서 탁월하게 드러나기도 하고, 강한 추진력으로 표출되기도 한다. 그런 힘은 무시할 수 없기 때문에 돋보일 수밖에 없다고 했다. 실제로 ROTC 출신은 정계, 재계, 언론계, 교육

계, 문화계 등 사회 각 분야에서 사회 발전에 큰 기여를 하고 있다
는 사실도 주지시켰다.

"범수 임관식 날, 꽁꽁 언 손을 보고 옛날 생각이 잠시 나서 목이
메었어요. 살은 자꾸 찌는데 먹지 말라는 탄산음료를 숨어서 먹다
가 나한테 들켰잖아요. 그때 범수 무지 맞았어요."

"이젠 그 애도 알 거요. 왜 부모가 매를 들었는지 말이오. 나도
이해하면 그만인 일에도 화를 내며 매를 든 적도 많았소. 5학년 때
였나? 책가방을 잃어버리고 왔을 때도 매를 들었고, 고 2때 대학
갈 자신 없다며 방황할 때도 출근을 포기하면서까지 범수를 혼낸
적도 있었소."

"그런데 지금은 이렇게 옛말 하고 있네요. 우리 범수 앞으로 제
길은 너끈히 헤쳐 나갈 거예요."

"나도 그렇게 믿고 있소."

아버지는 꽃망울을 촘촘히 달고 있는 철쭉을 보았다. 철쭉은 곧
꽃을 피울 것이다. 예쁜 꽃이 피면 그걸 본 사람들은 환한 웃음을
짓겠지. 내 아들 범수도 저 꽃처럼 꽃망울을 터뜨리기 위해 지금
땀 흘리며 달리고 있는 것이다. 범수 얼굴이 눈앞에 나타났다. 대
한민국 육군 소위 계급장이 빛나는 범수를 생각하는 것만으로도
아버지 입가에는 웃음이 번졌다.

✳

35사단을 향해 달리는 길 위로 여름이 짙어지고 있었다. 길가 자

귀나무에 핀 연분홍꽃은 마치 작은 공작새가 앉은 것 같았다. 너풀너풀 바람에 흔들리던 자귀나무는 자동차를 향해 다가오는가 싶다가도 이내 뒤로 밀려나 버렸다. 해가 갈수록 봄은 짧았고 여름이 길어지면서 무더웠다.

2002년 6월 첫 주. 김범수 소위는 35사단 신병교육대대 소대장으로 부임하라는 명을 받고 부임지로 가는 중이었다. 소위 김범수의 머릿속으로 초록이 성성한 바깥 풍경은 전혀 들어오지 않았다. 오로지 소대장이 되어 앞으로 만나게 될 낯선 환경과 낯선 사람들에 대한 생각으로 꽉 차 있었다.

OBC 교육을 받는 내내 초급장교들의 공통 관심사는 비슷했다. 소대장으로 부임하면 앞으로 거느리게 될 소대원을 어떻게 다루느냐 하는 것이 주 관심사였다. 휴식시간이면 초급장교들은 휴게소에 모여 각자가 알고 있는 정보를 어김없이 쏟아냈다.

"처음부터 너무 잘해주면 오히려 소대원들에게 얕잡혀서 휘둘린다더군. 그러니 아예 빡세게 나가는 게 상책이라네."

"세게 나가려면 말투도 자연히 명령조가 되잖은가. 나는 그게 걸리는군. 일반적으로 군대 문화에 대해 안 좋은 이미지가 뭔지 아는가? 이름과 보직을 두고도 엉뚱하게 부르는 거라네. 흔히 야! 이봐! 인마! 어이! 등등 말일세. 난 그게 참 거슬리더군. 그냥 김 일병! 아니면 이OO 운전병! 이렇게 맡고 있는 보직을 붙여 부르면 안 될까?"

"호칭은 그렇게 붙여 부른다 치고 그렇다면 명령을 내릴 땐 어쩌는가?"

"윗사람이야 명령을 내리는 입장이니 어쩔 수 없지만 같은 부대원끼리는 반 존칭을 쓰는 게 괜찮지 않을까 싶네."

"그건 어디까지나 이상적인 이론일 뿐일세. 그렇게 하면 어디 군기강이 제대로 서겠는가?"

"군 기강이라고 하니 생각나는 게 있네. 어느 소대장이 처음 부임지에 갔을 때인데 소대원들과 첫 대면도 하기 전에 전원에게 명령을 내렸다는군."

어느 신임 소대장의 이야기에 휴게소에 모여 있던 초급장교들의 표정이 진지했다. 신임 소대장이 부임한 부대는 민간인 통제선 GOP 철책근무를 하는 곳이었다. 어느 무더운 여름날, 저녁식사 후 내무반에서 저마다 휴식을 취하고 있는데 신임 소대장이 나타났다. 소대장은 완전 군장 차림이었다. 그는 소대원 전원에게 완전군장 차림으로 중대연병장에 집합하라는 비상을 내렸다. 아직 소대장과 일면식도 없던 소대원들은 평소 훈련한 대로 연병장에 집합했고 군장검사 준비까지 완료했다. 선임하사에게 집합 완료 보고를 받은 소대장이 명령했다. 지금부터 연병장을 10바퀴 돈다! 실시! 소대원 전원은 영문도 모른 채 달렸다. 군대는 명령에 움직여야 하니까 구호에 맞춰 뛸 수밖에 없었다. 날은 더웠고 눌러쓴 철모에 등에 멘군장은 꽉 찬 상태라서 무거웠다. 거기에 M203 유탄발사기를 메고 달렸으니 오죽 힘들었을까. 그러나 함께 뛰며 선창하는 소대장의 구호에 복창하면서 이를 악물고 달릴 수밖에 없었다. 네댓 바퀴를 돌 무렵부터는 하나 둘 낙오자가 나오기 시작했다. 그러나 소대원들은 서로가 짐을 나눠 메거나 부축해가면서 결국에는 연병장 10

바퀴를 다 돌았다. 서로 배려하며 달리는 과정에서 단 한 명의 낙오자도 없이 완주한 전원은 중대연병장에 집합해서 무거운 군장을 풀었다. 그리고 부대 밖 시냇가로 재집결한 소대원 전원은 땀에 젖은 옷을 훌훌 벗고 먼지와 땀으로 뒤범벅이 된 몸을 씻었다. 깨끗한 몸과 개운한 마음으로 내무반으로 다시 들어갔을 때 소대원들을 기다리고 있었던 건 바로 신임 소대장과 그의 부임 인사였다. 소대장의 부임이 있던 그날 밤 이후로 전원은 죽어도 함께 죽고, 살아도 함께 살자는 군인정신을 알게 되었다고 했다.

"신임 소대장이 부임신고를 아주 훌륭하게 해냈네. 처음 부임하는 소대장은 경계와 이질감의 대상이 될 수 있는데 말야. 그런데 소대원과 함께 강도 높은 연병장 10회 구보를 통해 기선제압은 물론 확실한 통솔력도 보여 주었군."

"그 덕에 그 소대장이 있는 동안 그 부대는 단 한 건의 불미스러운 일이나 사고가 없었다고 하더군. GOP 철책근무가 정신 바짝 차리지 않으면 안 되잖은가. 외부 세계와 철저히 단절되고 고립된 근무지이니 말일세."

"그런 리더십을 가졌다면 일찌감치 장군감일세."

"그 소대장은 벌써 장군이 되셨다네. 그러니 그런 일화가 회자되고 있는 거지."

"나도 부임하면 똑같은 방법으로 기강을 잡아볼까?"

"그게 가능할까? 옛날이니 그 방법이 통했지 요즘은 어려울걸? 우리만 해도 부모님께 자주 들었잖은가? 요즘 애들 의지가 약하다고 말일세."

"그래도 군대오니까 다 해내지 않던가. '안 되면 되게 하라'가 대한민국 군댈세."

며칠 후면 각자의 특기에 따라 부임지로 떠나게 될 초급장교들이었다. 익숙한 환경을 떠나 새로 만나고 부딪칠 환경에 기대 반 걱정 반으로 긴장되는 건 어쩔 수 없었다. 김범수 소위 마찬가지였다. 그러나 소위 김범수는 스스로 다짐한 것이 있었다. 상하를 막론하고 인간적인 갈등 관계를 만들지 말자. 서로가 우호적인 관계가 됐을 때 그게 가장 바람직한 기강을 확립하는 게 아니겠는가, 하고.

"충, 성! 신고합니다. 소위 김범수는 2002년 6월 28일부로 제35사단으로부터 신병교육대대 3중대 2소대장으로 전임 및 보직을 명, 받았습니다. 이에 신고합니다!"

첫 부임지에서 김범수 소위는 중대장에게 신고식을 치르고 난 뒤 소대원들과 첫 대면을 가졌다. 신병 소대원들은 꼿꼿하고 긴장된 자세였다.

"나는 2소대 소대장 김. 범. 수 소위다. 우선 2소대원 전원은 상관에 대한 도리를 최우선으로 할 것을 부탁한다. 소대원 전원은 신병이므로 아직 군대 생활이 서툴러도 괜찮다. 총기를 능숙하게 못 다뤄도 괜찮다. 모든 것은 시간이 지나면 해결된다. 그보다 서로 간에 대한 예절을 지키며 배려하는 마음을 먼저 지켜주기 바란다."

소대장 김범수가 소대원들에게 부임 후 첫 대면에서 부탁한 내용이었다. 소대원들의 대답은 컸으나 어딘가 공허하게 들렸다. 소대장 김범수는 신병 소대원들 한 명 한 명을 둘러보았다. 신병들의 눈동자에는 형언할 수 없는 두려움이 담겨 있었고 경직된 동작은 답답해 보이기까지 했다. 그러나 김범수는 그들의 두려운 눈동자와 경직된 자세를 이해할 수 있었다. 낯선 곳에서 낯선 사람들과 살아야 하는 환경에 어찌 긴장되지 않을까. 더구나 군대라는 특수한 환경이지 않은가. 그런 소대원들의 마음을 열려면 인간적인 갈등을 만들지 말고 우호적인 관계를 형성하는 것이 최선이었다. 소대장 김범수는 다시 한 번 각오를 다지며 소대원 한 명 한 명의 어깨를 쓰다듬어 주었다.

그날 저녁 잠자리에 들기 전 소대장 김범수는 일기를 썼다.

'김범수는 오늘 신병교육대대 3중대 2소대의 교관이자 소대장으로 명, 받았다. 소대장이 되어 부하로 처음 만난 소대원들은 어색했으며 긴장돼 있었다. 그들도 나도 이 땅의 군인이다. 군인이 된다는 것은 무엇인가? 그것은 나를 버리고 새로운 인간으로 태어나야 함을 의미한다. 그들도 나도 군대에 있는 한 새로운 인간으로 태어나기 위해 부단한 노력을 해야 할 것이다. 그들이 믿음직한 군인으로 태어나도록 최선을 다 하는 소대장이 되어야겠다.'

※

집으로 향하는 골목길을 들어서면서부터 김범수의 발걸음은 더욱 경쾌했다. 처음으로 사 본 꽃다발에서 풍기는 달콤한 향기가 코끝을 스쳤다. 눈에 익은 빨간 벽돌 양옥집 앞에서 범수는 숨을 가다듬었다. 길게 초인종을 눌렀다. 조용하던 집안이 갑자기 소란스러워졌다. 어머니와 누나가 동시에 달려 나오며 반기는 소리로 동네가 떠들썩했다.

"아이그 내 새끼 범수 왔어? 김범수 중위."

범수는 어머니께 불쑥 꽃다발을 내밀었다. 그러나 어머니는 꽃다발보다 범수 얼굴을 이리저리 살피느라 경황이 없었다. 그새 범수 어깨에는 다이아몬드 계급이 한 개 더 붙었다. 작은 누나가 범수 가방을 받아들었다. 집안은 금세 활기로 가득 넘쳐났다.

"소대장님, 부하를 거느리는 거 힘들지 않어? 속 썩이는 장병은 없어? 간혹 나이든 장병이 신임 소대장을 골탕 먹이거나 애 먹이는 경우가 있다던데?"

작은 누나가 짓궂게 물었다. 어머니의 두 눈에도 궁금함이 가득 담겨 있었다. 그동안 어리다고만 여겼던 아들 범수가 어엿한 대한민국의 육군 장교 중위로 눈앞에 앉아 있는데도 믿어지지 않았다.

"처음 부임해서 소대원들 만났을 때 다들 너무 어려 보였어요. 나하고 나이 차이는 얼마 안 되는데 말이죠. 까까머리에 어려 보이는 소대원들을 보는 순간 동생 같은 생각이 들지 않겠어요? 제가 동생이 없어서 그런지 모르겠지만 하나 같이 동생으로 보이는 거예요. 그래서 친형처럼 다가가야 되겠다고 다짐했어요."

범수는 솔직하게 털어놓았다. 소대원들도 자기처럼 집을 떠나 낯선 곳에서 훈련을 받으니 외로울 것 아니겠냐고. 그래서 될 수 있으면 그들과 스스럼없이 어울리기로 다짐했다고. 범수는 그런 자세와 다짐을 실제로 행동에 옮겼다. 훈련 중에 직접 총기를 바로잡아주거나 자세를 고쳐주고 피곤한 훈련병의 목을 껴안고 친동생처럼 대해주었다.

식사를 할 때도 자주 일반 훈련병들과 함께 했다. 장교 식당을 마다하고 일반 사병들과 함께 밥을 먹는 범수를 보고 상급자들은 이해하기 힘들어 했다. 불편한 심기를 그대로 드러낸 상급자도 있었다.

"김범수 소대장, 군대는 계급 간의 권위가 있어야 하는 곳이다. 그리고 위계질서가 생명이다. 정신이 번쩍 들 정도로 군기를 가르치는 곳이기도 하다. 그러니 훈련병들에게 너무 잘 대해주지 마라."

상급자의 지적에 김범수 중위는 아무 말을 할 수 없었다. 지휘관마다 사고가 다르고 가치관이 틀린 것을 알기 때문이다.

"아버지, 저는 권위를 내세우는 소대장이기보다는 훈련병들에게 믿음을 주고 싶습니다. 지금 신병들에게 권위나 군기로 잡는 것보다는 형제처럼 이해해주는 게 필요하다고 생각합니다."

"나는 어느 쪽 생각이 맞다고 판단을 내리지는 못하겠구나. 왜냐하면 아버지 군 시절엔 워낙 군기가 세서 머릿속엔 아무 것도 없는 것처럼 멍하게 보냈거든. 그런데 한편으론 강도 높은 기합과 훈련을 받았기 때문에 사회인이 됐을 때 알게 모르게 큰 힘이 됐다고 보는 면도 있단다."

"그래도 저는 제 소신대로 소대장 임무를 해 내겠습니다. 권위보다는 약속을 먼저 지키는 소대장으로 기억되기를 말입니다."

범수를 바라보는 어머니 입가에 흐뭇한 미소가 떠나지 않았다. 대학 2학년 때까지만 해도 비만으로 고생하던 아들이었다. 비만이었을 때는 낮은 산 고개 하나를 못 넘고 씩씩거리던 아들이었다. 그런데 지금 눈앞의 아들 범수는 늘씬하고 씩씩한 장교가 아닌가.

"범수 너도 알고 있지? 아빠가 곧 환갑이시잖아. 그래서 가까운 일본으로 두 분 여행 보내드리도록 한 거 말야."

"알지. 이 집안의 장남인 내가 모르면 누가 알아? 아버지, 여행 가셔서 맛난 거 많이 드세요. 제가 여행경비 팍팍 드릴게요. 아셨죠?"

"군인 월급 얼마나 된다고 그리 큰 소리니? 우리도 쓸 만큼은 있으니 걱정마라. 너희 삼남매가 여행 보내주는 것만 해도 고마운데."

"제가 군에 매인 몸만 아니면 두 분 모시고 함께 다녀오는 건데 그게 조금 아쉽습니다."

"어딜 다녀보면 다 큰 자식 데리고 다니는 사람들 없더라. 그런데 너는 참 잘 따라 다닌단 말야."

"저는 어머니 아버지랑 다니면서 맛있는 것도 먹고 사진 찍어드리고 하는 게 너무 즐겁습니다. 제대하면 제가 모시고 좋은 곳 자주 갈게요."

"그러자꾸나. 이제 제대까지 4개월 정도 남았잖아."

"제대하면 취직 때문에 더 바쁠 걸?"

"누난 모르는구나. 취직은 잘 될 거니까 걱정 마. 기업체에서는 특히 ROTC 장교를 선호한다구. ROTC 전역 후 사회 곳곳에서 중추적 역할을 하고 있는 선배들이 얼마나 많은데?"

"그래?"

"무엇보다도 군에서 익힌 리더십을 갖춘 인재라는 게 가장 큰 장점 아니겠어? 회사도 하나의 조직이니까 지휘능력을 갖춘 우리를 우대하는 것 같애."

어머니는 범수 말을 들으면 들을수록 기분이 좋았다. 다른 집은

다 큰 자식과 하루에 말 한번 섞기도 힘들다는데 범수는 전혀 그렇지 않았다. 모처럼 휴가를 와도 가족과 어울리는 걸 좋아했다. 범수가 집에 오는 날은 밤늦도록 거실 불이 꺼질 줄 몰랐다. 간간이 웃음소리가 창문 밖까지 흘러나가기도 했다.

✳

2004년 2월 18일. 신병들의 수류탄 투척 훈련이 있는 날이었다. 훈련병의 훈련과정 중에 수류탄 투척 훈련은 필수과정이다. 그러나 사격훈련에 비해 훨씬 위험한 훈련이기 때문에 교관이나 조교들의 신경은 곤두서 있을 수밖에 없다. 훈련병들 또한 다른 훈련보다는 긴장의 강도가 높기 때문에 안전조치가 필수적이었다.

안전사고를 미연에 방지하기 위해 대개 모의탄으로 먼저 연습을 한다. 모의수류탄은 파랑색의 철로 된 모형인데 실제 수류탄보다 무게감이 조금 더 있다. 모의탄 연습 후 실전에 앞서 훈련병 모두에게 물어본다.

"오늘 컨디션이 별로다, 기수! 팔이 아프다, 기수! 손에 땀이 많이 난다, 기수! 어젯밤 꿈자리가 나쁘다, 기수! …"

수류탄을 던질 수 없는 여러 상황에 손을 드는 경우는 훈련병 중에서 대략 10%~20% 정도 된다. 실제 수류탄 던지기에서 열외가 된 훈련병들은 모의수류탄으로 계속 연습하거나 벙커 안에서 포탄 때리는 훈련으로 대신하기도 한다.

오전에 모의수류탄으로 1차 훈련을 마친 훈련병 200여 명이 교장에 대기하고 있었다. 수류탄 교장에 모여 선 훈련병들을 향해 중대장은 다시 한 번 더 주의를 주었다. 신병들의 안전을 위한 정신교육인 셈이다.

"수류탄은 다수의 적을 처리할 목적으로 사용하는 작은 폭탄이다. 만일 전쟁이 난다면 매우 유용하게 활용되는 무기다. 그러나 그만큼 위험도 따른다. 수류탄은 살상 반경이 매우 넓고 파괴력이 강해서 순간의 실수가 큰 사고를 부른다. 그래서 우리는 그 위험을 사전에 차단하고 올바른 투척을 위해 훈련하는 것이다. 알았나?"

"예!"

"수류탄 투척은 간단하게 설명한다면 오른손으로 잡고 왼손으로 안전클립을 제거하는 것이다! 지금부터 정확하게 다시 한 번 순서를 복창한다! 1. 수류탄 파지 방법! 2. 안전클립제거! 3. 안전핀 손가락에 걸고 사과 쪼개듯 뽑아내기! 4. 표적확인 투척준비! 5. 투척! 6. 수그리기! 7. 하나, 둘, 셋 쾅!"

중대장을 따라 복창하는 훈련병들의 표정은 복잡하게 얽혀 있었다. 그들의 표정에서 긴장과 두려움 그리고 호기심까지 읽어낸 소대장 김범수는 수류탄 투척 훈련이 끝날 때까지 그들 옆에 있어줘야겠다고 생각했다. 제대를 4개월 앞둔 말년 장교이기 때문에 굳이 실습장에 있지 않아도 되지만 그는 그럴 수 없었다. 제대하는 날까지 훈련병들에게 믿음을 주고 동생처럼 우호적인 관계를 유지한다는 자신과의 약속 때문이었다.

신병들의 수류탄 투척을 앞둔 날이면 소대장 김범수 역시 긴장했다. 그러나 항상 안전을 우선으로 교육했고 또 신병 한 명 한 명과

호흡을 맞췄기에 지금까지 무난하게 훈련을 마칠 수 있었다. 소대장이나 교관들처럼 수류탄 투척 훈련을 하루 앞둔 저녁이면 훈련병들도 다른 날보다 긴장했다. 잠들기 전에 내무반을 돌아보면 깊은 잠을 이루지 못하는 훈련병이 더러 있었다. 그럴 때마다 김범수는 소대장으로서 격려를 해주거나 할 수 있다는 자신감을 갖도록 다독였다. 수칙만 잘 지키면 안전하게 훈련을 마칠 수 있다는 말도 빠뜨리지 않았다.

'오른손 엄지손가락 1관절과 2관절 사이에 안전핀을 잡고 나머지 4손가락으로 몸통을 감싸 쥔다. 그리고 왼손으로는 손바닥을 펴서 수류탄 밑 부분을 받쳐준다. 그 다음 상체를 약간 숙이고 15도 정도 명치 부분에 갖다 대고 투척 방향을 바라본다. 그런 다음 안전장치 제거작업에 들어간다. 먼저 안전클립을 제거하는데 안전클립은 왼쪽에서 바깥쪽으로 밀어내면 된다. 그리고 안전핀을 뽑는데 이때 과도하게 힘을 주면 안 된다. 검지손가락에 걸린 안전핀을 뽑고 투척한다.'

2년 넘게 신병을 만나 수류탄 훈련을 할 때마다 들려주며 교육시켰던 소대장 김범수였다. 긴장하면서도 훈련병들은 수류탄 투척 훈련이 끝나고 나면 마치 무용담을 들려주듯이 호기롭게 말한다. 조금 전까지의 초조와 두려움은 찾아볼 수 없다.

"하나도 안 무섭던데?"

"군에 왔으면 수류탄 훈련까지 받아야 제대로 훈련 받은 군인이라고 할 수 있지."

"내가 수류탄 던졌을 때 물기둥 솟구치는 거 봤지? 정말 멋있었어!"

"나는 마치 영화 속 주인공 같더라구. 스릴 만점이었어."

수류탄 투척을 마친 훈련병들의 으스대는 모습을 지켜보는 열외 훈련병들은 은근히 겁쟁이로 보여질까봐 걱정하는 경우도 있다. 시간이 지나면서 수류탄 훈련을 받지 않은 것을 후회하는 경우도 더러 있다.

수류탄을 던지는 호는 사각의 콘크리트로 쌓아 놓았고 호 안으로 들어가는 방향만 뚫려 있다. 각 호에는 훈련병 한 명과 조교 혹은 교관이 함께 들어가게 된다. 호 앞은 물웅덩이가 넓게 만들어져 있다. 투척 순서에 따라 올바르게 던졌을 때 수류탄은 물웅덩이 안에서 폭발한다. 물 속에서 터지기 때문에 폭발소리는 작지만 폭발력에 의해 작은 분수 같은 물기둥이 솟구친다.

간혹 물웅덩이 안으로 던지지 못 하고 웅덩이 가로 던졌을 때 주변의 콘크리트 조각이나 파편이 튀는 경우도 있다. 그래서 신병들은 훈련병과 조교 그리고 교관 외에는 실습장에 진입하지 못하고 안전한 곳에서 차례를 기다린다. 동료 훈련병이 수류탄을 던질 때 비록 물 속에서 터지지만 수류탄이 터질 때의 위력을 볼 수 있는 거리에서 참관하면서 순서를 기다리는 것이다.

연습장에서 모의탄으로 훈련을 마친 훈련병들은 조교를 따라 실습장으로 향했다. 수류탄 실습장으로 향하는 훈련병들의 군가 소리가 우렁찼다. 200여 명의 훈련병 제일 뒤쪽에는 앰블런스가 천천히 따라왔다. 만일의 안전사고에 대비한 조치였다. 소대장 김범수는 여느 때와 마찬가지로 훈련병들과 함께 행군했다. 그때 소대장 김범수의 휴대폰이 울렸다. 작은 누나였다.

"범수야, 바뻐?"

"조금 바빠."

"그렇구나. 그럼 빨리 말할게. 오늘 엄마 아빠 일본 여행 가신 거 알지? 조금 전에 공항에 도착하셨을 거야. 네가 시간 나면 잘 다녀오시라고 전화 드렸으면 하고 알려주는 거야. 바쁘면 나중에 하고."

"응 누나 알았어. 내가 지금 얼른 엄마에게 전화 해볼게. 그리고 나 내일 집에 가는 거 알고 있지?"

"알고말고. 그럼 내일 봐."

소대장 김범수는 걷는 속도를 늦추었다. 얼른 어머니 휴대폰으로 전화를 걸었다.

"엄마! 공항에 도착하셨다면서요? 수속은 다 끝냈어요?"

"그래. 곧 비행기 탈 거다. 바쁜데 뭔 전화를 다 하고 그러니?"

"암만 바빠도 잘 다녀오시라는 전화는 드려야죠. 일본에서 구경 잘 하시고 맛있는 것 많이 드시고 조심해서 다녀오세요."

"그러마. 너도 잘 챙겨먹고 항상 조심하거라."

"네 엄마. 그리고 도착하시는 날에는 제가 티코 몰고 공항으로 모시러 나갈게요."

"티코?"

"하하, 사촌형이 사준 내 애마 티코로 폼 나게 모시러 갑니다. 그리고 엄마 아빠가 일본에서 돌아오시면 거창하게는 못해드려도 가까운 친척 몇 분 모시고 맛있는 거 대접할게요."

"이렇게 여행 보내준 것만 해도 고마운데 뭘 또 하려고 그러니?"

"하하, 기대하세요."

"알았다. 바쁜데 전화 끊자구나."

"네. 잘 다녀오십시오!"

어머니와 통화를 끝낸 소대장 김범수는 얼른 휴대폰을 주머니에 넣고 저 만치 앞서 걸어가는 신병들을 따라 잡기 위해 뛰었다. 2월 중순, 실습장 주변의 바람은 여전히 차가웠지만 소대장 김범수의 가슴은 여느 날과 다름없이 따뜻했다.

※

실습장에 들어선 신병들의 표정은 비장했다. 팽팽한 긴장감마저 감돌았다. 실습은 6명씩 조를 편성하는 것으로 시작했다. 6명씩 순서대로 실습장인 호를 향해 들어가는 것이다. 실수류탄을 받기 전에 방탄복을 입는다. 방탄복을 입는 신병들 얼굴은 아예 굳어진다. 드디어 수류탄이 든 상자가 개봉되고 차례차례 수류탄을 지급 받는다. 아무도 입을 열거나 한눈을 팔지 않는다. 신병들은 배우고 실습한 대로 수류탄을 받아 오른손으로 감싸고 왼손으로 받친다. 그런 다음 배정된 번호가 적힌 호 안으로 걸어 들어간다.

호 안에는 이미 교관 혹은 조교가 배치되어 신병을 기다리고 있다. 신병이 실수할 때를 대비한 조치다. 신병이 호 안에 들어간 것을 확인한 통제관이 구령을 외친다.

"투척 구령 실시!"

"수류탄 들어!"

"안전클립 제거!"

"안전핀 뽑아!"

"던져!"

잔잔한 물웅덩이에 수류탄이 떨어진다. 신병이 수류탄을 던진 것을 확인한 순간 신병과 교관은 동시에 몸을 숙인다. 숨 막히는 정적은 아주 잠깐이다.

"퍼엉!"

잠시 후 굉음과 함께 세찬 물줄기가 위로 솟는다. 어떤 땐 우레 같은 굉음 소리가 나기도 한다. 물기둥은 크게 솟기도 하고 작을 때도 있다. 수류탄이 터지는 충격에 호까지 진동이 울린다. 땅이 울리는 소리에 심장이 뛴다. 드디어 해냈다는 성취감에 신병과 교관 사이에 안도하는 눈빛이 교차된다.

출발은 무난했다. 소대장 김범수는 오늘 훈련도 무사히 마칠 것 같은 예감이 들었다. 오늘 훈련을 끝내고 나면 내일은 집에 갈 것이다. 부모님이 여행 중이니 작은 누나 혼자 집을 지키느라 무서울 것이다. 작은 누나와는 여러 면으로 잘 통했다. 작은 누나를 보호해야 하고 또 부모님을 마중하러 공항에도 나가야 한다. 아버지 회갑을 식당에서 모셔야 하는 게 조금 걸리기는 하다. 그러나 아직 결혼을 안 했으니 어쩔 수 없다. 제대하고 취직하면 결혼을 서둘러도 괜찮겠다. 며느리가 생일상을 차려드리면 아버지와 어머니의 입이 귀에 걸릴 게 분명하다. 부모님의 금혼식 때는 함께 여행가야지. 부모님은 덩치 큰 아들이 함께 여행가는 것을 좋아하셨으니까.

그때 다음 순서인 이제현 훈련병이 첫 번째 호로 들어왔다. 소대장을 쳐다보는 이제현 훈련병의 눈이 흔들렸다. 소대장 김범수가 웃음으로 그를 쳐다봤다. 그러나 이제현 훈련병은 이내 눈을 아래로 내렸다. 김범수 소대장은 어젯밤 내무반을 돌 때 잠을 이루지 못하고 뒤척이던 한 명 중 이제현 훈련병이 있었던 것을 생각해냈다. 훈련을 앞두고 가끔 있는 일이었다.

"괜찮아. 긴장 풀고 배운 대로 해. 알았지?"

평소처럼 격려를 하고 옆에서 지켜보았다. 통제관의 구령이 떨어졌다.

"수류탄 들어!"

"안전클립 제거!"

"안전핀 뽑아!"

그러나 이제현 훈련병은 더 이상 구령에 따르지 못했다. 안전클립을 풀고 안전핀을 뽑는 데서부터 흔들리기 시작한 훈련병은 당황했다. 훈련병의 손이 떨리고 있었다. 이제현 훈련병이 서너 차례 안전핀을 뽑는 모습에 소대장 김범수의 두 눈이 커졌다. 믿을 수 없는 일이 눈앞에서 일어난 것이다. 소대장 김범수는 얼른 이제현 훈련병의 손에서 수류탄을 넘겨받았다. 응급 안전조치를 취하려고 했으나 이미 늦었다. 안전장치를 푼 상태에서 훈련병이 주저하는 사이 수류탄 뇌관에 충격이 가해진 것이다. 이미 공이는 뇌관을 쳤고 수류탄이 터지는 데 걸리는 시간은 3초에서 5초 사이였다. 두 손에 든 수류탄을 명치께로 가져간 순간 소대장 김범수는 외쳤다.

"엎드렷!"

"콰앙!"

절규하듯 외친 김범수의 엎드렷!은 천지를 뒤흔드는 굉음과 함께 고스란히 묻혀버렸다. 호 안에서 수류탄이 터졌다. 교관과 조교와 훈련병 269명이 일제히 엎드렸다. 첫 번째 호 대각선 오른편 뒤쪽에 서 있던 2조 수류탄 투척준비 훈련병도 엎드렸다. 살상 반경이 10미터나 되는 파괴력을 가진 수류탄이었다. 수류탄의 파편이 피해를 입히는 범위는 무려 100미터까지다. 보통 수류탄 훈련 시 대대 병력 이상이 오기 때문에 200명 가까운 병사들이 피해 반경에 속해 있었다. 그러나 훈련병 1명만 파편에 맞아 찰과상을 입었을 뿐 아무도 다치지 않았다.

첫 번째 호는 처참하게 무너졌다. 현장에는 소대장 김범수의 절단된 양손이 당시의 긴박했던 순간을 말해주고 있었다. 평소 믿음과 책임을 다 하리라던 청년 장교 김범수의 양손 위로 메마른 바람이 불고 있었다. 낯선 환경에 두려워하던 신병들의 어깨를 감싸 안아주던 손이었다. 어머니 아버지에게 피앙세 반지를 껴주던 손이, 한 아름 꽃다발을 어머니에게 안겨주던 그 손이 찬바람에 떨어진 꽃잎처럼 그렇게 하늘을 보고 있었다.

✳

"범수가, 범수가 급하게 전화를 끊는 바람에 나는 인사도 제대로 못했는데…, 그랬는데 통화 끝나자마자 휴대폰을 떨어뜨렸어요. 휴대폰을 주워들고 보니 액세서리에 달린 거울이 깨져 있었어요. 순간 불길했어요. 범수가 사준 액세서리였는데…"

작은 누나는 말을 잇지 못하고 흐느꼈다. 어머니는 거의 실신 상태였다.

"이게 다 꿈인 거야. 거짓말이야. 그 놈이 내게 전화를 했는데…, 공항으로 마중 온다고 약속했는데…, 그럴 리 없어. 우리 애가 그럴 리 없어. 약속을 지키는 놈인데, 나하고 한 약속인데 그럴 리 없어!"

어머니는 머리를 바닥에 짓찧으며 온몸을 부들부들 떨었다. 불길한 징조가 있었지만 설마 했다. 여행가기 전날 밤 꿈자리가 사나웠다. 일찍 잠이 깼지만 차마 남편에게 말을 할 순 없었다. 회갑여행 가는 몇 시간을 앞두고 분위기를 망칠 수 없었다. 조심해서 다니는 수밖에 없다고 생각한 어머니는 공항으로 나갔다. 비행기를 타기 전에 범수의 전화를 받았다. 아들 범수는 변함없이 밝고 쾌활한 목소리로 잘 다녀오라고 했다.

그런데 이상한 일이었다. 범수와 통화를 끝내고 출국장으로 들어가는데 눈에서 자꾸만 눈물이 났다. 눈물을 닦고 닦아도 자꾸 흘러내렸다. 별 이상한 일도 다 있다고만 생각했다. 그게 아들과 이승에서 나눈 마지막 통화였던 것을. 어머니의 목으로 또 다시 뜨거운 통곡이 밀려올라왔다.

나리타 공항에서 뜬눈으로 밤을 샜다. 그리고 겨우 비행기 좌석을 구하고 돌아오는데 창문으로 구름이 들어왔다. 어머니 눈이 점점 커졌다. 구름 위에 범수가 보였다. 싱긋 웃으며 손 흔드는 범수가 구름 위에 앉아 있었다. 내 아들 범수가 작별 인사를 했던 것인가.

아버지는 말없이 범수를 보고 섰다. 범수의 두 눈도 아버지를 보고 있었다. 중위 계급장이 범수 어깨에서 빛나고 있었다. 두툼한 입술을 열고 금방이라도 아버지 하고 부를 것 같다. 제대하고 취직해서 첫 월급 받으면 호프집으로 가서 아버지와 단 둘이 시원한 맥주를 마시고 싶다며 호기를 부리던 아들 범수였다.

'범수야, 아비가 보이느냐? 그렇다면 내게로 달려와야지 왜 거기서 나를 보고만 있느냐? 제복을 입고 늠름한 모습으로 충성!을 목청껏 외치며 집으로 들어와야지 이놈아! 아직 할 일이 많은 네가 뭐가 그리 바빠서 내 곁을 떠났느냐?'

회갑 기념으로 세 아이들이 보내준 여행이었다. 아버지는 오후 3시께 일본 나리타 공항에 도착했다. 처음으로 나선 일본 여행길이었다. 도쿄 시내로 가는 관광버스를 탔을 때 휴대폰이 울렸다. 큰딸이었다. 큰딸이 뭐라고 말을 하는데 무슨 말을 하는지 도통 알아들을 수 없었다.

"효진아, 잘 안 들린다. 다시 말해봐라."

"으엉, 으엉. 아빠. 큰일났어…"

큰일났다는 말만 연거푸 하면서 큰딸은 계속 울기만 했다. 불길했다. 그때 사위 목소리가 들렸다.

"아버님, 진정하시고 잘 들으세요. 지금 서울로 돌아오는 비행기 알아보시고 얼른 집으로 오셔야겠습니다."

"왜? 뭔 일 있어?"

"저어, 놀라지 마시고 들으세요. 범수가, 범수가 죽었어요."

"무슨 뚱딴지같은 소리…범수가 어쨌다구?"

아버지는 뒤통수에 벼락이 치는 것 같은 충격을 받았다. 버스에 같이 탄 일행들의 시선이 아버지께로 쏠렸다. 석고상처럼 굳은 아버지는 그대로 주저앉아 버렸다. 버스는 곧바로 방향을 바꿔 나리타 공항으로 달렸다.

"이놈 아들 범수야, 네가 그러지 않았느냐? 훈련 마치는 대로 집으로 온다고. 작은 누나를 보호하기 위해 서울 집으로 오겠다고 말이다. 그런데 누가 이런 모습으로 오라고 하더냐? 응?"

전역을 불과 4개월 남겨둔 아들이었다. 서울 집으로 오겠다던 아들 김범수는 대전 국군병원에서 싸늘한 주검으로 아버지를 맞았다. 티코로 마중 오겠다던 아들은 환하게 웃던 웃음까지 거둬가 버렸다. 아버지의 가슴에는 차디찬 빗물만 가득 들어찼다.

軍 영화, 국제군사영화제 최우수 작품상*

육군 신병교육대에서 훈련 중 위기에 처한 부하를 구하려다 순직한 故 김범수 대위의 살신성인 정신을 그린 기록영화가 제15회 이탈리아 국제군사영화제에서 최우수 작품상을 수상했다고 국방홍보원이 26일 밝혔다.

국방홍보원이 제작한 '그대, 꽃잎처럼…'은 이달 7일부터 17일까지 로마 근교 브라치아노 시에서 열린 영화제에서 미국, 영국, 프랑스, 러시아, 중국 등 26개국에서 출품한 64개 작품과 경합을 벌였으나 김 대위의 살신성인 정신이 각국 심사위원들을 감동시켜 최우수 작품상의 영예를 안았다.

---

* 연합뉴스, 2004. 11. 26.

나의 사랑, 꿈 범수를 보내며*

현해탄 넘어 이국땅에서 하늘이 무너지고 땅이 꺼지는 청천벽력 같은 비보를 접한 지도, 꿈인지 생시인지 벌써 2주일이 흘렀구나.

하늘에 간절히 빌어도 보고 소리쳐 원망도 하여 보지만 한번 간 너의 죽음은 요지부동이구나.

너무도 안타깝고 너무도 아까운 이팔청춘 내 아들 범수가 정말로 한 줌의 재가 되어 낯선 이곳 현충원에 영면할 줄이야 꿈엔들 생각할 수 있었겠느냐.

불현듯 너 범수에게 핸드폰을 쳐 본다. "아버지, 아들이야, 왜?"라는 너의 씩씩한 대답 대신 애처로운 시그널 뮤직에 이어 메시지를 남기라는 안내에 따라 간절하게, 황급히 음성을 보낸다.

"범수야, 왜 전화를 안 받느냐? 어디에 있던 무엇을 하던 아빠한테 빨리 전화해라. 부탁한다."

소용없는 짓인 줄 알면서도 해보고 또 해보건만 영혼의 소리라도 듣고 싶은 실낱 같은 기대는 또 다른 실망과 슬픔만을 안기는구나.

나는 자랑스러운 우리 아들의 든든한 울타리가 되어줄 준비가 되어 있었고, 우리 범수 같은 귀여운 손주를 품에 안고 넉넉한 노후를 보내는 다복한 너의 아빠 그리고 할아버지가 되는 것이 꿈이었다.

너의 죽음 앞에 아무 것도 해줄 수 없는 이 애비가 원망스럽고 물거품이 된 무지개 꿈이 너무도 안타깝기만 하구나.

---

* 이 편지는 고 김범수 대위의 부친이 직접 수기로 써 유골함에 함께 매장한 편지다. 2004. 3. 3.

이 쓰리고 아픈 마음 무엇으로 표현할 수 있겠느냐.

스포츠 모자에 배낭 메고 지고 두 손을 흔들며 금방이라도 나타날 것 같구나. 네가 원망스럽기도 하구나.

아끼고 아끼던 보석 유리병을 땅에 떨어뜨려 깨친 듯 이 허전함을 무엇에 비견하랴.

범수야, 너는 너무나 자랑스럽고 사랑스럽고 훌륭한 나의 아들이었기에 이 아빠는 늘 아들 이상으로 생각하였다.

항상 친구 같았던 우리 부자의 돈독한 정은 주위의 부러움을 샀고, 아마도 이 부러움이 모진 시샘으로 변한 것은 아닌지 하는 영뚱한 생각도 해본다.

너의 짧은 26년 인생이 내 머릿속에 주마등 같이 흘러가는구나.

눈이 무릎까지 내린 79년 12월 26일 겨울 날, 연말 직장 망년회를 마치고 새벽에 귀가한 아빠는 생전의 너를 그리도 이뻐하시던 할머니와 이모할머니로부터 드디어 아들이 나왔다는 가슴 벅찬 소식을 듣고 통금해제까지 뜬눈으로 밤을 지새우고 영등포 마리아산부인과로 달려가, 산고의 피곤도 잊은 채 흐뭇하게 누워 있는 너의 모자를 상면한 감동이 엊그제 같이 생생하구나.

엄마가 그리도 공을 들여 낳은 아들답게 너는 씩씩하게 잘도 자라주었지. 태열 때문에 고생도 많았었지. 겨우 젖을 뗀 어린 나이에 이 아빠의 못난 생각 때문에 잠시나마 너희 모자 이별의 아픔을 안겨 주었구나.

어린 시절 무덥고 긴긴 여름날 집을 지키는 너를 위해 에어컨 하나 마련 못하고 고생만 시켰구나.

새벽부터 돈 벌러 나가야 하는 엄마의 형편 때문에 등하교 때마다 얼마나 엄마의 손길이 그리웠겠느냐.

너는 유난히 엄마 아빠와 함께 나들이 하는 것을 좋아해서 우리 금혼식 때 제주도로 함께 여행을 갔던 것이 어제 같구나.

모든 것이 일장춘몽이구나.

너는 아빠에게 과분한 아들이었고, 그러기에 하느님께서는 우리의 인연을 승화시켜 하늘나라의 큰 재목으로 데려 가신 것 같구나.

세월이 약이라 하였던가. 죽을 것만 같더니 밥도 먹고 취해도 보고 잠도 자는 내가 왜 이리 미운지 모르겠다.

숭고한 너의 희생정신은 길이길이 우리 모두의 가슴에 남을 것이며, 아빠, 엄마, 효진이 누나, 명선이 누나 모두 세월이 가다보면 이 모진 아픔은 깊은 상처로 남겠지만 또 다시 일상으로 돌아가겠지.

부디 이 사바(娑婆)의 속세 일은 훌훌 털어버리고 특별히 선택하신 하느님의 뜻에 따라 천상의 복을 누리거라.

이승에 버려진 이 못난 식구들은 너의 생전의 염원대로 화목하게 잘 살아갈 것이니 천상의 세계에서도 이승에서와 같이 훌륭한 아들이기를 바란다.

영원히 잊지 못할 나의 사랑, 범수의 명복을 두 손 모아 기도하며 나에게도 이런 자랑스러운 아들이 있었다는 것을 하느님께 감사하며 할 수 없이 가슴 깊은 곳에 너를 묻으련다.

아빠로부터

하늘에 묻힌 젊은 보라매

공군 故 이해남 중령

조국 하늘의 별이 되었어라 /안명옥

하늘이 나를 날게 했다
조국이 나를 날게 했다

날아올라도 땅바닥 흙내음 잊지 않았다
날아올라도 당신 눈빛 잊지 않았다

날개를 접고
비상을 끝내야 하는 순간에도
나는 오직 조국만 생각했다

자유가 나를 날게 했고
평화가 나를 날게 했으니

다급한 순간에도
아름다운 이 세상에
따뜻한 이 땅의 품 안에
전쟁은 없게 해달라고 빌었다

나는 괜찮다
조국의 하늘을 지키다가
높고 푸른 하늘의 별이 되었으니

조국이여, 사랑하는 모든 이여,
내 안부 궁금하거든
가끔씩 하늘 올려다보시라
거기, 잠들지 않는 충혼의 별
대낮에도 반짝이리니

故 이해남 중령

故 이해남 중령은 1969년 경남 하동군 진교면 출생으로 공군사관학교 제40기로 임관하여, 2005년 7월 13일 밤 8시 밤 고난도 전술훈련 임무를 수행하던 중 순직하였다. 당시 순직한 조종사 4명 가운데 3명은 2천 시간이 넘는 비행기록을 보유한 베테랑급 조종사들이다. F-4E 팬텀기의 이해남(36.공사 40기), 김동철(34.공사 42기) 중령과 F-5F 제공호에 탑승했던 김태균(35.공사 40기) 중령과 김종수(30.공사 46기) 소령이다.

공군에 따르면 김종수 소령(747시간)을 제외한 나머지 3명은 비행시간 2천 시간을 돌파한 '베스트 파일럿'으로 선후배들의 귀감이었다. 그는 사고 당일 낮에도 억수같이 쏟아지는 장대비 속에서 힘들게 착륙, 동료들의 가슴을 철렁하게 만들었으나 이날 밤 출격으로 부대원 곁을 영영 떠나고 말았다.

청주의 제17전투비행단 156대대 선임편대장인 이해남 중령의 비행기록은 2천 739시간. 후배 조종사들을 교육하고 전반적인 교육 스케줄을 관리하는 중요한 업무를 맡았다. 부대 후배들은 초등학교 3학년인 큰 딸에 이어 지난해 봄 얻은 늦둥이 둘째 딸을 직접 품에 안고 젖병을 물려주길 좋아하던 이 중령의 모습을 기억하면서 비통한 심정을 금할 길 없다.

〈연합뉴스, 2005. 7. 15〉

비행대대 옆 화단의 앵두나무는 언제나 다소곳한 자세로 서 있었다. 옆으로 펑퍼짐하게 퍼진 앵두나무는 오가는 사람들의 관심을 받는 편도 아니었다. 연분홍 꽃을 피워도 복사꽃이나 사과꽃처럼 사람들의 시선을 끌지 못했다. 그것은 앵두꽃 송이 자체가 오종종해 보인 탓도 컸다. 그러나 앵두꽃이 마냥 사람들의 관심을 받지 못하는 건 아니었다. 봄바람이 불 때 휘날리는 앵두꽃은 마치 작은 눈꽃송이가 떨어지는 것처럼 멋지게 보였다. 자잘한 꽃잎이 떨어진 자리에 앵두는 조심스레 하나씩 열매를 내밀었다. 여름 초입에 무성한 잎사귀 사이에서 새빨간 열매를 발견하고 난 뒤에야 사람들은 반갑게 소리친다. 어? 앵두가 열렸네? 하고.

붉디붉은 앵두를 감추려는 듯 짙푸른 잎사귀는 더욱 무성했다. 그러나 작고 앙증맞은 열매는 으스름달빛 아래에서도 붉었다.

"세상에나! 언제 이렇게 앵두가 익었지? 조롱조롱 많이도 달렸어!"

은파는 연신 감탄을 쏟아냈다. 유월로 넘어오면서 입덧이 잦아들었지만 새콤달콤한 앵두를 보니 어느새 입 안 가득 침이 고였다.

"앵두도 당신을 알아보는 거요. 당신을 위해서 앵두가 이런 멋진 선물을 준비해 놓고 기다리고 있었던 거요."

"에이, 설마요?"

평소 남편답지 않은 말에 은파는 터져 나오려는 웃음을 간신히 참았다. 남편은 부쩍 웃음이 많아졌다. 모르긴 해도 셋째를 가졌다는 사실을 알고 난 뒤부터 아닐까?

남편은 잎사귀 사이를 헤집고 실하게 익은 앵두를 하나씩 따기 시작했다. 어느새 남편 손바닥 안에 앵두가 소복했다.

"여보, 잘 익은 이것부터 먹어 봐요."

남편이 손바닥을 내밀었다. 은파는 남편 손바닥에서 앵두 한 개를 집어 들었다. 입 안에 넣고 살짝 깨물었을 뿐인데 달콤한 과즙이 먼저 혀끝에 닿았다.

"와! 생각했던 것보다 달콤해요. 당신도 맛 한번 보세요."

은파는 앵두 한 개를 집어 남편에게 권했다. 앵두를 먹는 남편이 고개를 끄덕거렸다.

"봄도 한 철, 꽃도 한 철이라지만 이렇게 열매를 남기는 나무는 훌륭한 거요. 야간비행을 마치고 이 길을 지날 때마다 앵두가 익어 가는 걸 보면서 많은 생각을 하곤 하지."

"저도 앵두나무가 새롭게 보이네요. 봄에 꽃 필 때만 해도 몰랐는데 이렇게 예쁜 열매를 보니 생각이 달라지는데요?"

"그렇지? 그런데 나는 당신이 너무 달라 보이는데?"

남편의 엉뚱한 말에 은파는 순간 어리둥절했다.

"여보, 당신은 내게 정말 소중하고 남다른 사람이오. 가진 것 없는 나와 결혼해준 당신이 너무 고맙고, 예쁜 두 딸을 낳아줘서 고맙소. 거기에 셋째를 또 가졌으니 내가 얼마나 든든한지 모르오. 그런 결심을 해준 당신이 정말 달라 보인다오."

"에그, 순전히 당신 욕심을 그대로 보여 주려고 앵두 따러 가자, 했군요."

가볍게 눈을 흘기며 은파가 배시시 웃었다. 해남은 속내를 들킨 듯 쑥스러운 웃음을 숨기지 않았다.

"그런데 당신, 이번에는 골든벨 안 쳤던데요? 둘째 서인이 가졌을 땐 골든벨 쳐서 전 부대원들에게 한 턱 냈잖아요."

"그땐 정말 하늘을 날듯이 좋았소. 첫째 주현이를 낳은 뒤 7년 만에 가진 아기였잖소. 마침 그 날이 크리스마스이브이기도 했고. 지금 생각해도 정말 멋진 날이었다오. 그런데 이번엔 셋째 아이가 태어난 뒤에 종을 치고 싶소."

"왜요? 혹시 당신, 아들 바라고 그런 건 아니죠?"

은파는 직설적으로 물었다. 정작 셋째를 가진 뒤 은파 자신이 신경 쓰이는 부분이기도 했다.

"당신이 물으니 솔직히 말하리다. 분명한 건 셋째가 딸이라도 상관은 없소. 다만 아들도 한 명 있으면 더 좋겠다는 게 내 생각이오. 내가 집안의 장남이니 자연히 그런 욕심도 생기는 걸 숨기진 않겠소. 다만 당신이 부담은 가지지 마시오."

"당신이 부담 가지지 말라고 하지만 세상의 여자들 모두에게 물어보세요. 아기 낳을 때까지 얼마나 긴장되고 부담되는지."

은파는 겉으로 그리 말은 했지만 정작 걱정되고 욕심나는 건 자신도 마찬가지였다. 내색은 하지 않았지만 가능하다면 남편 닮은 아들도 한 명 낳고 싶었다. 딸 둘에 아들 하나면 모두가 부러워하는 이상적인 가족 구성원이 될 것이다.

"당신도 알지 않소. 나는 가난한 집안의 장남이었다는 사실 말이오. 내 밑으로는 동생들이 줄줄이 있잖소. 그래서 택한 곳이 공군사관학교였소. 왜냐하면 내가 일반대학을 가게 되면 동생들은 야간대학엘 가거나 진학 시킬 형편이 못 되기 때문이었소. 그렇게 어렵게 자랐지만 지금 지나고 보면 형제가 있다는 것이 얼마나 든든한지 모른다오."

남편의 어린 시절 고생을 은파는 익히 알고 있었다. 남편 이해남은 공군사관학교 생도가 되고 난 뒤에 처음으로 흰우유를 먹어봤다고 했다. 생도에게 지급되는 품위 유지비는 고스란히 고향에 있는 동생들에게 보낼 정도로 그는 심성 곱고 책임 있는 장남이었다.

은파 역시 유복한 형편은 아니었다. 목사였던 아버지가 돌아가시고 홀어머니 밑에서 엄하게 자랐다. 자연히 마음은 외로웠지만 겉으로 내색은 하지 않았다. 남편 해남은 그런 은파의 속내를 잘도 헤아려주었고 배려했다.

"내가 당신에게 애기했던가? 첫 아이 주현이 가졌을 때 내가 꾼 꿈 말이오. 그때 꿈 속에서 애기 호랑이 두 마리가 나타나서 내 발가락을 쪽쪽 빨지 않겠소. 하하, 호랑이 꿈은 딸이라는 사실을 그때 알았소."

"그렇다면 혹시 이번에도 꿈을 꿨나요? 난 아무 꿈도 못 꿨는데."

"이번엔 아직 아무 꿈도 안 꿨소만 만일 셋째가 아들이면 호근이로 지을 작정이오. 호랑이 누나들 동생이니 말이오."

"쯧쯧. 당신 속내를 너무 드러내는군요. 그런데 호근이라? 나쁘진 않은데요?"

아직 초저녁이지만 달빛은 부드러웠다. 비행대대에서 관사로 향하는 길 위에도 달빛은 교교히 흘렀다. 해남은 은파의 가녀린 어깨를 감싸듯 안고 천천히 걸었다.

"나는 장모님이 참 고마웠소. 처음 우리들 결혼을 반대하시긴 했지만 결국 당신을 내게 보냈소. 장모님이 고이 간직했던 한복과 반지를 당신에게 꺼내놓으실 때의 그 모습이 아직도 생생하오. 그때부터 나는 장모님께 믿음직한 사위가 되도록 노력하겠다는 다짐을 했다오."

은파는 남편 얼굴을 올려다보았다. 지난 봄이었던가? 모처럼 남편과 냉면을 먹으러 식당에 갔을 때였다. 냉면을 다 먹고 계산을 하던 남편이 사장에게 한 그릇 값을 더 계산하라고 말하는 것이었다. 의아해하는 사장에게 남편이 나직이 말했다. "밖에서 폐지 줍는 할머니께 냉면 맛있게 해서 한 그릇 드리세요." 남편은 정이 많고 마음이 따뜻한 사람이었다. 남편 옆에 있으면 저절로 은파의 몸도 마음도 따스해졌다.

"난 어머님이 더 고마웠어요. 당신이 아직 결혼할 형편 안 되는데 어머님이 직접 나서서 결혼시켜주셨잖아요. 내 아들이 너무 좋아하는 여자라는데 어찌 두고 보냐고 하시면서요. 첫 애 주현이 낳았을 때도 어머님이 산후조리 다 해 주셨잖아요. 여보, 저도 좀 더 잘할게요."

은파와 해남의 발자국 소리가 조용한 길 위를 맴돌았다. 그 뒤를 초저녁달이 온화한 빛으로 따르고 있을 뿐 주위는 조용하기만 했다.

✳

침대에서 조용히 일어난 해남은 시계부터 보았다. 새벽 4시였다. 오늘은 아침 7시에 비행스케줄이 잡혀 있는 날이다. 늦어도 4시 30분에는 아침밥을 먹어야 비행스케줄에 맞출 수 있다. 조종사는 위가 비어 있으면 안 된다. 그것은 비행 중 중력가속도로 내성과 두뇌 회전력이 떨어지기 때문이다. 그러나 해남은 이른 새벽에 아침밥 차려달라고 곤하게 자는 아내를 깨울 수 없었다. 홀몸도 아닌 아내는 어린이집 출근까지 한다. 게다가 자다가도 중간에 일어나 둘째 서인이 우유를 먹여야 하므로 무척 고단할 것이다.

관사를 나온 해남은 하늘을 올려다보았다. 별이 초롱초롱 박혀 있는 하늘은 여전히 어둠 속에 잠겨 있었다. 두 팔을 양껏 벌려 긴 호흡을 하는 해남의 코 속으로 선선한 새벽공기가 빨려 들어왔다. 신선한 새벽공기를 마실 때마다 해남은 스스로에게 최면을 걸었다.

'비행은 나의 행복!'

하늘이 조종사에게 주는 감동을 느끼지 못한다면 비행훈련은 그야말로 스트레스의 연속일 것이다. 하늘이 택한 사람만이 조종사가 될 수 있다는 신념을 갖고 있는 이해남이었다. 그래서 그는 출근할 때마다 자신에게 최면을 거는 것이었다.

조종사는 한 평도 안 되는 좁은 조종석에서 죽음을 무릅쓰고 훈련을 받는다. 다리는 꼼짝달싹 할 수 없고 상체만 움직일 수 있는 공간이다. 헬멧은 무겁게 머리를 짓누르고 G슈트는 다리를 압박붕대 동여맨 듯 옥죄고 있다. 그러나 좁은 조종석이지만 조종사는 그 속에서 하늘을 껴안고 마음껏 누빈다.

이해남은 처음 조종학생이 되었을 때를 떠올리면 항상 가슴이 설렜다. 마치 어제 일처럼 다가오는 것이다. 비행교수는 조종학생 신분인 해남을 비행기 좌석에 앉게 했다. 조종학생들은 그 시간을 Cockpit Time이라고 불렀다.

"지금부터 내가 시키는 대로 해본다. 먼저 눈을 감고 계기판 중앙에 있는 자세계를 오른손으로 짚는다. 왼손으로는 속도계, 고도계, 승강계, 방향지시계를 짚어보도록."

눈을 감은 채 해남은 비행교수가 지시한 대로 계기들을 하나씩 짚어나갔다. 해남이 계기판을 하나씩 짚을 때마다 비행교수의 설명이 이어졌다.

"자세계가 중앙에 위치해 있는 건 가장 중요하기 때문이다. 자세계는 우리가 구름 속 혹은 야간비행 할 때 시정거리가 나빠서 비행착각을 일으킬 때 비행착각을 방지해주므로 아주 중요하다. 항상 자세계를 중심으로 교차점검 하는 것을 명심해야 한다!"

조종학생 시절 주기장에서 얼마나 뜨거운 땀을 흘렸던가. 오로지 하늘을 향해 날아오를 열정을 키우던 그때를 생각할 때마다 해남의 가슴은 뛰었다.

조종사가 된 후 눈을 뜨면 단 한 번의 비행을 위해 첫 비행 두 시간 전부터 비행대대에 출근하여 비행 브리핑을 해야 한다. 우선 그 날의 건강체크부터 기상과 주어진 임무에 대한 브리핑을 한다. 그런 다음 33가지 항목의 비행점검도 필수다. 정비사들과 함께 비행 전에 각종 무장 관련 스위치를 점검하는 것은 시동을 걸기 위한 과정이다. 전기 스위치를 작동하고 외부 공기가 적절히 유입된 후 조종사가 버튼을 눌러야만 시동이 걸리게 되어 있다. 정비사와 함께 랜딩기어까지 최종점검이 끝나고 이륙승인을 받는 절차까지 어느 것 하나 소홀할 수 없다.

야간비행이 있는 날은 밤 10시가 넘어야 퇴근이 가능하다. 게다가 한 달에 6, 7회 정도 알라트라고 부르는 비상대기실에서 언제라도 출격태세를 갖추고 5분대기를 해야 한다. 12시간 가까이 조종복과 일체의 장구를 착용한 채 상황을 예의 주시하며 대기하는 것이다. 이상 징후가 보이면 수분 안에 즉각 출격해 응징할 태세를 갖춰야 한다.

비상대기실에는 한반도 인근 항적이 보이는 공중항적정보시현기(ATDDS)가 있다. 북한은 우리나라 전투비행단의 대비 태세를 시험하려는 듯 가끔 근접비행을 감행한다. 그럴 때 방공식별구역(KADIZ)에 항적이 탐지되거나 적기가 진입하면 바로 비상출격 한다. 즉각 대응 비행에 나서는 조종사로서는 출격하는 그 순간 긴장이 최고조에 달하게 된다.

전시를 대비한 훈련을 받는 것도 조종사에게 주어진 중요한 임무다. 야간전술요격과 공중사격 등의 공대공 훈련과 정밀 폭격훈련 그리고 실무장폭격훈련 등의 공대지 훈련이 있다. 그 외에 육, 해군과의 합동훈련과 을지훈련에 한·미 연합작전 등등 크고 작은 훈련이 연이어 있다.

　조종사들은 일 년 내내 시험을 치르고 평가를 받는다. 보라매 공중사격 대회에서 최고 성적을 거둔 명사수에게는 탑건(Top Gun)이라는 칭호를 부여한다. 또 최우수 조종사는 보라매 공중사격을 포함해 한 해 동안 비행경력과 사격기량, 각각의 작전참가 횟수 등등 10개 분야 23개 항목에서 최고 점수를 획득한 조종사에게 주어진다.

　조종사들은 출격하기 전에 마음속으로 다짐한다. '내가 날아올랐던 활주로로 반드시 리턴 투 베이스 하리라'고. 조종사 중에는 출격하기 전에 전투기 뒤에서 미리 소변을 보는 경우도 있다. 내 몸에서 나온 배설물을 땅에 두고 가야 살아 돌아온다고 믿는 강한 본능을 드러낸 행위이다. 일반인들은 웃어넘길 수도 있겠지만 조종사는 반드시 돌아오겠다는 일종의 의식을 치르는 셈이다. 어떤 조종사는 헬멧 안에 머리를 덮는 헝겊모자를 절대 안 쓰거나 조종장갑을 거꾸로 착용하는 경우도 있다.

　하늘에서 강한 훈련으로 긴장한 탓에 헬멧을 벗은 조종사 머리에서는 김이 모락모락 오를 때도 있다. 전신을 짓누르는 중력의 하중 때문에 얼굴 피부가 뒤로 당겨진다. 그래서 헬멧을 벗으면 입주위로 마스크 자국이 선명하지만 조종사는 개의치 않는다. 무사히 기지로 돌아왔다는 사실을 커피 한 잔으로 음미하며 긴장을 씻어낸다.

　해남은 아내 은파에게 자신의 고된 일과를 세세히 말하지 않는다. 아내의 심성이 여린 걸 알기 때문이다. 몸무게의 7배 이상을 견디기 위해 G-슈트를 입고 비행을 하지만 훈련으로 인해 몸에 피멍이 들 때도 있다. 피가 아래로 몰리는 것을 막는 압박붕대인 G-슈트를 착용하지만 그래도 급기동을 하는 비행의 특성상 붉은 반점과 피멍이 생길 수밖에 없다. 피멍은 중력 때문에 온몸의 실핏줄이 터져 생기는 것이다.

해남의 피멍을 볼 때마다 아내 은파는 침묵으로 일관했다. 조용히 해남의 등 뒤로 다가가 피멍을 문지르고 또 문질러 줄 뿐이었다. 그러나 해남은 알 수 있었다. 아내는 가슴 속으로 울음을 삼키고 있다는 것을. 해남의 등에 와 닿는 아내의 뜨거운 입김은 차마 드러내지 못한 슬픔이었던 것이다.

"여보, 조종사는 말이오, 비행하는 것이 최대의 스트레스인 건 맞소. 하지만 그것이 또한 행복이기도 하다오. 왜냐하면 하늘이 주는 감동을 고스란히 받기 때문이오."

해남은 은파를 품에 안고 나직한 음성으로 하늘의 이야기를 펼치기 시작한다. 혹여 아내 마음에 피멍 같은 슬픔과 걱정이 켜켜로 쌓일까봐 염려되었던 것이다.

"비록 조종석은 좁지만 그 속에는 무한한 세계가 담겨 있소. 살을 도려내는 듯한 칼바람이 활주로를 난무하지만 우리는 그 속을 뚫고 하늘로 비상한다오. 관제사의 택싱 허락이 떨어지는 순간부터 하늘은 바로 내 것이오. 내 손에 길들여진 전투기는 온몸에 전율을 일으키며 파도처럼 달려드는 활주로를 박차고 하늘로 향하오."

해남은 아내 은파에게도 자신이 보았던 하늘을 고스란히 보여주고 싶었다. 구름 속을 비행할 때 구름이 뚫린 사이로 쏟아 내리는 빛의 장엄함을, 동해에서 솟구치는 불덩이를 보면 얼마나 가슴이 뜨거워지는지를, 굽이굽이 이어진 산맥들이 마치 근육의 힘줄처럼 꿈틀거리는 모습을, 그 속에서 무한한 생명력이 뿜어지고 있는 것을 모조리 보여주고 같이 느끼고 싶었다. 아아, 하늘을 날 때 이 길을, 조종사의 길을 택한 것이 무척 자랑스러웠노라고 아내에게 말해주고 싶었다. 같이 하늘을 날면서 그렇게 외치고 싶었다.

이글루에서 활주로로 가기 위해 옐로라인을 따라 전투기가 움직이기 시작했다. 전투기는 이동하면서 연신 관제탑과 교신했다. 드디어 해남의 전투기가 활주로 끝에 이르렀다. 거친 숨소리가 헤드셋과 조종석 내부를 가득 메웠다. 관제탑에서 텍싱 허락이 떨어졌다. 교신이 끝나자마자 해남은 스로틀(throttle: 엔진추력 조절레버)을 최대출력 상태로 조정했다. 전투기가 온몸을 떨었다. 곧 전투기는 땅을 박차고 하늘로 솟구칠 것이다. 고막을 찢을 듯 날카로운 금속성 숨소리와 뜨거운 불덩이를 매단 채.

'아, 하늘은 알 것이다. 구름도 알고 있을 것이다. 내 비록 머리에 하늘을 이고 구름 위를 날고 있지만 마음은 언제나 긴장하고 있음을 알리라. 그곳은 매 순간 삶과 죽음이 교차하는 공간이 아니던가.'

전투기가 날아오른 활주로 주위는 어느새 환한 햇살로 가득 들어차 있었다.

✽

"언니, 내일 생일이지?"

"응."

"그럼 애들은 내가 봐 줄게. 마음 놓고 형부랑 좋은 시간 가져."

"정말? 역시 동생이 최고다! 그런데 번번이 미안해. 너도 어린이집에서 하루 종일 애기들 돌보느라 힘들 텐데 쉬지도 못 하고."

"힘든 건 언니도 마찬가지지. 홀몸도 아니면서 어린이집 일까지 하느라 제대로 쉬지도 못하잖어. 그러니 생일날만이라도 어린이집과 애들 일 다 잊고 형부랑 즐겁게 놀다 와."

"어유, 고마워 동생."

은파는 여동생 영파가 옆에 있어서 항상 든든했다. 함께 어린이집을 운영하면서 서로의 속마음을 헤아려주는 동지와도 같은 동생이었다.

"그런데 언니, 반지 치수 알아 왔어? 형부가 알아 오라고 했잖어."

"아직…"

말끝을 흐리는 은파를 보며 영파가 딱하다는 표정을 지었다.

"언니도 참. 어찌 형부 맘을 그리 몰라 주냐?"

"모르긴. 금은방엘 직접 가야 하는데 시간을 못 내서 그렇지. 또 그 집에서 맞추지도 않을 건데 괜히 사이즈만 달랑 재고 나올 순 없잖어."

여동생에게 핑계 아닌 사실을 말하면서도 은파는 걱정이 밀려왔다.

"지난번 6월 8일 결혼기념일 때 형부가 목걸이 선물하면서 그랬다며? 다음 달 생일에는 반지 해준다고. 그래서 언니 보고 치수 알아 오라고 했다며? 으이그, 아무리 바빠도 그렇지, 형부 맘을 그리 몰라?"

"그렇게 몰아세우지 마. 네 형부 맘을 나처럼 잘 아는 사람이 이 세상 어디에 있니? 형부네 집안 형편이 넉넉하지 못해서 결혼식 때 반지 하나 못해줬다고 내내 마음에 걸려 하고 있는 걸 내가 아는데."

은파는 손가락을 들어 반지를 보았다. 투박하지만 든든한 느낌이 드는 반지였다.

"난 이 반지 하나만 해도 족해. 전혀 불만 없단다. 네 형부 공사 졸업식 때 만든 피앙세 반지가 유일하게 결혼반지 대신 했지만 난 전혀 불만 없어."

그러나 남편 해남은 달랐다. 아내에게 늘 제대로 된 반지를 끼워 주고 싶어 했다. 그러나 빠듯한 월급으로는 마음뿐이었다. 어느 날 퇴근한 남편이 큰딸 주현을 안고 어르면서 지나가는 투로 한 마디 툭 던졌다.

"여보, 조종복 주머니 안에 뭐가 있는데 꺼내 보시오."

설거지를 마악 마친 은파는 앞치마에 손을 닦고 조종복 주머니를 뒤졌다. 작은 상자 하나가 손에 잡혔다. 은파는 그것이 액세서리가 든 상자라는 것을 한눈에 알 수 있었다.

"여보, 미안해. 다음에 좀 더 여유 있을 때 그것과 똑같은 진짜를 사 줄 생각이오."

순간 은파는 무슨 말을 해야 할지 몰라 가만히 있었다. 남편은 번번이 그녀를 감동시켰다. 얼마 안 되는 용돈을 아껴 모은 돈으로 그는 자주 목걸이며 반지 같은 액세서리를 사 왔다. 그리고 조금만 기다리면 진짜 멋진 반지를 선물하겠다고 입버릇처럼 약속했다.

"네 형부는 결혼반지 못 해준 걸 왜 그렇게 걸려 할까? 난 정말 괜찮은데 말야."

"다 알면서 그런다. 그건 형부가 진짜 언니를 사랑하기 때문 아니겠어? 그러니 형부 맘을 좀 헤아려 주세요. 으이그, 답답해."

동생의 핀잔에 은파는 민망한 웃음을 지을 수밖에 없었다.

"그런데 언니, 내일 어디로 갈 거야? 형부와 약속해 놓은 장소는 있어?"

"먼저 가까운 계곡에 가서 머리 좀 식히고 오후엔 병원 가 보려구."

"병원엔 왜?"

대번에 영파의 눈이 커졌다.

"정기검진도 받을 겸 며칠째 양수가 조금 비치는 게 문제는 없는지 물어도 볼 겸 가 보려구."

"난 또 가슴이 철렁했네. 언니가 몸이 약하니 혹시 문제가 있나 해서 말야."

"난 괜찮어. 항상 네 형부가 걱정이지 뭐."

"왜?"

"네 형부 요즘 스트레스 많이 받나 보더라. 전엔 안 그랬는데 부쩍 힘들다, 힘들다 그러셔. 아마 1편대의 선임편대장이란 직책 때문일 거야. 후배 교육 스케줄이 빡빡해서 부담이 큰가 봐."

"형부가 옆에 있으면 내가 어깨라도 주물러 주면서 스트레스 풀어줄 텐데."

"힘들다 하면서도 그러더라. 겨울을 지내봐야 봄 그리운 줄 안다고. 사람은 어려운 시련과 고통을 겪어 봐야 삶의 참된 보람을 알 수 있게 된다고 하면서 네 형부도 힘든 과정을 한 단계씩 밟아 예까지 왔다고 하면서 스스로를 위로하더라."

"그랬구나. 언니, 어쨌든 생일 핑계 대고 내일 하루 즐겁게 쉬면서 형부 스트레스도 풀어 드려. 맛있는 것도 많이 먹고."

"그래야겠어. 오늘 야간비행 마치고 나면 내일은 비행스케줄 없거든. 해군과 합동작전으로 야간 해상훈련 한다 했으니까 오늘 저녁 퇴근은 좀 늦을 것 같애."

"벌써 10시가 다 돼 가는데?"

"비상훈련 때는 밤을 꼬박 새우는 경우도 허다해. 아마 새벽에 진이 다 빠져 들어올 걸?"

은파는 벽에 걸린 시계를 보았다. 벽시계의 긴 바늘이 밤 10시를 향해 째깍째깍 돌아가고 있었다. 거실에 놓인 TV에서 밤 10시 뉴스를 알리는 시그널 뮤직이 흘러 나왔다. 은파도 슬슬 잘 준비를 하기 위해 몸을 일으켰다. 평소처럼 욕실로 향하면서 무심히 TV 화면에 시선을 던졌다. TV 화면을 보던 은파가 갑자기 그 자리에 굳은 듯 서 버렸다.

'내가 뭘 잘못 보았나? 잘못 본 거지?'

천천히 TV 앞으로 다가가는 은파의 상체가 흔들렸다. 서서히 미간이 좁아졌다. 은파의 동공은 그대로 얼어붙은 듯 TV에 고정돼 있었다. 은파는 제 눈을 의심했다. YTN 10시 뉴스의 헤드라인 자막이 은파의 눈으로 들어왔다. 순간 은파의 머리로 벼락 같은 충격이 가해졌다. 눈앞이 새하얀 세상으로 덮여 버린 순간이었다.

'남해해상에서 야간훈련 중이던 F-5 실종!'

✳

상담센터를 나와 앞서 걸어가는 주현의 어깨가 아래로 축 처졌다. 은파는 주현의 등을 힘껏 때리며 소리 치고 싶었다. 이주현! 어깨 펴! 고개 들어!라고. 그러나 은파는 꾹 참았다. 대신 잰 걸음으로 주현 옆에 바짝 따라 붙었다. 은파는 손을 내밀어 딸의 손을 잡았다. 빼빼 마른 주현의 손은 차가웠다.

"주현아, 저기 벤치에 좀 앉았다가 가자. 공원의 단풍이 참 곱네."

주현이 잠시 머뭇거리더니 말없이 따라 걸었다. 가을 햇살이 따가운 탓인지 단풍나무 끝에 매달린 잎사귀가 꼬들꼬들 말라들었다. 은파는 벤치 위에 떨어진 빛바랜 단풍을 치우고 걸터앉았다. 저만치 높아진 하늘이 한눈에 들어왔다. 색깔마저 짙푸른 하늘은 구름 한 점 없이 텅 비어 있었다.

"주현인 엄마가 미운가 보다. 점점 말수가 적어지니 그런 생각이 드네."

은파가 먼저 말문을 열었다. 닫힌 딸의 마음을 열어주는 일은 결국 엄마인 자신의 몫이었다.

"엄마가 다른 집 엄마들처럼 살갑지 못한 거, 불만이지? 나도 고치려고 노력했지만 그게 안 되네. 미안해 주현아."

사람은 환경의 지배를 받는다고 했다. 은파가 그랬다. 일찍이

홀로 된 은파의 친정어머니는 차갑고 엄격했다. 그런 분위기에 익숙한 채 자랐던 은파였기에 그 자신의 가슴 한쪽은 항상 냉랭했다. 실수를 용납하지 않는 성격 탓에 분명한 선을 강조했다. 자연히 두 딸에게도 살가운 엄마보다는 차가운 엄마로서의 이미지가 더 크게 부각되었다. 그런데 요즘 은파는 슬슬 걱정이 커져갔다. 말수가 적어지면서 우울증에 빠져든 큰딸 주현 때문이었다. 주현에게 좀 더 솔직한 엄마로 다가가야 했다. 더 늦기 전에 마음을 풀어줘야 했다.

"주현아, 엄만 말이야, 주현이도 엄마처럼 잘 자라줄 줄 알았어. 아빠 없이도 강하게 자랐던 엄마처럼 말야. 우리 주현이, 이렇게 감성이 여리고 예민한 줄은 모르고 너무 무심했네. 엄마가 미안해."

주현은 묵묵히 듣고만 있었다.

"아빠가 있었다면 달랐겠지. 분명히 모든 게 지금보다는 달랐을 거야. 그러나 우린 현실을 직시해야 해. 아빠가 현재 네 곁에 없는 건 분명해. 그러나 주현아, 아빤 짧게 생을 마감했지만 우리에게 그만큼의 사랑을 죄 베풀었어. 네가 기억할까? 아빠가 너와 서인이를 얼마나 예뻐하셨는지를."

남편은 깡마른 체질이었다. 거기에 유난히 팔다리가 길었다. 첫아이 주현이를 틈만 나면 업어주었다. 팔이 긴 탓에 주현을 업은 포대기를 감싸고 있는 걸 보면 든든해 보였다.

"아빤 널 업는 걸 즐겨했을 뿐만 아니라 네가 아장아장 걸어다닐 때는 아빠가 밥을 꼭꼭 씹어서 먹이기도 하셨단다."

"정말? 에그, 더러워!"

주현이가 대번에 반응을 보였다. 은파는 저도 모르게 웃음이 나왔다.

"그렇지? 너도 그렇게 생각하지? 암만 아빠라지만 그건 더러워 보이지? 그래서 나도 그랬단다. 더럽게 왜 씹어서 애기 먹이냐고 말야. 그랬더니 아빠가 뭐랬는 줄 아니? 오히려 나보고 모성애가 부족하대. 애기는 씹을 이가 없으니 엄마나 아빠가 씹어 먹여야 한대. 침 속에는 소화제가 있어서 씹어줘야 애기가 소화를 잘 시킨다고 하면서 말야."

"그걸 내가 다 받아먹었어? 정말?"

주현의 표정이 일그러졌다. 걱정이 가득한 눈빛으로 은파를 쳐다보며 물었다.

"그럼. 얼마나 맛있게 받아먹었는데? 마치 제비새끼처럼 주는 족족 받아먹더라. 세상에서 제일 맛난 걸 먹는다는 표정으로 눈을 반짝거리면서 말야."

주현이 크큭 웃었다. 그리고는 땅바닥에 닿아 있는 두 다리를 쭈욱 위로 들어올렸다가 다시 내려놓았다. 체구는 영락없이 제 아빠를 닮은 주현이었다.

"가끔 부대에서 회식할 때도 아빤 너희들을 돌보느라 고기도 안 먹고 술도 잘 안 마셨어. 부부 노래하는 순서가 돌아와도 나만 노래시키고 그러셨단다."

"왜요? 아빤 노래 못 해요?"

"응. 음치야. 맨날 연습해놓고는 정작 불러야 할 자리에서는 쑥스러워서 못 하고, 못 부른다고 안 하고 그랬어. 그 대신 나보고 연습 많이 하라고 MP3에 이기찬의 '또 한 번 사랑은 가고' 같은 노래를 담아오고 그러셨어."

"아빤 수줍음이 많으셨구나. 그런데 엄마, 서인이도 아빠가 밥 씹어 줬어요?"

"물론이지. 너희들 기저귀도 얼마나 잘 갈아주셨는데. 특히 서인이 우유 먹이는 건 순전히 아빠 담당이었어. 엄마가 어린이집 일로 힘 드는 거 아시니까 새벽에 아빠가 할 수 있는 건 다 해 놓으시고 출근하신 적도 많았어. 내가 일어나 보면 침대 머리맡에 포스트잇이 붙여져 있는데 거기에 이렇게 적어놓으셨단다. 6시 20분에 우유 200밀리 먹였음. 기저귀 갈았음. 등등."

"아빤 정말 자상하셨구나. 엄마보다 더 정이 많으신 분이었구나."

"응. 그건 사실이야. 오죽하면 네 할머니가 그러셨을까. 너희들이 아빠 무릎에서 도통 안 떨어지니까 애비가 밥도 못 찾아 먹는다고 불만이셨거든. 할머니 입장에서 보자면 너희들 때문에 할머니의 아들인 네 아빠가 밥도 제대로 못 먹는 게 속이 상하셨을 거 아니겠니?"

"후훗. 할머니 진짜 속 상하셨겠다."

속상하신 게 그 뿐이었을까? 은파는 시어머니를 떠올리게 되면 잊고 싶었던 또 다른 일이 함께 떠올랐다. 남편의 순직에 충격을 받고 실신한 은파는 영결식 때 몸도 가누기가 힘들었다. 그리고 일주일 뒤에 하혈과 함께 결국 뱃속의 4개월 된 아기를 유산하고 말았다. 영결식장에서 남편의 고교 동창이 조사를 읽을 때 기어이 울음을 참지 못하고 했던 말이 아직도 귓가에 남아 있었다.

"친구 해남아, 부디 네가 간 그곳에서 영면하여라. 여기 네 아이들과 부인은 우리가 보살피마. 특히 네 부인의 뱃속 4개월 된 아기도 우리가 책임지마. 걱정 말아라, 친구여."

은파는 셋째의 유산을 생각할수록 가슴이 저렸다. 그러나 현실은 가혹했기에 우물쭈물 할 형편이 못 되었다. 마음의 정리도 안 된 상황에서 관사를 나와야 했다. 두 딸과 살아야 했기에 직장도 다녔다. 남편이 사랑했던 두 딸 때문에 이를 악물고 버티며 여기까지 왔다.

"엄만, 네 아빠를 닮은 아기를 낳고 싶었지만 그것마저 뜻대로 안 되더구나. 그래도 엄만 너희 둘이 있으니 살아갈 수 있었어. 엄마가 사는 의미는 주현이와 서인이가 있기 때문인 거야."

"……"

주현은 다시 침묵 속으로 빠져들었다. 은파는 주변을 둘러보았다. 잘 가꾼 잔디도 어느새 빛이 바랬다. 계절은 참 빠르게 돌아가고 또 돌아왔다. 첫 아이 주현이를 낳았을 때가 엊그제 같았는데 내 옆에 있는 주현이가 저렇게 자란 키만큼 그리고 늘어난 몸무게 만큼의 무게로 은파에게 다가왔다. 그러나 어차피 끌어안아야 할 자식이고 부대끼며 함께 세상을 헤쳐 나아가야 할 공동운명체였다.

아버지의 빈자리와 사랑에 굶주린 주현의 왜소한 어깨를 볼 때마다 은파는 가슴이 저미듯 아팠다. 그러나 더 이상 아픈 눈으로 지켜보고 있을 수만은 없었다. 저 아이 주현이 태어났을 때 남편 해남은 얼마나 좋아했던가. 컴퓨터 화면이 빽빽하게 차도록 기쁨을 글로 표현했던 남편 이해남이었다.

'마리아보다 더 아름다운 내 아내 홍은파! 내 사랑을 받아준 여자! 내 아이를 낳아준 여자! 나보다 더 나를 사랑하는 여자 홍은파! 고맙소! 사랑하오! 이 세상 끝까지 사랑하겠소!'

※

은파의 눈앞에 다시 짙푸른 하늘이 들어왔다. 무심히 바라본 하늘에 한 줄기 하얀 선이 뚜렷하게 눈에 들어왔다. 아, 그건 비행운(飛行雲)이었다. 비행기는 보이지 않은데 비행기 한 대가 어느새 하늘에 남긴 길이었다. 남편 해남이 남겼던 길처럼 저 비행운도 서서히 구름 속 하늘로 스며들 것이다. 공군 중령 이해남이 걸어갔던 한 줄기 비행운의 길처럼 우리 모두에게도 그런 길이 있을 것이다. 그 길은 짧기도 할 것이고 길고도 긴 길이 될 수도 있겠지.

은파는 주현의 손을 다시 찾아 꼭 움켜쥐었다. 비행운이 사라지기 전에 들려줘야 했다. 누구에게나 주어진 길이 있다는 사실을.

"주현아, 저기 저 높은 하늘에 한 줄의 하얀 선이 보이니? 저게 뭔 줄 아니?"

주현은 은파가 가리킨 하늘을 쳐다볼 뿐 입을 꼭 다물고 있었다.

"저게 비행운이라고 하는 거야. 바로 아빠가 새겨놓은 하늘길이지. 네 아빠가 곧고 바르게 오로지 한 길을 향해 걸어간 흔적이야."

하늘을 응시하던 주현의 시선이 은파를 향했다. 살짝 눈물이 어려 있는 주현의 눈을 은파는 피하지 않았다.

"주현아, 아빠는 짧은 생을 굵고 선명하게 살았던 분이야. 아빠는 이 땅의 전투조종사였기에 죽음을 두려워하지 않았고, 헌신하는 국가관으로 임했었어. 그 아빠의 딸인 너희들 역시 이 땅에 우뚝 서야 해. 아빠는 하늘에서 저렇게 곧고 뚜렷한 길을 걸어가셨잖아. 그러니 주현이 넌 이 땅 위에서 너의 꿈인 광고감독을 키우는 거야. 물론 수의사가 되겠다는 서인이 꿈도 함께 키워야겠지?"

잠시 침묵이 이어졌다.

"지금 우리 주현이나 서인이처럼 조종사인 아빠를 잃고 힘들어하는 아이들이 꽤있어. 그런데 아빠의 빈자리를 대신 해서 많은 분들이 관심을 가져주시잖니? 풍족하진 않지만 뜻있는 분들의 기금으로 형성된 '하늘사랑 장학재단'에서 유자녀에게 관심을 가져주는 것도 고마운 일이야. 주현아, 서로가 힘든 건 사실이야. 그러나 엄만 널 믿어. 아니, 너희들을 믿어. 엄만 항상 주현이와 서인이 편에서 있을게. 약속할게, 주현아."

말없이 듣고만 있던 주현의 상체가 스르르 옆으로 쏠리더니 은파 어깨에 머리를 갖다 댔다. 은파가 손을 돌려 주현의 어깨를 감쌌다. 그 옛날 남편 해남이 은파를 감싸듯이.

따스한 가을볕이 마음껏 쏟아지는 사이로 곱게 물든 단풍잎 몇 개가 흔들흔들 떨어졌다.

당신은 머리 위의 푸른 하늘만 보는가[*]

흐린 하늘 때문에 괜스레 답답했던 지난 5일, 뉴스에서 '조종사 순직'이라는 말을 듣는 순간 나는 떨리는 가슴을 진정할 수가 없었다. 베테랑 조종사 故 권성호 중령과 故 박정수 중령.

언론은 젊은 조종사들의 삶 면면을 계속 보도했고 그동안 집필을 위해 많은 조종사를 접했던 나는 마치 내 피붙이를 잃은 듯 깊은 슬픔에 빠졌다.

대한민국 공군 전투조종사, '빨간마후라'라고 불리는 이들은 누구인가? 전투조종사들은 몸과 마음을 조국과 하늘에 바친다는 신념 하나로 달려온 군인들이 아니던가.

늠름한 보라매로 거듭나기까지 어려운 훈련을 이겨내고, 몸무게의 아홉 배에 이르는 중력과 싸우는 사람들. 세속의 부귀영화와 지상의 편안함을 뒤로 하고 매일 죽음을 각오하며 임무를 수행하는 전투조종사들은 조국을 위해 기꺼이 희생한 수많은 선배를 떠올리며 오늘도 활주로를 박차고 날아올랐을 것이다.

6·25전쟁 발발 후 나라가 누란의 위기에 처했을 때, 한국 공군의 첫 전투기인 F-51 무스탕을 몰고 적진을 향해 돌격했다는 선배조종사는 그들의 영원한 정신적 스승이었으리라. 일본 이타츠케 주일 미 공군 기지에서 단 하루 동안 전환훈련을 마치고 죽기 아니면 살기라는 심정으로 대한해협을 건넜다고 하지 않던가. 그런 선

---

[*] 차인숙, 국방일보, 2011. 12. 9.

배조종사들이 있었기에 오늘의 조국 산하가 있다는 사실을 두 조종사는 절대 잊지 않았을 것이다.

진정 그들은 뛰어난 우수교관이었고 의로운 편대장이었다. 이들뿐 아니라 대한민국 전투조종사들은 의로운 이들이다. 그들은 '죽어도 또 죽어도 겨레와 나라를 위해 목숨을 바치겠다'고 다짐해 온 애국자들이다.

그들은 하늘과 비행을 너무 사랑하기에 자신의 몸 속에 흐르는 피가 푸른색이라고 믿는다. 오늘도 그들은 얼굴을 구기듯 헬멧에 집어넣고 활주로 위를 날아오른다. 꽁지에 불덩어리를 매단 채 굉음과 함께 순식간에 성층권을 넘나든다. 산소마스크를 쓴 그들은 살인적인 중력으로 온몸의 피가 거꾸로 쏠리는 고통에도 자신의 생리적 한계와 싸우며 오로지 영공을 수호하겠다는 일념으로 하늘에 오르고 또 오른다.

눈을 들어 하늘을 보라.

눈앞에 푸른 하늘만 보이는가?

저 푸른 하늘 너머 구름 사이로 우리의 안위를 지키기 위해 전투기를 조종하며 사투를 벌이고 있는 전투조종사가 있음을 알고 있는가?

푸른 하늘을 보며 기억해달라. 마지막 순간까지 조종간을 놓지 않았던 우리의 공군 전투조종사가 있었노라고.

여성 최초 전투조종사인 아내와 아들을 둔 부부 전투조종사였고, 후배들의 존경을 받는 우수 교관이었으며, 전투기를 조종하기 위해 10킬로그램을 감량하며 치열하게 살았던 파일럿이 있었음을 기억해달라.

국가와 국민이라는 대의를 위해 하늘에 살다 하늘로 돌아간 두 분 전투조종사의 명복을 빌며 두 손을 모은다. 윈스턴 처칠 경이 1940년 8월 20일 영국 의회에서 연설을 했던 것처럼 이렇게 적은 전투조종사가 얼마나 많은 사람을 위해 헌신하는지를 기억했으면 한다.

공군 '하늘사랑 장학재단' 장학금 첫 전달

지난 2010년 9월 창립된 하늘사랑 장학재단이 순직 조종사 유자녀를 돕기 위한 첫 발걸음을 내디뎠다. 공군은 1월 19일 오전, 서울 공군회관에서 박종헌 공군참모총장을 비롯한 공군 지휘관 및 참모, 장학금 수혜자, 장학기금 기증자, 공군관련 단체장이 참석한 가운데 제1회 하늘사랑 장학재단 장학금 전달식을 가졌다.

이번 장학금 전달식에서는 공군 순직 조종사 유자녀 중 현재 유치원 이상 교육기관에 재학 중인 학생 총 45명에게 3,720만원이 지급되었으며, 이 가운데 행사에 참석한 이은아(22세, 여)양 등 8명에게는 박종헌 공군참모총장이 직접 장학증서와 기념품을 수여하고 격려했다.

박종헌 공군참모총장은 이 자리에서 "비록 충분하진 않지만 이번 장학금에는 여러분 부친의 숭고한 애국심을 기리기 위한 공군 전 장병과 선·후배 조종사들, 사회 각계의 정성이 고스란히 담겨 있다"면서 "앞으로 부친의 뜨거운 조국애를 삶의 거울로 삼아 학업에 더욱 정진하여 모범적인 사회인으로서 당당하게 성장해달라"고 당부했다.

하늘사랑 장학재단은 지난 2010년 5월 故 박광수 중위(1982년 7월 순직)의 부모가 순직 조종사 유자녀를 위한 장학금으로 써달라며 28년 간 모아온 유족연금 1억 원 전액을 기탁하면서 출발했다. 이후 조종사 2,700여 명이 자발적으로 참여해 2억 여 원을 모금해 같은 해 9월 창립했다.

이후 한화, 삼양, LIG 넥스원 등 기업과 공사총동창회, 공군학사장교회 등 후원단체가 10억 여 원을 기증하고 프로골퍼 이동환 선수, 윤은기 중앙공무원교육원장, 김창규 전 공군참모총장 등의 온정이 쌓여 지금까지 17억8천만 원의 기금이 마련됐다.

이번 행사를 기획한 공군본부 인사참모부장 김도호 소장은 "우리나라가 진정한 선진국 반열에 오르려면 국가를 위해 희생한 분들의 피와 땀에 보답하고, 유족들의 눈물을 닦아줄 수 있는 제도가 꼭 필요하다"면서 "늦은 감이 있지만 하늘사랑 장학재단이 본격적인 활동을 시작한 만큼 뜻 있는 많은 분들이 이 의로운 행렬에 참여하기를 바란다"고 말했다.

〈국방부 정책뉴스, 2012. 1. 19.〉

블랙이글, 기지로 돌아오라!

공군 故 김도현 소령

블랙이글, 기지로 돌아오라! / 차인숙

그대는 하늘보다 높았노라
태양보다도 찬란했노라
그대는 대한민국 공군의 명예에 부응한
최고의 조종사 블랙이글이었노라

조국의 영공 수호를 위해
생과 사를 넘나드는 치열한 순간을 이겨냈으며
상상을 초월한 특수비행을 아낌없이 펼쳤노라

육체의 한계와 맞서며 수직으로 치솟고
심장이 터질 듯한 고통에도 흩어지고 모이며
마법처럼 하늘을 수놓았노라

환상적인 비행에 이 땅의 아이들은 꿈을 키웠으며
단결과 신뢰로 이룩한 헌신에
드디어
대한민국 공군은 우뚝 섰노라

아, 그대는 검은 연기와 함께 산화했지만
우리는 결코 그대를 보내지 않았노라

영산홍처럼 곱디고운 아내와
초롱초롱 맑은 눈을 가진 여리디 여린 자식과
그대를 기다리는 든든한 전우가 여기 있으니
들리는가, Black Eagles!

블랙이글, 기지로 돌아오라는 우리의 외침을
그대가 종횡무진 누볐던 하늘에
태극문양 여전히 선명하게 빛나고
산하를 뒤덮는 아리랑 합창 우렁차거늘
이 땅의 우리는 오늘도 하늘 향해
두 주먹 불끈 쥐고 힘차게 외치노라
팀 워크! 팀 워크! 팀 워크!

故 김도현 소령

故 김도현 소령은 1973년 10월 1일 울산에서 출생하였다. 김소령은 1992년 학성고등학교를 졸업하고 공군사관학교에 44기로 입교했다.

공군 소위로 임관한 김소령은 전투기 조종사로서의 기량을 착실히 쌓았다.

2005년 2월에는 최정예 전투조종사로서 제8전투비행단 블랙이글스의 일원이 되어 55회의 에어쇼에 참가했다. 그러던 중 2006년 5월 5일 어린이날 축하 에어쇼 시범 비행 중 사고를 당했다. 기체고장을 일으킨 비행기가 제대로 작동하지 않았던 것이다. 김소령은 기체고장임을 감지하고도 비상탈출을 하지 않았다. 참관 중인 어린이, 시민들을 구하고자 추락하는 비행기가 관람석으로 떨어지지 않도록 하기 위해 조종간을 잡고 있어야 했기 때문이다. 그 긴박했던 순간에 김소령은 살신의 군인정신을 발휘했던 것이다.

〈울산제일일보〉

2006년 5월 4일의 하늘은 더없이 싱그러웠다. 얼굴에 와 닿는 바람에서 풋풋한 풀잎향이 느껴졌다. 하늘에서 쏟아지는 햇빛은 꽃망울보다 더 탐스러웠으며 마냥 따스했다. 연년생 형제인 건우와 태현은 바람과 함께 둑길을 달리고 있었다. 두 아들의 머릿결이 바람 따라 찰랑찰랑 나부꼈다.

"얘들아, 넘어질라. 조심해!"

두 아들에게 주의를 던지는 태안의 목소리가 바람에 흩어졌다. 태안의 손을 꼭 잡은 채 느릿느릿 걷던 도현이 싱긋 웃었다. 태안은 남편 도현의 웃음을 볼 때마다 봄바람을 닮았다는 생각이 들었다. 그의 웃는 얼굴은 항상 상대를 편안하게 했고 친밀감을 느끼게 했다.

"그냥 두시오. 아이들은 때론 넘어지기도 해야지. 그래야 스스로 일어나는 법도 알게 될 테니 말이오."

"그쯤은 나도 알아요. 그런데 알면서도 안 되는 게 엄마 마음이랍니다. 저 애들 뛰는 거 보세요. 어느 방향으로 튈지 모르는 것처럼 아직 불안하잖아요."

도현은 저만치 앞서서 뛰어가고 있는 두 아들을 쳐다보았다. 세 살과 네 살의 연년생인 두 아들은 신나게 달렸다가 금세 멈춰서는 장난을 반복하고 있었다. 뭐가 그리 신났는지 가끔씩 서로 쳐다보며 까르르 웃기도 했다. 공룡박물관에서 겁먹은 눈을 껌벅이던 표정과는 완전히 달랐다.

"당신도 나도 저렇게 컸지 않았겠소. 모든 부모 심정이 그랬을 것이오. 부모 눈에는 다 큰 자식도 마치 선반 위에 앉혀놓은 것처럼 불안해 보일 것이오. 그래도 겉으로 드러내지 않고 키워야 하오. 어차피 세상은 혼자 헤쳐 나가야 하니까."

선한 눈매의 다정다감한 남편이지만 군인의 기질만은 숨길 수 없었다. 공군사관학교 생도시절부터 남편은 리더십이 뛰어났다. 가입교 예비생도일 때부터 훈련대대장을 맡았던 남편 김도현이었다. 그리고 전대장 생도를 거쳐 동기회장을 맡을 정도로 그는 항상 활발했고 누구보다 앞장서서 일을 하는 사람이었다. 생도시절부터 긍정적이고 매사 진취적이었던 그는 임관할 당시 종합성적 4위로 합참의장상을 수상하기도 했다.

"여보, 내일 당신이랑 아이들과 함께 보내지 못해 미안하오."

도현은 아내 태안의 손을 다시 한 번 꼭 쥐었다. 내일은 어린이날에다 결혼 4주년 기념일이기도 했다. 그러나 블랙이글 대원인 김도현 대위는 내일 수원비행장에서 어린이날 축하비행이 예정돼 있었다.

"괜찮아요. 그 대신 오늘 하루 휴가를 먼저 보내주셨잖아요. 이렇게 호젓한 공룡박물관에서 당신이랑 아이들과 시간을 보낼 수 있으니 오히려 좋은데요, 뭘."

"그렇게 생각해주니 정말 고맙소. 오늘 만큼은 최고로 멋진 아빠 그리고 남편으로 봉사하겠소. 당신도 알겠지만 조종사에게 비행이 없는 날만큼은 사람답게 살아도 된다는 뜻이니 말이오."

환하게 웃는 도현의 고른 이가 유난히 건강해 보였다. 밝은 얼굴과 고른 이는 마치 그의 정신세계를 닮은 듯했다. 요즘 남편 도현은 부쩍 모든 일에 적극적이었다. 남편의 얼굴에는 항상 긍정의 에너지가 충만해 있었다. 블랙이글 팀원이 된 후 남편의 일상은 더욱 빠듯해졌다. 언제나 그렇듯이 비행을 위해 모든 생활리듬을 맞출 수밖에 없었다. 다음날 비행이 예정돼 있으면 12시간 전부터 금주에 들어갔고 8시간 이상은 수면을 취해야 했다. 육체적으로나 정신적으로 컨디션은 최상으로 관리하는 것도 중요했다.

"당신도 알다시피 블랙이글은 나를 기다려 주었소. 조종사의 길을 택한 이후 가장 길고도 깊게 정신적인 방황을 겪었던 그때 말이오."

남편 도현의 눈길이 일순 진지해졌다. 부대에서 축구를 하다가 다리를 다쳤던 남편은 6개월 가까이 비행을 할 수 없었다.

"다리가 나을 때까지 조종을 할 수 없는 것도 속상한데 하필 그때 블랙이글에서 제안이 들어오다니, 그땐 정말 절망적이었소."

태안은 묵묵히 듣고만 있었다. 그 당시 남편이 느꼈던 절망의 깊이를 누구보다 잘 알았던 그녀였다.

"비행을 하는 조종사가 된 이후부터 언젠가 나도 블랙이글팀에 들어가고 싶다는 생각을 해본 적이 많았다오. 그런데 막상 제안이 왔을 때 응할 수 없는 처지가 돼 버렸으니 그때의 내 심정은 낭떠러지에 떨어진 기분이었다오. 이 세상에 태어나서 처음으로 내가 나를 미워했던 때가 그때였소. 바보 같이 왜 축구를 했던가 하면서 말이오."

가족들 앞에서 남편은 애써 태연했다. 그러나 태안은 남편 도현의 쓸쓸한 얼굴을 놓치지 않았다. 거실에서 하늘을 쳐다보는 남편의 옆 얼굴에 깊은 실망이 담겨 있는 것을. 그러나 그의 풀죽은 얼굴은 그리 오래 가지 않았다.

"6개월 가까이 조종간을 잡지도 못 하고 하늘만 쳐다보니 점점 내가 작아지고 있다는 느낌이었소. 게다가 블랙이글팀에 들어갈 기회마저 놓친 것이 못내 한이 되어 내 속은 바싹 타들어갔소. 그런데 고맙게도 블랙이글팀은 나를 기다려줬다오. 팀원 모두의 만장일치가 돼야만 들어갈 수 있는데 모두가 나를 기다려 줬으니 그리 고마울 데가 어디 있겠소. 마치 수렁에서 건져진 느낌? 그걸 두고 전화위복이라고 하는 거 아니겠소."

그러나 태안은 달랐다. 항상 마음에 걸리는 게 있었다. 그것은 에어쇼로 운영되는 비행기가 너무 낡은 비행기라는 사실이었다. 블랙이글의 비행기는 A-37인 구형 비행기였다. 나이로 따진다면 남편 도현보다 2살이나 더 많은 비행기였다. 낡은 비행기 때문에 마음을 놓을 순 없었지만 남편 앞에서 그 사실을 말하는 것도 조심스러웠다. 왜냐하면 블랙이글에 대한 남편의 애정과 신뢰를 너무나 잘 알기 때문이었다.

태안은 발걸음을 멈추고 남편의 얼굴을 뚫어져라 쳐다보았다. 그동안 겪었던 정신적 방랑을 말끔히 걷어낸 남편 얼굴 위로 환한 햇살이 내려앉았다. 남편의 얼굴 어디에서도 훈련의 고단함은 찾을 수 없었다. 그러나 태안은 조종사인 남편의 이면을 죄 알고 있었다. 그녀는 전투기를 모는 조종사 아내이지 않은가. 얼굴을 구기듯 헬멧을 쓰는 남편. 창공에서 살인적인 중력을 견디며 악조건과 싸우는 남편. 무사히 기지로 돌아와 헬멧을 벗을 때 남편의 머리에서는 뜨거운 김이 솟았으리라. 한시도 긴장의 끈을 놓지 않은 아니 놓을 수 없는 조종사의 세계를 어찌 모르리. 태안은 남편의 숨소리와 눈빛 하나로 훈련의 강도를 느낄 수 있었지만 일체 내색 하지 않았다. 그건 조종사인 남편에 대한 예우였고 조종사 아내의 자세였다.

　남편은 이 땅의 하늘을 지키기 위해 조종사의 길을 택했다. 태안은 그런 남편을 선택했다. 그러므로 남편이 하는 모든 일을 존중하고 따랐다. 새벽이건 야간이건 비행 하는 날에는 조용한 기도로 남편을 응원했다. 날씨가 궂은 날에도 입 밖으로는 걱정을 드러내지 않았다. 한결같은 평상심을 유지하는 게 힘들었지만 남편 앞에서는 얼굴을 찡그리지 않았다. 남편은 알까? 조종사 아내인 내가 남편의 곡예비행을 보러가지 않는 이유를 말이다.

　공군의 블랙이글이 하늘에서 펼치는 마법과도 같은 곡예비행에 사람들은 아낌없는 박수를 보낸다. 그러나 아내 태안은 그럴 수 없었다. 최고의 조종사인 남편이 블랙이글 팀원이 되어 누구도 따라올 수 없는 특수비행을 펼칠 때 그녀는 숨죽이며 기도를 했다.

블랙이글 대원인 남편이 보여주는 아름다운 비행의 이면에 숨어
있는 고통을 알기 때문이었다. 남편은 육체적 한계에 달하는 고통
을 기꺼이 감내하며 어마어마한 중력의 한계와 싸우고 있지 않은
가. 아아, 사람들은 알까? 남편이, 블랙이글 대원인 남편이 하늘
에서 곡예비행을 할 때 아내는 조용히 기도를 드리고 있다는 사실
을 말이다.

태안은 습관처럼 눈을 들어 하늘을 보았다. 더없이 고운 하늘이
었다. 내일도 하늘은 맑으리라. 남편은 저리도 고운 하늘에서 지상
의 아이들에게 줄 선물을 그릴 것이다. 하늘의 아티스트가 되어 꿈
과 희망의 보따리를 한껏 그려 놓으리라.

잠시 생각에 젖은 아내 태안 옆에서 걷던 남편이 갑자기 생각난
듯 물었다.

"당신, 어디 생각해둔 식당 있소? 우리, 오늘 저녁은 근사하게 먹
읍시다."

남편 도현이 물었지만 태안은 마땅히 떠오르는 식당이 없었다.
태안은 대답 대신 고개를 갸웃거렸다. 말할까말까? 점심으로 싸왔
던 김밥이 정말 맛있었다고. 남편 김도현이 말았던 김밥이 최고로
맛있었다고.

"자, 뭘 먹을까? 어디가 좋을까?"

맛집을 생각하는 남편의 진지한 표정은 꾸밈이 없었다. 남편은
어느 맛집을 선택할까? 어느 집으로 가든 태안은 신경 쓰지 않기로
했다. 남편이 선택한 맛집은 항상 맛있었으니까.

무작정 앞으로 달려가기만 하던 두 아들이 되돌아서서 태안과 도

현을 향해 달려오고 있었다. 그들을 향해 달려오는 두 아들의 폼이 불안해 보였지만 태안은 두 팔을 벌린 채 제자리에 서 있었다. 남편 도현이 말했던 것처럼 두 아들을 믿어보기로 했다. 두 아들은 넘어지지 않고 잘도 뛰어왔다. 발그레한 두 아들의 뺨이 잘 익은 사과처럼 예쁘고 탐스러웠다. 5월의 햇살에 빛나는 머릿결이 바람에 나풀거렸다.

✳

도현은 콤비로 걸어가면서 하늘을 보았다. 풋사과를 닮은 5월의 하늘이 그의 눈으로 들어왔다. 참으로 멋진 하늘이었다. 도현의 가슴도 덩달아 풋풋해졌다.

"김도현, 컨디션 좋아 보이는데?"

자리에 앉자마자 선배 김 소령이 V자를 그리며 반겼다.

"넵! 좋습니다!"

김도현의 씩씩한 대답은 좁은 콤비 안을 가득 채우고도 남았다.

"김 대위의 좋습니다라는 대답을 들으니 생각나는 게 있네. 지난달에 어느 작가가 공군의 매력에 대한 글을 쓴다고 부대를 방문해서 우리에게 질문한 적이 있었잖아. 작가님은 막연하게 블랙이글팀이 좋으냐고 물었는데 그때 김 대위가 그랬지. 있으라고 한다면 평생 블랙이글팀에 있고 싶다고 말야."

"나는 손사래를 치면서 평생 있는 건 너무 힘들다고 대답했는데 김 대위는 마냥 행복한 표정을 짓고 있더군."

옆에 있던 임 대위가 끼어들었다. 대답 대신 김도현 대위가 활짝 웃었다. 예의 그의 고른 이가 고스란히 드러났다. 블랙이글팀의 막내지만 든든한 대원임을 알려주는 건강한 웃음이었다.

"나는 김 대위가 왜 그리 행복해 했는지 알고 있었지. 그건 블랙이글팀에 선택된 것을 무한한 영광으로 여기고 있기 때문이었지. 안 그런가?"

"넵. 맞습니다!"

여전히 김도현의 대답은 밝으면서도 다부졌다.

"김 대위 개인적으로는 영광으로 여기겠지만 자네는 그만한 자격을 충분히 갖췄기에 선택된 것이라네. 생도시절부터 모범생에다 리더십까지 뛰어났으니 무슨 말이 필요하겠나. 그 뿐이 아니지. 마라톤 풀코스를 5번이나 뛰었다며?"

"선배님. 또 있습니다. 김 대위가 공군사관학교 홍보용 달력 모델로 발탁된 것도 알고 있습니까?"

"알다마다. 그때 달력에 실린 사진 보니까 진짜 연예인급이던데?"

연예인급이라는 말에 김도현의 귀밑이 후끈거렸다.

"어휴, 말도 마십시오. 그건 정말 순식간에 일어난 일이었습니다. 어느 날 전교생을 연병장에 집합시키더니 갑자기 전원 모자를 벗으라는 명령이 떨어졌어요. 저는 으레 하는 두발검사인 줄 알았지요. 교관이 한 명 한 명 얼굴을 훑어보고 지나가면서 갑자기 저를 지목하기에 순간 가슴이 철렁했습니다. 뭔 잘못을 한 줄 알고 말입니다."

대원들의 웃음이 콤비 안을 메웠다. 콤비 안을 가득 메운 웃음은 바로 블랙이글팀은 하나라는 믿음으로 각자의 가슴에 파고들었다. 김도현 대위는 블랙이글팀의 훈훈한 분위기가 마냥 좋았다.

그러나 정작 김도현 대위가 블랙이글의 매력에 빠져든 건 팀원의 단결력과 명예였다. 블랙이글에 결원이 생겼을 때 새로운 대원을 선발하는데 그때 팀 전원 찬성표가 있어야만 한다. 그만큼 단결력을 강조한다는 뜻이다. 시속 600킬로미터에 육박하는 비행기를 몰면서 1, 2킬로미터 내의 좁은 간격을 유지한 채 곡예비행을 하는 대원들로서는 팀의 단결이 우선인 것은 말할 필요도 없는 것이다.

블랙이글 대원이 되기 위해서는 지원 가능한 조건이 갖춰져야 한다. 10년 간 총 1,000시간의 비행경력과 사관학교 교육과정뿐만 아니라 비행교육 과정에서 성적이 상위 1/3 이내여야 한다. 거기에 항공기 4대를 지휘할 수 있는 편대장 자격이 있어야 한다. 가장 중요한 것은 현재 블랙이글 대원 중 한 명이라도 반대를 하면 안 된다는 사실이다.

모든 대원이 만장일치로 블랙이글팀이 된 이상 그들은 한몸 한마음이었다. 그들은 상상 이상의 특수비행을 위해 날마다 연습에 임했다. 9G에 가까운 중력에 맞서며 하늘을 누볐다. 때로는 수직으로 솟다가 좌우로 흩어지기도 하고 다시 다이아몬드 대열로 모이기를 수없이 반복했다. 0.1초 혹은 1미터의 오차도 허용하지 않는 비행을 할 수 있는 건 오직 블랙이글의 단결과 서로의 신뢰가 빚어낸 힘이었다.

콤비 차창으로 활주로가 보였다. 활주로 옆에 날렵한 꼬리를 세운 비행기가 하나 둘 나타났다. 김도현 대위는 비행기 꼬리쪽에 새겨진 번호 5번을 보았다. 그의 비행기 5번이 햇빛 아래 당당히 서 있었다.

대기실 앞에 콤비가 멈춰 섰다. 블랙이글 팀장 유 중령이 팀 전원을 둘러보았다.

"구호에 앞서 다시 한 번 각인하자. 블랙이글의 특수비행은 단순히 묘기를 보여주는 곡예비행이 아니라는 사실이다. 일사불란한 고난도의 기동을 통해 대한민국 전투조종사의 뛰어난 기량과 공군의 단결된 모습을 구현하여 국민에게 친근감과 신뢰감을 얻고자하는 비행이다. 따라서 블랙이글은 대한민국 공군을 대표한다는 사명감과 자부심으로 국가에는 충성과 봉사를, 국민에게는 기쁨과 희망을 주기 위해 일치된 팀워크로 최고의 비행을 지향해 왔다. 대원들 모두가 그 사실을 잊어서는 안 된다."

"잘 알고 있습니다!"

"다들 자세를 다시 가다듬고 오늘도 멋지게 우리 임무를 완수하자. 블랙이글 팀원은 단 1초의 방심도 허락하지 않는다. 우리는 명예에 살고 명예에 죽는 블랙이글이다. 지상의 박수와 환호에 일희일비하는 곡예사가 아니라 오로지 자신과 팀과 대한민국 공군의 명예를 위해 오늘도 우리는 하늘에 희망을 새기는 것이다. 알았나!"

"옙!"

"자, 구호 시작!"

팀장 유 중령의 명령이 떨어졌다. 블랙이글 팀 전원이 둥근 원을 그렸다. 그리고 엄지를 치켜들고 동시에 외쳤다.

"팀 워크! 팀 워크! 팀 워크!"

단결 구호를 외친 김도현 대위는 대기실로 들어가기 전에 다시 한 번 하늘을 올려다보았다. 하늘을 보는 그의 가슴은 설레었다. 아내와 연애하던 시절과 다름없었다. 아내를 만나러 가던 날의 설렘처럼 김도현 대위의 가슴은 쿵쿵 뛰었다.

경쾌한 음악이 드넓은 행사장에 울려 퍼졌다. 아이들의 웃음소리가 함께 어우러져 비행장은 그야말로 축제의 한마당이었다. 곧 이어 지축을 흔드는 음악소리와 풋풋한 웃음소리는 감탄과 환호로 바뀔 것이다. 그리고 갈채가 쏟아지겠지. 저 높은 하늘에서 빠르고 유려한 날갯짓을 펼치는 블랙이글을 향해서.

'나는 오늘도 저 하늘에다 무지개를 새길 것이다. 내 아들과 이 땅의 수많은 아이들이 무한한 꿈을 품을 수 있는 무지개를 선사하리라. 그리고 하늘에 그린 하트는 이 땅의 국민을 사랑하는 블랙이글의 마음인 것을 알아줬으면 좋겠다. 아아, 하늘에 태극문양이 새겨질 때 지상에서는 아리랑 합창이 강물처럼 흐르다가 마침내 코리아 판타지 선율을 타고 모두가 하나 되는 화합의 한마당이 되었으면 좋겠다. 그리고 나, 김도현은 결코 자만하지 않을 것이다. 언제나 비행 조종만큼은 겸손하게 할 것이다. 그것은 조종사로서의 내 신조일뿐만 아니라 내 인생을 영광스럽게 만들어준 블랙이글에 대한 보답이기도 하다. 김도현, 항상 비행만은 겸손하게 하자!'

※

2006년 5월 5일의 하늘은 더없이 싱그러웠다. 활주로 가득 선선한 바람이 불었다. 가벼운 구름 사이로 아이들의 해맑은 웃음이 떠다녔다. 해님도 부드러운 5월이었다.

김도현 대위는 캐노피를 열고 조종석에 앉았다. 그는 관중석에 앉았거나 혹은 서 있는 아이들을 보았다. 수많은 아이들의 눈이 그를 지켜보고 있었다. 자신을 보고 있는 수많은 어린이들이 미래의 꿈을 꿀 것이다. 공군이 될 꿈을 꾸거나 조종사가 되겠다거나 더 나아가 우주인의 꿈을 가질 수도 있지 않은가. 김도현 대위는 그들에게 멋진 꿈을 선사하고 희망의 불씨를 안겨 주고 싶었다. 드디어 조종간을 잡은 그의 손에 가벼운 힘이 들어갔다.

블랙이글의 곡예비행은 하늘과 땅이 동시에 호흡을 맞추며 단계적으로 펼쳐졌다. 6대의 블랙이글이 활주로로 진입할 때 'Nevermind'가 울려 퍼졌다. 음악이 흐르는 사이를 비집고 유려하면서도 박진감 넘치는 아나운서 멘트가 뒤따랐다. 곧 이어 활주로를 박차고 오르는 비행기를 따라 스콜피온스의 '허리케인 2000'이 함께 하늘로 퍼져 나갔다.

경쾌한 음악이 관중석을 넘어 하늘까지 울려 퍼질 때 수많은 시선이 함께 움직였다. 행진곡에 실려 날아오른 비행기의 날갯짓을 따라 1,300여 명의 눈동자가 동시에 하늘로 쏠렸다. 어느새 하늘에는 또 다른 세계가 펼쳐졌다. A-37B DRAGON FLY 6대의 현란한 에어쇼 향연이 그곳에 있었다. 6대의 비행기가 고속기동을 할 때마다 토해내는 굉음은 하늘을 찌르고 땅을 울렸다.

6대의 비행기가 마치 불꽃놀이처럼 동시에 급상승했다. 광활한 비행단 주위로 'On Top of the World'가 함께 울려 퍼졌다. 노래에 실려 하늘 꼭대기까지 솟을 것 같던 비행기는 순식간에 한 대씩 흩어지면서 급강하를 하기도 하고 수평으로 나아가기도 했다.

어느새 하늘 한가운데 6대의 비행기가 그림처럼 떠 있더니 한꺼번에 땅을 향해 쏟아지듯 내려왔다. 그러나 이내 6대는 부채꼴처럼 사방으로 갈라졌다.(Rain Fall) 지상의 아이들이 감탄을 뱉기도 전에 하늘에는 또 다른 그림이 그려지고 있었다. 직선으로 날아가는 비행기 1대에 다른 비행기가 마치 꽈배기처럼 돌면서 나아가는 묘기를 보이고 있는 것이었다.(Screw Rolls) 그리고 이어서 하늘에는 커다란 리본 문양(Split S)이 새겨졌다. 하늘에서 채 1미터도 안 되는 간격을 유지하면서 블랙이글팀이 곡예를 펼칠 때마다 관중석은 열렬한 박수와 격려를 아끼지 않았다.

현란한 회전을 하는 비행기 꽁무니에서는 스모크가 끊임없이 하늘길을 만들어 내고 있었다. 하양, 빨강, 파랑, 색색의 연무는 비행기가 움직일 때마다 함께 그림을 그려나갔다. 종횡무진 하늘을 누비는 비행기의 환상적인 곡선과 유려한 동작에 아이들은 잠시도 눈을 뗄 수 없었다.

6대의 블랙이글 비행기들은 한 순간의 오차도 없이 맡은 역할을 이어나갔다. 2대의 비행기가 고도 400미터의 저공비행으로 마주 보며 날아왔다. 관중석에 잠시 긴장감이 감돌았다. 비행기 두 대가 부딪칠 듯 날았기 때문이었다. 그러나 두 대의 비행기는 동체를 좌우로 90도 꺾으며 하부를 스치듯 지나가는 묘기를 유감없이 보여주었다. 경탄을 자아내는 곡예비행에 아이들은 아낌없는 박수를 보내며 함박웃음을 터트렸다.

곧 이어 다시 나타난 두 비행기는 Knife edge 기동을 선보이기 위해 관람석의 좌우에서 각각 진입했다. Knife edge 기동은 비행기 두 대가 마주보면서 비행하다가 서로 좌우로 기체를 비틀어 피해나가야 하기 때문에 각각의 속도는 800킬로미터 정도가 된다. 그러나 서로가 마주보면서 날아오기 때문에 평균속도는 무려 1,600킬로미터에 이른다고 볼 수 있었다.

김도현 대위는 조종간을 잡고 앞을 주시했다. 그동안 단 1초의 방심도 허락하지 않았으며 절대복종과 피땀으로 여기까지 오지 않았던가. 나를 견디게 해준 힘은 한 마디로 명예였다. 이 땅의 하늘을 지키는 대한민국 공군 전투조종사로서의 명예를 위해 나는 오늘도 하늘을 누비는 것이다.

관람석 오른쪽에서 진입한 김도현 대위는 마주 오는 비행기와 아슬아슬 스치듯 하면서 서로 지나쳤다. 그 다음은 곧바로 360도 회전한 뒤 수직으로 상승하는 순서였다. 그러나 상승하는가 싶던 비행기가 갑자기 좌우로 심하게 요동치기 시작했다. 불과 몇 초 사이였다. 좌우로 흔들리던 비행기는 하늘로 솟는 대신 그대로 활주로 바닥을 향했다. 관중석 이곳저곳에서 "어어" 하는 소리가 들렸다. 순식간에 일어난 일이었다.

"콰과광! 쾅!"

지축을 뒤흔드는 굉음에 이어 곧바로 시커먼 연기가 수십 미터 하늘로 치솟았다. 그 순간 약속이나 한 듯 지상의 모든 것이 얼어 붙어 버렸다. 창공을 누비던 비행기의 묘기와 땅 위를 뜨겁게 달구던 환호 그리고 그 사이를 흐르던 장엄한 음악이 한꺼번에 활주로 위 시키면 연기 속으로 빨려 들어가 버렸다.

지상의 모든 것이 정지된 그 순간에도 배태안은 경건한 기도를 올리고 있었다. 남편 김도현의 무사 비행을 기원하는 기도는 끝이 없었다. 그러나 오늘 따라 정신 집중이 되지 않았다. 귀에서 쾅, 쾅 부서지는 환청이 계속 들렸고 눈앞에는 비행기 잔해가 어른거렸다. 기도를 하던 태안은 그 자리에서 가슴을 안은 채 부들부들 떨었다. 무게를 가늠할 수 없는 불안이 태안을 엄습했다.

✳

5월 8일 오전 10시 30분. 강원도 원주에 위치한 제8전투비행단 강당에서 故 김도현 소령의 영결식이 진행됐다. 영가를 위한 스님의 목탁 소리가 장내에 가득 했다.

"이제 우리가 헤어질 시간이 됐습니다. 마지막으로 당신의 이름을 불러 보고 싶습니다. 도현아! … 당신과 함께 했던 시간들은 우리 동기생들의 가슴 속에 영원히 남을 것입니다. 김도현 소령님, 사랑합니다."

공군사관학교 44기 동기생이 조사를 읽어 내려갔다. 그러나 조사를 읽는 내내 울음을 삼키는 동기의 목소리는 거의 들리지 않았다. 영결식장을 가득 메운 선후배와 조문객들의 흐느낌으로 강당은 무겁게 가라앉아 있었다. 조종사 김도현을 기억하는 많은 사람들이 그의 죽음을 진심으로 애도했다.

생도시절부터 의리의 청년이었던 김도현은 늘 동기생과 선후배를 챙기는 일에 남보다 앞장섰다. 학교에서 구보를 할 때도 뒤처지는 동기가 있으면 그냥 두고 지나치지 않았다. 동기생의 총기를 대신 들고 부축하면서 뛴 일이 한두 번이 아니었다. 그리고 임관 후 비행훈련 과정 중에 탈락하는 동기를 보면 같이 눈물을 쏟아내기도 했다. 조종학생 신분일 때 중대한 실수를 하면 벌칙으로 일체의 외출과 외박이 금지되는 금족령이 내려지곤 했다. 이때 김도현은 금족령을 받은 동기를 위해 식사를 나르는 일을 기꺼이 하곤 했다. 그는 성실했고 따뜻한 인간미와 겸손함을 갖춘 인재였다. 아까운 동료 혹은 선후배를 떠나보내야 하는 영결식장은 그래서 더욱 무거울 수밖에 없었다.

남편 도현의 마지막 길에 태안은 두 아들과 함께 서 있었다. 도현의 아내 태안은 하얀 국화 한 송이를 집어 들었다. 몸을 제대로 가눌 수 없었지만 링거에 의지한 채 어금니를 깨물었다. 두 다리에 힘을 주고 남편 앞에 마주 섰다. 남편은 여전히 웃고 있었다. 평소처럼 선한 눈매와 반듯한 콧날이 돋보이는 남편 김도현이 국화꽃에 파묻힌 채 태안을 보며 웃었다. 간신히 남편 앞에 섰지만 태안은 입술을 달싹거릴 힘조차 없었다. 그대로 눈을 감고 싶었다. 지금 자신 앞에서 일어나고 있는 일은 현실이 아니라고 외치고 싶었다. 그러나 현실은 냉정했다.

조종사 아내답게 의연히 서 있고 싶은 건 마음뿐이었다. 간신히

서 있는 그녀 앞에 빨간 카네이션이 들어왔다. 빨간 카네이션을 본 태안의 눈동자가 흔들렸다. 남편 도현의 영정 앞에 놓인 빨간 카네이션은 큰아들 건우가 어린이집에서 만든 것이었다. 어버이날 엄마 아빠의 가슴에 달아줄 거라며 카네이션 두 개를 만들었던 건우였다. 건우가 힘주어 쓴 '엄마 아빠 고맙습니다'라는 문구가 카네이션 리본에 적혀 있었다. 건우가 삐뚤빼뚤 눌러 쓴 '엄마 아빠 고맙습니다'가 점점 흐려졌다. 입술을 앙다물었지만 슬픔이 태안의 의지보다 더 크고 깊었다. 결국 그녀는 가슴 밑바닥에서부터 끓어오르는 슬픔을 토해내고 말았다.

'여보 도현 씨, 당신은 사진 속에서 꼼짝 않고 있지만 나는 당신을 절대 보낼 수 없어요. 아이들과 공룡박물관 갔다 오면서 당신은 그랬잖아요. 다음 휴가 때는 강원도 정선으로 갈 거라며 미리 약속을 하셨잖아요. 하늘에서 내려다 본 정선의 아름다움을 함께 보지 못해 미안하다 했던 당신 아니었나요? 그런데 그 약속을 언제 지키려고, 어떻게 지키려고 당신은 거기 그렇게 있나요? 여보 도현 씨, 당신이, 당신이 내게 준 선물은 어찌 하라고, 어찌 하라고…'

태안은 목이 메었다. 가슴이 아렸다. 모처럼 가족나들이를 갔다 온 뒤 잠자리에 들기 전이었다. 남편 도현이 수줍게 상자 하나를 태안에게 안겨주었다. 정성스레 포장된 상자 안에는 하트 무늬가 들어간 커플 잠옷이 들어 있었다. 커플잠옷을 결혼기념일 선물로 주며 쑥스럽게 웃던 남편이었는데 그는 지금 저만치 떨어진 자리에서 태안을 향해 웃고만 있었다.

태안의 내려앉는 심정을 대변하듯 공군군악대의 장엄한 연주가 끝없이 흘렀다. 엄숙하고 처연한 분위기 속에 영결식이 끝났다. 추모 연주 속에 영현 퇴장식이 이어졌다. 김도현의 유해는 곧장 대전 국립현충원으로 향할 것이다. 많은 사람들이 두 줄로 이어 서서 김도현을 배웅했다. 영원한 청년, 최고의 조종사 김도현이 한 발자국 또 한 발자국 이별의 길로 나아가고 있었다.

故 김도현의 영정이 버스에 오를 때였다. 그때까지 태안의 손을 잡고 그 광경을 물끄러미 보고 있던 둘째 아들 태현이 고사리 같은 손을 이마에 갖다 대며 외쳤다.

"필, 승!"

겨우 세 살배기 아들 태현이었다. 태현은 평소 아빠 김도현과 주고받던 거수경례를 한 것일까. 아니면 천국으로 영원한 비행을 떠나는 자랑스러운 아버지께 바치는 작별인사였을까. 그 모습을 지켜보던 유족과 조문객들은 흐르는 눈물을 주체할 수 없었다. 또 다시 영결식장 주변은 눈물바다를 이루고 말았다.

영구차가 서서히 움직였다. 입관 할 때 사랑의 증표였던 결혼반지를 김도현의 가슴에 올려놓고 태안은 안 돼! 안 돼!를 외치다가 그대로 실신했다. 조종사 김도현은 결혼반지를 품은 채 그가 그토록 사랑했던 하늘로 돌아갔다. 김도현이 누볐던 하늘은 구름 한 점 없었다. 여전히 푸르른 5월의 하늘은 무심하리만치 맑고 드높기만 했다.

＊

잊지 말아야 할 우리의 영웅들*

"동기생의 첫 단독비행을 견학할 때, 이륙하던 기체가 그대로 추락하는 것을 목격했습니다. 그날 밤 내내 우리들은 군가 '성난 독수리'를 부르며 동기와 작별했습니다. 그리고 다음 날 날이 밝았을 때 우리는 언제 그랬냐는 듯 다시 조종간을 잡았습니다. 그것은 조종사의 길을 택한 우리 모두의 숙명입니다."

나는 소설 『리턴 투베이스』를 쓰며 조종사들과 많은 이야기를 나눌 수 있었다. 그때 당시 생과 사를 초월한 조종사의 담담한 어조를 잊을 수 없다. 조종사들은 추락사고가 나면 육신 없이 치러야 하는 장례를 위해 미리 머리카락과 손톱을 보관해 놓는다. 하늘에서 살다가 하늘로 돌아가기에 '귀천'한다고 말하는 이들의 표현에서 산화의 진정한 의미를 알게 되었다.

왜 유독 조종사의 순직을 '산화'라고 하는가? 그것은 그들의 육신과 영혼 그 모든 것을 바치기 때문이다. 하늘에 떠 있는 기체가 불가항력의 위기에서 추락했을 때, 충격으로 인해 육신은 온전히 남아있기가 불가능하다. 그런데도 조종사들은 이륙함에 망설임이 없다. 그들에게 절로 고개를 숙일 수밖에 없다.

지난 15일, 우리는 또 한 명의 탁월한 조종사를 잃었다. 故 김완희 대위는 특수비행팀의 타고난 베테랑 조종사였다. 올해 영국 국제에어쇼에 출전해 당당히 1등을 수상했던 블랙이글 멤버였고, 아

---

* 차인숙, 「박성진의 국방이야기」, 김완희 대위 추모글, 2012. 11. 16.

홉 차례 에어쇼에 참가해 갈채를 받았던 조종사였다.

어제 나는 대한민국 공군 인터넷 홈페이지에 마련된 그의 추모관을 보며 잔잔한 감동을 받았다. 국민들의 진지한 애도 분위기를 느꼈기 때문이다. 비행기와 함께 산화한 그의 넋에 대한 깊은 슬픔이 수많은 추모글로 담아졌다. 하늘을 지키는 그들 모두에게 우리가 해줄 수 있는 그것은 바로 우리의 관심과 사랑이다.

안개가 깔린 활주로로 나가기 전에 故 김완희 대위는 갓 8개월 된 딸아이의 복사꽃 같은 볼을 쓰다듬었을 것이며, 27세의 영산홍 꽃잎처럼 여린 아내의 배웅을 받으며 집을 나섰을 것이다. 후일 딸아이는 아버지의 넉넉하고 따스했던 품을 기억 못할지도 모른다. 자랄수록 아버지의 빈자리가 크게 느껴질 것이다. 그러나 우리가 그를 잊지 않고 기억하고 있다면 그것만으로도 얼마나 큰 위안이 될까?

땅을 딛고 힘차게 날아올라 하늘을 지키다 순직한 분들과 오늘도 묵묵히 조종간을 잡는 조종사들에게 경의를 표한다. 공군이 전우를 잃는 슬픔을 딛고 故 김완희 대위의 꿈을 계속 이어가기를 바라며 『리턴 투베이스』의 한 구절을 전한다.

누가 알아주지 않아도 스스로 택한 길이었다. 찬란한 출세와 엄청난 보상이 기약된 길도 아니었다. 그런데도 오늘 이 시각 현재에도 수많은 젊은이들이 전투조종사로서의 길을 택한다. 험난하고 위험한 길이지만 누군가는 반드시 가야 하는 길. 그러나 아무나 갈 수 있는 길이 아니기에 내가 간다는 확고한 신념이 있는 그들만이 그 길을 간다. 우리는 그들을 진정한 영웅으로 보아야 한다.

✻

2012년 여름은 일찍 찾아왔다. 그것은 대한민국 블랙이글이 몰고 온 열풍 때문이었다. 특수비행단 블랙이글은 대한민국 역사상 처음으로 국제무대에 진출했다. 6월 30일, 영국의 와딩턴 국제에어쇼에 참가한 블랙이글은 정확한 비행과 다이나믹한 내용으로 디스플레이 부문 최우수상을 수상했다. 블랙이글은 이에 멈추지 않고 7월 7일에서 15일까지 42개국 200여 대의 항공기가 참가한 리아트 국제에어쇼와 판버러 에어쇼에서도 최우수상과 인기상을 거머쥐었다.

처음으로 해외 에어쇼에 참가하여 좋은 성과를 거둔 블랙이글에 대한 국민들의 관심과 사랑은 여름 열기보다 더 뜨거웠다. 블랙이글 대원이 귀국하던 날 대규모 환영회가 열렸고 각 언론은 연일 보도에 열을 올렸다. 그러나 블랙이글 대원 모두는 결코 들뜨거나 자만할 수 없었다. 국민들의 관심과 사랑이 클수록 대원들의 어깨는 오히려 무거웠다.

블랙이글 대원들 앞에 선 비행대대장 김영화 중령은 감회가 남달랐다. 영국에서 보낸 며칠이 꿈만 같았다. 그러나 계속 감상에 젖어 있을 수만은 없었다. 높은 관심만큼 블랙이글은 새로운 다짐과 다음 단계를 향한 결집이 필요했다.

"대원들 모두 수고 많았다. 그러나 여기서 더 이상 기뻐하거나 들떠 있는 건 금물이다. 오늘의 우리가 있기까지 결코 순탄한 길은 아니었음을 대원 모두가 잘 알지 않은가. 다시 초발심으로 돌아가기 위해 전 대원은 내일 대전현충원으로 갈 것이다. 먼저 김도현에게 보고를 해야지. 우리가 세계의 하늘을 날았다고 그리고 전 세계

인의 박수를 받았다고 말이다. 그리고 우리는 다시 힘차게 하늘을 누비는 거다."

김영화 중령의 비장한 말에 잠시 분위기가 숙연해졌다. 다들 침묵했지만 각자의 머릿속에는 지나간 일들이 주마등처럼 스쳐 지나갔다. 1956년 쇼 플라이트팀으로 태동한 블랙이글은 2007년 10월 서울 에어쇼에서 A-37 비행기로 고별 비행을 한 후 잠정 해체되었다. 김도현 소령이 순직한지 2년 5개월이 흐른 뒤였다. 그 후 2010년 10월, 국산 초음속 항공기 T-50 Golden Eagle로 기종을 전환하여 최근까지 훈련을 해 왔다. 이번 영국으로 진출한 항공기는 한걸음 더 발전한 T-50B로 블랙이글의 전용 모델인 셈이다.

"저는 영국까지 직접 오셔서 우리를 격려해주시던 참모총장님의 모습이 아직도 선합니다. 우리가 우승한 사실보다 더 감격스럽고 고마웠습니다. 일일이 우리 손을 잡아주시다가 기어이 눈물을 보이시는데 저도 걷잡을 수 없이 눈물이 흘러내려서 그만…"

그날 일이 떠오른 듯 전 소령이 말끝을 흐렸다.

"나 역시 그랬네. 참모총장님 앞인데도 불구하고 주체할 수 없이 눈물이 흐르더군. 아마 그 자리에 있었던 우리 모두가 똑같은 마음이 아니었겠나. 험난한 길을 걸어온 우리의 발자취를 누구보다 잘 아니까. 우리 손으로 만든 비행기를 가지고 남의 나라에서 최고상을 받았으니 울컥 감정이 솟구쳐 눈물이 나는 건 인지상정이지."

"저는 김도현 선배 생각이 참 많이 났습니다. 생전에 김도현 선배님이 인터뷰할 때 했던 말이 있었어요. 블랙이글 곡예를 제주도에서만이라도 가서 하고픈데 기름을 많이 넣을 수 없어서 가지 못한다고 말입니다. 덧붙여 우리 손으로 만든 국산비행기로 에어쇼를 하는 날이 빨리 왔으면 좋겠다고도 하셨지요. 김도현 선배님이 그토록 바라던 국산비행기로 영국까지 간 사실을 알면 누구보다 기뻐했을 텐데요. 지금 이 순간, 김도현 선배님이 참으로 보고 싶습니다."

고 대위의 말에 모두들 고개를 끄덕였다.

"자네뿐만 아니라 우리 모두 제일 먼저 김도현을 생각했을 걸? 도현이가 우리 곁을 떠난 지 벌써 7년이나 지났지만 나는 아직도 그때 일이 믿어지질 않네. 그는 최고의 블랙이글 조종사답게 살신성인의 정신을 발휘한 멋진 조종사였어. 그 당시 에어쇼를 보기 위해 1,300여 명의 시민들이 불과 1.8킬로미터 떨어진 곳에 운집해 있었거든. 당시 사고 비행기의 속도와 좌우로 요동치는 곡예비행이었다는 점을 감안하면 어디로 추락할지 전혀 예측할 수 없는 상황이었지. 그런데 김도현은 위기의 순간인 걸 알았을 텐데도 탈출 버튼을 누르지 않았어. 330미터 지점에서 추락했을 때 전혀 이젝션이 불가능한 고도는 아니었지. 그러나 김도현은 기체가 관람석으로 추락할 수도 있다는 판단을 했던 거야. 그래서 끝까지 조종간을 잡고 있었던 것으로밖에 볼 수 없어. 찰나의 순간이었지만 그는 그런 결론을 내린 거지. 애석한 일이지만 그것이 우리 모두의 모습이야."

잠시 짧은 침묵이 이어졌다.

"아마 김도현 선배님이 하늘에서 지켜보며 우리를 응원하지 않았을까요? 제가 듣기론 선배님은 블랙이글을 통해 우리 공군의 뛰어난 기량을 해외에 소개할 수 있기를 무척 염원하셨다고 하던데요?"

"그랬었지. 그런데 김도현의 염원이 통했던 걸까? 드디어 해외길이 열렸었지. 국산 초음속 고등훈련기인 T-50의 뛰어난 기동성을 해외 방위산업 시장에 알리는 계기로 삼자는 분위기가 형성되면서 말야. 그리고 처음으로 해외 데뷔전을 치를 예산을 통보 받았을 때 우리는 김도현을 먼저 떠올렸지. 그가 그토록 원했던 일들이 현실로 다가왔고 드디어 우리는 해냈어. 보란 듯이."

영국 와딩턴 국제에어쇼 참가 결정이 난 후 모든 절차는 빈틈없이 진행되었다. 지난 5월부터 제8전투비행단에서는 T-50B 8대와 예비기 1대까지 모두 9대를 분해했다. 그리고 포장작업을 마친 다음 화물기로 지구 반대편인 영국으로 운송했고 현지에서 재조립 과정을 거쳤다. 블랙이글 대원들은 영국 공군 비행장에서 시험비행을 한 후 에어쇼에 참가했다.

블랙이글은 8대의 T-50B로 영국 상공에서 화려한 비상을 유감없이 펼쳤다. 하늘을 올려다본 해외 관중들은 대한민국 참수리를 형상화한 블랙이글에 찬사를 아끼지 않았다. 화려한 곡예비행의 대미는 역시 아리랑이었다. 아리랑 합창이 장엄한 천상의 소리처럼 울려 퍼질 때 푸른 하늘에는 태극문양이 새겨졌다. 하늘을 우러러 태극문양을 보며 아리랑을 따라 부르던 교포들 눈가에 감격의 눈물이 아롱졌다.

태극문양 너머 구름 사이로 햇살이 무지개처럼 쏟아졌다. 햇살은 마치 김도현의 웃음처럼 건강하고 밝게 빛나고 있었다. 블랙이글의 에어쇼를 마치 오케스트라 연주와 같다고 했던 김도현이 하늘에서 지켜보고 있는 듯 했다.

Black Eagles가 몰고 온 박씨[*]

들던 중 반가운 소식이었다. 우리 공군의 블랙이글스팀이 영국 와딩턴 공군기지에서 열린 국제에어쇼와 리아트에서 세계의 정상급 조종사들로 구성된 심사위원들의 만장일치로 '최고의 팀'이라는 평가를 받았다고 한다. 그것도 국산훈련기인 T-50B로 첫 출전한 국제무대에서 거둔 쾌거였다.

공군을 사랑하는 문인 중 한 사람으로 활동한 지 벌써 6년째 접어들었다. 해를 거듭할수록 공군을 알게 되니 사랑하게 됐지만 반대로 답답하고 애석한 면도 적지 않았다.

소설 『리턴 투 베이스』를 쓰기 위해 메추리에서 보라매로 거듭나는 공사생도와 조종사들을 밀착 취재하면서 그들을 향한 존경과 사랑이 저절로 우러났다. 그러나 일선의 전투비행단을 방문하고 막상 낡은 전투기를 대할 때면 가슴이 아프고 답답했다.

진작 도태시켜야 할 노후 전투기 F-4E와 F-5를 타고 오늘도 우리의 조종사들은 하늘을 지키기 위해 활주로 위를 박차고 솟아오른다. 전투기 꽁무니에 불덩이를 매단 채 그 불덩이를 닮은 열정과 사명감으로 우리의 하늘을 지키는 그들이 있다. 전투기가 구름 속으로 사라질 때까지 내가 할 수 있는 건 그들의 무사귀환을 비는 기도뿐이었다. 공군 가족 뿐 아니라 국민 누구라도 가까이에서 우리의 노후한 전투기 현실을 알게 된다면 나와 같은 기도를 할 것이다.

---

[*] 차인숙, 『국방일보』, 「오피니언」, 2012. 7. 17.

6년 전 처음으로 블랙이글스팀의 에어쇼를 보게 될 때도 마찬가지였다. 그때 블랙이글스팀이 조종했던 비행기는 다른 나라에서는 이미 도태한 구형 A-37 기종이었다. 노후 기종이었지만 블랙이글스의 화려한 기량에 나는 잠시도 눈을 뗄 수 없었다.

그러나 이제 블랙이글스는 변했다. 많은 것이 바뀌었다. 우리 기술로 만든 국산 초음속 훈련기인 T-50으로 다시 태어났고 군과 국가와 항공우주산업의 지원을 받아 드디어 해외에서 그 실력을 인정받기에 이르렀다. 참으로 자랑스럽고 뿌듯한 일이 아닐 수 없다.

여기에 덧붙여 나는 다시 기도한다. 우리 공군의 실상을 알고 하늘을 지키는 그들 모두에게 힘을 실어줬으면 한다. 외양간이 무너져 소를 잃는 우를 범해서야 되겠는가.

국익에 부합한다면 또 작전요구 성능만 충족된다면 어떤 기종이든지 때맞춰 들어오도록 해달라는 것이 공군과 가족 그리고 장병들의 입장이다. 그만큼 절박한 시점에 와 있음을 알 수 있다. 하늘의 전력공백은 어떤 일이 있어도 안 되기 때문이다.

블랙이글의 우승은 우리 국민에게 박씨를 안겨준 것과 같다. 박씨는 풍요로운 박을 주렁주렁 열리게 할 것이다. 우리의 하늘을 지키는 공군과 조종사가 있기에 우리는 커다랗게 열린 박을 나눠 먹을 것이다.

나는 다시 한 번 우리 공군에게 경의를 표한다. 그들이 사명감을 갖고 우리의 하늘을 지킬 수 있게 마음과 힘을 모아 줬으면 한다. 대한민국을 지키는 가장 높은 힘은 공군이기 때문이다.

블랙이글의 역사

· 1953년 한국 공군 최초로 특수비행시범 시작(기종: F-51 MUSTANG)
· 1962년 블루세이버(BLUE SABRE)라는 팀 명칭으로 국군의 날 경축행
  사 시 특 수비행 시범
· 1963~1966년 매년 10월에 한강변 및 전국 순회 에어쇼 실시
· 1967년 새로 도입된 F-5A 기종으로 '블랙이글' 팀 창설
· 1968년~1978년 매년 1월 2일 서울 한강 백사장에서 에어쇼 실시
· 1978년~1993년 대량 편대군 시범비행으로 대체되면서 블랙이글 활동
  잠정 중단
· 1994년 김홍래 공군참모총장의 지시로 제8전투비행단 238대대 제2비행
  대에 재창설
· 1995~1998년 KFP 국내생산 기념행사, 서울 에어쇼, 모형항공기대회,
  각종지방행사, 20비 전력화 기념행사 참가
· 1999년 제239특수비행대 블랙이글스로 독립(기종: A-37B DRAGON
  FLY)
· 2000~2007년 모형항공기대회, 청주항공 EXPO, 부산 아시아드 주경기
  장 개장식, 서울 에어쇼, 전국체전, 오산기지 공개행사, 진해군항제, 모
  형항공기대회, 강릉국제관광민속제, 부산 바다축제, 부여 한국민속예술
  축제, F-15K 축하비행참가
· 2008년 T-50 특수비행 TF 구성
· 2009년 T-50 특수비행팀 전환, 광주기지에서 제239특수비행대대 창대
· 2010년 T-50B 1호기 도입, 원주기지 이전
· 2011년 서울 ADEX 2011, AIR POWER DAY, 경기 국제항공전, 군산
  새만금에어쇼, 사천 항공우주 엑스포, 스페이스 챌린지 대회 참가
· 2012년 해외 첫 에어쇼 참가(영국 와딩턴 국제 에어쇼, 리아트(RIAT) 국
  제 에어쇼, 판 보로 국제 에어쇼) 와딩턴 국제 에어쇼 대상 수상, 리아트
  국제 에어쇼 대상 및 인기상 수상

경찰관은 나의 길

경찰관 故 전종민 경위

순직 경찰관을 위한 詩 / 이한용

고인 넋 잊지 않고 고이 간직하리다
저 너머 건너오는 일출에 기억하고
저 너머 떠나가는 일몰에 그리워하고
저 너머 스러지는 달빛에 다짐하리다

내 오늘 본 수천의 사람 속에
그대 쉬이 보이지 않으나

내 앞으로 볼 수백만 사람 속에
그대 쉬이 보이지 않을 터이나

이보시게 나는 경찰이오
그대도 경찰이오

우리 모두 하나 같이
한 손에는 사명을
한 손에는 책임을
그리하여 어느 손 하나 놓지 못해
결국 두 주먹 꽉 쥐어진 너를 보내니

내 울음 지을여
눈가의 눈물조차 손 펴 닦지 못하리오
내 두 주먹 눈가를 감쌀 때
또 하나 달이 떠나오

그 주먹 사이
또 한 줌 눈물이 새어나오오

故 전종민 경위

　　교통위반 차량을 단속 중이던 경찰이 무면허 난폭운전 차량에 매달려가다 숨졌다.

　　17일 오후 3시 55분께 대구 동구 지저동 대구공항 건너 도로변에서 대구 동부경찰서 큰고개지구대 소속 전종민(40) 경사가 인근 주민 김모(25) 씨의 스펙트라 승용차 보닛에 매달려 가다 가로수와 충돌, 병원으로 옮겨졌으나 2시간여 만에 숨졌다.

　　경찰에 따르면 운전면허가 없는 김 씨는 신호를 위반하고 달아나다 전 경사가 오토바이를 타고 뒤쫓아가 차를 세운 뒤 검문하는 순간, 갑자기 차를 출발시켰다.

　　이를 제지하려던 전 경사는 보닛에 매달려 수백 미터를 끌려가다 가로수와 충돌했다. 경찰은 가로수 충돌 사고를 낸 뒤 다시 달아나던 김 씨를 추격해 검거했다. 사고 당시 김 씨와 동승했다가 달아난 또 다른 김모(30, 대구 북구 복현동) 씨도 1시간여 만에 붙잡았다.

　　경찰은 이들이 단순 신호위반을 범하고도 경찰관을 매단 채 달아나게 된 정확한 이유 등 사고 경위를 조사하고 있으며, 조사가 끝나는 대로 구속영장을 신청할 방침이다.

〈한국일보, 2007. 06. 18〉

그리 넓지 않은 식당 안쪽 탁자에 두 사람은 마주 앉았다. 탁자에는 순댓국과 소주 그리고 깍두기와 풋고추가 놓여 있었다. 김 경사가 말없이 소주를 따랐다. 평소 같으면 호기롭게 잔을 들라고 분위기부터 띄우던 김 경사였지만 오늘은 완전히 딴판이었다.

"들게."

짧게 한 마디 툭 던진 김 경사는 단숨에 잔을 비웠다. 잔을 내려놓는 김 경사 이마의 굵은 주름이 더욱 깊어보였다. 전 경사는 천천히 앞에 놓인 잔을 들었다. 그리고 그 역시 단숨에 소주를 마셨다. 빈 잔을 든 전 경사 얼굴에 짙은 고민이 배어나왔다. 손 안에 든 빈 소주잔을 빙빙 돌리며 전 경사가 입을 뗐다.

"김 경사, 자네가 그러고 있으니 마치 내가 죄인 같구먼. 내가 자네 호의를 무시했다고 보는 건가?"

"아닌가?"

김 경사의 심드렁한 대답에 전 경사가 멋쩍게 웃었다.

"하하, 대한민국의 형사가 삐치기도 하는군. 그것도 강력범죄를 해결하는 베테랑 형사께서."

전 경사는 일부러 너스레를 떨었다. 그러나 김 경사는 여전히 꼿꼿하게 굳은 얼굴 표정을 풀지 않았다.

"우리가 순경으로 경찰에 투신한 지 어언 17년이 흘렀네. 세월 참 빠르더군."

" … "

"형사계에서 자네와 함께 강력범죄를 해결하느라 밤낮이 바뀌는 줄도 모르고 뛰어다녔네."

전 경사는 빈 잔에 스스로 잔을 채웠다. 맑은 술이 금세 잔에 찼다.

"우리는 자네를 의리의 사나이라고 여겼는데 여기서 판 깨자는 건가?"

김 경사가 퉁명스레 한 마디 던졌다. 전 경사는 말없이 김 경사의 빈 잔에 소주를 따랐다.

"그 동안 수사 부서에서 밤낮 없는 강력반 형사로 살았네. 그렇게 살았던 것을 후회는 하지 않는다네. 왜냐하면 내 꿈을 실천하며 살았으니 말일세."

" … "

"나는 처음부터 경찰이 되기를 원했고, 그 꿈을 이루기 위해 부단히 노력했네. 경찰이 되고자 꿈을 가졌던 다른 동료들처럼 나 역시 의경을 지원했고, 의경 145기를 거쳐 행정기수 186기로 드디어 경찰관의 길로 들어섰지. 그건 자네도 마찬가지고."

김 경사가 고개를 끄덕였다. 그새 김 경사의 미간이 조금 펴져 있었다.

"자네와 함께 북부경찰서 형사계에서 참 숱한 일들을 함께 했었네. 우리만 아는 그 고충을 어찌 일일이 꺼내겠나."

"나 역시 그렇다네. 특히 88년과 89년 그리고 90년까지 이어졌던 데모 현장에서 참 위험한 순간이 많았지."

어느새 김 경사 얼굴에 남아있던 주름이 옅어졌고 목소리도 한결 부드러워졌다.

"오죽하면 우리끼리 살아남았다는 표현을 다 했을까? 화염병과 보도블럭이 난무했던 그 상황에서 말일세."

"그런 상황에서도 자네는 다른 동기들을 빠지지 않고 챙겼잖어. 특히 기동대 7명의 동기들을 말야."

"그건 자네도 마찬가지였지. 기동대 동기들이 데모 진압 나갔다는 걸 알면 이만저만 걱정이 됐어야지. 고참들 눈치를 보면서 동기들에게 연락 취해보고 안부를 걱정하던 자네 아니었던가."

"우린 서로서로 걱정해주고 챙겨준 의리의 사나이들 아닌가. 그랬는데 이제 와서 자네가 다른 부서로 간다고 하니 내가 어찌 섭섭하지 않겠는가?"

"미안하네. 진실로 미안하네. 자네가 한 번 더 팀을 이루자고 제안했을 때 내 가슴이 뜨끔했다네. 이제는 가족들과 함께 하는 시간을 조금 더 가지고 싶다는 내 속내를 어떻게 말해야 하나 하는 걱정이 무척 컸다네. 그런데 자네라면 이해해줄 수도 있지 않을까 싶기도 했네. 왜냐하면 자네 역시 나와 같은 생각이 들 때도 있었을 테니까 말야."

김 경사를 바라보는 전 경사 얼굴은 웃고 있었다. 그러나 미안함이 가득한 웃음이었다.

"그런 얼굴로 쳐다보지 말게. 마치 내가 자넬 추궁하는 것 같잖아. 욕심대로 한다면 자넬 붙들고 싶어서 그랬던 거지. 눈빛만 봐도 통하는 팀을 이루기가 어디 쉬운가? 그래서 자넬 보내고 싶지 않았던 거라고."

전 경사가 다시 잔을 채웠다.

"자네나 나나 밤낮 없는 강력반에서 경찰의 잔뼈가 굵었네. 지나온 일들이 힘들었지만 결코 후회는 안 한다네. 비록 수사 부서를 접고 지구대를 자청했지만 거기서의 일도 결코 녹록치는 않을 거라고 보네."

"경찰 일이 쉬운 부서가 어디 있는가? 갈수록 위험에 노출된 사건 투성이에 눈만 뜨면 사건에 묻혀 사는데?"

"그래도 잠복근무 해야 하는 강력반보다는 조금 여유가 있겠지? 지구대에서는 교대 근무가 안정적으로 이뤄지니까 가족과 함께 하는 시간을 가질 수 있을 거 아니겠나. 내색은 안 했지만 그 동안 가족들에게 미안했거든."

김 경사가 연거푸 소주를 들이켰다. 그의 이마에 또 다시 주름이 잡혔다.

"마누라가 열이 뻗치면 늘어놓는 단골 넋두리가 뭔지 아나? 애를 둘이나 낳을 때마다 내가 옆에 없었다는 거야. 버젓이 남편이 있는데도 혼자서 애 낳았다고 걸핏하면 유세한다구. 공교롭게도 그 때마다 잠복근무 중이었거든. 둘째를 낳을 때는 하필이면 지방 오지에서 잠복근무 섰을 때였잖어. 내가 놀고 있었던 것도 아닌데 마누라가 그 말만 꺼내면 나는 꼬리를 내려야 해. 그게 상책이라구."

전 경사가 웃었다. 웃는 전 경사의 얼굴이 더욱 선해 보였다. 다행스럽게도 전 경사는 아내가 출산할 때마다 함께 있으면서 지켜보았다. 꼬물꼬물 인형 같은 두 딸이 태어나는 걸 지켜볼 때마다 천지를 몽땅 얻은 듯 했던 기분은 말로 표현할 수 없었다. 그런 기분을 김 경사에게 드러낼 수 없기에 그는 웃음으로 대신했다. 탁자 위에 있던 순댓국은 벌써 식어버렸다. 김 경사는 순댓국을 다시 따뜻한 것으로 주문했다. 김이 모락모락 오르는 순댓국에서 퍼지는 구수한 냄새가 식욕을 자극했다.

"암만 바쁘더라도 이렇게 순댓국에 소주 한 잔씩 나누는 시간은 가질 거지?"

"그걸 말이라고 하는가?"

"그래도 잊지 말고 주어진 일에 최선으로 임하게나. 우리는 경찰이니까."

김 경사가 소주잔을 부딪쳤다.

"자네도 마찬가지겠지만 나는 어딜 가나 명심 또 명심하겠네. 공권력의 표상인 경찰의 정당하고 적법한 법 집행을 경시하거나, 경찰관을 공격하고 적대시하는 행동에 대해서는 누구를 막론하고 절대 용납하지 않을 것이네."

"좋았어, 그 다짐! 역시 전종민이다!"

작은 소주잔이 허공에서 맑은 소리를 냈다. 마치 두 사람의 참된 우정을 담은 듯 쨍그랑 소리가 금세 홀 안에 퍼졌다.

＊

오전 7시 10분이 되면 지구대 안은 북적거린다. 전날 야간 근무자들과의 교대가 오전 7시 30분에 이뤄지기 때문이다. 대개 주. 야간 근무 교대는 7시 30분이 기점이다. 전종민 경사는 보통 7시경에 지구대로 출근하여 라커룸에서 근무복으로 갈아입고 회의실로 들어간다.

회의실에서 근무 교대를 할 때 인수인계가 이루어지면 다음에는 무기함에서 무기를 챙긴다. 탄띠라고 부르는 혁대를 두르고 38구경 권총을 찬다. 38구경 권총에는 실탄 3발과 공포탄 한 발이 장전돼 있다. 그리고 삼단봉과 수갑을 챙기고 무전기도 반드시 갖춘다.

회의실은 그날의 업무와 지침에 대한 교육을 받는 곳이기도 하다. 먼저 지구대 팀장이 주의할 사항을 조목조목 정리해서 들려주는 것으로 교육이 시작된다.

"2인1조로 순찰할 때 순찰차는 항상 안전운전을 하도록 한다! 그리고 112 신고가 들어오면 신속하게 출동하는 것부터 명심할 것! 피의자 관리에 만전을 기하고, 말썽이 일어날 소지를 사전에 잘 파악하도록! 또한 현행범일 때는 말할 것도 없지만 도주의 우려가 있다고 판단될 땐 미란다 원칙을 고지하고 반드시 수갑을 채우도록 한다!"

지구대 팀장은 매번 비슷한 내용의 교육으로 당부를 한다. 하지만 매번 들을 때마다 주지하게 되는 건 그만큼 중요하게 지켜야 할 내용이기 때문이다.

"내 목숨보다 더 소중한 건 없다. 그런 일이 있어선 안 되겠지만 만일 생명의 위협을 당할 때는 권총을 사용해야 한다. 먼저 상황을 잘 파악하여 공포탄 사용이 우선이지만 실탄을 쏠 때도 허리 아래 부근을 조준해서 쏜다는 것 명심해! 모쪼록 오늘도 안전한 업무, 신속한 업무가 이뤄졌으면 한다. 이상!"

이어지는 지구대 대장의 교육은 좀 더 길어진다. 지구대 대장은 업무를 수행하면서 지켜야 할 항목을 10여 가지 이상 늘어놓는다.

"먼저 음주운전 단속을 철저히 할 것. 매일 하는 일이지만 요즘은 낮에도 음주운전 하는 운전자가 꽤 되니까 순찰하면서 철저히 살필 것을 당부한다. 그리고 사건에 연루되어 시비가 붙지 않도록 각별히 유의하고, 피의자 관리할 때도 감시를 강화하도록! 피의자 감시 강화는 도주에 대한 우려도 크지만 무엇보다도 자해를 하지 않게끔 관리하고 또 피의자가 싸움을 유도할 때 말려들어선 안 된다는 것도 잘 알 것이다. 요즘은 지능적으로 접근하니까 각별히 조심하는 것 유념하고, 지인이 부탁한다고 덥석 개인 신상 정보를 유출해서 문제 일으키는 일이 있어서도 안 되겠지? 또 하나 알려둘 일은, 어젯밤에 우리 관내에서 무단 횡단자의 교통사고가 일어났다. 무단 횡단자는 그 자리에서 즉사한 안타까운 사고였다. 그러니 주간에 순찰돌면서 무단 횡단자에 대한 계도에도 각별히 신경 써주기 바란다."

전 경사는 근무일지에 주의사항을 적어나갔다. 그는 음주운전에 특히 동그라미를 그렸다. 음주운전은 백 번이고 천 번이고 단속해야 할 중요사항이었다. 야간근무일 때는 밤 열 시에서부터 새벽 두

시까지는 집중적으로 음주 단속이 이뤄졌다. 매번 장소만 바뀔 뿐이었다. 단속하는 걸 알 텐데도 음주운전자는 매일 밤마다 적발되었다. 그럴 때마다 음주운전자의 행태는 천태만상이었다.

"딱 한 잔만 마셨다는 해명파에서부터 느닷없이 우는 운전자도 있어요. 아예 상주 행세를 하는 경우도 있죠. 상습범인 운전자는 차 안에 상주 두건을 미리 준비해두고 경찰이 단속할 때 잽싸게 두건을 쓰고 봐달라며 사정하는 거죠. 어떤 경우건 술을 마시고 운전하는 건 안 되는데 말이죠."

순찰 운전대를 잡은 최 순경이 딱하다는 표정으로 전 경사를 보았다. 그때 무전기 호출이 울렸다. 112의 상황근무자가 신고를 접수하면 곧바로 신고접수가 된 곳과 가장 가까운 순찰차로 지령이 떨어지는 것이었다.

"23호! 지금 신도상가로 출동바람! 상가건물에 노상방뇨 신고 접수!"

전 경사가 지시를 내리기도 전에 최 순경이 신도상가로 방향을 틀었다. 지구대에서 그리 멀지 않은 거리였다. 순찰차는 2인1조가 한 조를 이루어 24시간 내내 순찰을 한다. 관내순찰을 도는 순찰차는 앞좌석의 경찰을 보호하기 위해 뒷좌석과의 사이에 강하고 투명한 보호막이 설치돼 있다. 또 뒷좌석에 태운 피의자 혹은 범인이 도망갈 수 없도록 차문의 개폐기가 없다. 그리고 시트는 반질반질한 비닐로 덮여 있다. 무엇보다도 순찰차 내에는 CCTV가 설치돼 있다. CCTV는 경찰관과 피의자의 인권보호를 위해 필요한 시설이었다.

"노상방뇨자가 주취자일까요?"

　최 순경이 걱정스레 물었다. 아마 주취자라면 밤새 술을 마셨을 수도 있을 것이다. 정신을 못 가눌 정도로 술을 마신 주취자를 태우고 지구대까지 오는 짧은 시간에도 순찰차 안에서는 별의별 일이 일어난다. 차 안에서 문을 열려고 발버둥 치다가 여의치 않으면 머리로 들이받기까지 하는가 하면 구토는 예사로 일어난다.

　"하룻밤에 주취자만 해도 서너 건씩 다루다 보니 순찰차 안에는 구토한 오물로 인해 향기롭지 못한 냄새로 가득 합니다. 좌석을 비닐로 씌운 것도 구토 오물 세척을 쉽게 하려고 그런 거 아닙니까? 지구대 안에서도 온갖 횡포를 다 부리니 그거야말로 공무방해에 해당하는데 그걸 경범죄로 취급하다니 참 불만입니다."

　"곧 법이 개정되겠지. 술로 인한 폐해가 이만저만 아니니 이젠 관대하게 봐주면 안 된다는 분위기가 형성돼 있으니 말일세."

　"저도 가끔 술을 마시긴 합니다만 왜 술을 즐겁게 그리고 적당히 마시지 않을까요? 야간에 일어나는 사고 대부분이 술과 관련돼 있잖아요. 무전취식에다 술 먹고 시비 걸다가 결국 흉기까지 들고 난동을 부리게 되니 말이죠."

　"술은 사람의 이성을 마비시키는 독소야. 주취자들 대부분 자신을 제어 못하잖어. 지난 주에도 봤잖은가? 지구대 안에서 난동 부리던 회사원 말일세."

　젊은 새내기 회사원 두 명이 고주망태가 되도록 술을 마셨는데 옆 좌석의 손님과 시비가 붙어 싸움이 벌어졌다. 신고를 접수한 지구대가 출동해도 막무가내 주먹질이었다. 젊은 회사원들은 기운이 넘쳐났다. 횡설수설에다 욕지기를 퍼부으며 오히려 적반하장이었다.

"그때 그 자들 기운 좋던데요. 경사님 제복이 다 찢겨나갔잖아요. 참 어이가 없어서."

어디 제복만 찢어졌던가. 나중에 집에 가서 보니 속옷까지 찢어져 있었다. 속옷을 살피던 아내 영옥의 두 눈에 걱정이 가득 했다. 전 경사는 일부러 아내 영옥의 눈길을 피했다. 순둥이 아내 역시 꼬치꼬치 묻지 않았다. 아내 앞에서 내색은 하지 않았지만 전 경사는 그 일을 떠올릴 때마다 자존심이 상했다. 경찰 업무로 받은 상처 중의 하나로 오래 가슴에 남은 일이기도 했다.

"그래서 술을 처음 배울 때 어른 앞에서 잘 배워야 하는 거라네. 올바른 주도법을 제대로 익히기도 전에 몰래 숨어서 마시다보니 나중엔 그런 불상사를 일으키는 거지. 우리나라는 아직까지 술에 대해 너무 관대해. 그게 문제야."

"그렇죠? 술 먹고 그랬다 하면 어쩔 수 없이 봐주기도 하니까요."

"무전취식은 가벼운 경우엔 즉결재판에 가지만 금액이 큰 경우엔 형법상 사기죄에 해당하니 문제가 커지지. 그보다는 조금이라도 술을 마셨다 하면 제발 운전대만은 잡지 말아줬으면 하는데 그걸 안 지키는 사람이 갈수록 왜 그리 많은지, 원."

"그러게 말입니다."

순찰차가 어느새 신도상가 앞에 이르렀다. 여주인인 듯한 여자가 오만상을 찌푸린 채 건물 입구에 서 있었다. 전 경사는 순찰차에서 내려 건물 쪽으로 걸어갔다. 건물 입구에서 여주인이 손을 들어 저지했다. 입구에서 네 번째 계단에 용변을 본 자국이 남아 있었다.

여주인이 치우고 모래를 뿌려놓은 상태였다.

"벌써 두 번째라구요. 사람들이 빈번하게 다니는 건물 입구에 어찌 이런 짓을 하는지, 원."

이런 경우 전 경사도 답답했다. 현행범이 있는 것도 아니니 난감한 노릇이었다. 현장에 범법자가 있을 때 신분을 확인하고 경범죄 스티커를 발부하는데 노상방뇨자가 누군지 알 수 없는 상황이었다. 건물 주변을 한 바퀴 둘러본 전 경사는 근무지에 기록하면서 여주인에게 말했다.

"밤늦은 시각과 이른 새벽에 순찰을 강화하겠습니다. 그리고 거동수상한 자를 발견할 시 연락주시면 즉시 달려오겠습니다."

여주인도 꼭 잡을 수 없다는 걸 알지만 하도 황당해서 신고했노라며 순순히 받아넘겼다. 전 경사는 천천히 그 자리를 떠났다. 막상 지령을 받고 현장에 출동하지만 현행범이 없는 경우가 더 많았다. 노상방뇨라든지 쓰레기 투기가 대표적인 경우였다. 밤새 상가 건물의 문을 부숴놓은 경우엔 재물손괴죄에 해당하지만 누군지 알 수 없을 때는 죄를 물을 수도 없었다.

순찰차는 상가 밀집지역으로 들어서기 위해 사거리에서 신호대기 중이었다. 마침 오른쪽 인도에서 신호등이 바뀌기를 기다리는 행인들이 눈에 들어왔다. 행인들을 훑어보던 전 경사 눈이 갑자기 커졌다.

"최 순경, 저기 저 남자 잘 봐. 지난 달 성추행 접수 사건의 용의자와 흡사하지 않나?"

전 경사는 재빨리 핸드폰을 눌렀다. 핸드폰에 저장해둔 사진을 찾는 그의 손동작은 빨랐고 두 눈은 인도에 선 청년을 주시했다. 핸드폰에 저장해둔 사진을 찾아 대조하는 전 경사의 눈이 빛났다. 핸드폰 속의 사진은 약간 흐렸지만 전체적인 윤곽은 용의자와 무척 비슷했다. 두꺼운 후드 티셔츠와 메고 있는 가방이 결정적으로 맞아떨어졌다. 최 순경이 인도로 순찰차를 바짝 붙였다. 누가 먼저랄 것도 없이 순찰차에서 내린 전 경사와 최 순경은 순식간에 인도에 서 있는 청년 앞으로 다가갔다. 전 경사가 핸드폰을 청년의 눈앞에 디밀었다.

"이 사진 속 인물이 당신 맞습니까?"

순간 청년의 얼굴에 당혹감이 어렸다. 그러나 청년은 도망가지 않고 머뭇거렸다. 전 경사가 재빨리 미란다 원칙을 고지했다. 최 순경이 수갑을 꺼내 청년의 손을 채웠다. 인도 주변에 섰던 사람들이 몰려들었다.

"당신은 묵비권을 행사할 권리가 있으며, 변호사를 선임할 수 있습니다. 만약 변호사를 선임할 만한 경제력이 없다면 국선 변호인의 도움을 받을 수 있으며 모든 증언은 법정에서 불리하게 적용될 수 있습니다."

미란다 원칙은 용의자를 체포할 경우 범인이나 용의자가 법적으로 보호받거나 주장할 수 있는 권리 즉 묵비권 혹은 변호사 선임권에 대해 알려주는 것이다. 성추행범으로 체포된 청년을 순찰차에 태웠다. 그때서야 주변에 있던 사람들 중에서 나이 지긋한 여성이 툴툴거렸다.

"아이구, 무서운 시상이여. 저리 멀쩡해 보이는 것이 우리랑 같이 길에 서 있었던 거여? 저 놈이 뭔 죄를 졌능가 몰러두 죄를 지은 저런 것들은 평생 햇볕 못보게 가둬 놔야 혀!"

*

경찰관들은 시한폭탄 같은 범죄자로 성추행범과 성폭행범 그리고 재범인 절도범 등을 꼽는다. 이러한 강력범죄는 비 친고죄로 바로 입건되므로 형사는 피의자를 앞혀놓고 바로 조서를 작성하게 된다.

피의자 심문조서는 검찰로 송치되어 법원에서 재판을 받을 때 정확한 상황설명을 위해 필요하다. 그래서 조서는 문답식이다. 그리고 그에 따라 형량 혹은 벌금에 영향을 미친다. 통상 조서내용에는 범행동기, 범행범위, 범행무기, 증거 확인 등등 광범위한 질문과 정황이 담기는 것이다.

"전 경사님은 정말 예리한 눈을 가지셨어요."

"왜? 어제 그 일로 나를 다시 봤다는 건가?"

"솔직히 그렇습니다. 전 아직 CCTV 사진에 익숙하지 않아 그런지 핸드폰에 사진저장해 두고 들여다봐도 확신이 서질 않거든요. 그런데 전 경사님은 대번에 알아봤잖아요."

"최 순경도 좀 더 지나면 감이 올 걸세. 시간을 먹으면 먹은 만큼 베테랑이 된다구. 최 순경은 처음부터 경찰관 되는 꿈을 가졌던 건가?"

"전 어릴 적에는 태권도 선수가 되고 싶었습니다. 경사님은요?"

"내 꿈은 요리사가 되는 거였네."

"의외네요. 그런데 왜 바뀌셨죠?"

"내가 열 살 때 아버지가 돌아가셨어. 그러니 자연히 가정형편이 어려워졌지. 경제적으로 어려움이 닥치니 가족들이 안전한 경찰관이 되기를 바라는 거야. 가족이 안전하다고 보는 건 공무원 신분이라는 사실 때문이겠지. 우리 일이 항상 위험에 노출돼 있는 걸 자세히는 모를 테니 말야."

최 순경은 혼자 생각했다. 축구를 즐기는 전 경사는 대체로 명랑하고 긍정적인 성격의 소유자였다. 매사 근면했고 직업의식이 투철해서 솔선수범 하는 스타일이었다. 고등학교 때는 달리기도 잘해서 육상선수로 활동했다는 소문도 들은 터였다.

"경사님은 성화 봉송 대표주자로 뛰신 적 있다는 소문도 들었는데요?"

갑자기 전 경사가 크게 웃었다.

"아, 그거? 하하하. 성화 봉송 주자라고 하니 거창하게 들렸겠군. 그때야 고향 김천에서 시민체육대회 할 때 육상부원으로 활동했으니까 횃불 들고 대표로 뛰었지. 횃불 들고 달릴 때 도로에 늘어선 시민들의 박수를 받으니 가슴이 두둥 벅차오르더만. 그 기분 과히 나쁘진 않았지."

"달리기를 잘 하시니 경찰직을 수행하는 데 더 도움이 되는 거죠?"

"나쁠 건 없지. 북부서에서 한동안 교통사고 조사계 일을 맡아 할 때도 그랬지만 강력형사계에서 일할 때도 잘 달리는 건 큰 도움이 됐지."

"그래서 축구도 즐기시는군요. 친선 축구경기 할 때 보면 공 몰고도 잘 달리시잖아요."

"틈틈이 조기축구회 나가서 여러 사람들과 어울려 공을 차다보면 스트레스가 확 풀리지. 체력유지도 되고 말야. 어때? 최 순경도 조기축구회 나오지 않겠나?"

"전 축구보다는 산을 타는 게 좋아요. 틈틈이 비번을 이용해 근교 산을 타면서 체력 관리를 한답니다. 축구는 나중에 생각해 보겠습니다."

"강요는 않겠네. 누구나 자기가 좋아하는 걸 택해서 해야지. 그래야 신이 나니까. 그리고 우리 일이라는 게 그렇잖은가. 스트레스가 팍팍 쌓인단 말일세. 그럴 때 목이 터져라 내가 좋아하는 축구선수 혹은 축구시합을 응원하거나, 축구대항전으로 한바탕 뛰고 나면 스트레스가 확 날아간다구."

경찰 업무 특성상 직접 받는 스트레스는 어마어마했다. 소소한 민원에서부터 크고 작은 사건을 몸으로 맞닥뜨리는 경우가 많기 때문이었다. 그에 따라 경찰관이 입는 피해는 갈수록 늘어나면서 커지는 추세였다.

"6·25 무렵에는 빨갱이 때문에 우리 경찰들이 참 많이 죽었지. 그런데 요즘은 곳곳에서 안타까운 경찰관 순직사고가 일어나고 있잖어. 흉기를 든 강도범에게 무참히 당하는 경우가 있는가 하면, 교통조사 도중에도 사고가 빈번하게 일어나니 걱정이야. 지방에서는 홍수 때문에 고립된 마을 주민을 구하다가 순직하거나 낙석 때문에 어이없이 변을 당하기도 한다네. 어디 그뿐인가. 자살자를 구하려다 오히려 변을 당한 경우도 있었다네. 우리 업무라는 게 현장을 다니면서 사전에 일어날지도 모를 범죄나 사고를 예방하는 게 중요한데 그게 뜻하지 않은 피해로 돌아와서 다치거나 순직하는 경우가 종종 있잖어."

도보 순찰이든 순찰차를 타고 다니든 아찔한 사고는 곳곳에 도사리고 있었다.

"제가 경찰 본연의 임무를 하면서도 이건 아닌데 하는 생각이 드는 경우도 있더라구요. 그 중 하나가 엄연히 위법자이고 피의자인데도 그들을 호칭할 때 선생님이라고 하잖아요. 속에서는 분통이 터져 죽겠는데 말이죠."

"세월이 그러니 어쩔 수 없어. 그들은 자신이 지은 죄보다는 자신의 인권보호 운운하면서 인권위에 제소하거나 언론에 제보하거든. 어쨌든 꼬투리 잡아 그걸 문제 삼아서 우릴 곤경에 빠뜨리려는 고약한 사람들이 많어. 그래서 점점 우리가 소신 있게 일하기가 어려운 것도 사실이지. 솔직한 감정으로는 나쁜 짓 한 놈들 보면 우선 한 대 치고 싶은 데 말이야."

"수갑 채우는 것이 대표적인 사례잖아요. 조금 세게 채우면 마구 비틀어서 손목에 상처를 만들어 놓고는 강압에 의해 상처 입었네 어쨌네 하고, 조금 헐겁게 채우면 수갑 빼고 도망가고 말이죠."

"가끔 국민들의 비난도 받고 언론의 질책도 받는 건 사실이야. 하지만 정작 중요한 건 우리에게 주어진 일을 묵묵히 해내야만 한다는 사명감 아니겠는가. 그런 사명감 없으면 하기 힘든 게 이 일이라네. 최 순경, 그럴수록 어깨 펴자구!"

전 경사의 원만한 대인관계는 관내에서 알아주는 정도였다. 활발하고 사교성도 좋았다. 그러나 불의를 보면 참지 못하고 과감히 나서는 성격이기도 했다. 그런 전 경사의 일면을 나타내주는 것이 수상경력에 고스란히 드러나 있었다. 경찰직을 수행하면서 친절서비스 평가에서 장려상을 수상한 것을 시작으로 대민친절수범상과 친선경찰관 축구대회에서 표창장을 받기도 했다. 그리고 2004년에는 형사왕을 수상하기에 이르렀다. 그는 타고난 경찰관임이 분명했다.

✳

밤 10시가 지났지만 거리는 여전히 차량으로 분주했다. 오늘 저녁 음주단속은 22호 순찰차와 23호 순찰차가 같은 지점에서 합동단속에 들어갔다. 차량이 일렬로 들어올 수 있게 바리케이드를 치고 김 순경과 이 경위가 전자봉으로 차량을 통제 하면서 유도했다. 경찰의 통제에 따라 들어온 차량은 운전석 차창을 열고 차례를 기다렸다. 전 경사와 강 경위는 열린 차창으로 음주측정기를 갖다 대고 운전자에게 요구했다.

"더더더더!"

대부분 운전자들은 익숙한 동작으로 음주측정기를 입에 물고 분다. 운전자가 확실하고 세게 불어야만 정확한 수치가 나오게 된다. 그래서 음주측정기를 갖다 대고 나면 경찰은 힘주어 불라는 뜻으로 더더더더!를 외치게 된다. 술을 마시지 않은 운전자는 자신 있게 경찰의 요구에 응하지만 그렇지 않은 경우가 더러 있는 것이 문제였다.

음주운전자는 대번에 드러난다. 차창을 내릴 때 술냄새가 확 풍기기도 하지만 먼저 음주측정기를 입에 댈 때부터 대충 문다. 그리고 암만 힘껏 불라고 해도 적당히 부는 시늉만 하는 것이다. 음주측정기를 들여다 본 전 경사가 운전자를 향해 물었다.

"선생님, 약주 하셨습니까?"

당황한 운전자가 말을 더듬거렸다.

"조금, 아주 조금 마셨는데요. 수, 수치에 걸렸나요?"

"아주 조금 마셨다는 게 여기 나타났습니다만 아슬아슬하게 통과입니다. 혈중 알코올 농도 0.045입니다만 그래도 조심하십시오. 다음엔 조금이라도 술을 입에 댔다하면 운전대는 안 잡는 게 상책입니다."

전 경사는 거수로 차량을 통과시켰다. 옆 차선에서는 운전자와 강 경위가 실랑이를 벌이고 있었다. 운전자는 음주측정기에 나타난 숫자를 강하게 부인했다. 일단 차에서 내릴 것을 요구하는데도 운전자는 꼼짝을 않는 것이었다.

"혈중 알코올 수치가 0.066이라는데 나는 못 믿겠소. 그러니 채혈하시오."

"수치에 대해 인정 못하신다면 채혈하셔도 됩니다. 일단 차에서 내리셔서 절차에 따르십시오. 대기하고 있는 다른 차량의 신속한 통과를 위해서도 선생님께서 협조해주셔야 합니다."

20여 분 실랑이 끝에 운전자가 마지못해 차에서 내렸다. 30대 초반으로 보이는 운전자는 의도적으로 시간을 끌었다. 채혈을 하기 위해 걷는 운전자의 발걸음이 휘청거렸다. 강 경위가 전 경사를 보고 싱긋 웃었다. 보나마나 시간을 끌기 위한 음주운전자의 의도된 행동이라는 걸 모르는 바 아니기 때문에 주고받는 웃음이었다.

음주운전은 술을 마신 후 운전하는 경우뿐만 아니라 술에 취하여 운전하는 것도 해당된다. 음주운전을 한 경우는 사고가 나지 않았어도 도로교통법 위반으로 별도 처벌을 받게 된다. 그래서 음주운전자가 최대한 버티거나 단속 순간을 벗어나려고 발버둥치는 것이다.

그러나 술을 마셨다고 모두 음주운전에 해당하는 것은 아니다. 혈중 알코올 농도 0.05 미만인 경우는 처벌을 받지 않는다. 혈중 알코올 농도 수치에 따라 징역과 벌금형을 받게 되고 면허정지 혹은 취소사유가 되기도 한다. 혈중 알코올 농도가 0.10 이상이면 면허취소다. 음주측정을 거부해도 면허취소 사유가 되고 3회 이상 측정을 거부하면 구속도 된다. 각 혈중 알코올 농도에 따라 처벌 기준이 다르지만 술을 입에 댄 순간부터 운전대를 잡지 않는 것이 일상화 되어야 한다는 것이 중요하다.

해마다 음주운전자 때문에 일어나는 피해는 막대하다. 일단 음주운전자가 모는 차량은 달리는 흉기가 될 수밖에 없다. 사고가 일어나면 대부분 대형사고로 이어진다. 비단 운전자뿐만 아니라 영문도 모른 채 선량한 시민이 죽거나 다치고 재산상의 손실도 입게 된다.

지구대 업무도 술 때문에 피해를 보는 건 두말 할 필요도 없다. 밤마다 지구대는 술꾼들의 행패로 골머리를 앓는다. 술집에서 술 먹고 싸움을 벌이다 붙잡혀온 취객, 집에서 주거니 받거니 흥을 돋우다가 일어난 부부싸움 끝에 데려온 주취자, 젊은 혈기로 잘 놀다가도 결국 싸움으로 이어져 붙잡혀온 청소년 등등으로 지구대는 하루도 조용한 날이 없다. 대부분 주취자는 판단력이 없기 때문에 난동을 부리고 경찰을 폭행하고 심지어 지구대 바닥을 오물투성이로 만들어놓기도 한다. 이쯤 되면 경찰이 민중의 지팡이가 아니라 동네북 신세가 되는 것이다. 거기에 갈수록 인권을 부르짖는 목소리가 커지다보니 피의자 혹은 피해자를 다룰 때 여간 조심스러운 것이 아니다.

음주단속은 차량이 뜸해지는 새벽 두 시경이면 철수한다. 지구대로 향하는 순찰차를 모는 김 순경 얼굴이 어두웠다. 전 경사는 그 이유를 알고 있었다. 젊은 김 순경이 느꼈을 모멸감이 상당히 컸을 것이다. 전 경사는 김 순경을 위로해줄 필요를 느꼈다.

"김 순경, 검문에 불응하고 도주한 차량 때문에 마음 상했지? 그런 거 마음에 두지 말게. 앞으로도 그런 일 숱하게 겪을 텐데?"

대답 대신 김 순경이 깊은 한숨을 내뱉었다. 전 경사가 고개를 끄덕였다.

"갈수록 수입차가 늘어나니 우리가 따라가기 벅찬 게 사실이야. 부모 잘 만나 그렇겠지만 젊은 애들이 번쩍번쩍한 외제차를 타고 다니면서 우리를 우롱한단 말일세. 그들 눈에 우리 순찰차는 말 그대로 똥차로밖에 더 보이겠는가? 성능 좋은 외제차에 경적까지 빵빵하게 울리는 소리로 교체해서 정지 신호를 무시하고 쌩쌩 달리는 꼴을 보면 피가 거꾸로 솟을 걸세. 그 기분 나도 안다네."

김 순경이 허탈하게 웃었다.

"저도 가끔 정지 신호를 무시하고 내빼는 경우를 보긴 했지요. 그런데 오늘 그놈들은 한 술 더 뜨던걸요? 중지를 위로 치켜들고 손가락 욕을 하며 내뺐다구요. 그건 무얼 뜻하겠어요? 우릴, 경찰인 우릴 조롱하는 거 아니냐구요? 마음 같아서는 끝까지 추격하고 싶었다구요. 암만 돈 좀 있다기로서니, 또 부모 잘 만나 외제차 몰고 다닌다고 사람을 그리 우습게 봅니까? 자기들이 모는 차를 우리 순찰차가 못 따라올 거라고 업신여기는 거지요. 엄연한 대한민국 공권력의 상징인 경찰한테 말입니다."

"그러게 말이지. 추격해 봤자 성능 좋은 그 놈의 외제차가 거짓말처럼 눈앞에서 사라져 버린다니까. 그런 경우 참 허탈하고 내 일에 대해 회의감이 들기도 하지. 그런데 누굴 탓하겠나? 분명히 그 집 부모 탓이 큰데 우리는 그들이 누군지 알 수 없으니 찾아갈 수도 없고 말야. 그래도 나는 한 가지는 분명히 안다네."

김 순경이 잠시 전 경사를 쳐다보았다.

"나는 말일세, 외제차를 몰고 밤거리를 질주하는 철부지들보다 김 순경 자네가 대단해 보여. 자네 같은 청년이 있기 때문에 우리 경찰의 희망이 있는 것이고 나라 전체 질서가 지켜지고 있는 게 아닌가. 법을 어기는 철부지들이 나라를 지탱하겠는가? 아니지 않은가?"

김 순경은 더 이상 불만을 털어놓지 않고 앞만 보며 차를 몰았다.

"그리고 생각해 보게나. 지금은 저리 의기양양해도 막상 그들이 위험한 일을 당했을 때 누굴 찾겠나? 바로 자네라네. 결국 자네에게 도움을 청할 수밖에 없는 거야. 그러니 어깨 펴게나. 자넨 누가 뭐래도 이 땅의 질서를 지키는 경찰이라네. 대한민국 경찰!"

전 경사는 김 순경의 어깨를 어루만졌다. 단단한 어깨 근육이 믿음직스러웠다. 앞을 보면서 순찰차를 운전하는 김 순경의 두 눈이 초롱초롱 빛났다. 김 순경의 두 눈에서 피로한 기색은 전혀 찾을 수 없었다.

"김 순경, 이건 선배로서 당부하는 말이네. 정지 신호를 무시하고 도망가는 차는 최선을 다해 추격해야 한다는 사실만은 잊지 말게나. 정지 신호를 무시하고 도주할 때는 필시 이유가 있는 차량이거든. 운전자가 음주를 했거나 도난 차량일 수도 있고 아니면 무면허인데 차를 모는 경우도 있어. 우리가 그렇게 도주하는 차량을 지레 못 잡을 거라고 포기하거나 방치하면 경찰 본연의 임무를 저버리는 거라네. 또 제2, 제3의 사고가 일어날 수도 있잖은가. 그러니 우리는, 우리가 할 수 있는 최선을 다해 업무수행을 해야 하네. 알겠나?"

전 경사는 '우리는'이라는 말에 더욱 힘을 주었다. 김 순경은 자신의 어깨를 붙든 전 경사의 손에서 따스한 기운을 느꼈다.

✳

계곡 사이로 맑은 물이 연신 흘러내렸다. 주변을 둘러싼 나무는 어느새 초록잎사귀를 매단 채 바람에 몸을 맡기고 있었다. 바람에 쏠려 계곡물 위에 떨어진 연분홍 꽃잎들이 물결 따라 어지러이 맴을 그리며 돌았다.

넙적한 바위 위에 돗자리를 편 전종민은 아내 영옥과 함께 나란히 앉았다. 은지와 현주는 계곡 주변에서 물 위에 뜬 꽃잎을 건지느라 정신이 팔려 있었다. 두 손바닥을 한데 모아 물 속에 뜬 꽃잎을 건져 들여다보는 두 딸의 얼굴은 그대로 천사였다.

"은지가 언제 저렇게 컸지? 이제 숙녀 티가 나는데?"

"요즘 애들 성숙하잖아요. 벌써 중2인데요."

전종민의 입가가 자연스레 위로 올라갔다. 두 딸이 노는 걸 지켜보는 것만으로도 그는 행복했다. 둘째 딸 현주 나이였던 10살 무렵에 전종민은 아버지를 여의었다. 아버지의 빈자리는 전종민이 자랄수록 더 크게 다가왔다. 경제적 어려움과 정신적 여유가 함께 부족했다. 남자라서 아버지 자리가 더 절실하게 필요한 때도 있었다. 그래서 전종민은 더욱 외롭고 힘들었다.

"내가 바빴던 탓에 그 동안 당신 혼자 애들 건사하느라고 힘들었지? 이젠 내가 많이 도와줄게."

"당신 업무만 해도 바쁠 텐데요? 지구대 일도 바쁜 건 매한가지라는 거, 제가 다 알아요."

"그래도 이젠 교대 근무도 있고 또 비번일 때도 있으니 훨씬 시간 여유는 있는 편이지. 앞으론 아이들 하고 많은 시간을 갖고 싶어. 애들이 불만 갖기 전에 말야."

"우리 애들은 내가 봐도 착해요. 아빠가 바쁜 걸 알고 있고 또 아빠 직업에 긍지를 갖고 있으니 그런 걱정은 안 하셔도 돼요."

"우리 애들이 착한 건 당신 닮아서 그런가 봐. 은지도 그렇고 현주도 착하기만 해."

아내 영옥이 수줍게 웃었다.

"애들이 나보다는 당신을 더 좋아하는 거 알고 있어요? 특히 은지는 당신이 더 좋다고 노골적으로 그러잖아요. 그건 아마 당신이 은지에게 해준 선물 때문인 것 같아요."

"무슨 선물?"

"잊었어요? 은지가 5학년 땐가? 한창 첫 사춘기 겪을 때 당신이 은지에게 멋진 선물을 했잖아요. 아주 예쁜 레이스가 달린 브래지어 세트였는데 벌써 잊었어요? 그때 은지가 부끄러워하면서도 얼마나 감동 먹었는데요."

갑자기 전종민은 쑥스러웠다. 멋쩍게 웃는 남편을 보며 아내 영옥도 덩달아 웃었다.

"사실을 말하자면 나는 선물을 자주 해주는 아빠가 되는 것보다는 아이들과 함께 시간을 공유하는 아빠가 되고 싶어. 아이들이 다양한 경험을 쌓게 도와주고 꿈을 가지고 앞길을 향해 나아가도록 도움을 주는 그런 아빠로 말이야."

"그렇게 하고 싶어서 당신이 지구대로 옮긴 거 다 알아요. 그런데 부탁이 있는데요."

아내 영옥이 말끝을 흐렸다.

"뭔데?"

"당신이 애들 앞날을 위해 걱정하고 기대하는 건 알겠는데 어떤 땐 지나친 거 아닌가 하는 생각이 들 때도 있어요."

"어떤 경우?"

"그야 은지나 현주 공부 지도할 때죠. 당신이 가르치고 설명하는 건 좋은데 얼른 이해 못한다고 이해할 때까지 애들을 붙들고 있거나 심지어 회초리를 들 때도 있잖아요. 솔직히 그럴 땐 옆에서 지켜보는 내가 부담스러워요."

"내가 심한 편인가?"

"애들 편에서는 조금 부담스럽지 않을까요?"

"애들이 물에서 나오면 물어봐야지. 나는 우리 두 딸과 함께 하는 시간 많이 가지고 싶어서 지구대를 자청했는데 부담스러워 하면 어쩌나?"

전종민은 잠시 생각에 잠겼다. 두 딸에게 보통의 부모처럼 그도 욕심과 기대를 가지고 있었다. 특히 큰딸 은지는 교사가 됐으면 하는 바람을 내심 갖고 있었다. 은근히 가지고 있던 자식에 대한 욕심이 겉으로 드러났을 수도 있을 것이다. 앞으로 조심해야겠다는 생각이 들었다.

"당신은 나보다 딸이 더 좋은 거죠?"

아내 영옥의 말에 전종민은 하얀 이를 드러내놓고 마음껏 소리 내어 웃었다. 아내 영옥 역시 여자였다. 지난 아내 생일 때였다. 아내의 나이만큼 만든 장미 꽃다발을 안겼을 때 영옥의 두 뺨이 장미꽃처럼 붉어지지 않았던가. 아, 얼마 만에 가져보는 여유던가.

"은지가 당신을 얼마나 좋아하냐면요, 당신처럼 경찰관이 되고 싶대요. 당신은 은지가 학교선생님이 됐으면 하는 희망이지만 은지 꿈은 경찰관이에요."

"그래? 그것 참 뜻밖이군. 왜 경찰관이 되고 싶어 할까?"

전종민은 의외의 사실에 아내 영옥을 응시했다.

"은지는 당신 제복이 멋있대요. 제복 입은 아빠 모습이 그리 든든

할 수 없다는 말도 했어요. 확실히 은지는 당신 닮은 면이 많아요. 식성 하며 성격도 그렇고 걷는 뒷모습까지 똑같은 걸요."

은근히 마음이 놓인 전종민은 아내 영옥의 손을 잡았다.

"내가 자식들에게 좋은 아버지로 보일 수 있었던 건 모두 당신 덕이야. 고마워."

아내 영옥은 수줍게 웃었다. 마치 새색시 같은 고운 미소가 얼굴 가득 퍼져 나갔다. 아내 영옥을 볼 때마다 전종민은 고맙기만 했다. 마음 여린 아내는 어려운 형편에서도 남편인 자신의 뜻을 잘 따라주었다. 아직도 보증금 4,100만 원의 전세살이 하는 처지였다. 그런데 지난 봄에 전종민은 퇴직금을 담보로 미리 6,400만 원을 융자 받았다. 형의 식당 창업비용을 대기 위해서였다. 전종민과 아내 영옥의 입장에서 볼 때 6,400만 원은 거금이었다. 그러나 전종민은 형이 잘 살아야 한다는 것을 내세워 아내 영옥의 동의를 얻었다. 형제 간의 우애를 중요하게 여기는 남편의 뜻을 영옥은 차마 거스를 수 없었다.

그 뿐만이 아니었다. 사업을 하는 친구가 곤경에 처했을 때 한 달 치 보너스를 고스란히 건네주기도 했다. 변변한 옷 한번 마음 놓고 사 입지 못한 아내에게 실로 미안했다. 그러나 아내는 그런 일로 바가지를 긁거나 투정을 부리지 않았다. 아내 영옥은 그만큼 전종민의 생활관을 잘 알고 이해했던 것이다.

어느새 그들 곁으로 두 딸이 다가왔다.

"아빠, 추워!"

물장난을 쳤던 두 딸의 입술이 새파랗게 질려 있었다. 전종민은 두 딸의 손을 번갈아 잡았다. 작고 조그만 손이 차가웠다. 그는 얼른 점퍼 지퍼를 내렸다. 그리고 두 딸을 품으로 끌어당겼다. 두 딸이 전 경사의 가슴에 안겼다. 넓고 따스한 기운이 전종민의 가슴 가득 피어났다.

"그러게 물 가까이에서 너무 오래 놀더라."

"아직 물이 차가웠지만 그래도 재미있었어."

"아빠, 다음에도 놀러올 거지?"

"그럼. 앞으론 자주 올 건데?"

"다음엔 다른데 갔으면 좋겠어."

"어디루?"

"친구들이 여름엔 욕지도 가면 좋대. 해수욕도 하고 장어도 맛있대. 우리도 바닷가에 한번 가요 응? 아빠."

"좋았어! 아빠가 결정했다. 올 여름엔 욕지도로 가서 장어 먹기다!"

전종민은 호기롭게 장담했다. 전종민의 가슴에 참새처럼 안긴 두 딸이 동시에 웃었다.

"아빠 전종민은 딸 은지와 현주에게 약속했습니다. 올 여름엔 욕지도로 휴가여행을 갑니다. 그리고 거기서 맛있게 장어를 먹기로 했습니다. 어머니 서영옥도 함께 갑니다. 우리 가족 모두가 함께 갑니다. 와, 생각만 해도 신난다!"

둘째 딸 현주가 마치 일기를 읽는 것처럼 줄줄 말을 이어나갔다. 계곡 사이로 졸졸 흐르는 물줄기를 따라 전종민 네 가족의 해맑은 웃음이 함께 흘러 내렸다. 따스한 봄날 오후가 점점 깊어가고 있었다.

✳

6월 17일 휴일 아침이었다. 여름이 서서히 다가오고 있는 아침은 밝고 맑은 얼굴로 유리창 앞에 다가와 있었다. 전 경사는 출근 준비를 서둘렀다. 휴일이지만 당직 근무였다.

전 경사는 두 딸의 방문을 열어보았다. 은지와 현주는 아직 깊은 잠에 빠져 있었다. 살그머니 방으로 들어간 전 경사는 두 딸의 귀에 대고 나직이 속삭였다.

"아빠 다녀올게."

여느 때와 다름없는 인사였다. 오후 7시에 근무교대 하면 집에 돌아올 것이다. 그리고 두 딸과 함께 저녁을 먹을 수 있을 것이다. 전 경사는 조용히 나와 방문을 닫았다. 현관에서 구두를 신은 전 경사는 아내 영옥을 향해 손을 흔들며 발걸음도 가볍게 집을 나섰다. 아내 영옥은 남편이 골목을 돌아 보이지 않을 때까지 현관 앞에 서 있었다. 영옥은 남편이 출근할 때마다 끝까지 지켜보는 것이 일상처럼 되었다. 딱히 종교를 가진 건 아니지만 남편이 출근할 때는 저도 모르게 기도가 흘러 나왔다.

'하느님, 오늘도 저 이를 지켜주세요!'

아내 영옥의 기도를 아는지 모르는지 전 경사는 씩씩하게 큰고개 지구대로 출근했다. 북부경찰서 형사계에서 이곳 큰고개 지구대로 옮겨온 지 벌써 4개월로 접어들었다. 그 동안 지구대의 특성을 파악하고 현장에서 실무를 익히느라 바빴지만 이제 어느 정도 돌아가는 업무 상황을 터득한 터였다.

전 경사는 김 순경과 한 조가 되었다. 그들은 동구와 북구 경계인 성화여고 삼거리에 배치되었다. 휴일이지만 교통량이 많은 곳이었다. 팔공산으로 나들이 차량이 드나드는 곳이었고 대구공항을 이용하는 차들로 붐비는 길목이었다.

성화여고 삼거리에 순찰 오토바이를 세워 놓은 전 경사는 본격적으로 업무를 시작했다. 삼거리에서의 교통 신호위반은 원활한 교통 흐름을 방해할 뿐만 아니라 자칫 교통사고를 일으키는 원인이 되기도 한다. 그래서 삼거리에서는 두 눈 부릅뜨고 신호 위반 차량을 단속하는 것이 중요했다.

도로는 붐볐지만 대체로 차량들은 질서를 지키며 달렸다. 덕분에 교통 체증 없는 흐름이 이어졌다. 6월 중순이지만 해마다 여름은 빨랐다. 전 경사의 잘 차려입은 제복이 몸에 감기기 시작했다. 등을 타고 흐르는 땀 때문이었다. 목이 말랐지만 참을 수밖에 없었다. 시계를 보니 오후 3시가 훨씬 지나 있었다. 목마른 것은 교대 시간까지 너끈히 참을 수 있었다. 언제나 참고 견뎠으니까. 잠복근무할 때 화장실 가는 것도 참았던 전 경사였다. 끼니를 거르는 것쯤은 예사였다. 그에 비하면 지구대에서 교통정리를 하며 목마른 것 정도는 아무 것도 아니었다.

그때 전 경사 눈에 스펙트라 승용차 한 대가 눈에 들어왔다. 삼거리에서 신호위반을 한 스펙트라는 곧바로 좌회전으로 꺾어들었다. 전 경사는 얼른 호루라기를 불며 정지 신호를 보냈다. 그러나 승용차는 정차명령을 무시하고 속도를 내며 달리기 시작했다.

승용차는 대구북중학교 방향으로 마구 달렸다. 전 경사와 김 순경은 얼른 순찰 오토바이에 올라탔다. 그리고 추격에 나섰다.

정지 신호를 무시한 차량은 반드시 문제가 있는 차량이다. 도난 차량이거나 운전자가 음주를 했거나 아니면 지명수배자일 수도 있다. 무언가 불법이 있으니 도망간다고 봐야 한다. 그러니 추격해서 세우거나 붙잡아서 조사해야 한다. 그것은 또 다른 사고가 일어날 수 있는 소지를 미연에 방지하는 차원이기도 하다.

경찰관 생활하면서 익힌 도주 차량에 대한 지침은 대부분 들어맞았다. 그래서 전 경사는 정지 신호를 무시하고 도주하는 차량을 추격해야만 했다. 제2, 제3의 피해를 막기 위해서도 도주차량은 반드시 붙잡아야 했다.

도주 차량은 공항 삼거리에서 신호에 걸려 정차해 있었다. 순찰 오토바이로 뒤쫓던 전 경사는 승용차 앞을 막아섰다. 김 순경은 승용차 뒤에 서서 마치 포위하듯 가로막았다. 정지 신호를 무시한 운전자와 차량 검문이 필요한 순간이었다. 전 경사가 순찰 오토바이에서 마악 내리려던 찰나였다. 그때까지 정지해 있던 승용차가 갑자기 후진을 시도했다. 후진한 승용차는 뒤에 서 있던 순찰 오토바이를 넘어뜨리고 곧바로 급출발 하여 앞으로 달렸다. 눈 깜짝할 새에 일어난 일이었다. 앞쪽에 있던 전 경사는 미처 피할 새도 없이 승용차 보닛 위에 매달렸다. 간신히 윈도우 브러시를 붙잡은 전 경사는 달리는 차 위에서 힘겹게 버텼다. 전 경사가 매달려 있는 것을 알면서도 운전자는 필사적으로 속도를 내며 달렸다. 400여 미터를 달려도 전 경사가 떨어지지 않자 운전자는 불법 U턴을 시도했다. U턴을 하면 보닛 위에 있던 경찰을 떨어뜨릴 수 있으리라는 생각을 한 모양이었다.

그러나 전 경사는 이를 악물고 버텼다. 승용차는 문제가 있는 차량임에 틀림없었다. 그런 확신이 섰기에 승용차를 세워야만 했다. 더 큰 문제를 일으키기 전에 도주차량을 반드시 세우고 검문해야만 하는 것이 경찰인 그가 하는 일이었다.

"정지! 정지!"

윈도우 브러시를 붙든 전 경사는 오직 정지!를 외쳤다. 그러나 불법 U턴을 한 승용차는 막무가내 대구공항 방향으로 내달렸다. 80여 미터쯤 달렸을까. 갑자기 요란한 소리가 도로 위에 울려 퍼졌다. 달리던 승용차가 오른쪽 길가 가로수와 충돌하고 말았다. 콰앙! 소리와 함께 순간적으로 전 경사 눈앞에 불꽃이 튀었다. 그리고 이내 벼랑 아래로 떨어지듯 정신이 아득해졌다. 그러나 전 경사는 어금니를 꽉 물었다. 전 경사의 꼭 감은 눈 속으로 천사 같은 두 딸의 얼굴이 들어왔다. 두 딸의 웃음소리도 함께 흘러들었다.

아빠랑 욕지도로 가서 장어를 먹자던 막내 현주의 또랑또랑한 목소리와 아빠처럼 경찰관이 되겠다던 의젓한 큰딸 은지의 해맑은 웃음 그리고 착하고 어진 아내 영옥의 괜찮다며 수줍게 웃던 모습까지.

＊

김 순경은 흐르는 눈물을 주체할 수 없었다. 한바탕 꿈이기를 빌고 또 빌었지만 현실은 냉혹했다. 눈앞에 보이는 건 영정 속 전종민 경사의 웃는 얼굴뿐이었다.

"선배님, 이럴 수도 있습니까? 제2, 제3의 사고를 막아야 한다며 달려갔는데, 경찰 본연의 임무를 다했을 뿐인데 이게 뭡니까? 선배님, 가족들이 눈에 밟혀 어찌 가십니까? 두 따님이 너무 즐거워했다며 이번 여름엔 섬으로 여행갈 거라고 하셨잖아요. 그런데 그런데 왜 거기 계십니까? 두 딸과의 약속은 어찌 할 겁니까?"

김 순경은 어엉, 어엉 소리 내어 통곡했다. 그러나 전종민 경사는 여전히 웃는 얼굴로 김 순경을 쳐다보고 있었다. 김 순경의 두 다리가 후들거렸다. 마치 자신의 다리가 승용차와 가로수 사이에 끼어 있는 듯 아팠다. 전 경사는 오른쪽 하퇴부 절단에 따른 저혈량성 쇼크사로 순직하고 말았다.

도주 차량 운전자는 무면허였고 차량은 책임보험에 가입해 있지 않았으며, 새벽 5시까지 신암동 평화시장 근처에서 술을 마신 것으로 드러났다. 속속 위법사실이 밝혀졌을 때 김 순경은 허탈했다. 선배 전종민 경사가 누누이 강조했던 것이 사실로 드러났지만 그는 이미 유명을 달리하고 이 땅에 없지 않은가.

김 순경은 마치 자신이 죄인 같았다. 전종민 경사의 두 딸을 바로 볼 수 없어서 영정 사진만 넋 놓고 바라보고 있었다. 전 경사는 여전히 웃고 있었지만 김 순경의 두 눈에서는 연신 닭똥 같은 눈물만 흘러 내렸다.

아! 선효선 소령

육군 故 선효선 소령

시간이 강물처럼 흐른다해도 / 대한민국 간호장교단

노을 곱게 물든 이른 저녁이 되면
문득 그대가 보고 싶어집니다
지나는 고운 바람이 내 머릿결에 닿으면
먼 하늘 위로
말로 표현할 수 없도록 애달픈 그리움이
가슴 가득 차오릅니다

그대를 잃은 뒤에도
세상은 한 순간 멈춤 없이 흘러가지만
시간이 강물처럼 흐른다 해도
마음 깊이 고인 슬픔은
바다 같은 눈물로도 위로가 되지 않습니다

세상에 변하지 않는 마음과
굴하지 않는 정신을 간직한 그대여

앞서 걸어가던 당신의 발자취가
이 땅 위에서 간호장교로 살아가는
모든 이들의 가슴 속에서
뜨거운 열정으로 되살아나
깊게 자리하고 있으니
당신은 언제나
자랑스러운 대한민국의 간호장교입니다

영원히 당신을 기억합니다

故 선효선 소령

2008년 2월 20일 경기도 양평군 용문산에서 추락한 UH-1H 헬기에 탑승했다가 희생된 故 선효선(28, 간호장교) 대위가 사고 당일 당직근무가 아니었지만 응급조치에 나섰다 변을 당한 것으로 뒤늦게 알려졌다.

21일 육군에 따르면 故 선 대위는 국군철정병원 중환자 특기 간호장교로서 19일 퇴근하면서 당직근무가 아님에도 불구하고 "급한 환자가 오면 나를 불러라"는 말을 남겼다.

평소 책임감이 강해 병원 안에서 두루두루 신망이 두터웠던 선 대위는 이날 당직근무자로부터 응급환자가 도착했다는 연락을 받고 복장을 갖출 여유도 없이 운동복 차림으로 응급실로 달려 나와 치료에 최선을 다했다고 육군은 전했다.

진단 결과 뇌출혈로 의심돼 환자를 국군수도병원으로 긴급 이송하게 되자 선 대위는 "응급조치 능력을 가진 내가 함께 가겠다"며 헬기에 동승했다가 변을 당했다고 육군 측은 전했다.

철정병원에는 선 대위를 포함해 중환자 특기 간호장교 2명이 근무하고 있으며 당시 다른 1명은 대전 소재 모 대학병원에서 열린 학회에 참석하기 위해 출장 중이었다.

철정병원 간호부장 양해자 중령(간호사관학교 27기)은 "선 대위는 항상 밝고 명랑한데다 일을 겁내지 않고 솔선수범해 가장 아끼는 후배였다"며 안타까운 심정을 감추지 못했다.

〈연합뉴스, 2008. 02. 21〉

2월 중순이었지만 도시는 여전히 추웠다. 도로 양옆에는 아직 녹지 않은 눈이 군데군데 쌓여 있었다. 제설차가 힘껏 밀어놓은 눈 무더기는 흙먼지와 뒤섞여 본래의 모습은 온데간데 없었다. 가로수 옆에 어지러이 쌓아놓은 거무튀튀한 눈 무더기가 가뜩이나 어수선한 거리를 을씨년스럽게 만들었다.

"언니!"

운전대를 잡은 유영은 일부러 밝은 목소리로 효선을 불렀다. 차창을 통해 거리 풍경을 보던 효선은 얼른 고개를 유영 쪽으로 돌렸다. 유영에게 웃는 얼굴을 보여야 하는데 마음뿐이었다. 오늘 따라 효선은 표정 관리가 힘들었다.

"난 언니 맘 다 알어. 복귀할 때마다 아직 어린 애들 떼놓고 가는 거 힘들지?"

효선은 가볍게 고개를 끄덕거렸다. 동생 유영에게만은 굳이 속내를 숨기고 싶지 않았다.

"솔직히 말하자면 은결이 혼자였을 때 복귀하던 때와는 많이 달

라. 이제 아이가 둘 되고 보니 주말마다 헤어지는 발걸음이 자꾸만 무거워. 유영아, 아직도 내 가슴엔 은채가 젖꼭지를 꽉 물고 세차게 빨고 있는 것만 같애. 젖먹이 은채 때문에 더 힘들어."

"그건 나 같아도 그럴 걸? 이모인 나도 출근 안 하고 하루 종일 집에 있으면서 은결이 재롱이나 보고 있으면 좋겠어. 하루가 다르게 포동포동 젖살 오르는 은채를 껴안고 달콤한 젖내에 푹 빠져 있고만 싶은데 언닌 오죽 하겠어?"

유영의 말을 듣는 효선 얼굴에 금세 말간 웃음이 번졌다. 어느새 은채와 은결 두 아이의 배시시 웃는 얼굴이 눈앞에 나타났다. 엄마를 알아보고 쳐다보는 두 아이의 순하고 맑은 눈엔 웃음이 담뿍 담겨 있었다. 두 아이의 얼굴을 떠올리는 것만으로도 효선의 가슴은 이내 따뜻해졌다.

"그런데 언니가 그랬잖아. 이제 1년만 참고 견딘다구. 1년 뒤에 전역하면 그동안 준비했던 임용고사 시험치르고 그 다음 보건교사 되면 은채와 은결이랑 떨어질 일 없을 거라구 했잖아. 그러니 그때까지 언니가 힘내야지 이렇게 풀 죽어 있으면 어떡해?"

유영의 말이 채 끝나기도 전에 효선이 웃었다.

"구구절절 맞는 말씀이네요, 아가씨. 그런데 오늘은 어째 네가 언니 같다?"

효선의 목소리가 금세 밝아졌다.

"언니라고 불러도 절대 사양 않겠음."

유영의 장난어린 대꾸에 누가 먼저랄 것도 없이 둘은 마주 보고 웃었다.

"역시 언니는 웃을 때가 제일 예뻐."

"웃는 얼굴은 다 예뻐. 너도 웃을 땐 더 예쁘다."

"후훗. 그러니까 언니, 우리 웃으면서 힘 많이 내고 다음 주 만날 때까지 근무 잘 하기!"

"알았어. 너도 병원 일 잘 하고 주말에 만나자. 길 미끄러우니까 조심해서 운전하구."

어느새 효선을 태운 차는 성남종합터미널 앞에 도착했다. 가방을 움켜쥔 효선은 얼른 차에서 내렸다. 유영은 차문을 열어 엄지손가락을 치켜 올렸다. 효선도 엄지를 세우며 웃었다. 잠시 후 유영의 차가 스르르 미끄러져 나아갔다. 언제 봐도 든든한 동생이었다. 주말에만 집에 올 수밖에 없는 언니를 위해 일부러 직장을 성남으로 옮기기까지 한 동생이었다.

'유영아, 고마워. 정말 고마워. 주말 저녁이면 부대로 복귀하는 나 대신 네가 조금이라도 더 은채와 은결 옆에 있어주려고 직장까지 옮겼는데, 그런데 나는 고맙다는 말인사 변변히 하지도 못했네. 그래도 내 마음 알지? 하나뿐인 동생 너를 얼마나 사랑하고 의지하고 있는지 말야.'

효선은 멀어지는 유영의 차를 보며 다짐했다. 다음 주말에 만나면 정말 고마운 동생 유영에게 무지무지 사랑한다는 말을 꼭 해야겠다고.

＊

홍천을 향해 달리는 버스 안은 조용했다. 고맙게도 운전기사는 차내 TV를 켜지 않고 운전했다. 거기에다 추위를 막아준 적당한 실내온도 덕분에 승객들 대부분은 노곤한 잠에 빠져들었다.

효선은 반쯤 처진 커튼을 아예 걷어버렸다. 차창 밖과 안의 온도 차이로 창문은 부연 안개가 낀 듯 흐렸다. 손바닥으로 차창을 쓰윽 문질러 닦았다. 유리창 밖으로 검은 나무들이 빠르게 지나가고 다가왔다. 그러나 그것도 잠시였다. 이내 수증기가 밖의 풍경을 흐릿하게 덮어버렸다. 희뿌연 차창에 보일 듯 말 듯 바깥 풍경이 스쳐지나갔다. 언뜻언뜻 보이는 산과 나무는 마치 안개에 잠겨 둥둥 떠다니는 것처럼 따라오다가 이내 뒤처져버렸다.

산과 들이 안개에 잠긴 풍경은 효선에게 무척 낯익었다. 고향 보성에서 익히 보던 이른 봄날이 꼭 지금처럼 그랬다. 점점 어두워지는 바깥 풍경이 뒤로 밀릴수록 효선의 눈앞으로 고향이 또렷하게 다가왔다.

바다가 가까운 보성은 봄날이 아니어도 언제나 포근했다. 눈을 뜨면 부드럽고 폭신한 안개에 싸인 차밭이 먼저 다가왔다. 집 주변의 야트막한 둔덕은 죄다 차밭이었다. 정갈한 차밭 사이로 난 꾸불꾸불한 길을 따라 돌던 하얀 안개는 여린 찻잎에 연두색 구슬을 달아놓고 거짓말처럼 사라지곤 했다.

면서기였던 아버지는 차밭 사이로 난 길을 즐겨 걸었다. 항상 효선을 목말 태운 채 차밭을 오르내렸다. 아버지는 당직을 서는 날에도 효선을 데리고 다녔다. 효선의 오줌 때문에 하얀 천기저귀가 젖어 목 뒷덜미가 축축해도 아버지는 전혀 개의치 않았다. 효선이 잠들면 그 틈에 기저귀를 직접 빨았다. 천기저귀를 탁탁 털어 햇볕에 널면서 아버지는 얼굴 가득 흐뭇한 미소를 지었다. 쨍쨍한 햇볕에 더욱 눈부신 새하얀 기저귀와 아버지의 하얀 치아가 동시에 반짝거렸다. 아버지의 목말 위에서 효선은 더 높고 넓게 보성의 산천을 눈과 가슴에 담으며 자랐다.

✳

"장학금으로 염소 한 마리 받았다구?"

"네 아빠. 이번에 남강장학회에서 주는 장학금을 제가 받게 됐는데 염소 한 마리가 장학금이에요."

"네가 염소 잘 키울 수 있겠니? 동물을 키우려면 부지런해야 하는데?"

"열심히 키워볼게요. 그 대신 엄마 아빠가 조금만 도와주세요."

"우리 효선이, 잘 하면 보성의 처녀농군 되겠네. 허허."

아버지는 뭐가 그리 좋은지 연신 싱글벙글이었다. 득량 서국민학교의 남강장학회는 모범학생을 대상으로 장학금을 지급하고 있었다. 그런데 장학금이 염소 한 마리였다. 아버지로서는 지역에 맞는 결정이라고 내심 환영한 터였다. 그 장학금을 이번에 효선이 받게 된 것이었다.

염소 주인이 된 효선은 날마다 부지런해졌고 그만큼 바빴다. 염소의 특성에 대해 하나하나 알게 되는 것도 좋았다. 되새김질을 하니 콩깍지 혹은 나뭇잎 같은 거친 먹이도 괜찮고 두부를 만든 뒤에 나오는 비지도 훌륭한 먹잇감이었다. 겨울에 줄 먹이를 위해서 고

구마줄기와 무 잎을 말리는 것도 순전히 효선 몫이었다. 여름엔 특히 물기 많은 풀을 주의해야 했다. 염소는 물을 싫어해서 습기 많은 풀은 설사를 불러왔다.

평소 겁이 많고 성질 급한 염소지만 효선이 다가가면 메에헤 소리 내며 반겼다. 효선은 염소를 데리고 봄이면 부드러운 풀을 찾아 들판을 다녔고 여름엔 칡넝쿨 사이를 누볐다. 이른 아침 들녘에 서면 은은한 차향이 촉촉한 안개와 함께 효선과 염소 사이를 떠다녔다. 햇살 따가운 여름엔 야트막한 산등성 고랑을 타고 주욱 이어진 짙푸른 녹차 밭을 쳐다보는 것만으로도 더위가 씻겨나갔다.

그러나 염소와의 이별은 예상보다 일찍 찾아왔다. 효선이 중학교 2학년이 되었을 때 상급학교 진학을 위해 광주로 전학을 가게 된 때문이었다.

"외양간이 조용해서 섭섭하지?"

텅 빈 외양간을 보고 서 있는 효선의 등 뒤로 어느새 아버지가 다가왔다. 아버지는 큰 손으로 효선의 어깨를 다독거렸다.

"그동안 정이 많이 들어 더 섭섭한 거야. 그러나 우리는 이 세상 모든 것과 언젠가는 이별을 하게 돼 있단다. 그것이 사람 사이도 되고 지금처럼 동물과 헤어지게 되는 경우도 있고, 또 애써 키운 나무를 팔 때도 이별이 되는 거란다. 그러니 너무 서운해 말거라."

여전히 효선은 말없이 서 있기만 했다. 초롱초롱 했던 효선의 눈에 슬픔이 가득 담겨 있었다.

"우리 효선이 마음이 많이 아픈가 보다. 앞으로 이 세상을 살아가려면 좀 더 여물고 단단해져야 하는데 그리 정이 많아서 어쩌누?

효선아, 아빠는 말이다. 헤어질 때마다 이런 생각을 한단다. 분명히 지금보다는 더 좋은 곳으로 간다고 믿는 거야. 그동안 네 정성으로 대가족을 이룬 염소 무리가 더 넓고 큰 목장으로 가서 전문적으로 키워질 것이라고 생각하면 슬프지 않을 걸? 네 할머니가 돌아가셨을 때도 그랬어. 아빠 하늘이 무너지는 것처럼 슬펐지만 슬픔을 이겨내는 방법은 지금보다 좋은 곳으로 가셨다고 믿는 것뿐이었어."

효선이 고개를 들어 아버지를 쳐다보았다. 금방이라도 눈물 한 줄기가 흘러내릴 듯 했다.

"그런데 우리 딸, 아빠가 조금 섭섭해지려고 하네. 넌 아빠 생각은 해봤니? 아빠도 널 광주로 보내기 싫단다. 이모 집에서 학교 다니니 먹고 자는 건 마음 놓이지만 그래도 널 매일 보질 못하니 나한텐 분명 이별이잖니. 그렇지만 널 보내는 건 더 큰 세상을 향해 열심히 공부하라고 짧은 이별을 참는 거란다."

"아, 아빠…"

순간 효선은 미안한 감정이 솟구쳤다. 효선은 말없이 아버지 품에 안겼다. 아버지 품에 안기면 항상 아버지 냄새가 났다. 효선만 맡을 수 있는 아버지 냄새였다. 그것은 푸르고 선선한 녹차향 같기도 했고 저 멀리 바다에서 풍겨오는 짭짤한 해수 같기도 했다.

아버지는 가만히 효선의 등을 토닥거렸다. 아버지 머리 위 보성 들판에 노을이 번지고 있었다. 회색 구름 위의 노을은 붉고 고왔다.

❊

고추잠자리*

은빛날개 흔들며 어디로 가나
빨간꼬리 흔들며 어디로 가나
빨간꼬리 은빛날개 자랑하며
푸른 가을 하늘 날아가고 있네
흰구름 지났지만 가을하늘 끝이 없네
고추잠자리 열심히 날아가다가
나무 위에 주저앉네
어느새 가을하늘 장밋빛으로 붉게 물들어
고추잠자리 빨간꼬리 숨겨주네
가을하늘은 어느새 훌쩍훌쩍
가을하늘의 눈물
고추잠자리의 은빛날개 촉촉이 적셔주네

보성 다향제 백일장에서 효선의 동시 '고추잠자리'가 뽑혔을 때였다. 어머니는 효선의 방에 가득 쌓아놓은 책을 볼 때마다 흐뭇했다. 목돈이 들었지만 구입해주기를 잘했다는 생각이 들었다. 효선이 3학년 때였다. 국내외 명작 이야기가 들어있는 전집을 사고 싶어 했는데 효선이 탐낸 전집은 모두 80권이었다.

"책 사고 싶어요."

＊고 선효선 소령의 동시

"글을 잘 쓰고 싶어요."

"국문과 교수가 될래요."

평소 그리 큰 욕심을 내지 않던 효선이었다. 그런데 한번 책 욕심을 가지더니 포기할줄 몰랐다. 기어이 전집 80권을 갖게 된 뒤로 효선은 한동안 책에 파묻혀 지냈다. 어머니는 일기, 독서감상문, 동시 등등 글을 쓰는 부문에서 크고 작은 상을 타는 효선을 보면서 내심 기대를 가졌다. 효선은 어쩌면 글을 쓰는 작가가 되거나 제 말대로 국문과 교수가 될 거라는 기대 때문이었다.

그러나 국문과 교수가 될 거라는 어머니의 기대는 효선이 고 2때까지였다. 방학을 맞아 집에 다니러 온 효선은 어머니 앞에 다가앉았다.

"엄마, 제가 만일 사관학교 간다면 말릴 거예요?"

"네가? 군인이 되려고?"

어머니는 예상 밖 질문에 적잖이 당황했다. 동시를 쓰느라 연필을 든 채 시상에 잠겨있던 효선의 모습이 강하게 남아 있는 어머니로서는 놀랄 수밖에 없었다.

"아뇨. 곰곰이 생각해 봤는데 간호사관학교를 가고 싶어요."

"간, 호, 사관학교?"

효선이 간호사관학교를 가고 싶다는 말을 할 때 어머니는 더욱 혼란스러웠다. 그 동안 효선과 장래 선택할 학교에 대해 구체적으로 의논한 적은 없었다. 사관학교를 언급한적 한번 없었던 효선이 더구나 생뚱맞게 간호사관학교라니 의외였다.

"우리 엄마 엄청 놀라셨네. 눈이 왕방울만해지신 걸 보니."

"그걸 말이라고 하니? 여태 그 쪽 방면 학교로는 관심도 안 뒀잖어. 그런데 뜬금없이 간호사관학교라니 내가 놀랄 수밖에 없지. 대체 어떻게 된 일이니?"

"저도 간호사관학교로 관심을 가진 건 얼마 안 됐어요. 지난 번 우리 학교로 간호사관학교 생도들이 멘토로 왔었거든요. 그때 간호사관학교에 대해 자세히 알게 됐는데 들으면 들을수록 나도 가고 싶다는 생각이 자꾸 드는 거예요. 나하고 아주 잘 맞을 것 같아요. 그래서."

"그래서?"

"간호사관학교를 직접 답사까지 했어요. 관심 있는 친구들이랑 갔는데 학교를 돌아보고 나서 그곳이 제가 가야 할 곳이라는 확신이 섰어요. 우선 사관학교처럼 절도 있는 생활에 제복 입은 간호장교 모습이 제 마음을 파고들었어요. 엄마에겐 거창하게 들리겠지만 이왕이면 나라를 위한 일에 앞장 서는 게 보람 있지 않겠냐는 생각도 강하게 들었구요."

"물론 네가 잘 보고 깊이 생각해서 선택하겠지만 그게 네가 마음 먹었다고 갈 수 있는 길은 아니야. 사관학교니까 체력시험도 볼 것인데 네가 그리 튼튼한 편도 아니지 않니? 키만 멀대 같이 큰 말라깽이에 몸무게 겨우 50킬로그램인데 가능할까? 체육시간에 줄넘기 개수도 못 채우기 일쑤고 뜀틀 2단도 겨우 뛰어넘으면서?"

어머니는 이어서 계속 나오려는 다음 말이 목구멍까지 차올랐지만 겨우 참았다.

효선아, 네 꿈은 그게 아니었잖니? 난 글짓기 상을 탈 때마다 소설가가 된 네 모습을 떠올렸단다. 그리고 더 나아가 국문과 교수가 된 내 딸을 상상하는 것만으로도 흐뭇했단다.

"지금부터 철저히 준비해서 도전하려구요. 달리기만 통과하면 그 다음은 자신 있어요. 엄마, 엄마는 절 밀어 주실거죠?"
효선의 눈빛은 벌써 만반의 준비가 돼 있음을 알려주고도 남았다. 어머니는 효선의 선택에 대해 더 이상 묻지 않기로 했다. 만류할 생각도 없었다. 지금까지 한 번도 어미를 서운하게 한 적 없었던 큰딸 아니었던가. 언제나 그랬던 것처럼 어머니는 효선을 믿기로 했다.

✳

대전에 자리한 국군간호사관학교 연병장에는 벌써 많은 인파로 북적였다. 종합연병장에는 이미 질서정연한 자세로 간호사관학교 생도들이 대열을 갖추고 있었다. 전체적으로 반듯하게 날이 선 하얀 바지는 임관하는 예비장교들의 단단한 각오처럼 보였고, 하얀 상의 바탕에 앞가슴을 덮은 빨간색은 젊은 그들의 열정처럼 유난히 붉게 빛났다.
한 치 오차도 없이 임관을 앞둔 예비장교들이 걸어 나오자 연병장 주위에 모인 사람들이 박수를 아끼지 않았다. 4년 동안 인고의 세월을 견뎌낸 젊은 간호장교들의 얼굴에는 신성한 기운이 넘쳤다.
"참으로 대단한 여성들이야. 남자들도 해내기 어렵다는 교육과정을 전부 이수했다니 말야."

"간호사관학교도 학기 내내 받는 교육이 여느 사관학교랑 다르지 않다며? 입학 전에 기초군사훈련을 받을 뿐만 아니라 하계방학 때는 생도 군사교육도 받고 국토순례도 가야 한다더라고. 젊고 감수성이 풍부한 젊은 여성들이 절제된 생활하면서 거기에 자유롭지 못한 규범을 지키며 받는 학교 교육을 견뎌낸 것만 해도 대단허지."

"누가 등 떠밀며 가라고 해서 온 게 아니고 대부분 스스로 택한 길이었다 하니 이제 간호장교로 가면 맡은 일을 더 잘할 거여. 대한민국 군인들의 건강을 책임지는 최일선 간호장교들을 가까이서 보니 내가 더 든든해지는구만."

어머니는 꽃다발을 든 채 축하객들이 부러워하는 말을 들으면서 비로소 안도의 숨을 내쉬었다. 효선이 입학시험 치르던 날부터 오늘 졸업식과 임관식이 진행되는 이 시간까지 그동안 얼마나 애태우고 안쓰러워했던 적이 많았던가.

드디어 졸업생 한 명 한 명 이름이 호명되고 있었다. 이름이 호명될 때마다 예비간호장교들이 단상으로 올라갔다.

"선, 효, 선!"

"예!"

단정하고 절제된 효선의 대답이 어머니에게까지 날아들었다. 간호장교 제복이 잘 어울리는 효선은 날렵하고 반듯한 자세로 단상에 올랐다. 악수를 하는 효선이 살짝 웃으며 크게 감사합니다! 인사말을 외쳤다. 관중석까지 들리는 효선의 인사말에 어머니는 자신도 모르게 눈물이 핑 돌았다.

'주님. 감사합니다!'

어머니는 어느새 감사 기도를 올리고 있었다. 눈앞에는 그동안 지나갔던 수많은 일들이 떠올랐다. 간호사관학교 시험을 치기 위해 미리 대전에 와서 여관에 묵었던 일, 아예 밥솥을 싸가지고 와서 여관방에서 직접 밥을 해먹이며 필기시험과 체력검정까지 치렀던 일, 가입교 때 받았던 기초훈련에 발바닥이 퉁퉁 부은 효선을 보며 속으로 울음을 삼켜야 했던 날들.

그런데도 효선은 힘들다는 내색 한번 하지 않았다. 간호장교가 되는 것이 마치 자신에게 부여된 천직처럼 효선은 모든 과정을 씩씩하게 받아들였다. 나이팅게일 선서를 하며 가관식을 하던 날 어머니는 두 눈으로 똑똑히 보았다.

간호사관학교 생도 2학년 때였다. 10월 18일의 가을 하늘은 투명하리만치 맑았다. 강당에는 가관식을 앞둔 2학년 생도들이 대기하고 있었다. 강당 대형 화면 가득히 나이팅게일이 나타났다. 어머니는 처음으로 나이팅게일을 만났다. 나이팅게일의 생애를 보면서 가슴 밑바닥에서부터 존경심이 차올랐다.

'효선이가 저 길을 걷는구나. 정말 효선에게 어울리는, 딱 맞는 길이야.'

어머니의 작은 기대와 긍지를 효선도 느낀 것일까? 제복 대신 치마로 된 간호복을 입은 효선의 표정은 여느 날보다 더 진지해보였다. 촛불 점화를 하고 나이팅게일 선서를 하는 효선의 얼굴은 점점 편하고 밝아졌다.

"나는 일생을 의롭게 살며 전문간호직에 최선을 다할 것을 하느님과 여러분 앞에 선서합니다.

나는 인간의 생명에 해로운 일은 어떤 상황에서나 절대 하지 않겠습니다.

나는 간호 수준을 높이기 위하여 전력을 다 하겠으며 간호하면서 알게 된 개인이나 가족의 사정은 비밀로 하겠습니다.

나는 성심으로 보건의료인과 협조하겠으며 나의 간호를 받는 사람들의 안녕을위하여 헌신하겠습니다."

엄숙한 분위기에서 선서를 마친 효선의 머리에 너스캡이 수여됐다. 너스캡을 쓴 효선을 바라보며 어머니는 천사를 떠올렸다. 날개만 없을 뿐 효선은 그대로 천사였다. 감격에 겨운 어머니의 눈에 어느새 눈물이 고였다.

'저 아이, 내 딸 효선은 앞으로 분명히 천사처럼 살아갈 것이야.'

효선이 나이팅게일 선서를 하던 그 순간부터 지난했던 날들은 구름처럼 흘러갔고 애잔하고 뭉클했던 날들 역시 바람처럼 스쳐갔다.

"충성! 신고합니다. 육군 소위 선효선은 2003년 3월 5일부로 임관을 명 받았습니다. 이에 신고합니다!"

육군 소위 선효선은 임관식을 마치자마자 바로 달려와서 또랑또랑한 목소리로 거수경례를 올렸다. 아버지는 말없이 효선의 등을 어루만졌고 어머니는 가슴속으로 딸을 와락 끌어당겼다. 아무리 봐도 장하고 예쁜 딸 효선이었다.

"와우, 엄마 아빠. 뭘 이리 많이 싸오셨어요? 우리 후배들 무지 좋아 하겠다."

생활관까지 가는 길에 후배들이 줄지어 선 채 임관한 선배와 부모들을 위해 뜨거운 박수로 환영해주었다. 임관한 선배들은 후배들을 위한 격려로 졸업식과 임관식을 겸한 날에 푸짐한 먹거리 파티를 열어주었다. 그래서 부모님들은 으레 꽃과 음식을 함께 싸 오는 것이었다.

효선은 여전히 씩씩했다. 후배들의 환호성과 박수를 받으며 보무도 당당하게 걷는 효선을 보면서 어머니는 마음이 놓였다. 제 길을 스스로 찾은 효선은 당당한 모습으로 저렇게 씩씩하게 걸어갈 것이다. 언제나 환한 미소를 띤 채 주어진 임무를 훌륭히 수행해나가리라, 내 딸 효선은.

✳

국군 철정병원 주변으로 어둠이 일찍 찾아들었다. 강원도 홍천에 있는 철정병원은 주변에 산재해 있는 부대의 군인들을 위한 병원이었다. 수술실과 중환자실도 갖춘 곳이기에 병원은 언제나 크고 작은 사고로 다친 군인 환자들 때문에 바빴다.

늦은 밤이었다. 수술실 의무병 이 상병은 난데없이 선효선 대위의 호출을 받았다. 급히 중환자실로 오라는 전화를 받은 이 상병은 단숨에 달려갔다. 일요일 늦은 밤에 무슨 일로 호출일까? 내가 올린 보고서류가 잘못된 건가? 이 상병은 숨이 턱에 닿도록 중환자실로 달려가면서 이리저리 생각을 해봐도 뚜렷하게 짚이는 게 없었다.

중환자실 문 앞에서 이 상병은 잠시 숨을 가다듬었다. 그리고 문을 열고 거수경례를 붙였다. 그러나 거수경례를 붙인 순간 이 상병의 두 눈이 놀란 토끼눈이 돼버렸다. 중환자실 방의 불은 꺼져 있었다. 대신 은은한 촛불이 케이크 위에서 춤을 추고 있었다. 그와 동시에 조용한 노랫소리가 울려 퍼졌다. 생일 축하합니다~~ 생일 축하합니다~~ 사랑하는 이 상병 생일 축하합니다~~ 이어서 박수소리가 들렸고 형광등 불이 환하게 들어왔다.

"이 상병, 뭐 해? 촛불 꺼야지."

여전히 어리둥절한 표정인 이 상병을 향해 수술실 책임간호장교인 서 중위가 채근했다.

"자, 장교님은 언제 오셨습니까?"

어느새 이 상병의 목소리는 젖어 있었다.

"나? 나야 이 상병보다 먼저 왔지. 여기 선 대위님 호출받고 단숨에 달려와서 과일 케이크에 색색양초 올려놓고 오랜만에 생일 축하노래 연습도 하고 그랬지."

이 상병은 목까지 뜨거운 것이 밀고 올라오는 것을 간신히 삼켰다.

"항상 내가 한 발 늦는다니까. 왜 우리 수술실 의무병들까지 선 대위님을 천사간호 장교님이라고 부르는지 잘 알면서도 나는 언제나 한 발 늦어요. 오늘만 해도 그렇지? 조금 전에 선 대위님이 분당 집에 다녀오시면서 잊지 않고 케이크를 사오셨거든. 바로 오늘의 주인공 이 상병 생일을 미리 알고 말야."

"고, 고맙습니다."

감격에 겨운 이 상병의 목소리가 약하게 떨렸다.

"에그, 나는 항상 부럽기만 하네요. 샘도 나구요. 그래도 어쩌겠나. 그게 요란한 과장이거나 아부라는 생각은 전혀 안 드니 말야."

"맞습니다. 저는 전혀 아부를 한 게 아닙니다."

"이 상병. 우선 촛불부터 끄자. 맛있는 케이크에 촛농 떨어지잖아."

"옙. 그럼 촛불 끄겠습니다. 감사합니다!"

선 대위를 향해 거수경례를 올린 이 상병은 케이크 위 촛불을 단숨에 불어 껐다. 그리고 케이크를 자르고 준비된 접시에 나눠 담았다. 케이크를 자르는 이 상병의 콧방울이 유난히 봉긋 솟았다.

"의무병은 각자 자리를 지켜야 하니까 케이크 가져가서 편히 먹도록 하세요."

"넵!"

선 대위의 지시에 의무병들은 각각 케이크가 담긴 접시 하나씩을 들고 계단을 내려갔다. 계단을 내려가는 군화소리가 가볍고 경쾌하게 울렸다.

"저는 수술환자가 없으니 선 대위님 방에서 커피 한 잔 마시고 싶은데 괜찮으십니까?"

"그럴까요? 달콤한 케이크엔 커피가 제 격이죠?"

선 대위는 싫은 내색 없이 서 중위에게 기꺼이 시간을 내주었다. 주말을 이용해 분당의 시댁 어른들에게 다녀온 뒤라 피곤할 텐데도 전혀 그런 기색을 보이지 않았다. 선 대위의 지칠 줄 모르는 내공은 도대체 어디서부터 오는 것일까? 서 중위는 그 점이 항상 궁금했다.

"선 대위님. 오늘 제가 불만 한 가지 말씀 드려도 되겠습니까?"

서 중위는 양 볼을 불퉁하게 내민 표정 그대로 선 대위를 쳐다봤다.

"불만은 언제든지 말하세요. 마음속에 그대로 두면 병 됩니다."

선 대위가 싱긋 웃었다.

"대위님은 자신보다 한참 어린 부대 장병들에게 존칭을 쓰시니 우리가 참 난감합니다. 환자 간부들이야 계급이 있으니 하사님 혹은 소위님으로 부르는 건 그렇다 하더라도 말입니다. 어떤 땐 아이가 둘이나 있는 엄마 마음이라 그런가 하고 이해도 됩니다만 저는 불만입니다."

"그래요? 그런데 그게 그렇게 되더군요. 막상 아이를 둘이나 낳고 보니 진짜 엄마 같은 마음이 되는 거예요. 아파서 고통스러워하는 환자들을 보면, 또 집을 떠나 낯선 사람들 속에서 명령에 따라 일하는 기간병을 볼 때면 남 같지가 않아요. 계급이나 나이를 떠나 같은 동료, 내 도움을 필요로 하는 환자로 존중해주고 싶은 마음이 앞서서 그러니 이해해줘요."

커피잔을 든 채 서 중위는 선 대위를 응시했다. 선 대위의 눈은 항상 맑았다. 진심과 성실로 사람을 대하고 있다는 것을 선 대위 눈이 증명해주고 있었다. 웃는 얼굴은 마치 친언니처럼 편했다. 친언니처럼 편했기에 서 중위 역시 그동안 얼마나 선 대위를 귀찮게 했던가.

서 중위가 처음으로 내과 선임간호장교를 맡았을 때였다. 아직 경험이 부족했기에 서 중위가 맡은 일은 결코 쉽지 않았다. 병실 운영도 그렇고 환자를 관리하는 일도 벅찼다. 거기에 질환과 관련하여 모를 때는 눈앞이 캄캄하기도 했다. 그럴 때 서 중위는 무조건 중환자실의 선 대위를 찾아 내달렸다. 단지 같은 2층에 있다는 이유 때문만은 아니었다. 선 대위를 찾아 귀찮게 묻고 부탁해도 기꺼이 시간을 내주었고 해결될 때까지 도움을 준 때문이었다.

"대위님은 이렇게 커피를 직접 타주시며 후배들의 소소한 일상도 다 들어주시고 때로는 잡다한 푸념까지 들어주시더군요. 게다가 조언과 격려도 아끼지 않으시구요. 저도 자주 대위님을 괴롭힌 사람 중의 한 명이지만요. 어떤 땐 도움을 요청해놓고도 미안해지거든요. 그런데도 그걸 너무 당연히 여기시니까 부탁하는 우리가 덜 미안해지더군요. 참 묘한 매력을 지니셨어요 대위님은요."

"사람을 앞에 두고 너무 추켜세우면 어지러워요."

선 대위는 여전히 사람 좋은 웃음을 얼굴 가득히 피웠다.

"대위님은 혹시 슈퍼맨이신가요?"

서 중위는 우리 병원에서는 당신을 천사간호장교님이라 부른답니다라는 말 대신 슈퍼맨을 들먹였다. 하긴 선 대위가 일 처리해내는 능력을 보면 슈퍼맨으로 불릴 만했다.

"저도 보통 사람에 지나지 않는답니다. 그런데 주위 분들이 그렇게 봐 주시니 참 고맙네요. 지금 생각해보면 그건 아마 사랑의 힘 아닐까요? 어릴 때부터 부모님을 통해서 몸에 밴 건 사랑이었거든요."

남은 커피를 한 모금 마시는 선 대위 눈가에 잔잔한 웃음이 퍼졌다.

'그런데 서 중위님. 저도 사람이라서 힘들 때도 있고 외롭기도 해요. 특히 이곳 홍천으로 처음 왔을 때, 그 날 차를 타고 오면서 버릇처럼 차창 밖을 봤지요. 내가 탄 차가 강원도로 들어올수록 그리고 병원이 가까워질수록 나무가 울창한 산이 가까이 다가오는데 반대로 제 가슴은 점점 서늘해지는 거예요. 산이 너무 높아서 삐죽 솟은 것이 부담으로 다가왔어요. 내 고향 보성 주변의 야트막한 산은 어디를 둘러봐도 나를 포근히 감싸줬는데 이곳 주변 산은 너무 높아서 제 가슴속으로 받아들여지지 않는 거예요. 어쩌면 나처럼 우리 장병들도 외로울 거다, 간호장교, 부사관 등등 모든 분들의 가슴이 시릴 것 같다는 생각이 드는 거예요. 그래서 될 수 있으면 웃는 얼굴로 상대방을 바라봐야겠다고 마음을 다졌죠. 커피 한 잔으로도 언 마음을 녹일 수 있게 해야겠다고 생각한거죠. 우리는 작은 것에서 감동을 더 크게 받거든요. 거기에 사랑이 깃들어 있으면 더 좋겠죠?'

"사랑? 그렇군요. 본질은 사랑이군요."

서 중위는 조용히 남은 커피를 마시기 시작했다. 그러나 서 중위의 시선은 선 대위를 보고 있었다. 아무리 봐도 선 대위는 온몸으로 사랑을 실천하고 있는 천사가 틀림없었다. 중환자실 선임간호장교 일만 해도 벅찰 텐데 NOQ 책임간호장교, 간호부 운영장교, 의무병 교육담당, 간호장교 교육평가 등등 부대 내의 많은 일을 선 대위는 불평불만 없이 해내고 있었다.

서 중위의 입 안에 달콤한 커피향이 퍼졌다. 커피향은 맡을수록 기분 좋은 향이었다. 마치 선 대위에게서 풍기는 사랑의 향처럼.

※

2008년 2월 19일의 밤은 점점 깊어갔다. 벽에 걸린 시계가 9시를 가리킬 때까지 선 대위는 업무 정리로 쉴 틈이 없었다. 겨우 모든 업무가 끝났을 때 선 대위는 두 팔을 쭉 뻗어 기지개를 켰다. 중환자실에는 의무병 김 병장과 선 대위 둘뿐이었다.

"김 병장님. 오늘 밤은 조용히 넘어갈 것 같네요."

"옙. 그럴 것 같습니다."

"그래도 사람 일은 몰라요. 혹시 급한 환자가 오면 지체 없이 나를 부르세요."

"알겠습니다. 편히 쉬십시오."

선 대위는 당직근무가 아니었다. 당직근무인 최 간호장교는 지금 학회 참석차 대전 소재 대학에 출장 중이었다. 만일 급한 환자가 있다면 누군가 당직을 대신 해야 했다. 솔선수범 정신이 강한 선 대위는 으레 해왔던 것처럼 의무병에게 당부를 하고 중환자실을 나와 숙소로 향했다.

2월 중순을 넘긴 겨울 끝자락은 여전히 추웠다. 더구나 밤이었고 병원이 있는 곳은 강원도 홍천이니 다른 곳보다 겨울이 길었다. 바람도 불고 공기는 차갑지만 선 대위는 숙소까지 걸어갔다. 걸으면서 밤하늘을 올려다보면 그곳에는 언제나 별이 반짝였다. 주변이 어둠에 잠기면 병원을 둘러싼 산은 시커먼 덩어리로 다가와 무섭기도 했다. 그러나 하늘만은 달랐다. 짱짱 언 밤하늘에 반짝이는 별은 보성에서 보던 별보다 밝고 또렷했다. 보성 밤하늘의 별은 안개에 가려 흐릿한 적이 많지만 홍천 밤하늘의 별은 추울수록 빛을 발했다. 별을 보노라면 눈망울이 초롱초롱한 예쁜 두 딸의 얼굴이 함께 하늘에 그려졌다. 집에 다녀온 지 겨우 이틀 지났을 뿐인데 은채와 은결이 보고 싶었다. 지금쯤 정신없이 꿈나라 여행을 하고 있을 나의 공주들 은결, 은채. 보. 고. 싶. 다.

방에 들어온 선 대위는 얼른 수화기를 들었다.

"어머니. 오늘 너무 늦게 전화 드렸죠? 어떡해요? 저 때문에 잠 깨셨으면?"

"아냐, 괜찮아. 그런데 오늘 바빴니?"

"네. 다른 날보다 일이 조금 더 많았어요. 당직간호장교 한 명이 출장 중이고 다른 교육도 있고 해서요."

"그럼 피곤할 텐데 일찍 자야지 뭔 전화는. 매일 안부전화 할 것 없단다."

"어머니께 항상 미안하고 고마워서…"

"또 그런 말 한다. 미안해 할 거 하나 없대두 그러네. 효선아, 넌 어찌 생각할지 모르겠다만 우린 말이다. 은결 할애비나 나는 너를 정말 친딸로 생각한단다. 아들만 둘 뿐인 우리 집에 너같이 살갑고 예의바른 며늘애가 들어와서 얼마나 기쁜지 모른단다. 그래서 우리 내외는 너를 아가라거나 며늘애야 하지 않고 그냥 효선이라고 부르잖니. 넌 우리 딸이니까."

"그래서 어머니 아버지 두 분께 더 죄송스러워요. 제가 곁에서 잘해 드려야 하는데 아이들만 맡겨놓고 힘들게 해드리고만 있는 게…"

"그런 말 하지 말래두 그런다. 내 손주 내가 키우지 누구에게 맡기니? 우린 요즘 손주들 재롱에 날 새는 줄 모르는데? 그리고 이왕 말이 나왔으니 오히려 내가 부탁 하나 해야겠네."

"네? 어머니, 무슨 부탁인데요?"

"주말에 집에 오면 쉬어야지 무슨 부지런을 그리 떠냐? 주말에 잠깐 다니러 와서 귀대시간 맞춰 병원으로 돌아가기도 바쁠 텐데 우리 먹을 저녁쌀까지 다 씻어놓고 그러니? 넌 우리 집을 시댁으로 생각하니 자꾸 미안한 맘 드는 거 아니겠니? 진짜 우리를 네 친정 부모처럼 생각한다면 애기들하고 편하게 놀기도 하고 적당히 게으름도 피우고 그래야지. 내 말뜻 알겠니?"

아아, 어머니. 선 대위는 어떤 대답도 할 수 없었다. 일부러 퉁명스레 말하지만 시어머니의 속 깊은 정을 모르는 효선이 아니었다. 선 대위의 가슴은 점점 훈훈해졌다. 어머니, 더 잘할게요. 고맙습니다. 선 대위는 그 말을 가슴에서만 되뇌었다.

"그리고 효선아."

"예, 어머니."

"내년 2월에 전역해도 임용고시 볼거잖어. 우린 얼마든지 참을 수 있으니 꼭 보건선생님 되어 애기들 하고 우리 하고 한집에서 살자. 알았지?"

"예, 어머니두 조금만 참으세요. 일 년만요."

"그래. 늦었으니 너도 잘 자거라. 여기 걱정 말고."

수화기를 내려놓는 은결 할머니 입가에 흐뭇한 미소가 피어올랐다. 옆에 있던 은결 할아버지가 한 마디 건넸다.

"효선이 전화받으면 누구든 그렇게 기분 좋아지는 모양이여. 나는 우리 며느리 같이 착한 애를 본 적이 없어. 전화를 받을 때마다 또 집에 다니러 올 때마다 그 애 하는 양을 보면 기분이 좋아진단 말야. 효선이 아주 좋은 애야."

"영감만 그런 줄 알우? 나두 그래서 시에미 티 안 낼려구 노력한다우. 영감, 암만 생각해도 우리에게 진짜루 딸이 하나 생긴 것 같지 않우? 우린 그렇게 마음을 열고 대하는데두 효선인 매양 미안하다는 말만 하니 내 진심을 모르는가 싶어 섭섭할 때도 있다우. 직장 땜에 떨어져 있는 게 미안하다 하고, 또 애기들만 맡겨놓는 것도 미안하다 하고, 죄 미안하단 말만 달고 사니, 원."

"걔 심성이 착해서 그렇지 뭐. 그럴수록 당신이 더 잘해 줘."

"더 잘해주고 싶은 맘은 영감보다 내가 더 크다우. 젊은 애들이 한창 알콩달콩 부대끼며 살 때인데 은결 애비도 전방 포병여단 부대장으로 있으니 한 달에 기껏 두 번 정도 만나는 게 전부잖우. 그래도 불평 한번 없이 다니는 거 보면 기특해요."

"그 애가 그만큼 속이 꽉 찬 게지."

"그래서 어떤 땐 하고 싶은 말도 꾹 참지요. 애기들 보고 싶어할까봐 잘 먹고 잘 논다고 그렇게만 말하지만 사실 내 속은 조금 아파요. 저 어린 것이, 이제 5개월 지난 젖먹이 은채가 제 어미젖을 물었다 하면 쉽게 놓지를 않는다구요. 며칠씩 떨어져 있다가 주말에만 에미 품에 안겨 젖을 먹으니 그럴 수밖에 없지요. 작은 놈은 기막히게 제 에미 오는 날도 아는 것 같아요. 엄마 온다고 하면 늦도록 잠도 안자고 방실방실 웃으면서 기다리는 걸 보면…, 에휴, 젖먹이가 그렇게 제 엄마를 기다린다는 사실을 알면 안 그래도 맘 여린 효선이 상처받을까봐 전화 오면 잘 있다고만 하지요. 그런데 영감, 우리 애기들 보면 부모자식 간에는 눈에 보이지 않지만 끈끈한 정이 흐르는 것 같아요."

"그래서 부모자식 사이는 천륜이라 하지 않는가. 굳이 말 안 해도 느끼고 알 것이야."

밤은 점점 깊어갔다. 은채와 은결은 할아버지가 토닥여주는 것을 아는지 모르는지 곤한 잠에 빠져 있었다. 은채와 은결의 고른 숨소리만 방 안에 가득할 뿐 주위는 겨울밤의 어둠만큼 깊고 조용했다.

✳

효선은 쉽게 잠을 이루지 못했다. 피곤하면 잠이 쉬 들지 못하는 체질이었다. 오늘도 그런 날이었다.

'은결 아빤 지금 뭘 하고 있을까? 초소를 돌며 혹시 졸고 있는 초병을 깨우는 중일까? 아니면 나처럼 잠자리에 들었을까? 거긴 여기보다 밤바람이 훨씬 차가울 텐데…'

어느새 시계는 11시를 지나 있었다. 주위는 어둠에 잠겼지만 관사를 감고 도는 바람은 대금소리처럼 끊임없이 위이잉 윙 울렸다. 내일을 위해 억지로라도 잠을 청해야 했다. 선 대위는 몇 번을 뒤척이다가 겨우 잠이 들었다. 아버지의 환한 얼굴이 나타났다. 육사 출신 유 대위를 처음으로 만났을 때 웃던 그 모습 그대로의 아버지였다. 덩치에 어울리지 않게 긴장한 가운데서도 멋쩍게 웃던 남편 유 대위 얼굴도 보였다. 아버지와 남편 유 대위 얼굴이 교대로 다가왔다가 급히 사라져 버렸다. 선 대위는 사방을 둘러보며 소리쳤다. 아버지! 여보! 어디 있어요! 그러나 공허한 메아리만 퍼질 뿐 사방은 어두웠다. 선 대위 가슴으로 찬바람이 들이쳤다. 형언할 수 없는 허전함과 서운함이 물밀듯 밀려왔다.

갑자기 전화가 요란하게 울렸다. 선 대위는 본능적으로 눈을 떴다. 방금 전까지만 해도 꿈속에서 아버지와 남편을 찾던 선 대위가 아니었다. 선 대위는 본능적으로 급한 환자의 호출전화일 것이라고 믿었다. 선 대위의 예감은 적중했다.

"대위님, 급한 환자가 생겼습니다."

"알았어요. 곧 갑니다."

의무병 김 상병 전화를 받자마자 선 대위의 몸이 먼저 움직였다. 트레이닝 차림 그대로 숙소를 나와 단숨에 병원으로 내달렸다. 병원에는 군의관 정 대위가 먼저 나와 있었다.

"어떤 환잡니까?"

"좀 더 진찰해봐야 확실한 걸 알 수 있겠습니만 문제가 있겠는데요."

정 대위는 펜 라이트로 환자의 눈을 들여다보며 고개를 갸웃거렸다. 상황이 여의치 않은 분위기가 감지되었다. 동공반사 검사를 하는 군의관 정 대위의 표정이 심상찮았다. 그 옆에서 선 대위는 후송돼 온 환자의 혈압과 맥박을 체크해나갔다. 환자는 머리에 붕대를 두른 채 얼굴에는 핏자국이 얼룩져 있었다. 환자의 낯빛은 푸르죽죽했고 입술을 심하게 떨고 있었다.

"부대 소속 윤 상병은 저녁 9시경 혼자 샤워실에서 머리를 감았답니다. 그러다가 미끄러지면서 수도꼭지에 머리를 세게 부딪쳤다고 합니다."

미처 질문도 하기 전에 김 병장이 환자의 상황에 대해 설명했다. 쇠 같은 물질에 세게 부딪쳤다면 결코 가볍게 넘길 상처가 아니었다.

선 대위가 환자를 살피고 있을 때 군의관 정 대위가 빠른 걸음으로 차트를 들고 왔다.

"아무래도 수술 장비가 있는 국군수도병원으로 긴급 후송해야겠습니다. 진단결과 뇌출혈입니다."

"헬기로 수송하나요?"

"시간을 다투는 환자니까요."

"그럼 저도 같이 가겠습니다."

"의무병 김 병장과 최 병장이 있지만 선 대위님이 헬기 후송에 자원해주시니 제겐 큰 지원이 되는 거죠. 고맙습니다."

"고맙다니요? 저는 응급조치 능력을 갖춘 간호장교잖습니까? 거기에 환자는 꼭 살려야 하는 게 우리의 임무잖아요."

"역시 선 대위님은 맡은 일에 최선을 다하시는 분이군요. 자, 서두릅시다."

의무병이 들것에 환자를 옮기고 있을 때 선 대위는 자신의 책상으로 뛰어갔다. 그리고 얼른 책상 위에 있는 군용가방을 챙겨든 다음 의자 뒤 옷걸이에 단정하게 걸려 있는 간호장교 제복을 쳐다보았다.

'제복을 입어야 하는데.'

그러나 그 생각은 아주 잠깐이었다. 밖에서 들리는 헬기의 프로펠러 소리가 선 대위를 재촉했기 때문이었다. 그 소리에 쫓기듯 선 대위는 군용가방만 들고 밖으로 냅다 뛰었다. 트레이닝 차림으로 뛰어가는 선 대위의 뒷모습을 미처 챙겨 입지 못한 간호장교 제복이 지켜보고 있었다. 그리고 또 하나 선효선 대위를 지켜본 건 컴퓨터에 붙은 포스트잇 한 장이었다.

'내 사랑하는 아내 효선이. 우리, 힘들어도 조금만 참고 견디자. 당신 곁에는 항상 내가 있다는 사실을 잊지마.'

노란 포스트잇에 또박또박 힘있는 필체로 눌러쓴 남편 유 대위의 글귀였다.

어둠 속에서 지축을 흔드는 소리가 들렸다. 차가운 바람을 감고 도는 헬리콥터의 프로펠러가 점점 큰 소리를 내며 산 주위로 울음을 토해 냈다.

✳

브리핑이 끝난 비상상황실은 처절하리만치 어두웠다. 비상상황실만 어두운 게 아니었다. 상황실을 드나드는 사람들의 얼굴은 모두 어두웠고 하나같이 어깨는 처져 있었다. 푸르스름한 형광등 불빛조차 을씨년스러웠다.

효선 어머니는 파리한 얼굴로 상황실 앞 벽면을 뚫어져라 보고 있었다. 5개월 된 외손녀 은채를 안고 있는 것조차 잊은 듯 석고처럼 굳은 표정이었다. 효선 아버지 역시 말이 없었다. 가끔 어금니를 꽉 다물 때마다 효선 아버지 눈에 눈물이 고였다. 그때마다 벽면에 걸린 글씨체가 이지러졌다. 눈을 질끈 감았다가 뜨면 이지러졌던 글자가 다시 눈으로 들어왔다. 결코 확인하고 싶지 않은 글자가 눈앞에서 사라질 줄 몰랐다.

〈사고 헬기 이동 경로〉

1. 19일 23:55 이륙
2. 20일 00:10 철정병원 도착(환자 탑승 후 이륙)
   00:40 수도병원 도착
3. 00:55 병원 이륙
   01:09 레이더에서 사라져
4. 01:10 추락

긴급 후송에 자원했던 선효선 대위는 임무를 완수하고 귀대 헬기에 몸을 실었다. 사고는 불과 이륙 15분 후에 일어났다. 용문산자락 근처에서 갑작스러운 기상악화로 헬기는 순식간에 레이더에서 사라져 버렸다. 추락한 헬기에 탑승한 7명 전원이 사망한 사고에 소속부대와 소속병원 그리고 가족들은 충격에 휩싸였다.

효선 어머니는 낮고 깊은 한숨을 쉬었다. 이건 분명 꿈이리라. 지난 일요일 귀대한다던 전화 속 효선의 목소리는 얼마나 밝았던가. 은채에게 젖을 배불리 먹였다고 말하던 효선에게서 얼마나 깊고 진한 모성애가 풍겼던가. 특히나 동생 덕을 톡톡히 보고 있다는 말을 하며 들떠 있던 효선 아니었던가. 분당으로 직장까지 옮기면서 언니인 자기를 생각해주는 동생이 너무 고맙다던 내 딸 효선이. 처음으로 제 아버지에게 선물한 양복이 마음에 들어 하는지 궁금해서 물어보고 또 물어보던 은결에미 효선이. 도대체 그 아이에게 지금 무슨 일이 일어났단 말인가. 내 딸 효선이에게.

갑자기 조용하던 상황실이 소란스러워졌다. 사고 현장에 갔던 유족들이 들어오고 있었다. 참았던 울음을 터뜨리는 유족들은 거의 몸도 가누지 못했다. 은결 할머니가 장병들의 부축을 받으며 들어왔다. 은결을 안고 석고상처럼 해쓱한 얼굴로 앉아 있는 효선 어머니 곁으로 다가온 은결 할머니는 그대로 털썩 주저앉았다.

"사돈. 어쩐대요 우리 효선이 불쌍해서 어쩐대요. 으헝 으으."

은결 할머니의 한 마디에 효선 어머니의 양 볼 위로 굵은 눈물이 주르르 흘렀다. 마음과 자세를 흩트리지 않으려고 참고 참았던 눈물이었다. 한사코 은결 할머니가 용문산 사고 현장엘 가겠다고 했다.

"사돈은 여기서 기다리고 계셔요. 우리 효선이, 그 애를 내가 데리고 올라요. 다리가 다쳤으면 내가 업고 데리고 올 테니 사돈은 여기서 기다리고 있으셔요."

효선일 데려오겠노라고, 다리가 다쳤으면 업고 올 테니 기다리라는 은결 할머니 말에 순순히 응했던 것은 효선이 멀쩡할 것이라는 믿음 때문이었다. 한 번도 실망을 준 적 없었던 큰딸이었기에 효선 어머니는 믿고 또 믿었다. 그런데 이 무슨 날벼락인가?

"아이고 사돈, 우리 딸 추워서 어떡하나. 불쌍해서 어떡하나. 신발이 벗겨져서 맨발바닥이었는데 얼마나 발이 시려웠을꼬. 으응 으으으. 내가 그 옆에 뒹굴고 있던 신발을 신겨 줬어야 하는 건데. 으응 으헝. 내 딸헌테 다가가지도 못하게 막으이, 내가 신발도 못 신겨주고 발만 동동 굴리다 왔네. 아이고 사돈, 산바람도 매섭던데 우리 효선이 어쩌나, 어쩔거나."

은결 할머니의 통곡은 효선 아버지의 심장을 여지없이 때렸다. 불끈 움켜 쥔 효선 아버지의 두 주먹이 부들부들 떨렸다. 퀭한 두 눈에서 소리 없는 눈물이 낙숫물처럼 툭툭 떨어졌다.

"사돈."

은결 할아버지가 효선 아버지를 찾았다. 언제나 사람 좋은 얼굴로 인사를 하던 효선의 시아버지였다. 그런데 몇 시간 사이에 얼굴이 반쪽이었다.

"사돈. 우리 효선이 정말 착한 애였어요. 무심한 하느님이지만 그나마 다행인 것은 곱게 아주 곱게 우리 딸을 데려갔네요. 그 애가, 그 애가 비록 얇은 속옷에 운동복 차림이었지만…, 깊은 산골짝 찬바람 속에서도 그 애는 얌전히 옆으로 누워 있었네요. 상처 하나 없이 마치 잠자듯이 그렇게…, 그렇게 두 눈을 감고 있었어요. 꼭 쥔 손에는 펜 라이트가 들린 채…"

은결 할아버지는 더 이상 말을 잇지 못했다. 굵은 눈물방울이 쉴 새 없이 볼을 타고 흘렀다.

"아이고, 효선아. 이 애기들은 어떡하라구. 주말에 잠시 떨어지는 것도 힘들어 하는 걸 내가 다 아는데, 그런 네가 어디로 간단 말이더냐, 효선아!"

은결 할머니는 가슴을 치며 통곡 했다. 그때 곤히 자고 있던 은채가 반짝 눈을 떴다. 은채의 맑고 고운 눈이 효선 어머니를 쳐다보았다. 효선 어머니의 입술이 바르르 떨렸다. 차마 은채 앞에서 눈물을 흘릴 수 없었다. 가슴으로 울음을 삼키는 효선 어머니의 얼굴이 백짓장 같았다. 품 속 은채를 힘주어 안은 효선 어머니의 눈가가 움씰거렸다. 은채를 다독이는 효선 어머니의 손끝이 약하게 떨렸다.

'아가, 은채야. 너는 울지 말아라. 제발 제발 울지 말아라. 네가 울면 네 엄마가, 우리 효선이가 쉬이 발걸음을 못 뗄거야. 내 딸 효선이, 이제 날개를 달고 평화로운 곳으로 마음 편히 가야지. 그러니 아가, 은채야. 너는 울지 말아라.'

은채를 가슴에 품은 효선어머니의 기도는 끝없이 이어졌다.

'효선아, 내 딸 효선아. 영혼이 있으면 들어다오. 네가 사랑했던 은채와 은결을 지켜다오. 바람이 되어 우리 아기들 머리를 쓰다듬는 손길이 되어주고 별처럼 나타나 밝은 웃음을 안겨 주려무나. 네가 그랬잖았느냐. 은채와 은결을 별처럼 총명하게 키울 거라고, 달처럼 밝게 키우겠다고. 그러니 우리 아기들을 지켜다오.'

효선 어머니 품에 안긴 은채가 생글생글 웃기 시작했다. 어릴 적 효선의 웃던 모습 그대로였다. 효선 아버지 품에 안긴 채 젖먹이 동생 은채를 쳐다보는 은결의 맑은 눈동자가 별처럼 반짝였다. 마치 두 딸을 쳐다보던 효선의 살갑고 따스한 눈동자가 그 속에 깃든 듯했다.

효선 어머니는 굳게 믿었다. 효선은 비록 하늘의 별이 되었지만 은채와 은결을 영원히 지켜줄 것이라고…

해양영토를 사수한 포세이돈

해양경찰 故 박경조 경위

바다에 묻은 영혼 / 강성희

허공에 바람소리 흩어지듯 날리면

밀려오는 파도가 오선을 그리는 날

바다는 슬픈 악보만 수평선에 연주한다

해변을 떠도는 세이렌의 노랫소리

그대가 켠 하프는 안개 속에 떠돌고

한 올의 물방울에도 밀려드는 서러움

은비늘이 순은처럼 빛나는 바다 속에

그대의 젊은 꿈을 송두리째 바친 이 곳

조국은 기억하리라 뜨거운 이 눈물을

故 박경조 경위

　　2008년 9월 25일 박경조는 목포해양경찰서 경사로서 대한민국의 배타적 경제수역 내에서 불법 조업 중이던 중국 어선을 검문하는 과정에서 실종됐다가 숨진 채 발견되었다.

　목포해양경찰서는 해당 중국어선을 검문하는 과정을 촬영한 3003함의 채증 비디오 영상을 분석한 결과, 고속보트를 타고 중국 어선에 접근한 박경조 경사가 제일 먼저 배에 올라탄 순간 중국 선원이 휘두른 삽에 머리를 맞아 바다로 추락했다고 밝혔다.

　국립과학수사연구소 서해분소에서 박경조 경사의 시신을 부검한 결과 사망 원인이 경부 압박 및 익사로 드러났다고 해양경찰서는 밝혔다. 이에 따라 목포해양경찰서는 중국 선원 11명을 특수공무집행방해치사상죄, 배타적 경제수역법 위반 혐의로 긴급 체포하였다.

〈향토문화대전에서〉

여름보다 강한 가을볕이 땅을 향해 마구 쏟아졌다. 사방으로 흩어진 강렬한 햇볕에 눈이 시렸다. 그러나 바다는 달랐다. 때꾼때꾼 쏟아지는 가을볕을 받은 바다는 푸르디 푸른 빛으로 넘실거렸다. 푸르른 바다 위로 하얀 갈매기 한 마리가 힘차게 날아올랐다.

"아주 좋은 아침이야. 멋진 가을이 익어가는 냄새가 나는데?"

선자는 대답 대신 웃었다. 지난 밤 단잠에 빠졌던 남편 얼굴은 한결 여유로워 보였다. 설령 남편이 잠을 설쳤다 하더라도 그에게서 피곤한 기색은 찾아내지 못했을 것이다. 그만큼 남편 얼굴은 언제나 활기가 넘쳤다.

남편 말대로 좋은 아침이었다. 화사한 해가 쏟아지는 도로 주변으로 멋진 가을이 펼쳐졌다. 바닷바람에 흔들리는 길가의 코스모스가 유난히 예뻤다. 도로 양편에 널린 고추는 유독 붉은 빛을 발했다. 바다 위로 쏟아진 하얀 햇살이 넓고 크게 퍼지고 있는 아침은 평화로웠다.

"당신, 불만이지? 이렇게 가을볕 좋은 일요일 아침에 남편이 출근하니 말야."

"어쩔 수 없지요. 저는 해양경찰관을 남편으로 둔 아내니까요. 그걸 모르고 결혼한 것도 아니구요."

"우문에 현답이네. 하하."

남편이 호쾌하게 웃었다.

"여보, 오늘 9시에 출정하면 7박8일 일정으로 바다에 나가는 거알고 있지?"

남편이 바다로 시선을 돌렸다. 아침 햇살에 반짝이는 은빛물결 바다가 잔잔하게 흔들렸다. 선자는 일부러 해안도로를 택해 차를 몰았다. 집에서 여유 있게 출발했기에 출근 시간이 그리 쫓기지 않았다.

"바다에 있을 때는 오늘처럼 청명하면 좋겠다. 그런데 바다 날씨는 종잡을 수 없어. 변덕이 너무 심해."

"당신이 7박8일 바다에 있는 동안 죽 이어서 날씨가 변덕 부리지않게 해달라고 제가 용왕님께 빌게요."

"어디 당신 기도가 효험 있는지 믿어볼까? 대체로 날씨가 좋으면불법조업 활동이 뜸하거든. 국적은 달라도 사람들 심리는 같은 것같아. 밝은 대낮에는 스스로도 부끄럽겠지. 그래서 나쁜 짓은 어둠을 타나봐."

"……"

선자는 대답 없이 차를 몰았다. 남편은 고개를 돌려 선자를 쳐다보았다. 얼굴 옆선이 고운 아내였다. 20년 전 아내를 처음 만났을때 살짝 고개를 돌린 채 앉아있는 옆모습에 마음을 뺏긴 박경조였다. 운전하는 아내의 옆모습을 볼 때마다 박경조는 가슴 설레는 첫

만남을 떠올렸다.

참한 아가씨란다. 내가 일 년 가까이 지켜보니 조신하더구나, 에미 말 믿고 한번 만나 보거라.

막상 어머니 성화에 만났지만 결혼은 박경조가 서둘렀다.

에그그, 겨우 두세 번 만나고 결혼하겠다고 설치다니, 내가 만나라고 안 했더면 어쩔 뻔 했누.

어머니의 핀잔에 민망한 웃음으로 뒷머리를 긁적였던 박경조였다.
"여보."
남편이 선자 어깨에 손을 얹었다. 두툼한 남편 손길이 따스했다.
"당신하고 둘만의 시간을 가진 게 언제였더라?"
남편이 하얀 이를 드러내고 웃었다.
"글쎄요, 생각 안 나는데요?"
"음, 생각해보니 꽤 오래된 거 같네. 여보, 이번에 출정 나갔다가 들어오면 둘이서 술 한 잔 나누자. 분위기 있는 레스토랑에서 스테이크에 와인을 곁들여서 말야."
"나야 좋죠. 스테이크에 와인 한 잔 싫어할 여자는 이 세상에 없답니다. 경조 씨, 기대해도 되죠?"
"오케이!"
남편의 경쾌한 대답에 선자 얼굴이 환해졌다. 차가 경찰서 입구에서 멈췄다. 차문을 열다 말고 남편이 잠시 머뭇거렸다. 갑자기 남편은 차문을 여는 대신 운전대를 잡은 선자를 향해 팔을 뻗었다.

"여보, 한번 안아보자. 출정 마지막인데."

선자는 뜨악한 표정으로 남편의 가슴을 밀어냈다.

"무슨 말이야? 안 올 거야?"

남편이 민망하게 웃었다. 대답 대신 선자를 와락 껴안은 남편은 등을 서너 번 토닥여준 다음 서둘러 차에서 내렸다. 엉뚱한 남편의 행동에 선자는 얼떨떨했다.

"잘 다녀오세요!"

차창을 통해 던진 선자의 말을 들었는지 못 들었는지 남편은 성큼성큼 경찰서 안으로 걸음을 옮겼다. 출근할 때마다 몇 번씩 뒤돌아보며 손을 흔들던 남편이었다. 그러나 오늘 따라 남편은 한번도 뒤돌아보지 않았다. 예전에 없던 행동이었다.

'이상하다? 왜 저러지?'

선자의 눈길은 점점 멀어지는 남편 등 뒤를 좇고 있었다. 경찰서 출입문이 열렸다. 열린 문 사이로 남편이 걸음을 옮겼다. 한 발자국 걸음을 뗐을 뿐인데 남편이 순식간에 보이지 않았다. 마치 블랙홀에 빨려 들어간 듯 눈앞에서 사라진 남편 뒷모습이 선자는 못내 야속했다. 전에 없던 서운함마저 일었다.

선자는 의아한 생각에 얼른 휴대폰을 꺼냈다.

'잘 다녀오세요.'

문자를 보내고 잠시 기다렸다. 그러나 답문자는 오지 않았다.

'바쁜가? 당연히 바쁘겠지. 출정 준비로 회의하랴, 장비점검 하

랴, 오죽 바쁠까. 시간 나면 답 보내겠지.'

　선자는 눈을 들어 차창 밖 하늘을 올려다보았다. 맑고 파란 하늘은 어제보다 한 뼘 더 높았다. 완연한 가을이었다. 가을과 함께 남편 생일이 다가오고 있었다. 결혼 후 지금까지 남편은 집에서 생일상을 받지 못했다. 묘하게도 생일 때마다 출정일과 겹쳤다. 그럴 때마다 선자는 남편이 좋아하는 음식을 장만해서 정박해 있는 경비함정으로 가져갔다. 매번 남편은 배 안에서 생일음식을 펼쳐놓고 동료들과 나눠 먹었다.

　이번 출정을 끝내고 돌아오면 남편은 결혼 후 처음으로 집에서 생일상을 받게 될 것이다. 남편은 언제나 그랬듯이 사람 좋은 웃음을 얼굴 가득 피울 것이다. 집에서는 팬티 바람으로 두 아들과 뒹굴며 호탕하게 웃는 남편은 정이 많은 사람이었다. 아내가 만든 음식은 모두 맛있다며 남편은 사랑이 충만한 눈길로 쳐다보겠지. 와인 한 잔에 적당히 취기가 오르면 남편은 노래를 흥얼거릴 것이다. 요즘 남편은 김광석의 '일어나'를 즐겨 부르니 당연히 그 노래를 열창하리라. 지그시 눈을 감고 열창하는 남편의 환한 얼굴을 떠올리며 선자는 차창을 닫았다.

　'백화점에 가서 남편에게 잘 어울리는 바지와 티셔츠부터 골라놓아야겠다. 케이크는 물론이고 꽃다발도 준비하고, 아이들에게는 편지도 쓰라고 해야지.'

　큰아들은 글을 잘 썼다. 아들의 편지를 읽으며 싱긋 웃을 남편 얼굴이 저절로 그려졌다. 선자는 차를 몰고 서서히 경찰서를 벗어났다. 따끈한 가을볕이 차 꽁무니에 매달려 따라왔다. 남편 경조의 말대로 멋진 가을이 익어가는 참으로 청명한 가을날이었다.

✳

　가을은 육지보다 바다로 일찍 그리고 깊숙이 찾아들었다. 비릿한 짠내는 탁했고 습기를 머금은 바람은 훨씬 무거웠다. 살갗에 닿는 바닷바람엔 찹찹한 기운이 함께 묻어났다. 목포해양경찰서 소속 경비함정 3003함이 바다에 출정 나온 3일째 되는 23일 이후부터 날씨는 변덕을 부렸다. 기다렸다는 듯 불법어선이 호시탐탐 경계선을 넘나들었다. 불법 외국어선을 단속하는 경비함정 해경대원들의 신경이 곤두섰다. 바다 날씨만큼 무겁고 차가운 공기가 해경대원들 사이에 스멀스멀 퍼지고 있었다.

　"반장님, 바다를 보니 슬슬 감이 오는데요?"

　레이더 감시화면을 뚫어져라 살피는 박경조 경사에게 검색팀원 김 경장이 커피를 건넸다.

　"김 경장도 이젠 베테랑이 돼 가는군."

　"흐흐 그렇습니까? 대체로 불법조업 하는 놈들은 기상이 나쁠 때를 택해 움직이더라구요. 어디 그뿐입니까? 어선 규모가 큰 저인망으로 치어까지 상습적으로 잡아대니, 원."

　"그러니 잠시도 한눈을 팔아선 안 되지. 우리 측 EEZ 내에서 입어 허가를 받아 법을 지키며 조업하는 게 원칙인데 무허가로 마구 잡이를 하니 분통이 터질 노릇이야. 입어 허가를 받은 어선도 제한조건을 위반하는 경우가 비일비재 하지 않은가. 똑바로 감시하지 않으면 조업일지에서부터 어창면적 변경도 멋대로 하는 놈들이야. 그래서 정신 바짝 차려 지켜야 한다구."

"반장님은 불법조업 어선을 발견했다 하면 제일 먼저 나서서 제압하시니 존경스럽습니다."

"존경까지라고 할 건 없네. 그러나 생각해보게. 위험하고 힘든 일이니까 내가 그리고 우리가 나서는 거 아니겠나. 나만 잘났다고 저 무지막지한 놈들을 모두 제압하거나 잡을 수 있는 것도 아니지 않은가. 최고의 팀워크를 자랑하는 3003함 우리 대원들 모두가 한마음 한 뜻으로 출동하니 가능한 일이지. 나는 말이야. 우리 젖줄인 바다를 눈곱만큼의 죄의식도 없이 침범하고 싹쓸이해가는 놈들은 한 명도 용서하지 않겠어. 내 눈에 띄는 한."

결의에 찬 박경조 경사의 어조는 단호했고 누구도 막을 수 없는 힘이 실려 있었다.

"2001년 6월 30일에 한·중 어업협정 발효 이후 중국어선의 싹쓸이식 불법조업이 늘어나는 추세잖아. 거기에 맞서 24시간 내내 배타적 경제수역(EEZ)을 지켜야 하는 해양경찰의 고충을 누가 알까? 이렇게 바다에서 직접 눈으로 보고 맞싸우는 우리만 알 뿐이지. 그러니 우리가 두 눈 크게 뜨고 지킬 수밖에 없잖은가."

"알겠습니다. 저도 반장님의 정신을 따르겠습니다. 누가 알아주지 않아도 우리는 바다를 지키는 포세이돈인 걸요. 저 수평선을 넘어 우리 구역으로 오는 중국어선들을 보면 온몸의 피가 마구 끓습니다. 그러니 이 바다를 꼭 지켜야죠."

"대다수 국민들은 해양경찰이 불법 조업하는 중국어선만 단속하는 줄 알고 있다네. 저 아래 남해 또는 제주해역에서는 우리 어선이 불법조업 혐의로 외국에 나포되지 않도록 사전예방 활동을 하고 있는 줄 전혀 모른다구."

"우리 어선은 주로 일본측 배타적 경제수역에서 나포되는 경우가 많잖아요. 무허가 조업하는 경우도 있고 어획량을 축소 기재하거나 조업 일지를 부실 기재하는 경미한 위반으로 나포되기도 한다죠?"

"참 답답한 일이야. 우리 해양경찰을 포함한 관계기관이 홍보방송도 하고 출항 전에 계도 계몽을 하는데도 일부 우리 어선들이 주변국 배타적 경제수역에서 불법조업을 하는 불상사가 일어난단 말야. 나포되어 조사받으면 거액의 담보금을 부담해야 한다는 사실을 알면서도 왜 그러는지…."

"그래도 우린 약과죠. 우리 어선은 일본수역에서 일 년에 10여건 정도의 경미한 불법인데 비해 중국은 하루에도 몇 십 차례 불법을 저지릅니다. 우리 쪽 서해상은 중국어선들이 활개치는 무법천지 아닙니까. 그러니 날마다 전쟁이죠. 전쟁."

"작든 크든 법을 지키지 않은 행위는 모두 불법이네."

부쩍 중국어선의 불법조업이 활개를 치고 있었다. 성어기인 4, 5월과 가을에는 더욱 기승을 부렸다. 중국어선은 점점 조직적이면서 폭력적으로 불법조업에 나서고 있었다. 어림잠아 하루 평균 3,000여 척 넘게 우리 수역에서 마구잡이로 고기를 잡아 막대한 수익을 올리는 실정이었다. 그런 실정을 알고 있으면서도 단속에는 한계가 있었다.

박경조는 깊은 걱정이 담긴 시선을 바다 위로 던졌다. 중국의 여름철 휴어기가 종료되자마자 서해 북위 35도 이북에서는 이달 초부터 중국 어선들이 출어에 나섰다는 보고가 있었싴. 16일 이후부터는 35도 이남 해역까지 본격 출어에 나선 상태였다. 지금부터 본격적으로 중국어선들은 우리 해역을 침범할 것이고 불법조업을 감행할 것이다. 중국어선은 중국 연·근해의 어족 자원 고갈로 위험을 무릅쓰고 배타적 경제수역을 침범할 수밖에 없을 것이다.

"우리나라 서, 남해 배타적 경제수역은 참조기를 비롯해서 갈치, 고등어, 가자미, 꽃게 등의 주요 수산 자원의 회유로이기도 하지. 그래서 겨울철에는 월동장으로 이용하는 황금어장이야. 그런데 이 해역에서 과도한 어획이 이루어지면 우리 연안으로 오는 산란회유로가 끊기게 되지. 그렇게 되면 어찌 되겠는가? 결국 그 피해는 고스란히 우리가 떠안는 거지. 우리나라 미래 수산자원의 다양성에 심각한 영향을 끼치게 된다구. 자네도 알잖은가? 참조기로 유명한 법성포와 연평도에 참조기가 올라오지 않을 뿐 아니라 근해에서 잡히는 건 크기가 작아지고 있다는 사실 말일세."

"중국 어선들이 작은 어종까지 씨를 말려버리는 저인망 남획이 원인이지 않습니까? 거기에다 아주 인해전술식으로 불법조업을 해대니 감당하는 게 벅차긴 합니다. 한·중·일 3국이 머리를 맞대고 근본적인 대책을 세워야지요."

바다 위로 텁텁한 바람이 불었다. 바람은 바다 위에 파도를 불러일으켰다. 간혹 굵은 빗방울이 갑판 위로 후두둑 떨어졌다. 바다 위에 회색빛 안개가 띠처럼 퍼져 있는 사이로 잠깐씩 해가 비쳐 들었다. 그러나 해는 무척 짧았다.

15시 10분 경 서해 하늘이 점점 흐려졌다. 바람풍속은 14m/s를 가리켰고 파도는 2 내지 3미터로 조금 높았다. 경비함정 3003함은 소흑산도 가거도리 근처를 운항 중이었다. 조타실에서 레이더 감시화면을 주시하고 있던 최 함장의 눈이 날카롭게 빛났다. 소흑산도 남서방 230도 55마일(EEZ 라인 내측 3마일) 해상에서 불법조업으로 의심되는 5척의 중국어선을 발견한 것이다.

최 함장은 얼른 쌍안경을 꺼내들고 어선의 형태를 파악했다. 5마일 내에서는 쌍안경으로 어선의 형태를 판별할 수 있었다. 입어허가 번호에서부터 국적과 선명까지 확인 가능했다. 허가번호 없는 어선은 거의 불법어선이었다. 불법으로 의심되는 어선은 한창 조업 중이었다. 쌍끌이 어선은 5노트 미만의 속도로 그물을 끌고 있었다. 일반적인 배는 10노트 이상의 속도를 내는데 비해 고기를 잡는 어선은 움직임이 둔했다. 그건 그물에 걸린 고기 무게 때문이었다. 불법조업이 확실했다. 철저한 검문검색이 필요한 경우였다. 지체해선 안 된다는 판단을 내린 최 함장은 상황 배치와 검색팀 투입을 위해 마이크를 잡았다.

"함내 총원에게 알림! 함내 총원에게 알림! 잠시 후 중국어선 나포 예정! 함내 총원은 사전 준비를 철저하고 신속하게 갖추고 집결할 것! 이상!"

조타실에서 함장의 명령이 떨어졌다. 3003함의 경비함정 대원은 3교대 근무였다. 대개는 한 조가 10명에서 12명으로 짜여졌다. 함장의 명령에 대기조 대원들은 일사불란하게 움직였다. 10분 내에 비상사태에 대비할 복장을 갖춘 대원 16명이 조타실로 속속 모였다.

검문검색을 나가기 전 상황회의가 시작되었다. 지휘봉을 든 최 함장은 완전 복장을 갖춘 대원들을 일일이 점검했다. 불법어선을 검색할 검색팀은 보호장구가 필수적이었다. 갈수록 단속에 격렬하게 저항하는 불법어선에 대처하기 위해 대원들의 안전장비 착용은 최우선으로 중요했다. 진압복은 일명 채증헬멧이라고도 하는 안전헬멧과 안전화는 물론이고 방호용 장갑에 구명조끼와 방패까지 갖춰야 했다. 거기에 빠질 수 없는 진압봉과 유탄발사기까지 무장을 갖추면 특공대와 다름없었다. 한 사람 한 사람 개인 물품검사를 마친 최 함장이 지휘봉으로 레이더를 가리켰다.

"지금부터 불법조업 중인 용의선박을 나포할 사항을 알려주겠다. 본함으로부터 5마일 거리에 중국어선 5척이 조업 중에 있다. 검문에 불응해서 도주하는 배를 추적할 때도 그렇지만 강제진압 할 경우 흉기소지 유무부터 철저히 색출할 것! 항상 각자 안전에 최대 주의하면서 신속하게 나포한다!"

나포할 중국어선에 대한 정보를 전달한 최 함장은 곧이어 대원들에게 개인별 임무를 부여했다.

"이 순경은 기관을 잡고, 강 순경은 고속보트(RIB)를 내리고, 정 경장은 레이더를 보면서 정보전달에 소홀하지 말 것이며, 조 경사는 소속경찰서로 보고하도록…"

최 함장으로부터 임무를 부여받자마자 대원들은 신속하게 움직였다. 3003함 내에 상황을 알리는 벨소리가 울려 퍼졌다. 벨소리는 길고 짧은 음을 반복했다.

"단정 하강요원 배치! 단정 하강요원 배치! 단정요원 반장은 조타실 보고!"

최 함장의 지시 사항이 함내로 전달되었다. 전 승조원이 모든 동작을 멈췄다.

"단정요원 배치! 단정요원 배치! 단정요원 배치!"

전 승조원이 3회 반복해 구호를 외치는 사이 보호장구로 갈아입은 단정요원들 역시 구호를 외치며 뛰었다.

"단정 하강요원 배치! 단정 하강요원 배치! 단정 하강요원 배치!"

2대의 고속정보트에 나눠 탄 대원들 얼굴에 긴장감이 감돌았다.

"단속요원은 단정 배치완료 및 단정 하강 준비되면 보고 하라!"

함내 방송을 통한 최 함장의 지시 사항이 내려졌다. 3003함정 좌우 현측에 고속단정 배치가 완료되었다. 단정요원 한 명이 무전기를 들었다.

"조타실! 여기는 단정 1호! 상황배치 완료! 단정 1호, 하강준비 완료!"

곧 이어 조타실 응답이 들렸다.

"수신 완료!"

"단정하강! 단정하강! 단정하강!"

단정요원의 복창과 동시에 고속정 두 대가 바다로 하강하기 시작했다. 단속요원 모두가 고속정에 탄 이상 불법어선을 최단시간에 추적해야만 한다. 그리고 정선을 명령하고 진압과 나포할 때까지 경계의 끈을 늦출 수 없었다. 나포임무를 띤 고속정보트는 바다 위를 전속력으로 달렸다. 40노트 속도로 달린 고속정은 5분 여 만에 조업 중인 불법어선 근처로 접근했다. 이미 레이더에 잡혔을 때부터 의심 가는 중국어선을 접속하여 선박자동식별장치(AIS)로 필요한 정보는 입수한 상태였다. 문제는 신속한 승선과 제압이었다.

우리나라 어선은 AIS로 조회하면 등록된 배에 대한 정보를 검색할 수 있다. 그러나 중국선박은 등록된 정보가 없다. 대신 허가된 선박은 정해진 규칙에 따라 조업을 할 수 있다. 허가된 선박은 반드시 허가번호를 배 앞에 달고 있어야 하는데 허가번호를 보면 선명과 선원 수 그리고 이동경로를 알 수 있는 것이다. 자연히 허가번호 없는 배가 단속 대상이 된다.

"현재 본함 침로 100도. 단정 1호는 우현 5시 방향 1마일에 제일 가까운 요영어35352호를 검문검색하기 바람!"

조타실에서 최 함장의 지시가 무전을 통해 전달되었다.

불법으로 의심되는 어선을 발견한 고속정보트는 쌍끌이로 조업 중인 중국어선 주위를 돌았다. 요영어35352호와 선명 미표기 목선 두 척이었다. 고속정보트는 일정한 간격을 두고 배 주위를 돌면서 동향을 살폈다. 중국어선을 두세 바퀴 돌 동안 특이한 동향은 감지되지 않았다. 검문검색을 위해 우선 배부터 정지시켜야 했다. 검색반장 박경조 경사가 사인을 보냈다. 단속대원 중 중국어 통역대원이 스피커를 들었다.

"쭝구어 위 추안!/ 리지 팅 츄안 (중국어선! 정선하라!)"

"워먼셔 한구어 하이양 찡챠 산링링야오 지엔(우리는 대한민국 해양경찰이다!)"

느리게 움직이던 중국어선이 서서히 속도를 줄이기 시작했다. 중국어선을 따르던 고속단정은 때론 빠르게 다가갔다가 때론 속도를 늦추기도 했다. 중국어선에서 어떤 저항을 할 지 알 수 없었다. 그렇기 때문에 고속단정의 속도조절은 승선을 시도하기 용이한 지점을 찾는 작전이기도 했고 선원을 분산시키는 효과도 가져왔다. 선원이 분산되면 승선도 용이하고 고압분사기나 섬광폭음탄 투척으로 저항을 무력화시켜 제압할 수 있기 때문이다.

"반장님, 배가 멈춰 섰습니다. 순순히 검문에 응할 모양인데요?"

"그래도 절대 경계를 늦춰선 안 돼. 어떤 무기를 가지고 저항할지 모르니 승선할 때 각별히 주의하도록! 지금부터 우리는 요영어 35352호로 승선한다. 나하고 승선조 강 순경은 먼저 조타실부터 장악하고 방어조 정 경장은 선원을 한 곳에 집결시켜 흉기 및 위험물 색출과 분리보관에 최선을 다할 것이며, 인근의 중국어선이 접근하면 소화포 가동 혹은 위협기동으로 차단한다. 승선 준비됐나?"

고속정 2호는 선명 미표기 목선을 검문하라는 지시를 받았다. 박경조 경사는 대원들에게 단단히 주의를 준 다음 중국어선 요영어 35352호로 승선할 준비를 갖췄다.

"워먼셔 따한 민꾸어 하이양 찡챠 3003 지엔(우리는 대한민국 해양경찰 3003함이다!) 시엔짜이 뛔이 니더 츄안져 찐씽 지엔챠 칭 니허 츄안샹더 런위엔 페이허 워먼더 꿍쭈오(지금부터 귀 선에 대하여 검문을 하겠으니 선장과 선원 모두 협조해주기 바란다!)"

검색반장 박경조와 정 경장이 승선을 시도했다. 갑판에 오른 박경조와 정 경장을 향해 중국선원 한 명이 쇠꼬챙이를 휘두르며 달려들었다. 5미터가 넘는 쇠꼬챙이는 중국선원들이 흔하게 사용하는 방어무기였다. 쇠꼬챙이를 피한 정 경장이 재빨리 섬광폭음탄을 터뜨렸다. 선원들이 폭음탄을 피해 흩어졌다. 공간이 확보된 틈을 탄 박경조가 재빠르게 조타실로 들어갔다. 그의 행동은 날렵했다. 눈 깜짝할 새에 조타실로 진격한 박경조는 전자충격기로 반항하는 선장을 제압했다. 전자충격기에 선장이 심하게 몸을 떨었다. 선장이 고의로 엔진을 고장내기 전에 조타실을 먼저 점령하는 것이 급선무였다.

"빠 쇼우 쥐치라이(손 들어!)"

이미 전자충격기에 혼이 난 선장은 순순히 명령에 응했다. 그 사이 뒤따라온 강 순경이 엔진을 정지시키고 통신기를 차단했다. 강 순경이 고압분사기를 뿜어냈다. 정 경장은 방패로 나머지 선원들을 한쪽으로 밀어냈다. 선원들이 반항하면 가스총을 쏘거나 공포탄 발사도 가능했다. 선원들을 한 곳에 집결시키는 것은 그리 오래 걸리지 않았다.

"취엔부 빠 쇼우(모두 머리에 손 올려!)"

단속대원들의 명령에 선원들이 느릿느릿 움직였다. 밤을 새워 조업을 한 탓인지 선원들의 행동은 굼떴고 두려움 섞인 얼굴은 초췌했다. 조업 위반사항에 대한 상세한 조사를 위해서 조사대상자인 선장을 본함으로 이송하는 순서가 남아 있었다. 이송 조치 후 위반사항에 대한 채증도 신속히 이뤄져야 했다.

"츄안장 만만 왕치엔 라이(선장, 천천히 앞으로 나와!) 치타런 시엔 뿌뚱!(다른 사람들은 움직이지마!)"

머리에 손을 얹은 선장이 박경조 경사 앞에 섰다. 선장의 몸에서 풍기는 비릿한 땀내가 코를 찔렀다. 적개심을 품은 떼굴떼굴한 선장의 눈동자가 박 경조를 노려봤다. 선글라스형 캠코더 헬멧을 쓴 박경조는 말없이 선장의 시선을 정면으로 받아쳤다. 선장이 코웃음을 치며 외면했다.

"반장님, 2호 단정에서 연락이 왔습니다. 지금 선명 미표기 어선 선장을 본함으로 이송할 준비를 마쳤답니다. 강 순경과 함께 한 명 더 지원해 주시면 채증을 하고 대기하겠습니다."

"알았네. 먼저 선원들이 난동부리지 않도록 포승줄로 묶어 두게. 이 순경을 올려보낼 테니 셋이서 꼼꼼히 채증하는 것도 잊지 말게. 그리고 인근 외국어선의 동향에 대해서도 감시를 철저히 하도록!"

본함으로 이송된 선장이 조사를 받고 난 다음에야 나포한 배를 대흑산도로 끌고 갈 수 있다. 모든 불법 조사와 그에 대한 조치가 끝나야만 비로소 배가 출항할 수 있는 것이다. 그러나 조치가 끝났더라도 불법어선은 끝까지 감시 대상이었다. 풀려난 불법어선은 경계수역을 넘어 중국으로 돌아가는 것을 경비함정 본함에서 레이더로 확인할 때까지 나포된 신세와 같다고 볼 수 있다.

박경조 경사는 수갑찬 선장을 앞세우고 고속정으로 돌아왔다. 고속정에는 이미 선명 미표기 어선 선장이 잡혀 와 있었다. 나이가 제법 든 늙은이였다. 긴 수염이 허옇게 말라붙은 늙은 선장 역시 두 눈에 적개심이 가득 담겨 있었다.

"돈독 오른 늙은이야. 저 나이에 위험을 무릅쓰고 바다로 나선 걸 보면 말야."

최 경사가 혀를 끌끌 찼다. 어느 나라 누구를 막론하고 먹고사는 것이 제일 큰 문제 아닌가. 그러나 법을 제대로 지키고 인간의 도리를 다 하고 사는 것이 점점 어려워지는 게 더 큰 문제였다. 더구나 상대는 돈벌이라면 물불을 가리지 않는 중국인 선원 아닌가.

"박 반장이 검문한 어선에서도 강력한 저항 없었지? 우리가 승선한 배도 그렇더군. 잘못을 아는 건지 그동안 벌금 낼 돈을 많이 벌어둔 건지 순순히 명령에 따르더라구. 서로 불상사 없이 진압하긴 했지만 그리 개운하진 않아. 뭔 꼼수가 있는 건 아닐까?"

헬멧을 벗은 최 경사의 얼굴은 땀범벅이었다. 박경조도 헬멧부터 벗었다. 그 역시 땀투성이인 채로 하나 둘 몸에 걸쳤던 진압복을 벗기 시작했다. 불법 외국어선을 단속 나갈 때 입는 진압복은 무게만 해도 10킬로그램이 넘었다.

"그래도 불상사 없이 끝난 편이 백 번 낫지. 놈들이 쇠꼬챙이 한 번 휘두르는 흉내만 내는 것 같더라구. 좀 이상하긴 하지만 가끔 그럴 때도 있어야 하지 않겠나."

거울 앞에서 박경조는 상체를 살펴보았다. 지난 단속 때 불법조업 선원이 휘두른 쇠꼬챙이에 맞았던 어깨 주변의 멍이 아직도 남아 있었다. 푸르무레 멍든 자국처럼 불법어선 단속을 나갔다오면 언제나 입맛이 썼다.

※

서쪽으로 한참 기운 가을 해가 먹구름에 가려 보이지 않았다. 박무가 낀 바다 위는 고즈넉하기 이를 데 없었다. 불과 한 시간 전의 급박했던 일을 전혀 모르는 듯 바다는 무심한 표정이었다. 박경조는 한바탕 급박한 일을 치른 뒤에 찾아드는 고즈넉한 분위기가 싫었다. 이럴 땐 시원한 캔맥주가 제 격이지만 단속근무 중이니 술은 일체 마실 수 없었다. 조 경장이 캔커피를 가져왔다. 특공대 출신인 조 경장은 눈매가 특히 매서웠다.

"아직 조사가 진행 중인가?"

"네. 일일이 통역하면서 조사를 하니 늦을 수밖에요. 그런데 반장님 얼굴을 보니 무척 무거워 보입니다. 무슨 걱정이라도 있습니까?"

"아니, 아무 일 없네. 단지 긴박한 상황이 종료되고 나면 여러 가지 생각으로 착잡해지기도 하고 우울해지기도 하더군."

"저도 가끔 그런 기분에 빠져들 때가 있습니다. 특히 격렬하게 저항하는 선원들을 보면 진압하러 승선을 하는 짧은 순간에도 인간에 대한 비애를 느끼기도 하지요."

"비애? 그것 때문인가?"

박경조는 커피를 들이마셨다. 시원하고 달콤한 커피가 목을 적셨다. 험난한 세월을 함께 한 바다 위로 바람이 불었다. 흘러간 시간만큼 바다와 사람이 달라졌다. 아니다. 변했다는 편이 맞을 것이다.

"20년 전, 처음 바다에 나와 불법어선을 단속하던 때가 생각나는군. 그 당시엔 검색을 하려들면 대나무로 밀어내거나 배에 있던 어구 종류 등을 집어던지는 게 고작이었는데 말야. 그런데 생각해 보니 사람이 바뀐 것 같네. 그 당시엔 중국어부들 대부분 나이 든 사람들이었는데 요즘은 점점 젊은 사람들이야. 젊으니까 당연히 체격도 좋고 준비하는 무기도 점점 흉포해지고 말야."

"지금은 살벌하게 발전했죠. 아주 무시무시하기까지 합니다."

"그러게 말야. 쇠꼬챙이가 등장한다 싶더니 이젠 아예 온갖 쇠파이프와 쇠도끼 그리고 삽 같은 무기를 준비해 싣고 다니더군. 어디 그뿐인가. 우리가 조타실부터 제압하는 걸 막기 위해 안에서 잠그고 일부러 엔진을 고장내 꼼짝도 못하게 하던 것도 벌써 옛 방식이 돼 버렸지. 요즘은 숫제 쇠창살로 용접을 해서 조타실 키를 움직이지 못하게 해버리질 않나. 작은 가스통에 불을 붙여 우리가 탄 고속정에다 집어던지는 대담한 저항도 해대고들 있지."

"정말 무서운 놈들이에요. 저는 그놈들이 떼지어 10여 척씩 계류하며 저항하는 걸 볼 때면 인간이 어찌 저럴 수 있나 싶어 화가 더 치밀어 오른답니다. 그래서 기어코 한 척이라도 더 잡아 끌어와야겠다는 오기가 솟더라구요."

"조 경장, 그럴수록 침착해야지. 한번 조업 나오면 뭉칫돈이 눈앞에서 왔다 갔다 하는데 그 놈들이 허술하게 하겠는가? 점점 우리가 단속하기 힘들어질걸세. 이젠 단속고속정이 접근하지 못하게 아예 어선에다 쇠막대를 빙 둘러 박아놨더군. 처음 그 형상을 볼 때는 헛웃음이 나오더라구. 그러니 앞으로는 단속에 대항할 별의별 방법이 동원될 거 아니겠나."

"우리만 점점 힘들어지겠죠? 빌어먹을 놈들! 우리가 애써 선장을 잡아도 담보금 내고 풀려나선 또 내려온다죠? 아주 조직적이잖아요. 선주는 대부분 부인명의로 해놓고 여러 척의 배들이 작전을 짜고 조직적으로 불법조업을 한다구요. 단속 나가면 엄청난 힘과 무기로 저항하고 폭력을 행사하니 점점 힘들어지는 거죠. 한 마디로 깡패집단 아닙니까."

"허허. 깡패? 자네 열이 무척 올랐군. 그런데 인천에서 근무하는 동료들은 날마다 열 받는 일로 분통 터진다는데?"

"왜죠?"

"거긴 예민한 지역이잖은가. 바로 NLL 때문에 그런 거지. 중국어선이 단속되거나 불리하다 싶으면 NLL로 넘어가 버린다고 하더군. 중국어선들은 우리 약점을 교묘히 이용한단 말일세. 그러니 단속요원들이 열 받는 거지."

"그것 역시 나라가 두 쪽으로 갈라진 피해를 보는 거군요. 참 힘듭니다."

"힘들다고 투정부리진 말게. 우리가 맡은 일이 생사의 위협을 받으면서 고군분투 할 수밖에 없는 열악한 근무환경이지만 이 길은 우리가 선택한 길이잖은가. 나는 그렇게 생각하네. 내가 먼저 국민을 위해 희생하지 않으면 다른 누구도 국민을 위해 나서지 않는다고 말야. 조 경장, 힘내게나."

조 경장은 말없이 바다를 응시했다. 박경조의 시선도 수평선 너머를 향했다. 물결에 따라 경비정이 옆으로 일렁일렁 흔들거렸다. 갑자기 바다 주위가 어두워지면서 경비함정이 심하게 요동쳤다.

"반장님!"

조 경장이 소리치며 바다를 가리켰다.

"저기 보십시오! 저거 중국어선들 아닙니까? 아주 떼거지로 몰려오는데요?"

단번에 박경조의 눈이 커졌다. 대충 어림잡아도 50여 척은 넘어보였다. 크고 작은 중국어선 50여 척이 경비함정 3003함과 나포한 중국어선을 향해 빠른 속도로 다가오고 있었다.

"어쩐지 놈들이 순순히 응한다 싶더니만 저럴 작전이었군. 저놈들이 계류할 작전으로 저렇게 떼로 몰려온 모양일세. 어떡하나? 선장은 아직도 위반사항 조사 중일 텐데…"

"저것 보십시오. 저 쪽 어선 한 척이 빠르게 선명 미표기 중국어선에 계류합니다. 정선 시켜놓은 저 배에 우리 2호 단정 경찰관 4명이 편승해 있는데 저놈들이 어쩌려고 저러지요?"

박경조는 얼른 쌍안경을 집어 들었다. 나포한 선명 미표기 중국어선에 계류한 다른 배 선원 10여 명이 쇠파이프와 각목을 들고 승선해서 날뛰는 장면이 쌍안경에 고스란히 잡혔다. 2호 단정 경찰관 4명으로는 중과부적이었다. 진압용 가스총과 고압분사기가 있었지만 중국선원들에게 고스란히 당할 수밖에 없는 상황에 처한 것이었다.

"저 놈들은 예나 지금이나 인해전술이 최고의 무기군요. 어휴, 저 놈들을 그냥!"

조 경장은 두 주먹을 쥐며 이를 바득바득 갈았다. 지척에서 동료 경찰관이 폭행을 당하고 있는 걸 알면서도 보고 있어야 하는 것이 못내 분했다.

최 함장을 비롯해 조타실에 모인 대원들의 얼굴엔 분노와 걱정이 교차했다. 최 함장이 무전기로 선명 미표기어선에 편승해 있는 정 순경을 호출했다.

"정호승, 정호승, 들리는가? 대답하라!"

몇 번의 호출 끝에 응답이 왔다.

"함장님…"

"여긴 본함이다. 말하라. 거기 현재의 상태를 알려 달라!"

최 함장의 지시가 끝나기도 전에 무전기에서 알아들을 수 없는 중국말이 왕왕 시끄럽게 들렸다.

"함장님, 우리 측 부상자가 심하게 다쳤습니다. 그리고 1, 2호 단속요원 현재 모두 감금된 상탭니다."

"몇 명이 폭행당해 감금돼 있는가?"

"요영어35352호에 편승했던 3명은 감금만 된 상태고, 선명 미표기 어선에 편승한 4명은 심하게 폭행당한 채 감금돼 있습니다."

"알았네. 너무 겁먹지 말고 침착하게 기다리게. 우리가 조치를 취하겠네."

무전기를 든 최 함장 얼굴에 짙은 그늘이 드리워졌다. 박경조는 지금까지 최 함장 얼굴에 그늘이 드리운 걸 본 적이 없었다. 최 함장은 지휘관으로서 뛰어난 통솔력을 갖고 있었다. 명확하고 신속한 결정으로 3003함의 팀워크는 본청소속 경비함 중에서 단연 최고를 달리고 있었다. 전 대원들의 단결력이 말해주듯 최상의 팀답게 불법어선 검거 성적도 우수했다.

최 함장은 3003함의 대원 한 명 한 명이 마치 자신의 분신 같았다. 서로의 눈빛만 봐도 긴말이 필요 없었다. 그렇기에 부하가 폭행을 당하고 부상 상태로 있다는 것에 누구보다 가슴이 아프고 괴로웠다. 그러나 지금은 감정에 흔들려서 될 일이 아니었다.

"곧 저놈들의 요구사항이 전달되겠지? 먼저 본청에 상황보고부터 올려야겠네."

"저런 놈들을 눈앞에서 그냥 두고 봐야한다니 울화통이 터집니다."

박경조가 온몸을 부르르 떨었다. 조 경장은 이를 앙다물었다. 그때 최 함장의 무전기 신호가 다시 울렸다.

"함장님. 여기 중국어선 측에서 요구한 사항을 전달하겠습니다. 체포한 선장 2명과 경찰관 7명을 맞교환 하자는 요구입니다. 이상입니다."

"부상자의 현재 상태는 어떤가?"

"한 명은 각목으로 맞아 얼굴이 함몰됐고 우측 손이 골절을 입은 듯합니다. 또 한 명은 머리에 피를 흘린 채 있으며 왼쪽 팔이 골절상을 입은 것 같습니다. 두 명 모두 중상으로 보입니다. 이상입니다."

"알았다."

무전기를 든 최 함장의 오른뺨이 실룩거렸다. 감정을 가라앉히기 위해 최 함장은 크고 깊게 숨을 들여 마셨다. 최 함장은 소속인 서해 본청으로 긴급 보고를 올렸다. 사태는 급박하게 돌아갔다. 서해 본청에서는 긴급회의가 소집되었다. 본청 회의는 의외로 길었다. 맞교환에 응하는 것은 나쁜 선례를 남기게 된다는 측과 자국 경찰의 생명과 신변보호가 우선이라는 양측 의견이 팽팽했다. 결국 내려진 결론은 경찰관의 안전이 우선이었다. 엄정한 법을 집행해야 할 해양경찰로서는 전무후무한 결정을 내린 셈이었다. 단속요원 중 중상자가 있으니 서둘러야 했다. 우리 측 경찰관의 안전 확보 차원에서 중국어선 선장 2명과의 맞교환 조치 결정이 내려진 건 17시 30분경이었다.

어느새 바다 주변으로 스멀스멀 어둠이 깔리기 시작했다. 그러나 중국어선이 몰려있는 바다 주위는 집어등으로 대낮같이 환했다. 중국인 선장의 수갑을 끄르는 최 함장의 손이 약하게 떨렸다. 중국어선과 선장은 불법을 저지른 명백한 범죄자였다. 범죄자를 눈앞에서 풀어줄 수밖에 없는 현실에 최 함장은 맥이 풀렸고 회의감마저 들었다. 그러나 지금 이 순간만은 감정에 빠져서는 안 되는 것이다.

박경조 역시 최 함장과 같았다. 그 광경을 똑바로 볼 수 없어 아예 얼굴을 돌려버렸다. 그러나 따가운 시선이 박경조를 물고 늘어졌다. 수갑을 풀고 선실 밖으로 나가는 동안 중국인 선장은 집요하게 박경조를 쳐다보았다. 유들유들한 웃음을 띤 채 선장은 느릿느릿 걸어나갔다. 박경조를 지나칠 때 비릿한 땀내와 기름 범벅인 냄새가 그의 코를 자극했다. 마음대로라면 중국인 선장의 면상을 한 대 갈겨주고 싶었다. 그러나 박경조는 주먹을 움켜쥐며 분노를 억눌렀다.

맞교환은 22시에 끝이 났다. 중국어선에 폭행 감금당했던 경찰관은 마치 패잔병 같은 모습으로 돌아왔다. 부상경찰관 2명은 병원으로 이송하기 위해 305함에 인계했다. 막내 대원 이 순경은 부상 동료를 보며 기어이 눈물을 흘리고 말았다. 바다사나이로 우리의 해양영토를 지키는 일에 나서게 되어 자랑스럽다던 막내 이 순경이었다. 싹싹하고 부지런하면서도 유난히 정이 많은 이 순경이었다. 그런데 건장한 선배 동료가 각목과 쇠파이프로 무자비하게 얻어맞아 제대로 걷지도 못하다니 기가 막혔다. 피로 얼룩져 눈도 뜨지 못하는 동료를 들것에 옮겨 305함으로 이송하는 걸 도우면서 이 순경은 굵은 빗물 같은 눈물을 마구 쏟았다.

바다는 짙고 깊었다. 긴박했던 순간들이 거짓말처럼 짙고 깊은 바다 속으로 잠겨들었다. 바다는 조용했다. 말을 잃은 대원들은 눈을 들어 밤바다 위 하늘을 쳐다보고 있었다. 박경조 역시 멍하니 서 있었다. 박경조 눈에 들어온 밤하늘도 예외 없이 흐렸다.

"내가 제주해경에 배속돼 있을 때였네. 그 해 여름 태풍이 닥쳤을 때 중국 어선을 구한 적이 있었지. 중국어선은 태풍에 떠밀리며 비상항해를 하면서도 안전지대로 들어오질 않더군. 무모하게 버티는 그들에게 말했지. '긴급피난을 우선으로 할 것이고, 어업 관련 논의는 현 시점에서 하지 않겠다'고. 그렇게 최후 메시지를 보낸 뒤에야 그들이 피신에 응하더군. 박 경사, 내가 왜 그렇게 했는지 아는가?"

어느새 박경조 옆에는 최 함장이 서 있었다. 최 함장의 어조는 차분했다.

"우리는 사법선진국이지 않은가. 일단은 사람을 살리는 게 최우선이지. 나는 어떤 일이 있어도 부하 직원을 잃지 않을 걸세. 그렇다면 답은 나온 거 아닌가. 원칙에 입각한 직무집행이 최선일 수밖에. 박 경사, 허탈해하지 말게나. 우리는 말야, 대한민국의 법 집행에 순응하는 중국어선은 최대한 배려해주는 집행관이 되어야 해. 그 대신 자원을 남획하며 폭력으로 저항하면 단호히 대처하는 거야. 이 원칙을 굳건히 지키면 돼."

최 함장이 박경조의 어깨를 힘껏 잡았다. 입술을 앙다문 박경조는 눈을 들어 하늘을 보았다. 검은 밤바다 하늘에는 가끔 아주 가끔 흐린 별이 보일 뿐이었다.

✳

바다에 드리운 안개가 무척 무거웠다. 박경조의 어깨와 머리도 무거웠다. 지난 밤 일이 악몽 같았다. 눈앞에는 중국어선 선장의 얼굴이 자주 어른거렸다. 선장 얼굴이 어른거릴 때마다 눈을 부릅 떴다.

'네 놈이 다시 원칙을 어기고 그리고 불법을 저지른다면 내 결코 그냥 두지 않을 테다.'

알지 못할 분노가 또 다시 치밀어 올랐다. 그러나 어디에다 대고 표출할 상황이 아니었다. 박경조는 머리를 뒤로 젖혔다. 뒷머리가 당기며 욱신거렸다. 연이은 출동에 무리한 탓이었다.

어제 저녁, 부상 동료 이송 후 침묵에 빠져들었던 경비함 내에 길게 비상사이렌이 울려 퍼졌다.

"함내 총원에게 알린다. 함내 총원에게 알린다. 조난 선박 구조 요청! 조난 선박 구조 요청! 각 대원들은 장비를 갖추고 대기할 것. 이상!"

함내 방송에 전 승조원의 움직임이 빨라졌다. 통상 조난 신호는 가장 가까운 어선에서 통신기로 구조 요청이 전달된다. 그러나 구조 요청을 받은 어업무선국에서 가까운 해경 소속의 경비함정으로 바로 전달되기도 한다. 선박 조난의 경우도 여러 가지였다. 제일 잦은 것이 기관고장이 났을 때다. 그리고 침몰 중이거나 배에 불이 났을 때도 연락받은 경비함정이 달려가야 한다.

기관 고장이 나서 멈춰 선 배는 가까운 육지로 예인해야 한다. 그러나 예인할 때도 함부로 고장난 선박 가까이 다가갈 수 없다. 특히 파도가 높거나 바람이 불면 그 충격으로 고장난 배와 부딪힐 수 있으므로 여간 조심해서 접근하지 않으면 안 된다. 일반적으로 투색총을 사용하는데 총처럼 생긴 기구에 히빙라인이라는 가는 줄을 고장난 배까지 닿도록 쏘아 보낸다. 그러면 고장난 배에서 히빙라인을 잡아당기는데 그 줄 끝에 굵은 줄을 이어 보내는 것이다. 고장난 배에서는 굵은 줄을 잡아당겨 선수 앞부분의 BIT에 단단히 묶는 작업을 끝내야만 비로소 예인이 시작되는 것이다.

기관고장인 배는 무사히 예인하는 것으로 끝나지만 침몰 중이거나 화재가 발생한 선박은 지침에 따른 신속한 행동으로 대형 참사를 막아야 한다. 무엇보다도 인명구조가 우선이기에 단정을 이용하거나 직접 구조요원이 투입되기도 한다.

23일 자정 무렵 3003함이 조난구조 요청을 받고 현장에 갔을 때는 중국 국적의 화물선이 좌초된 경우였다. 항해 부주의로 좌초된 흔하지 않은 사고였다. 좌초 후 선체 절반이 침몰 중이었으며 사고 화물선에서는 이미 기름이 유출되고 있었다. 사고 화물선 주위에는 연락 받은 여러 척의 어선과 방제정 4척 그리고 경비정이 와 있었다.

3003함 전 승조원은 인명구조팀과 기름방제팀으로 나눠 행동을 개시했다. 구조를 기다리다 급히 고무보트로 피신한 선원들을 먼저 경비함정으로 옮기고 난 다음 전력을 다해 해양 오염사고를 막기 위한 작업이 시작되었다. 연료통에서 기름이 유출되는 것을 사전에 차단할 수 없었기에 서둘러야 했다.

급파된 방제정 4척은 사고어선 주위로 오일펜스를 설치했다. 신속한 방제 조치만이 유출유 확산을 막는 최선의 방법이기 때문이다. 유출유 확산 방지에 총력을 기울여 해양오염을 방지하는 것 또

한 해경이 맡은 중요한 임무이기 때문에 잠시도 긴장을 늦출 순 없었다. 신속히 움직여서 사태를 파악하고 그에 따른 적절한 대처를 해야 2차 피해를 막을 수 있었다.

박경조는 사고 화물선 주변 해상에 누렇게 뜬 유막을 보며 신음 같은 한숨을 뱉었다. 서해 전체는 그에게 고향과 다름없었다. 그래서 바다가 오염되는 것을 보는 것은 괴로운 일이었다. 박경조는 어릴 때부터 바다에서 풍기는 냄새가 좋았다. 벼가 익어가는 김제 들판에 서 있어도 코끝으로는 짭짜름한 바다 냄새가 스며들었다. 대학을 다닐 때도 바다가 보였다. 바다가 풍기는 비릿함과 짭쪼롬한 내음은 박경조를 평온하게 만들었다. 그런 바다가 그의 눈앞에서 코를 찌르는 역한 기름 냄새와 함께 누런 기름띠를 두르고 넘실거리는 게 아닌가.

"이게 뭐야. 이게 뭔 꼴이람!"

박경조 입에서 짜증 섞인 불만이 절로 터져 나왔다. 그러나 유출된 기름은 연신 물결이 흔들릴 때마다 범위를 넓혀 나갔다. 여러 척의 어선과 방제정이 합동으로 오일펜스를 둘렀지만 물결이 흔들릴 때마다 유막은 더 크게 출렁거렸다. 풍속은 12m/sec를 가리켰다. 큰 물결이 일렁거리는 강도이기에 마음을 놓을 수 없었다. 오일펜스를 이중으로 둘러도 유출 확산이 우려되어 결국 유흡착제까지 동원되었고 밤새도록 기름 방제 작업은 계속되었다. 연료탱크에 남아있던 벙커C유를 바지선에 이적한 뒤에야 방제작업은 일단락되었다. 3003함 대원들은 밤을 꼬박 새웠고 다음날 아침도 거른 채 방제 작업에 매달려 있어야 했다.

"기름 제거 작업을 하면서 작년에 태안 만리포 앞바다 유출 사고가 생각나서 정신없이 뛰어 다녔죠."

얼굴의 기름 검댕이를 닦을 생각도 잊은 채 정 경장이 바다를 보며 허탈한 표정을 지었다. 박경조 역시 기름제거 작업을 하면서 태안 앞바다를 떠올렸다. 2007년 12월 27일의 바닷바람은 얼마나 매서웠던가. 거칠고 차가웠던 바다를 보면서 사람들은 울었고 가슴을 쳤다. 시커먼 기름때만큼이나 가슴속도 타들어갔던 그 겨울을 어찌 잊을까.

"태안 앞바다? 말도 말게나. 만리포 앞 해상에서 선박충돌로 일어난 사고였지만 우리 국민 모두를 경악케 한 오염사고였지 않은가."

"그 당시 원유가 자그마치 12,547kl 유출되었으니 어민들의 피해가 말할 것도 없었죠. 사고 선박이 유조선 허베이 스피리트호였지요. 우리 서해상에는 어류와 해조류가 풍부하고 양식장도 산재해 있는데 그런 대형 재난사고가 나서 전 국민이 팔을 걷어붙이고 나섰잖아요. 지금도 그때 현장이 눈에 선해요. 타르덩어리가 모래사장과 해안 암벽에 엉겨 붙어 있는 걸 수많은 자원봉사자와 군인들이 제거작업을 하느라 고생들 했지요. 아직도 그때의 상처가 진행 중인데 오늘 유출 현장을 보니 피가 거꾸로 솟아요. 왜 자꾸 이런 사고들이 재발되는지."

"거창하게 말할 것 없이 기본적인 사고방식만 갖춰도 사고를 훨씬 줄일 수 있지. 안전의식과 자연보호, 이 두 가지만 명심하고 바닷길을 다닌다면 말이지."

지극히 평범한 이치였다. 그러나 사람들은 평범한 것조차 지키지 않는다. 그것이 결국에는 자신에게 돌아오는 재앙이 될 수 있을 텐데 말이다. 박경조는 갑판 위에 섰다. 어깨가 욱신거렸다. 잠시도 쉬지 않고 유흡착제를 뿌리고 거둬내느라 무리를 한 탓이리라. 그는 팔을 쭈욱 뻗었다. 그리고 둥근 원형으로 팔을 돌리며 뭉친 근육을 풀기 시작했다. 어깨 근육이 조금씩 풀리고 있었다. 하지만 가슴속 응어리는 펴지지 않았다. 날씨 만큼 무겁고 우중충했다.

✳

어두워진 바다 위로 바람이 불었다. 간간이 안개비가 흩날리며 뿌려졌다. 마치 바다 위로 뜨거운 김이 차오르는 것처럼 보이는 초저녁 무렵이었다.

"이런 날이 불법조업만 이뤄지는 게 아니라 밀입국하기도 용이하다면서요?"

"그래도 요즘엔 많이 줄어들었다네. 외국인의 합법적인 입국이 쉬워진 탓에 해상을 통한 집단 밀입국 시도는 감소한 셈이지. 그런데도 취업 목적의 밀항사범은 꾸준히 이어지고 있다구. 농·수산 분야의 구인난 때문에 말야."

"밀입국 전담팀의 동료가 그러더군요. 요즘은 주로 화물선이나 고속선외기 또는 보트로 직접 상륙하는 등 수법이 다양화 되고 있다구요."

"자네, 밀입국 전담팀으로 가고 싶은가?"

"솔직히 기회가 된다면 그 쪽 일도 해보고 싶습니다. 체류외국인이 점점 늘어나고 있으니 그에 따른 범죄 또한 늘어나고 있겠죠?"

"자넨 아직 젊으니 외사과에서 능력을 발휘할 기회도 올 걸세. 자네 말대로 중국, 베트남, 필리핀, 방글라데시 등 외국인 체류자가 늘어나면서 그들을 상대로 한 폭력조직이 형성돼 있다네. 그렇게 되면 자연스럽게 완화된 출입국 규제를 악용해서 폭력조직원과 연계한 각종 범죄자의 밀입과 출국이 예상되거든. 우린 그런 그들의 밀입국 차단에 주력해야 하고 말야."

"지난주에도 중국인 밀입국자 5명을 검거했대요. 산동성에서 소형 고속보트에 편승 출항한 밀입국자들이 목포 인근 해안으로 상륙해서 도주한 것을 잡았다는데요? 우린 지리적으로 중국과 붙어 있으니 여러 가지로 골칫거립니다. 불법조업 어선도 대부분 중국 쪽인데다 수적으로도 감당 안 되게 해대니 울화가 치민다구요."

중국어선과 밀입국자를 생각하면 화가 나는 건 박경조도 똑같은 심정이었다.

"나도 밀입국자들을 바다에서 직접 검거한 적이 한 번 있었다네."

"그래요? 그게 언제 적 일입니까?"

가벼운 감탄사와 함께 이 순경이 호기심 가득한 눈길로 물었다.

"꼭 오늘 같은 날씨였지. 지금 같은 밤이 아닌 아직 어둠이 채 가시지 않은 새벽 무렵이었어. 저쪽 수평선에서부터 작은 배 한 척이 조용히 이쪽으로 오고 있었어. 직감이란 게 있더군. 작은 배였는데 엔진소리도 없이 배가 낮게 가라앉은 듯한 형태였어. 또 우리 쪽으로 오고 있는 건 아마도 중국쪽 밀입국자가 탄 배 아닐까 싶더라구. 다가가보니 검문할 필요도 없이 그들의 몰골이 말해주더라구."

이 순경이 고개를 끄덕였다.

"그들은 위험한 걸 알면서도 왜 목숨을 담보로 감행할까요?"

"사는 게 절박했겠지. 목숨을 담보로 할 만큼 말야."

박경조는 바다로 시선을 돌렸다. 그의 눈에는 오롯이 바다만 보였다.

'그들과 내가 다른 점이 있다면 그들은 사는 게 절박해서 목숨을 담보로 설치는 것이고, 나는 오로지 이 바다를 지키기 위해 그들을 잡아야 하는 일이 절박할 뿐이다.'

검푸른 물이 사정없이 뱃전을 때렸다. 바다와 함께 했던 20여 년 흔적은 찾을 길이 없다. 언제나 뱃전을 때리는 물결이 그의 가쁜 숨과 분노와 땀을 쓸어 담고 어디론가 흘러가버렸다.

＊

9월 25일 19시경 함내에 상황을 알리는 벨이 울렸다.

"총원에게 알림! 총원에게 알림! 19시 현재 가거도 서방 39마일 (EEZ 내측 14마일) 해상에서 무허가 조업 중인 중국어선 10여 척 발견! 지금 즉시 단정하강요원 배치! 지금 즉시 단정하강요원배치!"

조타실 최 함장의 명령에 따라 단속반 2개조 16명이 일사불란하게 뛰었다. 이미 바다로 밤이 찾아들고 있었다. 거기에다 기상마저 나빴다. 이런 경우에는 최단시간 내에 나포해야 한다. 고속단정은 물살을 가르며 속도를 올렸다. 최단거리의 중국어선에 접근한 단정은 나포하기 위해 정선명령을 시도했다.

"리지 팅츄안!(정선!) 리지 팅츄안!(정선!)"

정선 명령을 무시한 채 불법 중국어선이 도주하기 시작했다. 바다 위에서 쫓고 쫓기는 추격전이 벌어졌다. 어둠이 깔린 바다 위로 차가운 바람이 뱃전을 때렸다.

"쫑구어 위츄안 15138! 리지 팅츄안!(중국어선 15138! 정선!)"

"워먼 시엔짜이 쩡쨔이 쩌씽 꿍우, 마샹 팅츄안 지에쇼오 지엔챠!(현재 공무 집행중이니 지금 즉시 정선하여 검문검색에 응해주기 바란다!)"

정선과 검문에 불응한 중국어선은 도주하면서 격렬히 저항했다. 중국어선 양현으로 고속단정 2대가 따라 붙었다. 단정을 어선에 접근시킨 박경조는 승선을 시도했다. 방패 든 왼손으로 저항을 막으면서 승선할 틈을 노렸다. 그러나 좀처럼 승선할 기회를 잡을 수 없었다.

그때 낯익은 얼굴이 박경조 눈에 띄었다. 어둠 속에서도 똑똑히 보였다. 수염을 쓰다듬는 늙은 선장이 갑판에 선 채 유들유들 웃고 있었다. 비릿한 땀내가 코끝을 스쳤다. 박경조는 눈을 질끈 감았다가 다시 떴다.

'저 놈을 잡아야 해! 저 놈을!'

박경조는 어금니를 꽉 깨물었다. 신음소리가 속에서 끓었다.

'네 이놈! 우리 영해의 주인이 누군지 아느냐? 나는 배타적 경제수역에서의 자원보호를 위해서 너희들의 불법조업을 응징하려는 게 아니다. 그보다 더 큰 이유를 오늘 분명히 보여주겠다. 이 바다의 주인은 바로 우리다! 이 바다의 주인이 우리라는 사실을 망각하지 말라!'

방패를 단단히 움켜쥔 박경조가 몸을 날리며 외쳤다.

"승선!"

승선 명령과 함께 뛰어오른 박경조가 중국어선의 배 난간을 움켜잡았다. 뒤이어 단속대원 두 명도 승선을 시도했다. 그러나 중국 선원의 저항은 필사적이었다. 두 눈을 부라리며 입에 거품을 물고 완강히 저항했다. 알아들을 수 없는 괴성을 지르며 쇠망치와 쇠막대를 마구 휘둘렀다. 쇠막대에 팔목과 어깨를 맞은 단속대원 두 명이 단정 위로 떨어졌다. 박경조의 손등을 중국선원이 쇠도끼로 가차 없이 내리쳤다. 그러나 박경조는 배 난간 잡은 손을 놓지 않았다. 이를 앙다문 그의 얼굴을 매서운 바람이 감고 돌았다.

박경조는 소리쳤다. 승선! 승선! 그러나 명령은 더 이상 목에서 나오지 않았다. 둔탁한 물체가 머리에 떨어졌다고 느낀 건 아주 짧은 찰나였다. 사방이 캄캄했다. 사람도 배도 그리고 바다도 보이지 않았다. 귀가 먹먹했다. 파도소리, 바람소리 그리고 갈매기 소리…, 그러나 박경조 귀에는 아무 소리도 들리지 않았다. 그의 귀에는 오직 아내의 목소리만 파도처럼 밀려들었다. 아아, 아내가 그랬지. 잘 다녀오세요, 잘 다녀오세요라고.

"반장님, 반장님이 안 보입니다!"

쇠막대에 맞은 허리를 주무르던 이 순경이 다급하게 소리쳤다.

"뭐라구?"

"우리 단정으로 떨어진 거 아니었어?"

"그렇다면 단속 어선에 승선한 거야? 혼자?"

"뭔 일 나기 전에 얼른 배 돌려! 얼른 추격해!"

고속단정 안이 발칵 뒤집혔다. 고속단정은 바로 배를 돌렸다. 중국어선 요금어15138호를 맹추격하기 위해 전속력으로 달렸다. 단정 주변의 물살이 세차게 튀어 올랐다. 바람은 차츰 드세졌고 안개는 점점 짙었다.

요금어15138호를 따라 붙은 고속단정은 재차 정선 명령을 보냈다.

"워먼셔 한구어 하이양 찡챠 산링링야오 지엔!(우리는 대한민국 해양경찰이다!)"

"마샹 팅츄안, 포우저 워먼 카이 치앙러!(지금 당장 정선하라! 정선하지 않으면 발포하겠다!)"

그러나 중국어선은 도주를 멈추지 않았다. 재차 승선을 시도하는 단속대원을 향한 저항은 훨씬 거세졌다. 거기에 동반 도주하던 다른 중국어선 두 척까지 가세해서 단속을 방해했다. 바다 날씨마저 무심했다. 주변은 어두웠고 바람의 강도가 점점 세졌다. 앞을 분간할 수 없는 기상악화로 불법어선에 접근하는 자체가 무리였다.

"배를 돌려! 무리하다간 사고 나겠어."

"여기서 배를 돌리자구요? 그럼 반장님은요?"

"반장 안전이 걱정되지만 일단 본함으로 가서 대책을 세우자."

두려움과 불안으로 고속단정 대원들 얼굴이 바다처럼 식어버렸다. 차가운 밤바람을 받으며 단정은 방향을 틀었다. 어둠 속으로 중국어선은 유유히 멀어져 갔다.

본함에서는 이미 확보한 채증 자료 분석을 하고 있었다. 고속단정 대원들의 채증 카메라 자료까지 넘겨받은 최 함장은 확인 작업에 들어갔다. 화면 한 장면 한 장면이 바뀔 때마다 최 함장과 대원들의 시선은 움직일 줄 몰랐다.

진압복을 입은 박경조 반장이 고속단정 맨 앞에 서 있었다. 바람과 물살에도 그는 흔들리지 않고 서 있었다. 쇠파이프와 쇠도끼 앞에서도 그는 몸을 굽히지 않았다. 양 측 배가 심하게 흔들렸다. 파도가 거칠게 뱃전을 때리자 허연 물살이 곳곳에 튀었다. 흔들리는 배의 난간을 붙잡은 채 매달려 있는 박경조가 나타났다. 승선을 시도하려는 박경조를 향해 중국선원들이 쇠파이프와 삽을 휘둘렀다. 그 중 한 명이 삽으로 박경조의 머리를 정확하게 가격했다. 난간을 붙잡은 박경조 몸이 순식간에 바다로 떨어졌다. 채 10초도 되지 않은 짧은 순간이었다. 아아, 그 장면을 지켜보던 단속대원들 모두가 동시에 신음을 토했다. 이 순경과 정 경장이 끄윽끄윽 울었다. 최 함장이 자리를 박차고 일어났다. 마이크를 잡은 최 함장의 구릿빛 얼굴이 굳어 있었다.

〈중국어선 나포를 위한 조치〉

02:40 중국RCC와 중국어선 선박 검문검색 협조 요청

03:00 중국 해상수색구조본부와 2차 협조 통화

03:50 중국 어정어항감독관리국과 전화통화

04:25 중국 수색구조센터 및 어정국에 검문검색 협조 요구

10:20 군산 1001함 중국어선 검거를 위해 합류

10:30 3003함 도주 중인 중국어선, RIB 이용 검거

〈실종 경찰관 수색을 위한 조치−동원세력 함정 18척, 항공기 5대〉

00:30 인근 경비함정 및 해군함정 지원 지시
05:30 제주, 군산해경에서 헬기 수색차 이동
13:15 사고 추정 해점 남방 3.5마일 해상에서 사체로 발견 인양

❋

선자는 고꾸라지듯 바닥에 꿇어 앉았다. 꿇은 앉은 자세였지만 선자의 시선은 똑바로 앞을 향했다. 조금의 흔들림 없는 선자의 눈동자 속으로 남편이 걸어 들어왔다. 남편의 얼굴엔 언제나 웃음이 가득 했다. 사람 좋은 얼굴로 누구에게나 활달하게 인사하던 남편이었다. 그런 남편이 지금 눈앞에 있다. 선자의 품이 아닌 하얀 국화 속에 남편이 안겨 있다. 남편은 여전히 듬직했다. 뚫어져라 남편을 보며 선자는 잔을 집어 들었다. 선자의 손이 부들부들 떨렸다. 술잔이 같이 떨었다. 술잔에서 술이 방울방울 떨어졌다.

'당신, 왜 거기 있는데? 이번 출정 갔다 오면 나랑 술 한 잔 같이 한다고 했잖아. 그런데 왜 내 잔을 받지 않고 당신은 거기 그냥 있는 거야? 왜? 왜?'

선자의 작은 가슴이 타듯 조여들었다.

'내가 왜 여기서 이러고 있는가. 도대체 나는 지금 누구에게 술잔을 건네고 있단 말인가.'

말 없는 남편을 쳐다보며 선자는 뒤늦은 후회에 몸부림쳤다. 마

지막인데 한번 안아보자던 남편을 붙잡지 못했던 것을.

 '여보, 나는 마지막이 아닌데 당신은 왜 그랬어요? 내게 그리고 우리 아이들에게 당신이 얼마나 보물단지인데 이리 허망하게 작별인사 한 마디 없이 가버리십니까? 이리 헤어지려고 나를 붙들었단 말입니까? 결혼 약속 후 당신을 만나러 근무지로 달려갔던 20년 전의 그 날을 기억합니까? 그때 약혼식을 하고 싶어 했던 당신은 쌍가락지를 준비해놓고 나를 기다렸지요. 사진관에서 내 어깨에 손을 얹고 소년처럼 마냥 웃던 당신 얼굴이 어제 같이 생생한데 이젠 당신을 볼 수 없다니요. 여보, 힘들면 힘들다고 짜증을 내거나 불만을 터뜨려도 나는 다 받아줄 수 있었는데 당신은 어찌 그런 내색 한번 안 하셨나요? 내가 걱정으로 밤을 지샐까봐 그랬나요? 당신 출정 나간 7박8일을 가슴 졸이며 애태워 할까봐 그러셨나요? 비가 내리고 바람이 치면 당신 걱정에 발을 동동 거릴까봐 내색 않았던가요? 당신은 입만 열면 그랬어요. 당신 일이 보람 있다고, 재미도 있으면서 신난다고, 그래서 그 흔한 멀미 한번 한 적 없이 경비함정에서 즐겁게 일한다고 했던 당신. 아아, 나는, 어리석은 나는 당신 말만 믿었어요. 항상 웃는 당신 얼굴에서 위험을 전혀 찾을 수가 없었어요. 당신의 찡그린 얼굴을 한번도 본 적 없었기에 도통 눈치 채지 못했지요. 변덕 심한 바닷길을 종횡무진 누비며 무지막지한 불법자와 맞서 싸우느라 위험에 노출돼 있는 당신을… 여보, 어리석게도 나는 내가 잘난 줄 알았어요. 내가 정말 잘나서 그런 줄만 알았지요. 항상 당신이 져주었기에 부부싸움이 안 됐는데, 나보다 먼저 밥 먹는 적 없이 내가 숟가락 들 때까지 기다리던 당신이었는데,

그런 당신을 두고 다들 그랬어요. 부처 가운데 토막 같은 신랑을 뭔 복이 있어서 만났냐고 부러움 반 질투 반 섞인 말을 들었지요. 여보, 나는 어떡하라고 이러십니까? 당신이 먹고 싶어 했던 음식을 나는 더 이상 만들 수도 없어요. 당신에게 어울리는 옷을 이제는 사줄 수도 없게 됐어요. 아아 그리고 당신과 마주 앉아 밥을 먹을 수 없다는 것이 정말이란 말입니까? 여보, 당신이 했던 말을 기억하나요? 아이를 다섯 명 낳자던 당신 말에 놀란 토끼눈으로 쳐다보는 나를 다독이며 그랬지요. 자식 없는 형님 집에 한 명씩 안겨드리자고 했던 당신. 그런 당신은 아이들에게 회초리 한번 든 적 없었어요. 아아, 당신은 얼마나 좋은 아빠였는지 알고 있나요? 두 아들과 함께 밤늦도록 뒹굴며 마치 개구쟁이처럼 아이들 눈높이에 맞춰 어울렸던 당신이었어요. 여보, 당신은 두 아들에게 꿈과 희망의 노래를 수도 없이 들려줬어요. 넓은 바다를 품은 자가 세상을 가진 거라던 당신은 바다에서 희망의 끈을 놓지 않았던 노인을 존경했지요. 바다에서 꿈을 놓지 않았던 산티아고의 이야기를 우리 아이들이 얼마나 진지하게 들었는지 당신은 아시잖아요. 아아, 이제 우리 아이들에게 누가 바다를 들려줄까요? 희망의 노래를 어디서 들을 수 있을까요? 여보, 철없는 나를 용서해주세요. 당신이 밤새 차가운 바닷물에 밀려 둥둥 떠다닐 적에 나는 푹신한 침대에서 잠을 잤어요. 아침바다를 비춘 햇살에도 눈을 뜨지 못한 당신을 두고 나는 아침밥을 먹었고, 웃음 잃은 당신을 두고 나는 친구와 마음껏 웃었어요. 아아, 나는 당신의 아내이면서 아무 것도 몰랐어요. 전혀 느끼지 못했어요. 언제나 그랬던 것처럼 출정을 마친 당신이 문을 열고 환하게 웃으며 들어오는 것만 기다리고 있었어요. 당신 생일에 줄 선물과 음식 만들 생각에만 빠져 있었어요. 언제나처럼 당신이 두 팔을 벌리며 다가와 넓은 가슴에 나를 품어줄 것만 기다리던 철없는 아내였어요. 여보, 당신이 그토록 사랑했던 바다였는데, 당신이 그리도 지키고자 젊음을 바친 바다였는데 이리 허망하게 당신을 데려가다니요. 당신은 항상 그랬지요. 바다의 사나이는 죽어서도 바다를 지킨다고 했던 당신. 당신은 그 넓은 바다에 당신 몸을 맡겼지만 나는 당신을 보낼 수 없어요. 당신은 포세이돈처럼 바다를 지키겠다고 했지만 지금도 내 귓가에는 당신이 즐겨 부르던 노래가 맴도는데 어찌 당신을 보낸단 말입니까! 여보, 일어나세요. 당신이 불렀던 노래처럼 일어나서 다시 한 번 해보세요 제발!'

검은 밤의 가운데 서 있어
한 치 앞도 보이질 않아
어디로 가야 하나 어디에 있을까
둘러봐도 소용없었지
인생이란 강물 위를
끝없이 부초처럼 떠다니다가
어느 고요한 호숫가에 닿으면 물과 함께 섞이겠지
일어나 일어나 다시 한 번 해보는 거야
일어나 일어나 봄의 새싹들처럼

〈김광석의 노래 '일어나'〉

바다와 해군 제복을 사랑한 사나이

해군 故 박경수 상사

불멸의 성좌여, 바다의 수호신이여 / 이근배

해보다 밝은 별들이어라
조국수호의 서해전선을 지키다가
적들의 불의의 폭침으로 순국한
대한민국의 자랑스러운 마흔여섯 해군 용사들

이 나라의 하늘에 불멸의 성좌로 떠 있어라
동해. 서해. 남해. 삼면이 바다인 우리 강토
바다는 장엄한 반만 년 역사의 보루였고
이 겨레 기름진 삶의 터전이었으니

조국의 아들들이여, 용사들이시여
그대들이 영예롭게 선택한
해군의 이름만으로도
가슴과 어깨에 빛나는 계급장만으로도
그대들의 나라사랑, 그대들의 용맹은
천하무적의 개선군이었어라

아, 그날 2010년 3월 26일 파도도 잠드는 시간
누구는 아버지 어머니께 안부전화를 드리고

누구는 연인을 그리는 편지를 띄우고
꽃다운 젊음들이 평화의 꿈을 펼칠 때
어찌 뜻하였으리

하늘이 무너지는 한순간의 참화가
우리의 고귀한 아들들을 앗아갔어라

그대들의 육신 그대들의 정신은
저 왜적을 막으려 스스로 동해의 용이 된 문무대왕
대륙까지 호령하던 해상왕 장보고 대사
백전백승 구국의 성웅 충무공의 얼을 받았으니

그대들로 하여 분단 조국은 하나가 되고
그대들로 하여 대한민국은 세계 으뜸이 되고
그대들이 바친 목숨 영원한 성좌가 되어
길이길이 이 겨레 빛이 되리라

자유, 평화를 지키는 수호신이 되리라
바다와 해군 제복을 사랑한 사나이

故 박경수 상사

　故 박경수 상사는 1981년 2월 19일 경기 수원에서 태어나 2001년 6월 23일 해군부사관 188기 보수하사로 임관했다. 그는 참수리 357호정, 전남함을 거쳐 천안함에 부임했으며, 2002년 6월 제2연평해전에 참전, 당시 총탄에 부상을 당하고도 동료를 구하는 등 참 군인의 전형이었다. 故 박 중사는 제2연평해전의 공을 인정받아 국무총리 전투유공훈장을 추서받았고 이명박 대통령의 취임식에도 가족들과 함께 초대받았다. 제2연평해전의 충격으로 한동안 배에 오르지 못했던 그는 가족의 도움을 받아 상처를 치유하고 2008년 다시 배에 올랐다.

　천안함 침몰 사건이 일어난 3월 한달 동안 3일 밖에 쉬지 않을 정도로 맡은 바 최선을 다한 군인이었다. 특히 박 상사는 혼인신고만 치른 아내와 올해 10주년 기념으로 결혼식을 올릴 예정이었다. 아내 박미선 씨는 사건 발생 후에도 "30살에 결혼하면 잘 살수 있다고 했는데"라면서도 "(남편이) 연평해전에서도 살아 돌아왔다. 꼭 돌아올 것"이라고 말하는 등 의연한 모습을 보인 바 있어 주위를 더욱 안타깝게 하고 있다.

〈수원세류고등학교 추모회〉

아직 날이 채 밝지 않아 밖은 어두웠다. 그러나 알람시계는 어김없이 요란하게 울렸다. 손을 뻗어 알람시계의 버튼을 눌러 끈 경수는 다시 이불을 끌어당겼다.

"가영 아빠, 일어나야죠. 다시 자면 어떡해?"

미선은 경수의 가슴을 흔들었다. 미선 역시 잠에서 덜 깬 목소리였다.

"10분만, 아니 5분만 더 자자 응?"

"나도 더 자고 싶은 건 똑같애. 그래도 안 돼요. 일어나요 어서."

미선은 단호하게 먼저 침대에서 빠져나왔다. 경수도 마지못해 일어났다. 침대에서 몸을 일으키는 경수의 몸짓이 둔해보였다. 하품을 하며 세면실로 들어간 경수가 양치를 할 동안 미선은 우유를 데우고 사과를 깎았다. 그리고 식탁 옆에 세워둔 남편의 캐리어를 확인한 다음 연분홍색 카디건을 걸쳤다.

3월의 새벽 공기는 아직도 쌀쌀했다. 뺨에 닿는 차가운 바람이 알싸한 고추냉이 같았다. 경수가 차 뒤 트렁크를 열고 캐리어를 실을 동안 미선은 시동을 걸었다. 조수석에 앉자마자 경수는 의자에 머리를 맡긴 채 지그시 눈을 감았다. 여전히 졸린 기색이었다.

"오늘 따라 왜 이렇게 가기 싫지? 정말 가기 싫다."

미선은 출발하기 전에 남편 경수를 쳐다보았다. 눈을 감은 채 가기 싫다고 하는 양이 꼭 어린애처럼 보였다. 미선은 싱긋 웃었다.

"여보, 자기는 군인이잖아. 왜 그래요?"

미선의 군인이잖아라는 말이 효과가 있었던 것일까? 남편 경수는 더 이상 가기 싫다는 말을 하지 않고 조용히 앉아 있었다. 미선은 잠깐이라도 남편 경수가 잠을 자도록 내버려 두었다. 바다를 닮은 어둠이 거리를 덮고 있었다. 도로에 내려앉은 여명을 가르며 미선은 조용히 차를 몰았다.

함대가 가까워지고 있었다. 어스름 속에서도 짙푸른 바다가 눈에 들어왔다. 차에서 내리자마자 바람에 실려 온 바다 냄새가 먼저 코로 들어왔다. 비릿한 바다 냄새지만 이젠 미선에게도 익숙하게 다가왔다.

차에서 캐리어를 내린 경수가 미선을 향해 돌아섰다. 여명 속에 서 있는 아내 미선은 민낯인데도 예뻤다. 경수는 팔을 돌려 가녀린 아내 미선의 허리를 껴안았다.

"잘 갔다 올 테니 아프지 말고."

"네에."

미선의 대답은 구김살 없이 밝고 씩씩했다.

"가영이랑 밥도 잘 챙겨먹고."

"그럴게요. 경수 씨, 어서 가세요. 늦겠어요."

"그러고 보니 가영에게 **뽀뽀**도 못하고 나왔네."

"제가 당신 몫까지 합해서 두 번 해줄게요. 됐죠?"

"그렇게 해줘. 여보, 전화할게."

경수는 미선의 **뺨**에 입을 맞춘 뒤 돌아섰다. 캐리어를 끌고 돌아서 가는 남편 경수의 뒷모습이 쓸쓸해 보였다. 예전에 없던 느낌이었다. 미선은 고개를 갸우뚱했다.

'정말 가기 싫은가보다. 오늘 따라 어깨가 왜 저렇게 처져 보이지?'

미선은 얼른 휴대폰을 꺼냈다. 카메라 위치를 찾아 눈으로 가져갔다. 남편 모습이 사라지기 전에 재빨리 버튼을 눌렀다. 캐리어를 끌고 터덜터덜 걸어가는 남편 경수의 뒷모습이 오롯이 카메라에 잡혔다. 사진을 확인하면서 미선은 중얼거렸다.

'나중에 돌아오면 뒷모습 찍은 사진을 보여줘야지. 그날 당신이 이렇게 가기 싫어했다고, 이런 뒷모습은 정말 보기 싫었다고 하면서 보여줘야겠다.'

평택항으로 넘어온 바닷바람이 미선의 품을 파고들었다. 원래 3월의 봄바람이 차다지만 바람의 정도가 센 편이었다. 3월의 바람은 다소 거칠면서도 매섭기까지 했다.

＊

3월 26일 오후의 햇살에는 밝고 풋풋한 봄기운이 담뿍 담겨 있었다. 상가 건물에 가려 늦게 피었던 목련이 가벼운 바람결에도 스르르 떨어지는 한낮이었다. 늘어진 햇살 탓에 점심을 먹고 나면 으레 춘곤증이 한꺼번에 밀려들었다. 춘곤증을 이겨내려고 미선은 점심 식사 후 커피를 진하게 타 마셨다. 그런데 시간이 갈수록 눈이 침침하고 몸이 자꾸 아래로 가라앉는 것처럼 처지는 것이었다. 온전히 서 있는 것도 힘들었다. 다분히 춘곤증 때문은 아닌 듯 했다.

겨우 퇴근 시간까지 버텼던 미선은 집에 오자마자 그대로 소파에 누워 버렸다. 팔을 들어 올리거나 말할 기운조차 없었다. 목이 무척 말랐지만 어린 가영에게 물을 갖다달라는 말도 하기 버거웠다. 남편 경수 생각이 간절했다. 그의 손길이 그리웠다. 서서 근무하는 시간이 많은 미선이 힘든 걸 알기에 경수는 항상 마음 아파했다. 굳은살로 딱딱해진 미선의 발과 다리를 주물러주면서 경수는 속삭이듯 말했다. 고생 시켜서 미안해라고.

그때 전화벨이 울렸다. 미선은 간신히 전화기를 들었다. 마음이 통했던 것일까? 남편 경수의 목소리가 전화기 선을 타고 미선에게 다가왔다.

"마누라, 나야, 당신 남편 경수."

"으응."

미선의 대답만 듣고도 남편 경수는 대뜸 눈치를 챘다. "대답이 왜 그래? 어디 아픈 거야? 몸이 아퍼?"

"으응. 기운도 없고 온몸이 아파요."

"그래? 여보, 나 금방 갈게. 조금만 참어. 내가 가서 약도 사주고 당신 다리도 주물러줄 테니까 조금만 참어. 응?"

"으응. 그럴게요."

미선은 자꾸만 처지는 눈을 주체할 수 없었다. 입술을 달싹거리는 것조차 힘에 부쳤다.

"그리고 여보, 이번에 내가 집에 가면 기분전환 할 겸 가까운 곳으로 여행도 가자. 알았지?"

남편 경수는 미선이 걱정되었지만 당장 달려올 수 없기에 여간 신경 쓰이는 게 아니었다. 그러나 미선은 전화를 오래 할 힘조차 없었다. 조용히 쉬고 싶은 생각만 간절했다.

"여보, 나 지금 너무 아파. 그냥 쉬고 싶어요."

"그래? 알았어. 오늘은 여기서 끊을게. 푹 자고 나면 조금 괜찮아질거야. 여보, 사랑해. 내 맘 알지?"

"으응, 알아요. 잘 자요."

"당신도 잘 자!"

전화기 너머에서 뚜, 뚜 소리가 가물가물 들렸다. 미선은 이내 잠속으로 빠져들었다. 언제 왔는지 남편 경수가 옆에 있었다. 해군 정복을 입은 채였다. 여느 때처럼 경수는 미선의 다리를 주물러 주었다. 남편의 손길은 언제나 따뜻했고 부드러웠다. 미선의 이마를 짚어보며 근심어린 눈으로 쳐다보는 남편의 순하디 순한 눈매가 크게 다가왔다. 미선은 손을 뻗었다. 이마를 짚고 있는 남편의 손을 잡고 싶었다. 그러나 미선의 손이 너무 무거웠다. 미선이 위로 뻗으려 할 때마다 손은 자꾸 아래로 처져버렸다. 마치 자석이 끌어내리는 것 같았다. 미선은 남편에게 도움을 청하려 했다. 그런데 이번엔 말이 나오지 않았다. 여보라는 말이 입안에서만 뱅뱅 돌았다. 그때까지 미선의 이마를 짚고 있던 남편 경수가 벌떡 몸을 일으키더니 뒷걸음치기 시작했다. 순식간에 남편의 몸이 작아지고 있었다. 어디 가? 어디 가는거냐구! 미선은 소리쳐 물어보고 싶었다. 그러나 여전히 말은 나오지 않았고 손은 허공에서 허우적거렸다. 입안이 바싹 마른 느낌이 온몸으로 퍼져나갔다. 그때였다.

어둠 속에서 전화벨이 깊게 울렸다. 미선은 꿈 속에서려니 했다. 그러나 전화벨은 연신 요란하게 울렸다. 비몽사몽간에 미선은 전화기를 들었다. 전화기를 든 손이 여전히 무겁게 느껴졌다. 전화기 너머 들리는 소리가 왕왕거렸다. 미선이 겨우 전화기를 들고 입을 떼려고 할 때였다. 낯익은 목소리가 거친 숨소리와 함께 전화기 속으로 쏟아졌다.

"가영 엄마, 소식 들었어?"

관사에 사는 선배언니가 다짜고짜 물었다. 선배언니의 전화 목소리가 너무 커서 작은 거실 전체로 울려 퍼졌다.

"무, 슨 소식요?"

미선의 떨떠름한 물음에 잠시 침묵이 흘렀다. 그러나 침묵은 그리 오래 가지 않았다.

"아이구, 모르는구나. 이 일을 어째!"

혀를 끌끌 차던 선배언니가 뒤이어 한숨을 뱉었다.

"가영 엄마, 놀라지 말고 잘 들어."

"왜요? 무슨 일예요?"

심상치 않은 분위기에 미선은 전화기를 바짝 당겼다.

"그게, 그게 말야, 천안함이 침몰됐대."

선배언니의 말이 끝나기도 전에 미선은 소파에서 벌떡 일어났다. 조금 전만 해도 남편 경수가 내 옆에 있었는데 어디 간 거지? 미선은 주위를 두리번거렸다. 그러나 어두침침한 눈앞에 보이는 건 낮익은 집안이었다. 남편 경수는 어디에도 보이지 않았다.

"천안함 772라는데 거기 가영 아빠가 탄 배 맞잖어?"

선배언니는 작심한 듯 말을 이어나갔다.

'천안함? 772? 침몰? 가영 아빠?'

미선은 전화기를 든 채 계속 같은 말만 되뇌고 있었다. 둔기로 세게 맞은 듯 머릿속이 얼얼했다. 한 걸음 발자국을 뗐으나 마치 허방다리처럼 붕 떠 있는 것 같았다. 그리고 이내 눈앞이 캄캄해졌다.

※

차르르 찰싹찰싹. 가벼운 파도소리를 실은 바닷물이 모래 위로 밀려왔다. 짠내와 비린내를 담은 바닷물은 미선의 발 앞까지 밀려오는가 싶더니 이내 뒤로 미끄러져 갔다. 미선은 모래 위에 서서 밀려오는 파도를 내려다보았다. 하얀 포말을 잘게 부수며 미선에게 다가온 파도는 연신 똑같은 몸짓으로 몰려왔다가 뒷걸음치듯 쓸려 내려갔다. 꼼짝 않고 서 있는 미선을 향해 파도는 부지런히 달려왔다. 마치 미선을 발견한 남편 경수가 뛰어오는 몸짓 그대로 파도는 밀려왔다. 그러나 기세 좋게 달려오던 파도는 매번 미선의 발 바로 앞에서 스르르 물러나 버리는 것이었다.

한동안 꼼짝 않고 서 있던 미선이 발가락을 꼼지락거렸다. 그리고 발바닥에 힘을 준 다음 한 걸음 앞으로 나아갔다. 그러나 거기까지였다. 더 이상 발걸음이 떨어지지 않는 것이었다. 여전히 파도는 미선의 발 앞까지 왔다가 바다로 꽁무니를 뺐다.

"참 이상해."

"뭐가?"

미선이 독백처럼 중얼거린 말을 동생 혜선이 들은 모양이었다.

"이제는 바다를 똑바로 볼 수 있을 것 같았거든. 그런데 아니야. 아니네."

바다 한가운데를 향한 미선의 눈에 어느새 눈물이 반짝 어렸다.

"파도마저 내게 다가오지 않잖아. 네 형부처럼 달려오던 파도마저 날 외면하고 있어. 내 발가락을 적시고 어루만져 줄거라 기다리며 서 있는데, 나는 이렇게 서 있는데."

미선은 더 이상 말을 잇지 못했다. 무심한 바닷바람이 미선의 머리칼을 흩날렸다. 미선은 바람이 하는 대로 내버려두었다. 바닷바람은 여전히 비릿하고 짭짜르했다.

"혜선아, 나는 그때는 확신을 가졌어. 가영 아빠가 살아있다는 확신 말야."

혜선은 나무 등걸처럼 꼿꼿이 선 채 미선처럼 바다를 향해 서 있었다.

"제2연평해전이 일어났던 날, 뉴스에서 네 형부 이름만 안 나오는 거야. 사망자 명단에도 안 나오고 생존자 명단에도 이름이 없었어. 나는 뉴스를 믿을 수 없었어. 네 형부 선배와 해군본부로 확인 전화하는 내 심정이 어땠겠니? 속은 바싹 타고 입술은 걷잡을 수 없이 떨렸어. 전화하는 손이 부들부들 떨렸고 속 시원한 답을 듣지 못하는 내 속은 새카맣게 타들어갔지. 혜선아, 그래도 나는 내 느껌을 믿었어. 네 형부가 살아있다는 확신을 믿었단다."

잠시 호흡을 가다듬는 미선이 크게 숨을 들이마셨다. 바다의 찬 기운이 폐부 깊숙이 빨려 들어왔다. 그러나 가슴 속은 조금도 시원하지 않았다.

"하루가 가고 또 하루가 가고, 그렇게 시간이 흘러가도 내 확신은 변함이 없었어. 그리고 보름인가 지났을 때 드디어 네 형부가 나타난거야. 가영 아빠가 내 앞에 나타나던 날 나는 눈물도 나지 않았어. 그저 고맙고 감사할 뿐이었어."

미선은 자신의 두 손을 들어 찬찬히 살펴보았다. 상처투성이로 나타난 남편의 얼굴을 쓰다듬었던 손이었다. 남편의 창백한 얼굴은 차가웠다. 남편의 얼굴을 만지면서 미선은 가슴 속으로 울었다. 불덩이보다 뜨거운 울음이 가슴 밑바닥에서 터졌지만 차마 눈물을 보일 수 없었다.

제2연평해전을 겪었던 남편 경수는 한동안 말수가 줄었다. 곤하게 잘 자다가도 남편 경수는 화들짝 놀라 깨기를 자주 했다. 한밤중에도 곧잘 놀라서 깬 남편 얼굴은 땀투성이였다. 거친 숨을 헐떡일 때마다 미선은 두 손으로 다독거렸다. 마치 어린아이를 재우듯 토닥이거나 가슴을 어루만져주었다. 남편은 꽤 오랫동안 숨소리가 불규칙했다. 미선은 그런 남편 옆에서 그림자처럼 조용히 움직였다.

"그날 참수리호는 아비규환이었어. 불꽃과 연기와 화약 냄새. 아, 내 눈앞에서 동료가 푹 쓰러졌지. 그리고 바닥에는 금세 검붉은 피가 흥건했어. 나중에는 고막을 찢는 함포소리도 들리지 않았지. 내 눈에서 불꽃이 튈 때 나는 오로지 적을 물리쳐야 한다는 생각뿐이었고 정신없이 적을 향해 쏘아댔어. 쓰러진 사수 대신 M-60 기관총을 잡았다구."

남편 경수의 가슴이 벌떡벌떡 뛸 때마다 미선의 손바닥도 함께 뛰었다. 남편 경수가 미선의 손을 꼭 잡았다.

"여보, 가영이와 함께 당신은 내 옆에 꼭 있어야 해. 내가 은퇴하고 나이 들면 이렇게 서로 손잡고 걷자. 낙엽 밟으면서 걷고 꽃비 맞으면서도 걷고 백사장도 걷자. 당신과 함께 오래오래 걷고 싶어."

미선은 남편 경수의 말을 이해할 수 있었다. 죽음의 경계를 넘나들었던 남편은 평화로운 시간을 꿈꾸고 있었던 것이다. 차츰차츰 남편 경수의 숨소리가 고르게 들렸다. 미선은 경수의 가슴에 얼굴을 묻었다. 그리고 다짐하고 또 다짐했다. 그 다짐은 온전히 미선 자신에게 한 것이었다.

'여보, 힘들면 힘들다고 말해요. 나는 화가 나도 참을 거예요. 힘에 부쳐도 이겨낼 게요. 오직 당신을 위해서.'

남편 경수가 힘주어 미선을 안았다. 마치 미선의 다짐을 읽은 것처럼.

"혜선아, 나는 가영 아빠를 대한민국 최고의 남편으로 대해주었어. 왜냐구? 그이는 내 확신에 답을 줬던 사람이었어. 제2연평해전에서 살아 돌아왔었잖아. 나중에 참수리호를 보고 몸서리를 쳤어. 참수리호 곳곳의 총탄 자국을 보고 난 뒤에는 가영 아빠가 더욱 소중해보였어. 네 형부에게는 절대, 어떤 일이 있어도 불평불만을 한마디도 하지 말자, 아주 작은 것이라도 힘들다고 말하면 다 들어주고 품어줘야지, 그렇게 결심했단다."

혜선은 고개를 끄덕거렸다.

"언니 말은 사실이야. 언니는 결혼 후 한번도 형부에 대한 흉을 본 적이 없었잖아. 형부가 상처받을까봐 하고 싶은 말이 있어도 꾹 참았던 언니였던 거 내가 알아. 그런데도 언니는 형부의 49재를 지내던 날 중얼거렸지. 내가 죄인이야, 죄인 하면서 말야."

"난, 나는 죄인이 분명해. 혜선아, 나는 예전에 그랬던 것처럼 확신을 가졌어야 했어. 그랬다면 네 형부가 돌아왔을 거야. 내 손을 잡아주던 따스한 손길을, 나를 쳐다보던 선량한 눈빛을, 내게 달려오던 씩씩한 걸음걸이까지. 그 모든 것이 아직도 생생한데 왜 나는 예전처럼 확신을 갖지 못했을까? 혜선아, 그날 내가 사진을 찍는 게 아니었는데, 그이 뒷모습을 찍는 게 아니었는데…, 그게 그렇게 걸리는구나. 혜선아, 가영 아빠는 내가 야속했나봐. 믿음을 가지지 못한 내가 미웠나봐. 49재를 지내는 내가 보기 싫었나봐. 그이는 바다 속에 꼭꼭 숨어버려서 나는 머리카락 한 올도 볼 수가 없네. 아무 것도 만질 수 없네. 그런 나는 죄인이야."

연신 죄인이라고 중얼거리던 미선이 다시 침묵을 지켰다. 천안함 침몰 사건 후 미선은 한동안 넋 나간 사람 같았다. 눈을 뜨고 있는 시간보다 눈을 감고 있는 시간이 대부분이었다. 눈을 뜨는 게 겁이 났다. 눈을 뜨면 바로 맞닥뜨리는 현실이 무서웠다.

"우리 모두 걱정을 하면서도 언니를 지켜볼 수밖에 없었어. 억지로 한술이라도 먹게 해야 하고 병원에 입원이라도 시켜야 한다는 생각은 하면서도 강제로 할 수가 없었어. 우리 모두는 시간이 약이니까 좀 더 두고 지켜보자, 그렇게밖에 할 수 없었어."

혜선도 미선도 둘 다 말없이 바다만 보고 서 있었다. 둘 사이의 침묵을 비집고 들려오는 건 파도소리와 바람소리였다.

"혜선아, 나는 한동안 바다만 보면 바다로 들어가고 싶었어. 바다 속에 있는 가영 아빠, 내 남편을 찾아내고 싶었어. 바다 속에 들어가면 가영 아빠가 내 손을 잡아줄 것 같았어."

다소 격앙된 미선의 목소리가 바람에 흩어졌다.

"가영 아빠는 매일 밤 꿈에 나타났어. 그러면서 미안하다, 여보 미안해, 그 말만 되풀이하는 거야. 머리카락 한 올 남겨두지 않고 가버린 게 미안했던 것일까? 그이는 미안하다고만 했어. 나는 흐느껴 울다가 소스라치게 놀라 일어나곤 했어. 주위는 어둡고 아무도 없는데 내 뺨은 온통 눈물로 젖어 있었지. 어둠 속에 아무도 없는 걸 보는 게 싫어서 나는 또 잠을 청했지. 눈을 감으면 네 형부가 있으니까."

그렇게 눈을 감고 흘러 보낸 시간이 벌써 2년이었다. 먹어도 먹은 것 같지 않은 시간이었다. 잠과 꿈과 현실이 뒤엉켜 낮과 밤의 구분조차 모호한 시간이 그렇게 흘러갔다.

"그런데 혜선아, 자신이 없어. 이젠 아닌가봐. 용기를 내어 예까지 왔는데 바다가, 바다가 나를 밀어내고 있어. 나는 여기서 한발 자국도 움직일 수 없어. 혹시 가영 아빠가 나를 밀어내는 건 아닐까? 나보고 정신 차리라고, 어서 가영에게 돌아가라고, 그래서 자기 몫까지 잘 챙겨주라고."

미선이 털썩 모래밭에 주저앉았다. 차르르 찰싹찰싹. 파도가 밀려왔다. 파도는 큰 몸짓으로 미선을 향해 달려왔다. 모래밭 깊숙이 밀려온 파도 한 줄기가 미선의 두 발을 덮쳤다. 차갑지만 부드러운 물결이 미선의 발등을 어루만진 뒤 스르르 밀려나기 시작했다. 바다로 뒷걸음치듯 밀려가는 파도를 미선은 무심히 바라보고 있었다.

✳

"엄마, 정말 내가 청와대 가는 거예요? 정말?"

가영은 동그란 눈을 반짝 빛내며 재차 확인하듯 물었다. 미선이 싱긋 웃음으로 답했다.

"가영이가 대통령 만나고 싶어했잖아. 네가 원했던 게 이루어지니 신기하니?"

"응!"

가영이 활짝 웃으며 대답했다. 미선은 비로소 안도했다. 지난 3월 26일 천안함 추모 3주기 때였다. 미선은 딸 가영과 함께 유가족 자리 중에서도 뒤에 앉았다. 일부러 사람들의 시선을 덜 받는 자리를 택한 것이었다. 故 박경수 상사의 유가족 대표로 헌화할 사람은 가영의 할아버지였다. 천안함 3주기 추모식에 참석한 대통령은 일일이 유가족 대표를 만나 위로했다. 추모식은 침울한 속에서도 엄숙하게 치러졌다. 그런데 천안함 순직자 46인의 유가족 헌화가 끝났을 때 가영이 나지막이 말했다.

"엄마, 나도 대통령 만나고 싶어요. 헌화도 하고 싶어요."

순간 미선은 믿을 수 없는 눈빛으로 가영을 보았다. 그러나 미선은 금세 가영을 쳐다보던 눈빛을 바꿨다.

"가영아, 원래 저 자리는 네 자리야. 대통령을 만나고 싶으면 언제든 가영이가 하는 거야. 또 아빠에게 헌화도 하고 싶으면 가영이가 하는 자리란다. 원래 네 자리니까 언제든 할 수 있어. 그런데 가영아, 엄마는 아직 걱정이 크단다. 네가 친구들 사이에서 당당해질 수 있어야 하는데, 너를 아빠 없는 아이라고 놀리며 쳐다보는 시선을 감당할 수 있어야 하는데 말이다. 가영아, 나는 천안함 故 박경수 상사의 딸 유자녀 박가영이라고 당당하게 말할 수 있겠니?"

"응, 할 수 있어. 아빠는 자랑스러운 분이잖아."

가영의 대답에 미선은 가슴이 벅차올랐다. 추모 행사장 앞에 놓인 남편 경수의 영정을 쳐다보며 미선은 저도 모르게 두 손을 공손히 모았다.

'여보, 가영이가 이만큼 컸네요. 나는 한동안 가영이를 학교도 못 보냈거든요. 어쩌다 밖엘 나가도 마스크를 씌운 채 데리고 다녔어요. 기자들이 왜 그리 집요하게 우리를 찾아다니는지 전혀 이해할 수 없었어요. 저 어린 것이 아빠를 잃은 슬픔도 감당하기 벅찬데 낯선 사람들을 피해 다녀야 했으니 얼마나 상처가 컸을까요. 그런데 이제 가영이도 떳떳하게 이 세상에 두 다리를 딛고 소리치고 싶은가 봐요. 박경수 상사의 딸, 박가영이라고 말할 준비가 되었나 봐요. 여보, 고마워요.'

미선은 영정 속 남편 얼굴과 옆에 앉은 가영을 번갈아 보았다. 남편 경수는 자기를 닮았다는 딸 가영을 무척 예뻐했다. 참 예쁜 눈길로 가영을 쳐다보며 남편은 입버릇처럼 말했다. 제 삶은 제가 만들도록 키우는 게 우리가 할 일이야, 라고. 그랬는데 그런 말을 했던 남편은 없고 이제 오롯이 미선 혼자 짊어지고 나가야 할 몫이 돼버렸다.

미선은 가끔 겁이 덜컥 났다. 가영이가 한 해 한 해 자랄 때마다 아버지의 빈자리를 느낄 것이다. 그럴 때마다 왜 아버지를 지켜주지 못했느냐고 따지면 어떡하나? 하고.

'가영아, 엄마는 남편을 잃고도 따질 데가 없었어. 찾을 수도 없었어. 네 아빠처럼 사랑을 가득 담은 눈길로 나를 쳐다보는 사람들이 없는 이 세상을 어찌 살아가지? 아직 어린 너를 나 혼자 어떻게 감당하지? 그 생각만 하면 너무 막막하고 어두웠어. 그런데 가영아, 이젠 일어날래. 엄만 더 이상 울지 않을래. 아빠를 쏙 빼닮은 가영이가 내 옆에 있으니까 말야. 당당하게 헌화하겠다는 가영이에게 아빠는 참 대단하고 자랑스러웠다는 걸 분명하게 보여줄게.'

남편 없는 세상이 두려운 건 여전했지만 가영을 위해서 마음을 다잡아야 했다. 3년이라는 시간이 흐르고 나니 서서히 눈앞에 가영이가 보였다. 그리고 자신의 모습이 보였다. 내가 더 당당해져야 가영이도 당당해질 것 아닌가. 가영이의 엄마로서 두 눈을 크게 뜨고 현실을 직시할 것이다.

"가영인 누구 딸이지?"

"제2연평해전의 생존자 그리고 천안함 순직자 고 박경수 상사의 딸 박가영입니다."

미선의 물음에 가영이 또박또박 끊어 답했다. 가영을 품에 끌어안은 미선이 다시 물었다.

"정말 친구들 앞에서도 기죽지 않을 거지?"

"응, 엄마."

"대통령 앞에서도 그렇게 또박또박 네 신분을 밝혀야 된다. 그 분도 일찍 부모님을 여읜 분이라서 순직자녀들을 각별히 챙겨주실 거야."

"응. 당당하게 대통령 만나고 올게요. 난 아빠를 통해서 우리나라의 제일 높은 분을 만나러 가는 거니까 더 잘 할게요. 친구들이랑 천안함 순직자녀인 내 아우들도 지켜볼 거잖아요."

미선의 품에서 작은 참새 한 마리가 팔딱팔딱 숨을 쉬고 있었다. 어느새 미선의 눈앞에 남편 경수가 나타났다. 남편 경수는 멋진 해군 제복을 입은 채 사람 좋은 웃음을 지은 그대로였다.

'당신은 무작정 해군이 좋았다고 했지요. 학교 다니며 수원역 근처에서 아르바이트 할 때도 해군만 보면 멋있다는 생각에 푹 빠져들었다고 했잖아요. 흰색과 검은색이 절묘하게 어우러진 007 가방까지 부러워했던 당신. 그랬으니 당신은 당연히 해군을 지원했고 그토록 동경했던 해군이 됐지요. 그래서 당신은 유난히 해군복이 잘 어울렸는지도 몰라요. 당신은 정말 멋진 해군이에요. 멋진 해군이었던 당신은 끝까지 대한민국 군인의 자세로 임무를 수행했어요. 여보, 자랑스러운 이 땅의 해군 군인이었던 당신에게 약속할게요. 당당하게 제 삶을 개척해나갈 수 있는 딸이 되도록 가영일 키울게요. 더 나아가 받은 만큼 베풀 수 있는 기부천사가 되도록 가르칠게요. 당신도 함께 지켜봐주실 거죠? 여보, 저 넓은 바다를 지켰던 것처럼 그렇게 가영이와 나를 지켜주세요.'

천안함 침몰 사건

천안함 침몰 사건은 2010년 3월 26일에 백령도 근처 해상에서 대한민국 해군의 초계함인 PCC-772 천안이 침몰한 사건이다. 대한민국 정부에서 발표한 이 사건의 공식 명칭은 천안함 피격 사건이다. 이 사건으로 대한민국 해군병 40명이 사망했으며, 6명이 실종되었다. 대한민국 정부는 천안함 침몰 원인을 규명할 민간, 군인 합동조사단을 구성하였고, 대한민국을 포함한 오스트레일리아, 미국, 스웨덴, 영국 등 5개국에서 전문가 24여 명으로 구성된 합동조사단은 2010년 5월 20일 천안함이 조선민주주의인민공화국의 어뢰공격으로 침몰한 것이라고 공식 발표하였다. 이러한 조사 결과 발표는 미국과 유럽 연합, 일본 외에 인도 등 비동맹국들의 지지를 얻어 국제연합 안전보장이사회의 안건으로 회부되었으며, 안보리는 조선민주주의인민공화국을 명시하지는 않았지만 천안함 공격을 규탄하는 내용의 의장성명을 채택하였다. 그러나 조선민주주의인민공화국은 자신들과 관련이 전혀 없다고 주장하고, 중화인민공화국과 러시아가 반대하면서 의장 성명 문안의 핵심인 '북한책임을 적시'하는 부분은 빠졌다. 특히 6항 '안보리는 이번 사건과 관련이 없는 북한의 반응 그리고 여타 관련 국가들의 반응에 유의한다'는 형식적으로나마 북한의 입장이 반영됐다는 게 외교가의 평가다.

조선민주주의인민공화국은 대한민국의 조사 결과에 대해 "특대형 모략극"이며 천안함은 좌초했다고 주장했다. 천안함의 침몰에서 인양, 조사 발표까지 대한민국 사회와 주변국의 관심을 끌었으며, 천안함의 침몰 원인을 규명하는 과정에 대해 언론과 각계 인사들은 다수의 문제를 제기하였다. 이 사건으로 인해 남북 간의 긴장이 고조되었으며, 대한민국에서는 침몰 원인에 대해 각기 다른 해석으로 갈등을 빚었다.

〈위키백과〉

마지막 병장휴가

해병대 故 서정우 하사

엄마는 울지 않는단다* / 강윤성(가수 케이)

엄마는 울지 않는단다
나라를 위해서
두려움 없이 달려갔던 너였기에

엄마는 울지 않는단다
나라를 위해서
이 세상을 떠났기에

그런데 오늘은 눈물이 난다
너의 희생이 헛된 것만 같아서
나라를 지킨 너의 죽음 외면하더니
너를 죽인 원수에겐 애도하다니
정말 어이가 없더라
눈물이 앞을 가려
앞을 볼 수가 없더라

포격소리에도 무섭지만 두렵지만
우리를 위해서 나라를 위해서
망설임 없이 달려가던 네가
너무 자랑스럽구나

---

* 故 서정우 하사의 어머니가 쓴 글을 토대로 26사단 장병들이 직접 작사, 작곡한 곡이다.

아들 잃은 슬픔보다 가슴 아린 건
잊지 못할 상처 준
원수의 죽음엔 관심
잊지 말아야 할 고귀한 희생에겐
무. 관. 심.

엄마는 울지 않는단다
나라를 위해서
두려움 없이 달려갔던 너였기에

엄마는 울지 않는단다
나라를 위해서
이 세상을 떠났기에

그런데 오늘은 눈물이 난다
너의 희생이 헛된 것만 같아서
너의 희생이
너의 희생이
헛된 것만 같아서

故 서정우 하사

연평도 포격은 2010년 11월 23일 오후 2시 30분경, 조선민주주의인민공화국이 대한민국 인천광역시 옹진군 연평면의 대연평도를 향해 포격을 가한 사건이다. 이에 대한민국 해병대는 피격 직후 대응사격을 가했으며, 대한민국 국군은 서해 5도에 진돗개 하나를 발령한 뒤, 곧 전군으로 진돗개 하나를 확대 발령하였다.

이 사건으로 인해 대한민국의 해병대원 전사자 2명(서정우 하사, 문광욱 일병), 군인 중경상 16명, 민간인 사망자 2명(김치백, 배복철), 민간인 중경상 3명의 인명 피해와 각종 시설 및 가옥 파괴로 재산 피해를 입었다.

조선민주주의인민공화국의 인명 피해 규모에 대해서 대한민국 국방부는 10~30여 명 정도로 추정하고 있으나 정확한 내용은 확인되지 않았다.

한국 전쟁의 휴전 협정 이후 조선민주주의인민공화국이 대한민국 영토를 직접 타격하여 민간인이 사망한 최초의 사건으로 국제 사회의 큰 관심을 끌었으며, 당시 중화인민공화국을 제외한 국제 사회는 조선민주주의인민공화국을 규탄했으나, 조선민주주의인민공화국은 정당한 군사적 대응이었으며 전적인 책임은 대한민국에 있다고 주장했다.

천안함 침몰 사건에 이어 8개월 만에 벌어진 이 사건으로 인해 양측의 갈등은 더욱 심화되었다.

〈위키백과〉

내 아들 정우야, 엄마 왔다. 정우 보고 싶어서 이렇게 달려 왔구나. 집에서 차를 몰고 오면 두 시간 남짓 거리인데, 널 보고 싶으면 매일 이렇게 달려오면 되는데, 나는 예전처럼 또 핑계를 대야겠구나. 학교 일이 바빴다는 핑계를 말이다. 그래도 내 마음엔, 가슴엔 그리고 머릿속엔 오직 너만 가득 하구나. 너 생각뿐이구나.

정우 어머니는 반듯하게 서 있는 비석을 쓰다듬었다. 화강암에 새긴 故 서정우 하사 이름 한 자 한 자가 손바닥에 닿을 때마다 찌릿찌릿 전율이 온몸으로 퍼졌다.

내 아들 정우, 건장하고 잘 생겼던 내 아들 정우, 너를 이렇게 차디찬 돌덩이로 만질 수밖에 없는 엄마 가슴이 찢어지는구나. 목메도록 네 이름을 불러도 너는 어찌 대답이 없느냐. 아들아, 정우야.

북받쳐 오르는 슬픔과 알지 못할 분노가 정우 어머니의 목을 조였다. 아직 아물지 않은 수술 자국에 통증이 뒤따랐다. 정우 어머니는 입술을 앙다물었다. 어디선가 정우가 보고 있을지도 몰랐다. 정우에게 못난 엄마 모습을 보이고 싶지 않았다. 그러나 현실은 마음과 달리 자꾸 엇나갔다.

정우야, 못나기 그지 없는 엄마가 걱정되더냐? 보고 싶어 제발 꿈에라도 자주 나타나줬으면 하고 바랄 때는 나타나지 않던 네가 아니었느냐. 그런데 지난 1월, 엄마가 갑상선암 수술을 앞두고 있을 때 내 꿈에 네가 나타났었지. 얼굴에 걱정을 가득 담고 말없이 나를 쳐다보고만 있던 네 눈이 무척 슬퍼 보이더구나. 가뜩이나 섬세한 아들놈 정우 내 새끼야, 평소에도 엄마가 아프면 네가 아픈 것보다 더 아파했으니 내 꿈에 나타난 거 아니겠느냐. 정우야, 엄마 목에 난 수술 자국을 보면 네가 속상해할까봐 널 만나러 올 때마다 목 긴 셔츠를 입는단다. 너에게만은 엄마의 수술 자국을 보이고 싶지 않은데, 그래서 목의 흉터를 얼른 없애고 싶은데 그게 마음 같지 않구나 애야.

정우 어머니는 비석에 등을 대고 스르르 무너지듯 앉았다.

아아, 어머니. 저 때문에 가슴이 무너져 내렸을 어머니. 지쳐서 쓰러질 때까지 울고 울었을 어머니. 저 때문에 겪었을 극심한 공포와 아픔이 병이 되었을 우리 어머니. 아아, 어머니. 울지 마세요. 아파도 안 돼요. 정우가 지켜드릴게요. 불쌍한 우리 엄마, 엄마…

어디선가 정우의 목소리가 들리는 것 같았다. 정우 어머니는 묘지 주위를 둘러보았다. 사방 어디에도 사람은 보이지 않았다. 일렬로 늘어서 있는 비석만이 정우 어머니를 향해 있을 뿐이었다. 간밤에 내린 비 때문이던가. 비석을 감고 있는 잔디가 오늘따라 더 푸르렀다.

비석 사이를 부드럽고 따스한 바람이 돌고 돌았다. 바람은 파릇한 잔디 위에 머물기도 하고 정우 어머니 몸을 감싸며 돌기도 했다. 바람결에 실려 온 바람소리던가. 낮고 부드러운 선율에 정우 어머니는 두 귀를 세웠다. 바람에 실린 멜로디가 비석과 잔디를 돌아 정우 어머니 귀로 흘러들었다. 귀에 익은 멜로디가 바람을 타고 연이어 흘렀다.

정우야, 들리니? 저 노래가.

피아노 선율은 섬 아기 반주로 시작하는가 싶더니 어느새 '엄마는 울지 않는단다'로 바뀌어 있었다. 정우 어머니는 비석에 얼굴을 바짝 갖다 댔다. 정우 이름을 뚫어지게 쳐다보며 어머니는 나직이 속삭였다.

정우야, 엄마는 울지 않을게. 내 아들 정우가 정말 장한 대한의 아들인데, 그걸 내가 알고 국민들이 아는데 엄마가 울면 안 되지. 그렇지? 그래서 엄마는 너랑 행복했던 시간만을 생각하련다. 엄마가 울지 않기 위해, '해병대 서정우 엄마 김오복'으로 당당하기 위해 노력하마. 내 아들, 정우야. 엄마를 지켜봐다오.

비석 주위를 감싸고 있는 잔디가 바람결에 흔들렸다. 마치 정우가 고개를 끄덕이는 것처럼.

✳

정우야, 오늘은 예까지 오는 길이 다른 날보다 환하고 예뻤단다. 너를 만나러 오는 길이 언제나 오늘처럼 예뻤으면 정말 좋겠다는 생각이 들 정도였어. 내 아들 정우야, 네가 좋아했던 배롱나무에 드디어 꽃이 피기 시작했다는 소식부터 전해야겠구나.

정우 어머니는 그리 크지 않은 선홍색 꽃가지 하나를 비석 앞에 놓았다.

엄마가 길가에 차를 잠깐 세웠단다. 네게 이 꽃을 보여주고 싶어서 아주 작은 가지 하나만 꺾었지. 내 아들이 좋아했던 꽃이니까 체면불구하고 꺾었단다. 아들아, 생각나느냐? 사전을 뒤지며 이 엄마와 배롱나무에 얽힌 이야기를 주고받던 때를 말이다.

정우가 배롱나무를 좋아했던 게 언제부터였지? 정우 어머니는 잠시 옛 생각을 더듬었다. 정우가 한창 위인전을 읽느라 대부분의 시간을 뺏길 때니까 아마 초등학교 5학년 무렵이었을 것이다. 이율곡과 신사임당을 읽던 정우가 물었다.
"엄마, 배롱나무가 어떻게 생겼어요?"
"글쎄다. 나도 잘 모르겠는데 우리 같이 찾아볼까?"
정우 어머니는 짐짓 모른척 했다. 정우와 백과사전을 찾아보고 컴퓨터 검색도 했다. 선홍색꽃이 만발한 사진을 찾은 정우가 소리쳤다.
"어? 이 나무, 우리 아파트에도 있잖아요? 이게 배롱나무였어요?"
"응. 그 밑에 설명을 보면 나무 백일홍이라는 또 다른 이름도 있어. 여름에 피는 꽃이면서도 오래 피니까 나무 백. 일. 홍!"

"에이, 엄마는 알고 있었구나."

"그럼. 내가 누구니? 학교 선생님인데?"

"그런데 꽃말이 슬퍼요."

"꽃말이 뭔데?"

"떠나간 님을 그리워 함이라고 돼 있잖아요."

"엄만 다른 뜻으로 알고 있는데? 청렴을 상징하는 나무라서 옛날엔 선비들 마당에 심었다더라. 그러니 율곡이 태어난 오죽헌에 있는 거 아닐까? 절 마당에도 가면 배롱나무를 흔히 볼 수 있단다."

정우가 고개를 끄덕였다.

"엄마, 저도 율곡처럼 학자가 될래요."

"그럼 엄마는 신사임당이 되는 거야?"

"제가 율곡 같은 학자가 되면요. 그런데 율곡처럼 되려면 공부를 잘해야겠죠?"

"물론!"

"그러면 엄마에게 부탁할 게 있어요. 방학 때 서울에 있는 대학을 둘러보고 싶어요. 대한민국 학생들이 꼭 가고 싶어 하는 명문대학교를 미리 가보고 싶어요."

정우 어머니는 내심 놀라고 말았다. 아직 어리다고만 여겼는데 어느새 정우는 제 앞길을 생각할 만큼 컸던 것이다.

"엄마가 정우보다 생각이 짧았네. 명색이 고등학교 영어선생님인 엄마가 말야. 대개는 고등학교 1학년 때 자기가 진학하고 싶은 학교를 가보고 각오를 새롭게 다지기도 하는데 우리 정우는 일찍 그런 생각을 하다니 참 기특하다."

정우 어머니는 체면불구하고 와락 정우를 껴안았다. 자식을 제대로 키우려면 절대 만족한 감정을 그대로 드러내선 안 된다는 사실도 그때는 무시해버렸다.

정우야, 옛날엔 그랬다는구나. 자식이 청아하고 낭랑한 목소리로 글을 잘 읽으면 부모가 흡족하게 짓는 미소를 보이지 않으려고 병풍으로 가렸다더라. 얘야, 정우야. 그건 자식이 자만심에 들뜰까봐 어디까지나 자식을 배려한 부모의 마음이란다. 그런데 그때 나는 너에게서 믿음과 의지와 용기를 보았구나. 아직 어리다고만 생각했는데 그렇게 다부진 모습의 너를 보니 어찌 예쁘지 않았겠니.

겨울방학을 맞은 고려대학교 교정은 차분했다. 하얀 눈이 내려앉은 캠퍼스는 더 넓고 커 보였다. 넓은 캠퍼스를 본 정우의 두 눈이 호기심으로 반짝거렸다. 이곳저곳을 둘러보던 정우가 제일 오래 머문 곳은 법과대학의 법학관 건물이었다.
"엄마, 정말 공부 열심히 할래요. 그래서 꼭 여기 와서 공부할래요."
"그래, 우리 정우는 할 수 있을 거야."
정우의 다짐은 굳고 강했다.

정우야, 엄마는 그때의 네 모습이 지금도 선연하구나. 그 넓은 법학도서관에 꽉 들어찬 책들과 형과 누나들이 책 속에 파묻혀 눈을 반짝이며 공부하는 모습을 보고 난 뒤 너의 결심은 더욱 굳건해졌지? 엄만 당찬 네 결심을 들으면서 가슴이 마구 뛰었어. 이미 앞날에 대한 네 진로를 스스로 정했으니 엄마는 그저 지켜볼 밖에 없었지. 무슨 말이 더 필요했겠니.

故 서정우 하사. 비석에 새겨진 이름을 더듬는 정우 어머니 손이 떨렸다. 어느새 굵은 눈물이 방울방울 잔디 위로 떨어졌다.

애야, 정우야. 그런데 왜 네 이름 석 자가 여기 있니? 너는 검사 서정우로 내 앞에 서 있어야 하는 거 아니었니? 네가 그랬잖으냐. 중학교 2학년 때였단다. 갑자기 서울 가자고, 서울 가서 검찰청 청사건물을 방문하고 싶다고 했지? 엄마는 방학을 맞아도 여전히 바빴단다. 대학진학 지도를 맡고 있기 때문에 엄마의 방학은 더 바빴단다. 그렇지만 차마 네 부탁을 거절 할 수 없었어. 왜냐구? 엄만 네 꿈을 아니까. 엄만 네 꿈을 이루어주고 싶었으니까. 정우 내 아들아. 서울 한복판에 우뚝 서 있는 검찰청 건물을 보며 네가 두 주먹을 불끈 쥐더구나. 네가 그랬지? 기억하고 있지? 반드시 저 건물로 들어가 정의로운 사람이 되겠다고 외쳤던 네 모습을. 그래, 너만큼 엄마도 또렷이 기억한단다. 그렇게 검사가 되겠다던 내 아들 서정우 아니었느냐? 그런데 왜 네 이름이 여기 있는 거니? 이 엄마와 했던 그 약속은 어디로 간 거냐? 아들아, 정우야!

비석 앞에 놓인 백일홍이 기운을 잃어가고 있었다. 마치 애타는 정우 어머니 가슴처럼 시들시들했다. 시들어가는 꽃을 보는 정우 어머니 눈에 또다시 눈물이 어렸다.

정우야, 네가 이 꽃처럼 시들시들해지던 때가 생각나는구나. 그때를 되돌아보면 엄마도 후회가 되지만 시간을 되돌릴 수 없으니 슬프기만 하다. 사춘기를 무난하게 넘긴 너였기에 엄만 믿었었지. 남보다 성격이 여리고 내성적이기에 별 문제가 없을 거라고 아예 단정을 해버렸단다. 그만큼 너에 대한 엄마의 믿음이 컸으니 말이다. 그런데 네가 뒤늦게 방황을 하더구나. 청소년기에 일찍 겪었더라면 좋았을 방황과 갈등을 하필이면 한창 중요한 시기인 고등학교 때 치르다니. 아들 정우야. 엄마는 참 헛똑똑이었다는 사실을 나중에 깨달았단다. 학교에서 그동안 수많은 학생들을 가르치고 지도해온 엄마였는데 막상 내 자식이 방황할 땐 모르고 지나쳤구나. 네가 마음을 못 잡고 방황할 때 이 엄마가 적절히 회초리를 들거나 손을 내밀었어야 했는데 말이다. 아들아, 정우야. 그래도 네가 오래 방황하지 않아서 그나마 다행이었단다. 네가 그리도 가고 싶어 했던 고려대 법학과에서 너를 받아주지 않았지만 그래도 너는 네 길을 포기하지 않았어. 대학 가서 더 열심히 하겠노라며 단국대 법학과를 택한 너였잖으냐. 너 같으면, 너 같은 심지를 가졌다면 잠깐의 방황이 가져왔던 공백을 충분히 메우고도 남으리라 나는 생각했단다. 충분히 그러고도 남을 내 아들 정우야. 그런 네가 여기 이 자리에 있는 게 나는 아직도 믿기 어렵구나. 그래서 하루하루가 힘들구나.

묘지 주위에 따뜻하게 내리쬐던 햇살이 수그러들었다. 화려한 자태를 뽐내던 선홍색 꽃가지는 아예 축 늘어진지 오래였다. 정우 어머니 등 뒤로 비석 그림자가 눈에 띄게 길어졌다. 해거름 무렵의 묘지 주변은 여전히 고요했다.

＊

정우야, 여기 네가 있는 이곳도 비가 내리고 있었구나. 광주에서도 아침부터 비가 내렸단다. 엄마는 오늘 따라 하염없이 내리는 비가 거슬리더구나. 딱히 꼬집을 만한 이유도 없이 내리는 비가 미웠고 싫었단다. 수업 중에도 가끔 창밖을 보며 비가 그치기를 기대했지만 멈추지를 않더라. 오후 들어 빗줄기가 점점 굵어지니 너 생각이 나더구나. 혼자 비를 맞고 있을 내 아들 정우 생각에 엄마는 정신없이 빗속을 달렸단다.

제법 굵은 빗줄기가 비석을 타고 연이어 바닥으로 흘러내렸다. 빗줄기 한 줄 한 줄이 눈물 같았다. 정우가 반기며 흘리는 눈물이던가. 정우 어머니는 우산을 들고 비석 앞에 섰다. 탄식 같은 짧은 한숨이 정우 어머니 입에서 바람처럼 새나왔다.

아들아, 못난 엄마가 이제야 생각이 나는구나. 엄마인 내가 네 학교 앞에서 우산을 들고 기다린 적이 한 번도 없었던 것을. 미안하다 애야. 오늘 따라 엄마 마음이 왜 심란했는지 이제 알았구나. 그런데도 너는 비를 흠뻑 맞고 들어 왔으면서도 미처 우산을 챙겨가지 않은 네 불찰로 여기더라. 미안해하는 엄마를 그렇게 두둔해준 속 깊은 내 아들이었단다. 너는.

굵은 비는 속절없이 두두 두두 소리와 함께 검은 우산 위로 떨어졌다. 비는 계속 내릴 것처럼 일정한 리듬을 타고 있었다.

"엄마, 제가 추천할 드라마가 있는데 꼭 보세요."

"어떤 드라마?"

"'대물'이라는 드라마인데 진짜 볼만해요."

"나도 제목을 듣긴 했는데 볼 시간이 있으려나? 그런데 어떤 내용이니?"

"불의와 맞서는 검사가 주인공인데요, 주인공 검사 이름이 하도야예요. 하. 도. 야. 저도 하도야 같은 검사가 되고 싶어요. 엄마, 하도야 검사가 어떤 인물인지 아세요? 비록 드라마 속 가상인물이긴 하지만요. 검찰청 청사 로비에서 검사윤리강령을 목청껏 외친 인물이에요. '검사는 범죄로부터 국민을 보호하고 법의 지배를 통하여 인간의 존엄과 권리를 보장함으로써 자유롭고 안정된 민주사회를 구현할 책임이 있다!'라고 뜨겁게 외치는 그 장면을 보는데 제 속이 다 시원해지는 거 있죠? 마치 여름날 쫙쫙 쏟아지는 장대비를 온몸으로 맞은 것처럼 그렇게 시원하더라구요."

"그래? 엄마도 관심이 가는 주인공이구나."

"그뿐인 줄 아세요? 하도야 검사를 보면 제가 꿈꿨던 검사의 롤 모델 그대로예요. 정치권력의 눈치를 보지 않으며 불의에 굴하지 않고 오로지 정의만을 위해 정의의 편에 서서 진실을 파헤치는 열혈검사!"

"정우가 하도야 검사에게 완전 빠졌구나."

"네. 그래요 어머니. 법을 공부하면서 정의로운 법관이 되는 게 어려운 길이라는 걸 너무 잘 알게 됐어요. 그렇지만 저는 검사로의 자긍심을 갖게 해주는 법복을 꼭 입고 싶어요. 아니 반드시 입고 말 거예요. 그래서 법의 여신 디케가 들고 있는 저울처럼 권력의 상징이 아닌 진실과 정의의 상징, 대나무의 올곧음처럼 어느 한 쪽으로 기울지 않는, 말하자면 냉철함과 따뜻함을 고루 가진, 그래서 엄정중립의 자세로 수사하는 그런 검사가 되고 싶어요."

"우리 정우, 꼭 그런 검사가 되길 엄마도 지원 아끼지 않으마. 그런데 한 가지 불만도 있네."

"뭔데요?"

"네가 생각한 롤 모델은 어디까지나 드라마 속에 만들어진 가상의 인물 아니냐. 엄마가 생각하기엔 현실에서 그리고 우리 가까이에서 롤 모델을 찾아보는 게 어떨까 싶다. 네 인생에서 아직 한 번도 가보지 않은 낯선 길을 가려고 하는데 정확하고 바르게 안내해주는 내비게이션 같은 인물을 찾아보는 게 현명하지 않을까? 그게 시행착오를 최소한으로 줄여줄 것이고 네가 가고자 하는 길에 확실한 도움이 될 거라고 봐."

"알겠어요, 어머니. 진지하게 찾아볼게요."

"정우에게 참고가 될지 모르겠다만 엄마가 힐러리 클린턴에 대해 들려주고 싶구나. 힐러리 클린턴의 롤 모델은 엘리너였어."

"엘리너?"

"넌 엘리너가 누군지 모르지?"

고개를 갸우뚱한 채 어머니를 쳐다보는 정우 눈빛이 호기심으로 가득 했다.

"바로 장애인이 된 남편 프랭클린 루즈벨트를 적극적으로 내조해서 4번 연임 대통령으로 이끈 분이셨어."

정우의 눈빛이 놀람과 존경으로 빛났다.

"대단한 여성이지? 엘리너는 새로운 영부인상을 제시한 인물로 평가받을 뿐만 아니라 사회운동가, 인종차별 철폐 운동에 앞장서기도 했지. 전 세계 여성들의 우상이기도 한 엘리너를 특히 힐러리가 존경했단다. 그녀를 닮고 싶어했던 건 물론이고 말야. 엄마가 듣고 본 바로는 성공한 사람들에겐 반드시 롤 모델이 있더구나."

정우가 고개를 끄덕였다.

"엘리너도 힐러리도 대단한 분들이네요. 요즘은 힐러리를 닮고 싶어 하는 여자들이 더 많을 걸요? 엄마, 저도 제 인생의 롤 모델을 진지하게 찾아볼게요."

조리 있게 흐트러짐 없이 말하는 정우를 바라보는 것만으로도 어머니는 흐뭇했다. 밥을 먹지 않아도 배가 부른 것처럼 정우만 보면 든든했다.

내 아들 정우야, 그런 패기와 포부를 펼치던 네가 아니었더냐. 나는 진실로 믿고 있었단다. 검은 법복을 입은 네가 정의의 심판을 내리는 올곧은 검사가 될 것을. 그런데 너는 지금 내 앞에 없질 않으냐. 네 포부, 네 야망은 어떡하고 한 줌 바람처럼 그렇게 가 버렸느냐, 이놈아!

정우 어머니 어깨가 들썩거렸다. 가슴이 미어져 터질 것 같았다. 더 이상 어머니는 우산을 들지 않았다. 비는 점점 굵어졌다. 정우 어머니가 흘린 눈물 위에 빗방울이 더해졌다. 어머니의 머리 위에 또 가슴에도 비는 쉴 새 없이 떨어졌다. 정우가 그랬었지. 장대비를 온몸으로 맞고 나면 시원해진다고.

아들 정우야, 엄마도 비를 맞고 서 있단다. 그러나 엄마는 시원하질 않구나. 하염없이 내리는 비를 오래도록 맞고 있어도 전혀 시원하질 않구나. 왜 그런지 너는 알 것 아니냐. 대답 좀 해다오, 아들아.

현충원 드넓은 묘지 위로 비가 내렸다. 비석 위에도 정우 어머니 머리 위에도 속절없이 비가 떨어지고 있었다. 투둑 투두둑…

❋

정우 내 아들아, 계절이 또 바뀌었구나. 계절이 바뀌는 걸 너도 느끼겠지? 네 묘지 위에도 무심한 계절은 가고 또 오기를 반복하고 있으니 너 역시 알고 있을 것이야. 한낮에는 여전히 따가운 햇살이 내리쬐다가도 아침 저녁으로 부는 바람은 선들선들하지 않더냐? 정우야, 그래서 엄마가 꽃집엘 갔단다. 어제 꽃집엘 들렀더니 이렇게 앙증맞은 꽃이 나를 기다리고 있더구나. 마치 오늘 네게 가는 걸 알고 있듯이 말이다. 정우야, 엄마는 네 묘지 주위에 이 꽃을 심으마. 지난 봄에 심었던 베고니아꽃을 거둬내고 메리골드를 빙 둘러 심을거야. 정우야, 이번에 심는 꽃 이름이 메리골드라고 하니 꼭 기억하여라. 며칠 지나면 황금을 닮은 진한 노란색 꽃이 필 거야. 비록 꽃은 작지만 자세히 보면 동그란 모습이 태양을 닮았단다. 이 꽃이 피면 정우, 네가 덜 외롭겠지? 내 아들 정우야, 너는 얼마나 멋스러운 내 아들이었는지 알고 있느냐? 엄마는 왜 지금에야 그 사실을 알았을까? 무슨 옷을 입어도 어울렸던 내 아들이었는데 말이다. 그때는 왜 그게 당연하게만 보였을까? 단순히 젊으니까 뭘 입어도 어울린다고만 여겼었단다. 정우야, 생전에 너에게 참 멋있다 정우! 꽤 괜찮은데 정우! 그렇게 한번이라도 추켜세우는 말이라도 해줄걸. 내 아들 정우야, 엄마의 무심함을, 무뚝뚝했음을 용서해다오. 이미 지나가버린 뒤에 엄마는 지금 회한의 눈물만 흘리는구나. 아들아, 정우야, 멋스러웠던 내 아들 정우야. 엄마가 지금 꽃을 심는 마음을 아느냐 모르느냐? 엄마는 계절이 바뀌면 네게 새옷을 사다 입히듯 하는 마음으로 꽃을 심고 있단다. 잔디와 잘 어울리는 작고 예쁜 꽃을 골랐지만 마치 너에게 새 옷을 사다 입히는 것처럼 엄마는 심고 있는 거란다. 네게 올 때마다 꽃이 피어 있으면 반갑더구나. 네 웃는 얼굴을 보는 것 같아서 그렇단다. 그런데 정우야, 진짜 네가 보고 싶구나. 암만 꽃이 예쁜들 무엇 하느냐. 암만 많이 피어서 나를 쳐다본들 너만 하겠느냐 정우야, 내 자식아!

"엄마는 꼭 동화 속에 나오는 우렁각시 같아요."
"왜?"
"아침에 학교 갈 때만 해도 집안이 정신없이 어질러져 있잖아요. 다들 밥 먹고 나면 나가기 바빠서 식구 수대로 벗어놓은 옷가지가 이리저리 내팽개쳐져 있죠. 아침 먹은 걸 제대로 치우지도 않아서 식탁과 개수대에는 그릇이 수북이 쌓여 있기 일쑤인데 말이죠. 그런데 오후에 집에 와 보면 완전 딴판인 거예요. 옷가지도 치워져 있고 마루는 깨끗이 청소도 돼 있고, 그 모든 게 감쪽같이 치워진 것도 그렇지만 어느새 따뜻한 밥이 식탁에 또 올라오고 하는 거 보면 신기해요. 그래서 우리 집에는 우렁각시가 사는구나 하고 제가 결론 내린 거예요."

"말도 말아라. 우렁각시 엄마는 고되고 힘들단다."

정우 내 아들아. 그때 우렁각시 엄마가 고되고 힘들다는 말을 괜히 했구나. 그러나 엄마의 진심만은 있는 그대로 알아주었으면 한단다. 고되고 힘들었어도 엄만 밥 하고 청소하는 게 즐거웠고 오히려 힘이 솟았다는 사실을 말이다. 너도 알겠지만 아침엔 어느 집인들 안 바쁘겠느냐. 엄만 학교선생님이니 특히 늦지 않게 학교로 가야 했단다. 그러니 아침밥 하면서 엄마도 치장하고 출근준비 하려니 집안이 엉망이 될 수밖에 없었단다. 그러나 정우야, 일을 가진 엄마는 더 부지런하다는 걸 알고 있니? 엄마도 예외는 아니더구나. 다행히 집이 학교와 가까운 덕도 봤구나. 수업이 연이어 들어 있는 날도 있지만 간혹 수업이 비어 있는 틈이 있을 때거나 점심을 빨리 먹고 나면 내 발걸음은 집으로 내달리기 바빴단다. 5분 혹은 10분이 내게는 얼마나 요긴한 시간인지 너는 잘 모를 거야. 엄마는 원더우먼처럼 혹은 빛과 같은 속도로 청소기를 돌리면서 세탁기를 조절해놓고 밥솥에 쌀을 안쳐 놓는단다. 엄마는 직업을 가졌다고 너를 비롯한 우리 가족에게 소홀하고 싶지 않았단다. 왜냐하면 너와 우리 가족 모두가 내게 소중했기 때문이란다. 그래서 내 소중한 가족들에게는 옷도 깨끗하게 입히고 싶었고, 먹는 밥 한 그릇이라도 따뜻하고 맛있게 만들어 먹이고 싶었단다. 그게 엄마의 욕심이었기에 시간을 쪼개가며 일을 해도 즐거웠단다. 아들 정우야, 알겠니? 엄마가 우렁각시일 수밖에 없었던 이유를 말이다. 내 아들 정우는 입맛이 까다롭지 않아서 아무 것이나 잘 먹으니 엄만 뭘 만들어도 즐거웠단다. 제 자식 입에 들어가는 걸 지켜보는 것만으로도 이 세상 엄마들은 행복을 느낀단다. 그런데 그런데 아들아, 이제 엄마는 그런 행복을 느낄 수가 없구나. 내 아들 정우가 반찬 한 점 남기지 않고 먹던 모습을 볼 수 없으니 기가 막히는구나. 닭조림을 해도, 갈비찜을 만들어도 네게 먹일 수 없으니 음식을 만들면서도 예전 같지를 않구나 얘야. 정우야 내 아들아, 무엇이 먹고 싶으냐? 말을 해다오. 엄마가 만들어 가져오마. 얼마든지 만들어주마.

정우 어머니는 묘지 주위에 심은 메리골드를 찬찬히 둘러보았다. 빈자리 없이 빼곡히 심은 메리골드는 곧 꽃을 피울 것이다. 정우의 열정을 그대로 빼닮은 노오란 꽃이.

✳

정우야, 지난 밤 태풍에도 너는 무사했구나. 엄청난 바람과 비를 몰고 온 태풍 때문에 엄마는 밤을 꼬박 새웠단다. 정우 내 아들아, 엄마는 날이 밝자마자 이렇게 한달음에 네게 달려왔구나. 내 눈으로 너를 봐야만 마음이 놓일 것 같기에 숨차게 달려왔단다. 다행스럽게도 숨이 턱에 닿도록 달려온 엄마의 걱정을 덜어준 것은 멀리서도 한눈에 보였던 노란 꽃이었단다. 너를 둘러싼 메리골드가 그 새 참 예쁘게도 피어 있구나. 정말 다행이다 얘야. 내 아들 정우야, 엄마 손에 들린 이 꽃이 보이느냐? 웬 해바라기 꽃이냐고 묻고 싶겠지? 엄마가 설명해주마. 간밤 태풍 때문에 잠을 이루지 못했던 엄마는 서둘러 집을 나섰단다. 그런데 집 앞 화단에 해바라기가 쓰러져 있더구나. 지난 밤 태풍을 견디지 못하고 쓰러진 해바라기가 내 발목을 붙들고 놓아주지를 않더구나. 단지 쓰러진 해바라기 한 송이일 뿐인데 내 가슴이 쿵, 무너져 내렸고 손발이 떨리더구나. 쓰러진 해바라기와 네 얼굴이 겹치면서 차마 발걸음을 떼지 못하였단다. 그래서 정우야, 엄마는 주저 없이 해바라기를 주워들었단다. 차를 몰고 달리는 동안 어느새 내 눈에는 걷잡을 수 없이 눈물이 흘러내리더구나. 오로지 태양을 닮고 싶어 해를 따라 자라며 꿈을 품었던 해바라기였을 텐데 말이다. 한여름의 강렬한 태양 아래에서도 열정적이고 탐스러운 꽃을 피운 채 해를 따라 돌았다는 해바라기 아니더냐. 혈기왕성한 젊음을 오로지 정의의 길로 나아가기 위해 달려갔던 내 아들, 강인한 체력으로 이 세상의 불의와 맞서겠다던 내 아들 정우의 산산조각 나 버린 꿈이 서로 다르지 않은 사실에 나는 슬플 수밖에 없었단다. 아아, 해바라기가 비바람에 쓰러지지 않았다면 탐스러운 열매를 맺었을 텐데, 네가 무사했다면 지금쯤 네 꿈에 한 발짝 더 다가가 있을 텐데.

"엄마, 정의로운 사람이 되기 위해서 꼭 한 가지 더 갖출 게 있어요."

"뭔데?"

"강인한 체력을 갖추는 거예요. 그래서 군인이 되더라도 해병대를 지원하고 싶어요. 아니면 특전사를 갈까 생각 중이에요."

"군에 가는 건 당연히 국민의 의무니까 가야 하는 건 맞는데 네가 선택하려고 하는 두 군데 모두 위험해. 이럴 땐 엄마도 어쩔 수 없는데 그래도 내 자식이 이왕이면 안전한 곳에 가서 군복무를 마쳤으면 하는 게 솔직한 마음이란다."

"엄마 맘 알아요. 그런데 저는 먼저 나를 강하게 만들어야겠다는 생각이 자꾸만 커지고 있어요. 나를 강하게 만들어야 나중에 그 모든 걸 이겨낼 수 있는 사람이 되지 않겠어요? 대학엘 들어가고 나니 비로소 정신이 번쩍 드는 거예요. 내가 예전에 얼마나 원대한 꿈을 꿨었던가. 그런데 과연 이 상태로 그 꿈을 이룰 수 있을까? 그러면서 후회도 들고 회의감이 물밀 듯 밀려오는 거예요. 그래서 깊이 생각에 생각을 거듭 하면서 그래, 고교 시절, 그때 나를 못 이긴 걸 지금이라도 다잡자, 나를 강하게 만드는 것이 우선이다, 하는 생각을 굳히게 되었어요."

정우 어머니는 가만히 듣고 있었다. 그동안 여리고 내성적인 아들로 여겼는데 어느새 정우는 다부진 이 땅의 청년이 돼 있는 것이었다.

"이왕 하는 군 생활을 군인답게 제대로 하고 싶어요. 지금 엄마에게 고백하는 건데 사실은 해병대 지원을 했었어요. 그런데."

"그런데?"

"보기 좋게 1차에 안 됐어요."

"그렇다면 어쩔 수 없이 육군으로 가야겠네?"

"엄마, 전 포기하지 않을래요. 강한 이 땅의 아들로 다시 태어난다는 각오로 해병대 가고 싶어요. 그래서 2차 지원을 또 했습니다. 광주병무청에 전화해서 꼭 가고 싶다고 부탁도 해 뒀구요."

"그렇게 해병대 가고 싶니?"

"네. 저는 제대로 된 군인의 길을 걸어 스스로 강한 아들이 되겠습니다. 먼저 강한 군인이 되고 나면 검사의 꿈도 이룰 것 같습니다. 엄마가 지켜봐 주시면 저는 할 수 있습니다."

정우는 어느새 말투마저 군인처럼 다부졌다.

정우야, 네가 택한 길에 대해 확고한 네 신념을 말하는데 엄마는 차마 말릴 수가 없더라. 드디어 네가 그리도 가고 싶어 했던 해병대 입소가 허락되던 날, 너는 무척 좋아하더라마는 이 엄마는 그때부터 가슴 졸이기 시작하더구나. 네가 잘해 낼까? 잘해 내겠지. 네가 선택한 길인데 어련히 잘해 낼려구. 여러 생각으로 잠도 오질 않더구나. 엄마는 지금도 눈에 선하단다. 네가 포항 해병대 훈련단에 입소하던 그 날을 말이다. 애야, 내 아들 정우야, 막상 너를 훈련단에 보내고 돌아오는 길에 엄마가 얼마나 울었는지 아느냐? 나약한 엄마의 모습을 보이기 싫어서 네 앞에선 눈물을 참았다만 돌아서니 웬 눈물이 그리 앞을 가리는지. 아들 정우야, 네가 선택해서 간 해병대지만 너 역시 입소하던 그 순간엔 기대와 두려움이 교차하더구나. 엄마는 그때의 네 표정을 지금도 잊지 못한단다. 두려움에 찬 네 얼굴을 떠올리면서 엄마는 포항에서 광주 집까지 오는 내내 슬픔에 잠겨 있었지. 엄마가 그래선 안 되는데 울었구나. 대한민국 군인의 길, 그것도 지원해서 당당하게 해병대에 간 내 아들인데 말이다.

"어머니! 정웁니다!"

전화기 너머 들리는 목소리는 분명 정우인데 왠지 낯설게 들렸다. 엄마, 가 아닌 어머니로 부르는 호칭이 바뀐 것도 낯설었고 평소보다 말끝이 분명하게 떨어지는 것 역시 어색하기만 했다.

"우리 아들 있는 부대가 멀어도 전화는 옆에 있는 것처럼 똑똑하게 들리네. 정우야, 잘 지내고 있지?"

"옙. 괜찮습니다!"

"먹는 건 어때?"

"다 잘 먹습니다! 그런데 어머니, 섬이 다릅니다!"

뜬금없는 정우 말에 정우 어머니는 얼른 이해가 가지 않았다.

"섬이 다르다니 그게 무슨 말이니?"

"저는 섬은 다 똑같은 줄 알았습니다. 할아버지가 계신 진도도 섬이고 제가 있는 이곳 연평도도 섬인데 분위기는 완전 다릅니다."

"엄만 연평도엘 한 번도 안 가봐서 어떻게 다른지 이해가 안 가는구나."

"그러실 겁니다. 어머니나 제 머릿속의 섬 풍경은 할아버지가 계신 진도가 가득 들어 있으니까 말입니다. 어머니, 진도는 참 아름답고 여유 있는 섬입니다."

정우야, 네 말이 맞다. 방학 때마다 찾아들어간 진도는 우리 가족을 포근하게 맞아주었지. 네 할아버지는 평생을 진도에서 선생님으로 사셨고 네 할머니는 섬에서 모르는 사람이 없을 정도로 신망 두터운 분이셨단다. 작은 섬에 불과했지만 진도는 예향이 깊게 배인 섬답게 우리 정신을 맑게 해주었지. 할아버지와 함께 섬을 한 바퀴

돌 때마다 우리는 진도의 문화와 예향의 숨결을 느끼며 얼마나 여유로웠느냐. 할머니의 동무인 백구와 황구는 너의 멋진 상대였지? 백구와 황구의 영리함에 푹 빠져들어서 시간 가는 줄 모르고 어울려 놀던 너 아니었느냐. 정우 내 아들아, 생각나느냐? 네가 특히 진도에서 신기하게 생각했던 것이 바닷길이 열리는 걸 볼 때였지? 우리가 진도에서 보고 들은 것이 어디 바닷길 열리는 것뿐이었더냐. 진도의 중심에 있는 운림산방은 넓고 탁 트인 전통정원이 있는 곳이라 네가 참 좋아했던 곳이잖느냐. 아침저녁이면 짙은 안개가 자주 끼어 운림산방이라 이름 하던 그곳을, 우리 가락이 잔잔히 흐르고 묵향 가득한 산수화가 그대로 펼쳐지는 그 곳 진도를, 나는 이제 자주 찾지 않는단다. 진도엘 가면 너를 기다렸던 할아버지, 할머니께 죄지은 것 같고, 또 너와 함께 했던 수많은 시간들이 떠오를 것 같아 차마 갈 수가 없더구나. 정우야, 아들아, 네가 연평도에 대해 허허롭다고 했을 때 나는 그냥 흘러들었구나. 섬이 다르면 얼마나 다르겠냐 싶었단다. 네가 어릴 적부터 진도에 익숙해 있었으니 눈앞에 보이는 바다와 네가 있는 섬 연평도 으레 친숙해질 거라고 엄마는 생각했단다. 그런데 정우야, 나중에 보니 그게 아니었더구나.

"어머니, 여기는 마치 고립된 섬 같습니다."
"우리 정우, 많이 외롭구나. 어떡하지? 엄마가 도와 줄 수도 없고."
"아닙니다. 많이 외롭긴 하지만 제 방식대로 잘 이겨내고 있습니다. 잡념을 갖지 않으려고 시간만 나면 운동합니다. 지금 제 복근을 어머니가 보시면 깜짝 놀라실 걸요? 거의 초콜릿 복근 수준인데요,

사진 찍어 제 홈피에 올려놓을 테니 시간 내어 한번 보세요. 그리고 어머니, 저는 독서도 틈틈이 하고 있습니다. 여건이 안 되는 경우도 있지만 검사나 공직자의 비리를 다룬 영화를 보면서 고쳐야 할 점도 찾고 있답니다. 한자급수 공부도 게을리 하지 않고 있는데 곧 2급 시험 볼 거예요. 2급 시험 통과하면 포상휴가도 받을 수 있답니다."

"우리 아들, 열심히 잘 하고 있으니 엄만 마음이 놓이네. 그렇게 계속 노력하고 열심히 하다보면 보상이 따른단다. 고맙다 우리 아들."

내 아들 정우야, 외로운 섬에서도 잘 적응하며 부단히 네 꿈을 키워가던 아들아, 천안함 사건 이후 너와 나눴던 통화를 나는 지금도 잊지 못하는구나. 수많은 우리 해군장병들이 억울한 죽음을 당했을 때 나는 제일 먼저 너를 걱정했구나. 오직 내 자식만 걱정되어 잠을 이루지 못했단다. 전화 너머 네 목소리 역시 걱정으로 가득 찼지만 한편으론 분노에 부르르 떨던 네 목소리가 지금도 내 귀에 남아 있단다. 엄마는 너의 걱정과 분노를 달래느라 연평도는 육지니까 괜찮을 거라고, 미군도 있는데 감히 거길 포격하겠냐고, 우리나라 안보는 튼튼하니까 걱정 말라고 했었구나. 북한이 올바른 생각을 갖고 있다면 사람이 살고 있는 육지에 감히 도발을 하겠느냐고 엄마는 그렇게 너에게 말했구나. 그런데 정우 네가 그러더구나. 엄마, 여긴 비상사태입니다. 늦은 밤 순찰을 돌 때 북한쪽을 보면 위기감마저 느낍니다, 고. 그때 네가 그런 말을 했을 때 엄마가 고작 해준 말이 연평도는 바다가 아니라 육지잖아, 그러니 너무 걱정말아라, 설마 민간인이 살고 있는 곳으로 도발하겠느냐,고 그렇게 말했었단다. 정우야, 엄마가 그랬구나. 미안하다 아들아.

✳

"정우, 어떻게 휴가 나올 수 있었니? 아직 비상사태 중이라면서?"

"여전히 비상 중이긴 합니다만 진돗개 최고 단계에서 한 단계 아래로 내려왔어요. 그래서 군에서도 순차적으로 휴가 가야 할 장병을 보내고 있습니다."

"이번 휴가가 한자2급 통과해서 포상휴가 받은 거지? 정식 제대하려면 3개월 남았는데 그래도 포상휴가를 보내주는구나. 어쨌든 휴가를 추석 무렵 잘 맞춰 나왔네. 햇과일 실컷 먹고 귀대하면 되겠구나."

"네 어머니. 뭐든 먹을 테니 많이 사주십시오!"

정우야, 엄마는 너를 보는 것만으로도 흐뭇했단다. 군에 가서 튼실하게 여물어진 너를 보니 역시 남자는 군엘 갔다 와야 한다는 생각이 들더구나. 더구나 어렵고 힘들다는 해병대 아니더냐. 훈련도 기합도 무척 세다는 해병대 아니더냐. 그런데 그걸 이겨내고 어느덧 제대를 3개월 앞둔 네가 대견스러웠단다. 힘들고 팍팍했던 그 와중에도 네 앞날을 위해 계획대로 한 단계씩 나아가는 너를 보는 엄마 마음이 어찌 든든하지 않았겠느냐. 네가 그랬지. 포상휴가 끝나고 부대로 복귀하면 제대까지 남은 기간 동안 더욱 알차게 프로그램을 짤 것이라고 말이다. 정우 너는 그러고도 남았을 것이다. 지금까지 그 넓은 가슴에 얼마나 큰 꿈을 품었더냐. 그 꿈을 위해 너 자신을 채찍질하면서 달려오지 않았느냐. 그런데 이렇게 허망

할 수가 없구나. 엄마에게 온통 후회와 회한의 눈물만 남겨두고 너는 지금 어디로 갔단 말이더냐 이놈아! 내 아들 정우야, 포상휴가를 마치고 다시 귀대하는 너를 데려다준 곳이 광주역이었구나. 광주역에서 헤어질 때 네가 그랬지? 엄만 한 번도 면회를 안 왔는데 벌써 제대를 앞두고 있다는 말을 하더구나. 면회를 한 번도 못 가본 엄마는 미안해서 웃는 것으로 대신 할 수밖에 없었구나. 그런데 네가 얼른 무마하더구나. 엄마는 바쁘잖아요, 매 학기마다 대학진학 수험생 때문에, 또 어떤 땐 3학년 담임 맡느라 면 연평도까지 오시기 힘들잖아요, 라고. 너는 그렇게 엄마를 이해해주더구나. 그러면서도 한술 더 뜨더구나. 엄만, 대단해요. 저는 엄마를 보면서 정의로운 사람이 돼야겠다고 각오했어요, 라며 나를 꼭 안아주었지. 엄마는 네 아빠보다 넓고 든든한 네 가슴에 안겼을 때 내 심장이 콩콩 뛰기까지 했단다. 정우야, 내 아들 정우야, 그게 너를 안은 마지막 시간이었구나. 너의 뜨겁고 단단한 가슴의 체온이 아직도 남아 있는데 말이다. 광주역이 너의 씩씩한 모습을 보는 마지막 자리가 될 줄 내가 어이 알았겠느냐. 엄마가 앞을 내다볼 줄 알았다면 너에게 안겼을 때 영원히 떨어지지 않았을 텐데, 너를 떠나보내지 않았을 텐데…. 정우야, 너와 헤어진 광주역을 나는 지금도 제대로 쳐다볼 수가 없구나. 그 자리에서 너를 보낸 게 꼭 내 탓만 같으니 어찌 거길 가겠느냐. 광주역에 서 있으면 네가 한껏 들떠 했던 말이 나를 감고 도는데 나는 버티고 서 있을 힘이 없구나. 광주역에서 기차를 타기 전에 그랬지 않으냐. 한 달만, 한 달만 견디면 말년휴가를 나온다고 했지 않았느냐? 말년휴가 마치고 들어가면 곧 제대한다고 싱글벙글 웃으며 연평도로 귀대했던 내 아들 정우 아니었느냐. 그런데 한 달이 몇 십 번을 지났는데 너는 내게 오지 않고 어디로 갔느냐. 도대체 어디 있느냐.

"어머니, 조금 전에 보초 서고 들어왔습니다. 아직 안 주무세요?"

"수능 끝나고 나니 이젠 진학지도 때문에 더 바쁘네. 정우는 보초 서느라 추웠겠다. 거긴 벌써 겨울바람이 불 텐데. 춥지?"

"바닷바람이 원래 세고 춥지요. 그래도 이젠 견딜 만합니다. 그동안 한겨울도 두 번이나 넘겼는데요, 너무 걱정마십시오. 어머니, 저는 요즘 보초 서는 일도 즐겁습니다. 제대가 얼마 안 남아서 매일 제 진로에 대한 계획을 세우고 있습니다. 곧 말년휴가 나가면 그동안 계획했던 걸 실천하기 위해서 학교 근처에서 바쁘게 다녀야 할 것 같습니다."

"말년휴가는 언제 나오니? 날짜 확정 된 거니?"

"별 탈 없이 배가 뜬다면 11월 23일이 될 겁니다. 그런데 꼭 그날 배가 뜬다고 장담은 못합니다. 항상 그렇거든요. 아침에 표를 사놓아도 그날 일기에 따라 배가 못 뜰 수도 있어요. 바다는 변덕이 너무 심해서요."

"엄마가 연평도 바다 날씨 때문에 면회 못 간 이유가 되기도 한단다. 지금 와서 변명처럼 들리겠지만 네가 제대가 다 돼 가는데도 면회 한 번 못간 게 걸리는구나."

"괜찮아요. 그 대신 어머니가 제게 해줄 건 다 해 주시잖아요. 다른 어머니들처럼 집에서 살림만 하시는 분도 아니고 직장에 매여 있으신데요. 저는 다 알아요."

"그리 알아주니 고맙다 아들. 그날 무사히 배가 뜨게 해달라고 엄마가 교회 가면 기도할게. 그런데 말년휴가는 며칠이나 되지?"

"13박14일입니다. 그래서 이번 휴가가면 복학 대비해서 공부할 학원도 알아보고 방도 미리 계약해 둬야겠어요. 어머니, 그래도 되죠?"

"물론이지. 우리 아들 열심히 공부할 일만 남았는데 당연하지."

"그리고 어머니, 입이 안 떨어지지만 용기 내어 부탁할 게 있어요."

"뭔데? 어려워하지 말고 말해봐."

"차비가 모라라서 그러는데요, 4만 원만 보내주셨으면 합니다."

"우리 아들 휴가 오는데 엄마가 당연히 휴가비 보내줘야지."

"어머니, 미안합니다."

"정우야, 미안하다는 인사는 엄마에게 하는 거 아니다. 알았지?"

"옙! 어머니. 그럼 휴가 나갈 때 다시 연락드리겠습니다. 어머니, 사랑합니다!"

"나두!"

❊

정우야, 잔디가 본래의 색을 잃어가고 있구나. 가을이 꽤 깊었다는 걸 잔디가 일깨워주고 있구나. 이 가을도 가고 겨울이 오면 나는 무슨 꽃을 네 묘지 주위에 심어야 하나? 황량한 겨울바람을 견뎌낼 꽃이 과연 있기나 한 걸까? 온실 속 화초라면 온실 속에서야 꽃을 피우겠지. 그러지 않고서는 꿋꿋한 야생화라 할지라도 추위

에는 꼭꼭 숨는단다. 적어도 봄이 올 때까지는 말이다. 내 아들 정
우야, 춥고 황량한 섬에서 모진 바람과 훈련을 잘도 견뎌냈던 내
아들아. 이제 곧 다가올 봄을 맞이하는 것처럼 희망과 설렘을 안고
내게 돌아올 날만 손꼽아 기다렸던 정우 내 아들아. 그날 11월 23
일은 날씨가 청명했단다. 엄마는 눈을 뜨자마자 바깥 날씨부터 확
인했구나. 바람도 거의 불지 않았고 하늘엔 구름도 보이지 않았지.
엄마가 있는 광주 날씨가 정우 네가 있는 연평도 날씨와 같을 리
없건만 어디 엄마 마음이 그리 되더냐. 광주가 좋으면 으레 네가
있는 연평도도 좋으리라 여겼지. 그래야 배가 뜰 것이고 네가 바다
건너 집으로 달려올 것이 아니더냐. 아들 정우야, 그날 날씨가 맑
아서 엄마는 기분 좋게 학교로 출근했단다. 그때가 12시쯤이었지?
네가 전화를 걸었던 것이 말이다.

"엄마, 엄마! 드디어 휴가 나가요. 배가 뜬대요!"
정우 목소리는 밝았고 활기가 넘쳐 났다. 정우로서는 그럴 만도
했다. 그동안 G20 서울정상회의 때문에 휴가가 미뤄지기도 했고,
기상 악화로 지연되기도 했기에 마음을 졸인 탓도 있었다.
"다행이다. 엄마 기도가 통했나 보다."
"하하. 엄마, 나중에 집에서 만나요."
"그래, 조심해서 와라."
정우야, 내 아들아, 네가 그랬단다. 나중에 집에서 만나요, 라
고. 그런데 너는 그 약속을 지키지 않았구나. 아니, 지키지 못했구
나. 누가 네 약속을 저버리게 만들었느냐? 누가 네 뱃길을 막아섰

느냐? 엄마는 곧 배를 탄다는 네 전화를 받았기에 몇 시간 후면 내 아들을 만난다는 생각밖에 없었느니라. 네가 집에 오면 뭘 먹이고 네게 필요한 게 무엇인지 챙겨줄 생각밖엔 없었구나 애야. 그런 내가, 이 엄마가 오후 늦게 청천벽력 같은 전화를 받게 될 줄 꿈엔들 생각했겠느냐. 무슨 소릴 하냐면서 엄마는 소릴 쳤단다. 정우는 지금 배를 타고 육지로 오고 있는데 무슨 소리, 무슨 소리냐구. 오, 주여! 제발 꿈이라고 해 주소서. 이건 꿈에서도 있어선 안 될 일이옵니다 주여! 정우야, 내 입에선 이 말밖엔 나오지 않더구나. 금방이라도 현관문을 열고 필, 승!을 크게 외치며 내 품으로 뛰어와 덥석 안길 내 아들 정우야, 네가, 네가 전사했다니 그게 무슨 말이냐. 엄마는 정신이 아득하고 땅이 꺼지더구나. 가슴이 탁 막히더구나. 정우 내 아들아, 적의 포탄 파편에 맞아 쓰러졌을 때 네 역시 그러했으리라. 엄마처럼 눈앞이 캄캄했을 내 아들아.

❋

김 상병은 휴가자인 서정우 병장을 차에 태우고 대연평도 선착장으로 차를 몰았다. 오후 2시 30분에 배가 뜬다니 선착장까진 시간이 충분했다. 말년휴가를 가는 서정우 병장 얼굴엔 여유가 묻어났다. 멀리 보이는 바다는 잔잔했고 바다 위로 퍼진 햇살도 부드러웠다.

서정우 병장은 차에서 내린 후 김 상병을 향해 손을 흔들었다. 김 상병은 말년휴가 나가는 서정우 병장이 마냥 부러웠다. 그러나 차마 부럽다는 말을 입 밖에 낼 수 없었다. 심술을 잘 부리는 바다는 밑을 수 없기 때문이었다. 배에 타고 난 다음에도 출항하기 전까지는 마음을 놓을 수 없기에 휴가 나가는 선임에게는 말조심을 해야 했다.

김 상병은 다시 차를 돌려 부대로 향했고, 서 병장은 다른 휴가자와 함께 섬사람들 속에 섞여 배에 오르기 시작했다. 배에 오른 서 병장은 곧바로 선실로 내려가지 않고 갑판에 서 있었다. 배를 타면 항상 서 병장은 갑갑한 선실보다는 갑판에 서 있는 걸 택했다. 얼굴에 닿는 바닷바람과 콧속으로 스미는 짭짤하고 비릿한 바다 냄새가 그를 편안하게 만들어주기 때문이었다. 가끔 뱃고동 소리가 길게 연평도에 울려 퍼졌다. 뱃고동은 곧 배가 떠난다는 사실을 섬 전체에 알려주는 신호이기도 했다.

서 병장은 갑판에 선 채 주변을 살펴 보았다. 이번 휴가만 다녀오면 연평도를 떠나게 될 것이다. 허허롭고 황량했던 섬이지만 미운 정 고운 정 다 들었던 섬이 서 병장 눈으로 오롯이 들어왔다. 그동안 섬 구석구석을 뒹굴며 뛰었으니 눈을 감아도 훤히 꿰뚫을 수 있는 연평도였다. 제대 후 섬을 떠난다 해도 이 곳에서 보냈던 사계절을 결코 잊을 수 없을 것이다. 나를 시험했던 곳 아니던가. 나를 진짜 사나이로 새로 태어나게 해준 곳 아니던가. 이제 대한의 사내가 된 이상 어떤 어려움도 헤쳐 나갈 자신감을 심어준 곳이니 어찌 잊을 수 있으랴.

부대로 오르는 길 위에 김 상병이 몰고 가는 차가 서 병장 눈에 보였다. 차량은 장난감처럼 꼬물꼬물 오르막길을 달리고 있었다. 귀대할 때는 부대원들이 좋아하는 먹거리를 잔뜩 사가지고 저 차에 실을 것이다. 취침 전 햄버거와 피자를 그리워하던 후임병들 얼굴이 떠올랐다. 뽀글이 라면을 끓여 서로 머리를 맞대며 게걸스레

먼던 먹성 좋은 선임과 후임들이 소리치며 환영할 것이다. 서 병장은 저도 모르게 흐뭇한 미소를 지었다.

그때였다. 순식간에 부대를 향해 떨어지는 불꽃이 있었다. 서 병장의 미간이 좁아졌다. 서 병장은 제 눈을 의심했다. 하늘을 덮은 검은 물체는 마치 번개처럼 번쩍이는 섬광과 함께 부대와 민가를 향해 날아가고 있었다. 연이어 슈우욱, 불꽃과 함께 요란한 폭음소리가 섬 전체를 뒤흔들었다.

"쉬이익! 쾅 쾅!"

포탄에 땅이 흔들렸다. 지진이 난 듯 땅과 바다가 동시에 흔들렸다. 서 병장이 타고 있는 배도 잇따라 흔들렸다. 서 병장은 무조건 귀를 막았다. 그리고 힘껏 배에서 뛰어내렸다.

'이건 분명 도발이야. 그동안 훈련을 받으면서 숱하게 들어왔던 말이 북한의 기습 도발에 대비한다,였지 않은가. '우리는 전쟁이 끝난 게 아니다. 단지 휴전일 뿐이다. 북한은 호시탐탐 도발할 기회를 노리고 있다. 우리 해병은 북한이 도발할 틈을 주어서는 안 된다' 아침저녁 해변가를 뛰면서 수없이 외쳤던 다짐 아니었던가. 나, 서정우 병장은 최대한 빨리 소속부대로 돌아가든지 아니면 제일 가까운 방공포로 가야 한다. 그래야 불을 뿜는 적들을 막아낼 수 있지 않은가.'

서 병장은 이를 악물었다. 그동안 받았던 훈련의 힘을 빌어 혼신을 다해 해변을 내달렸다. 제일 가까운 방공포까지는 300여 미터 거리였다. 그러나 북한군의 해안포와 곡사포는 무차별 쏟아졌다. 해안포와 곡사포는 부대와 민가를 가리지 않았다. 포탄은 계속 떨어졌고 파편은 사방으로 튀었다. 해변에 떨어진 포탄의 충격으로 모래가 파도처럼 풀썩풀썩 튀어 올랐다. 그때였다. 둔탁한 덩어리가 서 병장의 다리를 내리쳤다. 서 병장은 그대로 모래 위에 쓰러지고 말았다. 해변가에 쓰러진 서 병장은 두 팔을 앞으로 뻗었다.

'나는 계속 달려야 한다. 내가 있어야 할 자리로 나는 달려가야만 한다!'

"서 병장, 정신 차렷! 계속 뛰어!"

다급한 동료의 부르짖음이 귓가에 꽂혔으나 이내 사방이 조용해졌다. 두 손 가득 모래를 움켜 쥔 서 병장의 몸은 더 이상 움직일 줄 몰랐다.

'나, 서정우 병장은 연평부대 중화기 중대의 최고 공용화기 사수다. 나는 복귀하여 평화로운 섬을 도발한 적들을 향해 K-9자주포로 응수해야 한다. 아니, 반드시 응징해야만 한다. 나, 서정우 병장은 이 땅의 해병대 사수다.'

서 병장의 외침이 점점 작아졌다. 시야가 금세 흐려졌다. 해변의 고운 은빛모래 위로 붉은 피가 흥건히 스며들었다. 선홍색 백일홍 꽃가지 위로 자욱한 포탄 연기가 피어올랐다. 아아, 어머니. 제가 간다고 했는데, 지금 집으로 가는 배를 타고 간다고 했는데… 어. 머. 니.

✻

정우야, 이놈아! 계속 달렸어야지. 너는 이 땅의 해병대 장병 아니었더냐. 너는 두려움 없이 강하게 만들어진 해병대원 아니더냐 이놈아! 포탄 파편이 네 두 다리에 박혔더라도 부대를 향해 계속 달리고 달렸어야지 왜 쓰러졌느냐. 평화롭던 연평도를 향해 포탄을 퍼부은 적들을 응징해야 할 네가 아니더냐. 너를 기다리던 이 엄마는 어찌 두고 다시 일어나 달리질 못했느냐. 네가 그동안 꿈꿔왔던 것들을 누가 대신 할 수 있겠느냐 정우 내 아들아! 엄마는 아직도 믿지를 못 하겠구나. 내 귀에는 아직도 네 목소리가 생생할 뿐이다. 곧 배가 뜬다고, 휴가 갈 수 있다고 좋아했던 아들 정우야! 어찌 하여 집에 오는 길이 이리도 멀어져 버렸느냐. 엄마는, 아무것도 모른 엄마는 네가 배를 타고 기차를 갈아타고 그렇게 집으로 오고 있는 줄만 알았더니라. 이제 전역 27일을 남겨놓은 네가 아니더냐. 산더미처럼 쌓아놓은 네 계획은 어찌하라고 너는 대답조차 없느냐. 엄마의 든든한 아들로 내 옆을 지켜줘야 할 네가 한 줌 재가 되어 돌아오다니 이런 법이 어디 있더란 말이냐. 정우 내 아들아, 배야 꼭 떠라, 휴가 좀 나가자, 고 네 미니홈피에 써놓은 글이 네가 이 세상에 남긴 마지막 글이 될 줄 어이 알았으리. 너의 간절한 소원이었던 배가 바다에 둥실 떴다는데, 너는 그 배를 타고 이 엄마에게 왔어야 맞지 않느냐. 엄마에게 변변한 작별인사도 없이 너는 그렇게 길고 긴 휴가를 떠나고 말았구나. 정우야, 내 아들 정우야, 네가 그렇게 빨리 내 곁을 떠나려고 휴가 차비 4만 원을 말하면서 미안하다고 했더란 말이냐. 엄마 미안해요, 라니. 부모 자식 간에 미안하다니. 그게 진정 너의 마지막 인사란 말이더냐 이 놈아!

✳

정우야, 내 아들 정우야. 오늘은 엄마가 숨이 차다. 가슴도 벌떡

벌떡 뛰는구나. 분노와 슬픔으로 목까지 숨이 차서 단숨에 너에게
달려 왔단다. 너도 들었느냐? 한때는 대선 후보로 나왔던 정치인이
생각 없이 내뱉은 말을 말이다. 연평도 포격은 이명박 정부의 대북
정책 탓이라는 말을 어찌 감히 할 수 있느냐? 도대체 온전한 정신
을 가지고 그런 말을 했는지 엄마는 그 정치인에게 묻고 싶었구나.
국민을 위한 정치를 하겠다는 사람이 아니더냐. 그런 사람이 대한
민국 영토와 국민을 향해 직접 연평도를 공격한 엄연한 현실 앞에
서 그런 말을 하다니 말이다. 아, 엄마 가슴이 타들어가더구나. 북
의 도발을 지키다가 미처 청춘을 피워보지도 못한 주검을 보고 어
찌 그런 말이 나오는가. 꽃다운 젊음이 스러진 이곳엔 한번 와 보
지도 않으면서 그런 말을 하는 정치인을 엄마는 용서할 수 없구
나. 그렇게 내뱉은 말은 그대로 송곳이 되어 엄마와 같은 처지의
유가족들 가슴을 후벼 파는데 도저히 참을 수가 없었구나.

정우야, 연평도를 지키다 장렬히 산화한 내 아들 정우야. 엄마는
눈을 감으면 포탄 연기가 하늘을 뒤덮고 있던 연평도가 떠오르는
구나. 하늘엔 새까맣게 적의 포탄으로 덮여 있었다는데, 고막을 찢
는 포탄에도 두려움 없이 달려갔던 내 아들들. 죽음을 무릅쓰고 붉
은 불길을 헤치며 적의 도발에 대응했던 젊은 아들들의 장한 모습
만 가득 하구나.

정우야, 연평의 젊은 해병들은 대응 사격으로 용감히 싸웠단다. 반
격 명령에 따라 K-9자주포가 불을 뿜었다는구나. 내 땅, 내 국민을
위해서 연평도 해병은 자신의 방탄모가 불에 타서 입술과 인중이 불
에 데는 것도 모르고 싸웠다는구나. 포탑 해치를 열었을 때 온통 불

바다였는데도 그 불길을 뚫고 반격했다는 내 아들들. 얼굴과 가슴과 머리에 포탄 파편을 맞고 쓰러진 내 아들들이 기어이 연평도를 지켜내지 않았느냐. 엄마는 정우 네가 해병대를 지원했던 이 땅의 아들임이 자랑스럽구나. 정우 내 아들아, 네 모습이 오늘 이 땅의 젊은이들 가슴에 새로운 애국심을 불러 일으켰구나. 알고 있느냐 내 아들아, 불바다가 된 연평도를 본 이 땅의 수많은 청년들과 외국 유학 중이던 이 땅의 젊은이들이 해병대 지원으로 몰렸다는구나. 해병대 모집 이래 최대 지원자가 몰린 이유가 무엇이겠느냐. 그건 바로 안보가 우선이고 국방이 든든한 나라가 있어야 한다는 사실을 알았기 때문이란다. 그 사실을 해병대 지원자가 말해주고 있지 않느냐.

그런데도 정치인이 깨닫지 못하더구나. 정녕 깨닫지 못해서일까? 엄마는 의구심이 나더구나. 진정으로 이 땅의 국민을 위한 정치를 하겠다고 뜻을 세운 정치가라면 현실을 바로 직시해야 맞지 않느냐. 이 땅의 국민이 우선이라는 생각부터 가진 사람이 정치를 해야 하는 게 맞지 않느냐.

그런데 연평도 포격사건 1주년이 지났을 무렵, 김정일이 사망했을 때 조문을 가야 한다는 말이 웬 말이더냐? 어이가없었고 분노가 머리끝까지 치밀어 잠을 이룰 수 없었단다. 너의 희생에 조문은커녕 어떤 위로 한 마디 없었던 정치인이 김정일 죽음에 조문하러 가야 한다니 그게 제 정신이더냐. 5.18 민주화운동과 6.15 남북공동선언날에는 기를 쓰고 참가하는 그들이 제 나라를 지키다 산화한 영령들 앞에 하얀 국화 한 송이 놓아보았느냐고 묻고 싶구나. 가슴을 치며 피 토하는 심정으로 묻고 싶구나.

정우야, 엄마는 울분을 억누를 길 없어 광화문에서 1인 피켓 시위를 하고 싶었단다. '당신들은 불과 1년 전에 대한민국 연평도에서 어떤 일이 일어났는지 알고 있습니까? 북의 도발로 이 땅의 젊은이들이 꿈을 접어야 했던 사실을 기억하고 있습니까? 그들의 꿈을 짓밟고 소중한 생명을 앗아간 게 누구입니까?' 엄마는 그들을 향해 그렇게 묻고 싶었단다. 알토란같은 내 자식 잃은 슬픔을, 날마다 그리워서 피 토하는 엄마 심정을 광화문 광장에서 소리치고 싶었구나. 정우 내 아들아, 김정일이 누구더냐? 세습체제에 따라 북한을 지배했던 독재자가 아니었느냐. 그는 자신의 사후를 걱정하여 그 아비 김일성에게 배웠던 그대로 다시 제 아들 김정은에게 북한의 권력을 넘겨주려 고심한 인물이었느니라. 각국의 경제봉쇄로 가뜩이나 흉흉한 민심을 타개하고 북한주민에게 위기의식을 심어주고 결속시키는 방법으로 연평도 포격을 감행한 것 아니겠느냐. 후계세습과 체제유지를 위해 김정일은 우리 군의 호국훈련을 빌미 삼아 공격한 것이란다. 항상 핵으로 우리를 위협한 김정일의 죽음을 애도하러 간다니 말이 될 법한 주장이더냐.

아들 정우야, 그나마 다행인 것은 여당 당대표의 단호한 결정이었단다. '조문불가'라는 기사를 본 순간 끓어올랐던 엄마의 분노가 가라앉더구나. 여당 당대표는 북한이 연평도 도발에 대한 사과도 안 한 상황에서 조문은 불가하다는 뜻을 분명히 밝혔단다. 당연한 결정이지만 엄마는 그 분의 홈페이지에 감사하다는 글을 올렸단다. 자식 잃은 엄마로서, 유가족의 슬픔을 아는 국민의 한 사람으로서 말이다. 비단 그 분에 대한 고마움은 이 뿐만이 아니란다. 연평도 평화공원을 방문한 그 분은 네 흉상을 쓰다듬으며 추모하더구나. 그 광경을 보며 엄마는 뜨거운 눈물을 흘렸느니라. 네 흉상을 쓰다듬는 그 분 손길이 애가 타서 녹아버린 엄마 가슴을 쓰다듬어주는 손길로 느껴졌단다. 흐느끼는 이 엄마 어깨를 다독여주는 듯 그렇게 보였구나.

정우 내 아들아, 김정일 사망에 조문가지 못해 시위하던 그들은 도대체 어떤 사람들일까? 그들이 네 장례식 때 네 동료가 읽었던 추모사를 들어봤어야 했는데 말이다. 벼락과 천둥이 되어 분노를 마음껏 표출하라던 네 동료들의 절규와 서북 5도의 수호신이 되어 우리의 바다를 지켜달라던 네 동료들의 간절한 기도를 들어봤어야 했는데 말이다. 장례식날 하염없이 내리던 하얀 눈이 너와 네 동료들의 분노를 삭이는 차가운 눈물이었음을 그들이 똑똑히 봤어야 했는데 말이다. 그러나 그들은 그러지 않는구나. 한쪽 귀는 막고 한쪽 귀만 열어놓고 사는 그들이 참으로 답답하구나. 도저히 이해할 수 없더구나.

그런데도 정우야, 고마운 일도 있었단다. 엄마의 사연을 듣고 '엄마는 울지 않는단다'를 노래로 만들어준 군부대가 있었구나. 그 노래가 내 마음을 대신해 주더구나. 너와 나를 대신해서 '엄마는 울지 않는단다'가 청소년나라사랑과 군에서 안보 교육으로 활용하고 있으니 그나마 다행이구나. 갈수록 안보 교육이 미흡한 현실에서 조금이나마 안보의식 고취에 도움이 됐으면 하는 게 엄마 심정인 것을 너는 알 겠지? 정우야, 그뿐이 아니란다. 너를 잊지 않고 기억하려는 수많은 이들이 있다는 걸 알려주고 싶구나. 네가 두려움과 설렘을 안고 입소했던 해병대 포항훈련단에도 네 흉상이 있단다. 해병대 훈련소 입소하는 장병들이 너를 보면 안보의식을 더욱 굳건히 가지지 않겠느냐. 연평도 평화공원 내 제2연평해전 전사자 옆에도 네 흉상과 위령탑이 있으며 평택 제2함대 서해수호관에도 네 기념공간이 마련됐더구나. 또한 네 고향도 너를 잊지 않았단다. 네 고향 광주에서 너를 위해 현충탑에 위패를 봉안해 주더구나. 그리고 용산전쟁기념관에도 대한민국 전사자에 네 이름이 올라가 있구나. 정우야, 내 아들아. 엄마는 국가와 국민이 너를 잊지 않고 있는 것은 분명 고마우나 나는 슬프기만 하단다. 대한민국 동서남북에 네 이름과 흉상이 있는 것보다는 네 숨결을 느끼고 싶구나. 네 웃는 얼굴을 가슴에 품고 싶을 뿐이구나.

아들 정우야, 엄마를 용서해다오. 네가 떠난 지 2년 째 되는 날. 나는 처음으로 연평도 땅을 밟았구나. 너무 늦게 연평도를 찾았구나. 진작 엄마가 연평도를 찾았더라면 숨이 턱에 닿도록 달려온 네 넓은 가슴에 네 가슴에 안겼을 것을. 함박웃음을 터뜨리며 엄마를 맞았을 내 아들 정우야. 광주에서 연평도까지 왔건만 네 모습은 간 데 없고 낯선 바람소리가 내 귓전을 때리더구나. 아아, 연평도의 찬바람 속에서 포근한 진도를 그리워했을 내 아들아, 네가 보초서 면서 맞았을 저 바람은 무심하기만 하더구나. 우렁찬 군가로 모랫 길을 뛰고 구르며 인내심을 키울 때 그 모든 것을 지켜보았을 해님과 파도도 말이 없긴 마찬가지더구나.

아들 정우야, 엄마의 그렁그렁한 눈물 속으로 소나무 한 그루가 들어오더구나. 소나무에 박힌 모표도 함께였단다. 엄마는 소나무와 소나무에 박힌 해병대 모포를 보면서 깊은 탄식을 쏟았단다. 모표를 품은 소나무 한 그루가 그 당시를 여실히 보여주고도 남더구

나. 그때 연평도에 무슨 일이 일어났는지를 말이다. 이름 모를 해병의 철모 중앙에 부착된 모표가 무차별 포격에 떨어져 나갔던 것이겠지. 날아간 모표가 소나무에 그대로 박힌 채 찬바람을 맞고 있구나. 바다와 육지에서 용감하게 싸운 연평도 해병의 흔적을 보며 나는 가슴을 쳤단다. 다시금 가눌 수 없는 분노로 어금니를 깨물었구나.

정우 내 아들아, 드디어 네 앞에 섰더란다. 낯선 바람을 온몸으로 맞고 선 엄마는 네 가슴에 안기지도 못 하고 너를 품지도 못했구나. 너를 껴안는 대신 표지석만 보면서 울음을 삼켰단다. 네가 일어나지 못했던 그 자리에서 엄마는 네 이름만 불렀구나. 목 놓아 너를 찾았지만 너는 끝내 대답이 없었단다. 그 자리에 서 있는 엄마 발걸음이 천근만근 무겁기만 했구나. 정우야, 엄마도 그 자리에 선 채로 모래처럼 부서지고 싶었단다. 그런데 엄마는 그러질 못했구나. 그리 되질 않더구나. 미안하다 얘야, 내 아들 정우야!

정우 내 아들아, 연평도 포격사건 2주기에 연평도에서는 희생자 위령탑 제막식이 있었단다. 그리고 안보교육관 개관식도 함께 열렸었지. 안보교육관에서 정우 너에 대한 영상물과 전시품이 마련되어 있는데 엄마는 다리가 후들거려 겨우 서 있었구나. 얘야, 내 아들 정우야, 엄마는 일련의 행사를 지켜보면서 굳건한 안보와 강한 한국을 만들어야겠다는 생각이 점점 커지더구나. 정우야, 연평도엘 다녀온 뒤 엄마가 한 일을 네게 말해야겠구나. 네가 다녔던 단국대학에 해병대학과가 새로 개설됐다는 사실부터 알려야겠지? 정우 너처럼 확고한 안보의식을 가진 젊은이들이 해병대학과를 선택한다는구나. 네가 무척 좋아할 것 같아 엄마가 단국대엘 다녀왔단다. 네가 꿈을 키웠던 드넓은 교정에서 엄마는 너를 닮은 숱한 청년들을 보았구나. 가슴이 든든해지면서도 벅차오른 감정에 저절로 눈시울이 붉어지고 말았단다. 정우야, 내 아들아. 엄마는 너를 본 듯 그들을 보았단다. 그리고 엄마가 힘닿는 데까지 기부를 하자고 다짐했단다. 정우 네 등록금을 내는 마음이면 그리 어렵겠느냐. 정우야, 학교를 나서는 내 발걸음이 조금은 가볍더구나.

아들아, 햇살이 무척 고운 아침이구나. 네가 있을 때는 고운 햇살 들어오는 창가 화장대에 앉아 엄마도 화장을 했었지. 그러나 이제 엄마는 화장을 하지 않는단다. 너도 없는데 엄마가 화장해서 뭣하겠느냐. 화장하는 대신 엄마는 너를 생각하련다. 너에게 편지를 쓰고 너를 위해 기도하련다. 엄마는 날마다 새벽기도를 하면서 하느님께 애절하게 부탁을 드리는구나. 하느님, 우리 정우, 내 아들 정우가 지금 제 곁에 없는 게 안타깝고 슬픕니다. 가장 안타까운 건 스물 두 살의 한창 나이에 그대로 져버렸다는 사실입니다. 하느님, 제발 그곳에서만이라도 그 아이 정우의 꿈이 이루어지게 도와주세요. 제가 축복하러 갈 순 없지만 거기에서 꿈도 이루고 결혼도 해서 자식 낳아 기르는 지혜로운 지아비가 되어 살게 해 주세요. 자식 잃은 제 원통함을 조금이라도 보듬어 주신다면 제 기도를 들어 주세요 하느님. 하느님.

그런데 정우야, 네가 엄마에게 보낸 메시지더냐. 엄마는 목사님을 통해 천국의 모습을 보았느니라. 이 땅에 발을 딛고 사는 우리는 이 세상을 떠나고 없는 사람을 가슴 아파 하면서 그리워하는데 그러지 말라는구나. 죽은 자들은 평화로운 곳에서 천진난만한 아기들 하고 평안하게 잘 지낸다는구나. 정우야, 정말 그러 하냐? 너도 평안하게 잘 지내느냐? 정녕 믿어도 되느냐?

정우야, 엄마가 믿지를 않으니 네 이모 꿈에 나타났던 것이냐? 이모가 그러더구나. 꿈에서 너를 봤다고. 하얀 옷을 입은 천사가 정우를 감싸 안고 있더라고 하면서 이모가 펑펑 울더구나. 우리 정우, 천사가 보살펴주고 있다니 정말 다행이구나. 고맙구나 정우야.

정우 내 아들아, 목사님 말씀에 불안한 마음이 조금은 다스려지기도 했구나. 네 이모 말에 적잖이 위안을 얻기도 했단다. 그런데도 엄마는 깊은 잠을 이루지 못하는 날이 많으니 어찌 하느냐. 작은 소리에도 화들짝 놀라 잠 깨기 일쑤구나. 엄마 가슴은 항상 새 가슴마냥 팔딱거리는구나. 아아, 잠이라도 들면 꿈에서라도 너를 만날 텐데 말이다. 정우야, 이 엄마가 불면증에 시달리는 걸 네가 지켜보고 있었더냐.

'어머니 염려마세요. 정우는 잘 있어요'

꿈인가 생시던가. 엄마는 비몽사몽 헤맸구나. 그러나 분명한 건 엄마 눈에 익은 글씨체였단다. 그건 바로 정우 네 글씨체였어. 너는 보이지 않고 눈에 익은 네 글씨가 점점 크게 보이더구나. 정우 내 아들아, 너는 엄마를 지켜보고 있었구나. 엄마가 걱정 되어 다가왔구나. 못난 엄마가 아직도 염려되더냐. 아들아, 엄마를 사랑하는 너는 여전히 변한 게 없구나. 그렇게 변함없이 기다려다오. 못난 엄마가 너를 만나러 갈 때까지, 못난 엄마 만나는 그날까지 기다려다오. 나는 네가 보고 싶을 때마다 일기를 쓰면서 슬픔을 달래마. 너에 대한 그리움을 글로 띄우마. 우리 다시 만날 그때까지 잘 지내거라 내 아들 정우야.